JELLA BENKS

Broken by Darkness

W0295996

JELLA BENKS

BROKEN BY DARKNESS

Broken by Darkness
3. Auflage
© Jella Benks - 2024
Judith Benkhäuser
Straße 339 16A
13591 Berlin

Jella@jellabenks.de
www.jellabenks.de
Instagram: @jella_benks

Vertrieb: Nova MD

Umschlaggestaltung & Illustrationen:
Limes Design (Katharina Hoppe) unter Verwendung von
Adobe Stock (Vitaly, Oleksandr Pokusai, ahmad yusup.

Lektorat: Christian Schunk
Korrektorat: Carolin Diefenbach
Buchsatz: Christian Schunk
Druck: Booksfactory - Szcecin (Polen)

Alle Rechte vorbehalten.
Das Werk einschließlich seiner Teile ist urheberrechtlich geschützt. Jede Verwertung ist ohne Zustimmung des Autors unzulässig. Dies gilt insbesondere für die elektronische oder sonstige Vervielfältigung, Übersetzung, Verbreitung und öffentliche Zugänglichmachung.

Bibliografische Information der deutschen Nationalbibliothek:
Die deutsche Nationalbibliothek verzeichnet diese Publikation in der Deutschen Nationalbibliografie; detaillierte bibliografische Daten sind im Internet über http://dnb.d-nb.de abrufbar.

The heart was made to be broken.

Oscar Wilde

Für Lerke

Und all diejenigen, die Grautöne lieben.

PROLOG

LYSANNE

Ich bin sieben Jahre und 8 Monate alt und heute sterbe ich.

Mein Tod riecht nach fauligem Holz, frischer Wäsche und Vanille – *dem besten Duft von allen.*

Ich presse das Gesicht tiefer in Rose' Strickjacke, um das Schluchzen in mir einzusperren. Der Hauch Vanille, der daran hängt, erinnert an Nächte, in denen die Dunkelheit so zähflüssig war wie die lehmigen Pfützen vor unserer Hütte nach dem Regenfall. Diese Finsternis fühlt sich jedes Mal an, als würde ich in ihr versinken, tiefer und tiefer. Nur Rose kann mich ihr entreißen. Sie streicht mir dann durchs Haar, nennt mich Feigling, träufelt mir ihr Vanilleparfüm aufs Kissen und schwört, dass mich die Monster draußen niemals finden.

Aber sie haben mich gefunden.

Ein Schrei drängt sich durch die winzigen Spalten des Kleiderschranks zu mir herein.

Rose!

Mein Schluchzen verirrt sich in dem Stoff und mischt sich mit den Tränen darin.

Heute Nacht ist die Finsternis so zäh, dass sie die ganze Welt verschluckt.

Diesmal wird mich niemand hinausziehen.

Schritte …
Schreie …
Lachen …
…

KAPITEL I

AYDAN

Zwischen Arroganz und Erbärmlichkeit lag oft nur ein schmaler Grat. Heute drohte ich in die falsche Richtung abzurutschen. Ich krallte die Finger in das Buch, hinter dem ich mich verstecken würde – *bis diese verfluchte Nacht endete.* So heftig, wie der Durst an mir nagte, musste sie immerhin schon halb vorbei sein.

Durst.

Ausgerechnet heute.

Hineingehen oder Flüchten?

Hochmut oder Erbärmlichkeit?

Ich drückte die Klinke hinunter, öffnete die Tür und Wärme drang mir entgegen. Norwyn hatte den Kamin entzünden lassen. Er fand das Knistern des Feuers beruhigend. Mich reizte es. Dieses wilde Nagen der Flammen am Holz, bis es sich ergab, um in Asche zu zerfallen.

»Aydan.« Norwyn las vordergründig in einigen Papieren, als ich eintrat. Aber die Schnelligkeit, mit der sein Blick auf mir landete und sich an mir festbiss, machte deutlich, dass er auf mich gewartet hatte.

Wir kannten uns zu lang, um diese Kleinigkeiten nicht zu registrieren – *um sie nicht zu werten.*

»Du lässt dich endlich sehen.« Heute Nacht hatte er ein pfirsichfarbenes Jackett gewählt, auf dem mitternachtsblaue Stickereien ein endloses

Muster aus Ranken und Blättern bildeten. Es war eines derer, die er sich für *besondere* Nächte aufhob. In seinem makellosen braunen Gesicht funkelten bernsteinfarbene Augen, die ich besser kannte als meine eigenen.

»Offenbar«, erwiderte ich knapp und sank in den Sessel ihm gegenüber. Mehr würde ich nicht dazu sagen – heute noch weniger als sonst. »Wo bleibt dein Besuch?« Meine Art ihm mitzuteilen, dass er sich schleunigst von der dünnen Eisschicht bewegen sollte, die sich über meine Nerven gelegt hatte. Wenn sie einbrach, bekamen wir beide ein Problem.

Ich schlug die bereitstehende Glocke zu fest und nahm ein Knirschen darin wahr. Obwohl ich die Sinne gerade nicht fokussierte, bildete ich mir ein, das Klingeln zu hören, das im Trakt der Dienstboten ertönte. Dort wartete man sicher darauf, dass ich aus meinen Räumen gekrochen kam. *Hoffentlich hatten sie das Blut rechtzeitig abgefüllt.* Besaß es die falsche Temperatur, würde mich das noch mehr reizen als sonst. Heute reizte mich alles. Selbst dieser Salon. *Ihm hingen zu viele Erinnerungen an.*

Sie waren überall.

Spiegelten sich im blitzenden Kristall der Leuchter.

Brachen sich in dem grünen Glasmuster der Fensterbilder.

Und sie lagen hier ausgebreitet auf dem antiken Holztisch, der zwischen mir und Norwyn stand.

Grimmig öffnete ich das Buch und tat, als las ich. *Ob ich ihn damit täuschen konnte?* Wahrscheinlich nicht, doch zumindest ersparte er mir jeden weiteren Kommentar.

Es dauerte, bis ich ihre Schritte wahrnahm, aber erst als ein Klopfen folgte, sah ich auf. Gertrud trat ein, *in dieser nervtötenden menschlichen Langsamkeit.*

Unsichtbare Krallen schabten bereits in meinem Inneren. *Durst.* Das intensivste Gefühl, zu dem wir fähig waren. Gertrud neigte kurz den Kopf in unsere Richtung und ihr dünner Dutt schwankte unbeholfen mit. Sie war alt geworden. Die Falten in ihrem Gesicht erinnerten an die Rinde dieser uralten Bäume im Wald, der das Anwesen umgab. Die würde es noch in Jahrzehnten geben – Gertrud nicht. Sie und die restlichen Dienstboten würden nicht mehr lange unter uns weilen. Dieser Erkenntnis folgte direkt die nächste und kurz nagte etwas anderes als Durst an mir.

Ich starrte wieder in mein Buch. Ein Versuch, die Erinnerungen im Zaum zu halten. Bis ich jede von ihnen mit Blut fortspülen würde. Ich wartete auf das vertraute Pochen von Schritten auf dem polierten Steinboden und das sanfte Klirren des gläsernen Kelches, der vor mir abgestellt wurde, doch nichts geschah.

Als ich aufsah, fand ich Gertrud an der gleichen Stelle wie zuvor, mit leeren Händen.

Wo war der Kelch?

»Was wird das?« Ich musste seinen Namen nicht nennen, auch Norwyn wusste, dass diese Frage für ihn bestimmt war. Niemals wäre hier jemand aus der Dienerschaft ohne mein Blut erschienen – es sei denn, sie hatten andere Anweisungen bekommen. Es waren diese Kleinigkeiten, die mich daran erinnerten, wem dieses Anwesen gehörte.

»Ich habe etwas für dich«, erwiderte er betont gelassen. Was immer das war, es klang nicht, als legte ich Wert darauf. »Herein mit dem Präsent!«, rief Norwyn dennoch. Seine vorgespielte gute Laune vertiefte meinen Argwohn, genau wie Gertrud, die zurück in den Flur trat.

Ich warf das Buch auf den Tisch und augenblicklich setzten sich die frei gewordenen Finger in Bewegung. Sie spielten auf der Tischplatte dieses verdammte Klavierstück, ohne dass ich sie zu stoppen bekam.

Jeder Schlag weckte neue Erinnerungen.

Neue Bilder.

Ich brauchte Blut.

Jetzt!

Um alles fortzuschwemmen.

Gottverdammt.

Ein Knurren brach aus mir heraus, weil Gertrud erneut eintrat – wieder mit leeren Händen. Sie ignorierte es, wie es von ihr erwartet wurde, doch die Person, die ihr folgte, fuhr zusammen, als hätte ihr jemand einen Schlag versetzt.

Eine neue Dienstbotin?

Norwyns Geschenk kam zum denkbar ungünstigsten Zeitpunkt. Ich hatte keine Lust, Personal auszuwählen, geschweige denn den Rest der Nacht mit Suchern zu verhandeln. »Nicht jetzt!« Ich war wohl undankbar, weil sich Norwyn offenbar um eines meiner Aufgabengebiete gekümmert hatte. Aber er hätte mich trinken lassen sollen, wenn ihm nach Dankbarkeit war. »Hol den Kelch, Gertrud!«

»Das wird sie nicht.« Norwyns Blick bohrte sich in mich wie ein überdimensionaler Eissplitter. »Sie reden über dich und dein Verhalten. Ich lasse nicht länger zu, dass du uns zum Gespött machst, Aydan.«

»Verschwende meine Zeit nicht mit Nichtigkeiten.« Zu dem Durst mischte sich nun Wut und machte es schwer, Gelassenheit vorzuspielen, wo es heute Nacht keine gab. Ich sprach nie über das, was damals geschehen war. Gleichzeitig fühlte sich Norwyns Blick nicht an, als käme ich länger damit durch. *Nicht, wenn der Rest der Riege über mich redete.* Ihm war immer schon zu wichtig gewesen, was die Gemeinschaft von ihm hielt.

»Tu nicht so.« Norwyn deutete auf die beiden Sterblichen, die still unser Wortgefecht anhörten. »Sie gehört dir – ein kleines Geschenk zum Jubiläum. Trink von ihr, wenn du noch weißt, wie das geht.«

Eine Blutmagd?

Für mich?

Das war der Gipfel dieser grauenvollen Nacht.

Norwyns Finger blieb auf die Frau gerichtet, während sich sein Blick tiefer in mich bohrte. Die Botschaft darin hätte nicht klarer sein können: *Meine Zeit war abgelaufen.* Damit nicht genug, die beiden Menschen hörten jedes Wort mit an. Das war ein neues Maß an Demütigung.

»Beginn, Aydan«, forderte er und senkte den Arm. »Deine Laune ist unerträglich, wenn du durstig bist. Ich habe angeordnet, dass du keinen Kelch bekommst. Falls du trinken willst, dann auf die *vernünftige* Art. Etwas anderes bleibt dir heute nicht übrig.«

Jedes Mal, wenn ich dachte, diese Nacht könne nicht schlimmer werden, belehrte sie mich eines Besseren. Wenn ich jetzt nichts unternahm, machte ich uns beide zum Gespött. Ja, der Grat zwischen Arroganz und Erbärmlichkeit konnte so verdammt schmal sein.

»Das ist lächerlich. Natürlich bin ich in der Lage zu trinken, nur haben sich meine Ansprüche gehoben. Was kann ich dafür, dass sich kein reizvolles Blut mehr finden lässt?« Ich mühte mir ein Lachen ab, doch nichts daran klang amüsiert. Es war ähnlich düster wie diese Nacht.

»Beruhigend«, gab Norwyn trocken zurück. »Dann hast du sicher kein Problem damit, wenn ich den Beweis einfordere. Diese Blutmagd ist das Beste, was sich auf dem ganzen Markt finden ließ, sie wird deinen hohen Ansprüchen sicher gerecht.« Bei den letzten Worten hob er die Augenbrauen provokant, dann wandte er sich der Fremden zu. »Entblöße endlich deinen Arm!«, fuhr er sie an. »Mein Freund ist durstig.« Das leise Rascheln von Stoff erklang und ich presste die Lippen aufeinander, suchte einenm Ausweg und fand keinen. »Du bist dran, Aydan.« Norwyn nickte in Richtung der Frau. »Trink. Ich habe mir mehr als Mühe gegeben, etwas nach deinem Geschmack zu finden. Daran wird es nicht scheitern – nicht diesmal.«

Gottverdammt!

Wenn ich mich weigerte, würde das bis zum Morgengrauen die gesamte Dienerschaft wissen. Menschen plauderten viel, sobald sie zusammen waren – erstaunlich. Ihr Leben war kaum ein Wimpernschlag in der Geschichte der Zeit. Dennoch schienen sie außerstande, diese winzige Spanne mit Sinnvollerem als Geschwätz zu füllen. Ihr Geschwätz würde nicht lange ungehört bleiben. Es würde seinen Weg zu anderen Ohren finden, aufmerksameren, mächtigeren und allen voran ewig lebenden.

Ich zwang meinen Blick von Norwyn fort, wandte mich der Blutmagd gerade genug zu, um ihren Arm in Empfang zu nehmen. Er war zart, ungewöhnlich hell und machte nicht den Anschein, als hätte er oft die Sonne gesehen. Durch die Haut schimmerte das Blau der Adern verheißungsvoll. Der Anblick gefiel mir und diese Erkenntnis fachte meine Wut weiter an. Ich packte ihn und sie keuchte auf. Überraschung? Oder war ich zu grob gewesen?

Menschen zerbrachen schneller als Glas.

Eine Erinnerung wie ein tiefer Schnitt.

Ich wollte weg von hier und konnte nicht.

Zubeißen oder flüchten?

Früher hatte ich ihn geliebt, diesen Moment, wenn ein Arm vor mir lag. Wenn ich all meine Sinne darauf konzentrierte, den Geruch wahrzunehmen. Es gab unzählige Nuancen und ich hatte so viele davon gekostet. Süße, die nach Sommer schmeckten. Dunklere, die an feuchte Erde erinnerten. Holzige Töne mit dem Geschmack nach Eichenfässern, in denen Whiskey reifte. Ich würde es nie zugeben, aber das abgepackte Blut war dagegen ein farbloses Abbild. Allerdings eines, das ich in den letzten Jahrzehnten zu schätzen gelernt hatte.

»Aydan!«

Norwyn drängte mich in die Ecke wie ein orientierungsloses Tier. *Das musste aufhören.* Dieser Arm vor mir blieb die einzige Option dafür.

Beißen und die Magd als nicht gut genug zurückweisen?

Oder fliehen und in Erbärmlichkeit versinken?

Ich verabscheute Erbärmlichkeit.

Also biss ich zu.

Sie zuckte zusammen und ihr Keuchen war ein Zeichen, dass ich zu rabiat gewesen war. Doch schon erfüllte mich der Geschmack ihres Blutes und schob alles andere grob zur Seite.

Das hier war mit Abstand das Beste, das ich bisher geschmeckt hatte. Eine zarte Süße, aber nicht zu aufdringlich, vollmundig und dennoch erwartungsvoll, mit einem kaum wahrnehmbaren Hauch von Tausendschön.

Es war überwältigend.

Der tosende Drang, mehr davon zu bekommen, begrub meine Wut auf Norwyn. Das hier war zu gut, um mich darüber zu ärgern, dass sein Plan aufgegangen war. Ich umfasste ihren Arm fester und spürte, dass er sich unter meinem Druck bewegte. Hauchzart. *Sie zitterte!*

Und da waren sie – die Bilder, denen ich die ganze Nacht davongelaufen war.

Ein anderer Arm.

Ein anderes Zittern.

Lippen, die eine Bitte forderten.

Gerade noch hatte es sich angefühlt, als könnte ich mich niemals wieder von ihr lösen, nun schrak ich auf dem Stuhl zurück. Wäre mein Herz nicht längst stehen geblieben, hätte es spätestens jetzt seinen Dienst quittiert.

Hatte ich es übertrieben?

Die Anzeichen im Rausch nicht erkannt?

Zumindest stand sie noch.

Ich blickte auf und fand das hellste Haar, das ich bisher an einem so jungen Menschen gesehen hatte. Die Farbe erinnerte mich an ein anderes Leben. *An damals, als die ersten Sonnenstrahlen des Morgens die Weizenähren begrüßt hatten.*

Wo kam das her?

Ich hatte ewig nicht daran gedacht.

Die Blutmagd schien zu spüren, dass ich zu ihr sah, denn sie drehte den Kopf zu mir. Bisher hatte ich sie nicht einmal richtig angeschaut. Sie konnte nicht mehr als zwanzig Sommer alt sein. Ihre Lippen waren voll, sanft geschwungen und geöffnet, als wollte sie etwas von sich geben und war in dem Versuch erstarrt. Die Helligkeit ihrer Haut irritierte mich, doch das Sonderbarste an ihr waren ihre Augen. Sie besaßen die Farbe des Meeres, dort, wo es tief und so dunkel war, dass kein Lichtstrahl hineinfand. Diese Augen gehörten nicht in das Gesicht eines Menschen. Sie waren zu durchdringend und der Ausdruck darin zu wissend. Als hätten sie viel mehr gesehen, als es einem sterblichen Wesen möglich war.

Ihr Blick veränderte sich unter meiner Musterung und Angst flackerte darin auf. Bodenlose, alles erfüllende Angst.

Vor mir.

Und ich verstand.

Sie hatte nicht wegen des Blutverlustes gezittert.

»Ist sie zufriedenstellend?« Norwyns selbstgefälliger Tonfall zerrte meine Aufmerksamkeit fort von dieser merkwürdigen Blutmagd. Ich fand den Triumph, der in seiner Stimme gelegen hatte, gespiegelt in seinem Blick.

Er wusste, dass sie mir gefiel.

Heute blieb mir nichts erspart.

»Sie ist annehmbar.«

»Annehmbar«, höhnte er. »Sie könnte selbst mich reizen, wenn ich nicht andere Vorlieben besäße. Wobei, vielleicht koste ich dennoch von ihr.« Worte so lauernd, dass ich wusste, was er mit ihnen erreichen wollte.

Ganz sicher nicht.

»Tu dir keinen Zwang an. Ich beanspruche sie nicht. Ihr Blut mag akzeptabel sein, doch es reicht nicht aus, um mich mit diesem blassen Geschöpf abzugeben. Danke für dein Geschenk, aber ich will es nicht.« Meine Finger spielten erneut auf der Tischplatte, nun eine andere Melodie, ohne Erinnerungen, die sie befleckten. Ich würde mir eher die Zunge abbeißen, als es einzugestehen, doch das frische Blut weckte meine Lebensgeister besser als das abgepackte. So ausgeglichen hatte ich mich lange nicht mehr gefühlt.

Norwyns Augenbrauen schoben sich zusammen, weil er nicht die Antwort bekam, die er wollte. *Wie konnte er geglaubt haben, dass ein Schluck Blut die letzten Jahrzehnte auslöschte?*

»In diesem Fall kann unser Besuch gleich von der Neuerwerbung kosten.« Ein weiteres Abtasten von ihm. Natürlich.

»Mach, was du willst«, erwiderte ich, »aber verschieb es auf morgen. Sonst fällt sie mittendrin in Ohnmacht und verdirbt dir die Vorstellung.«

Norwyns Blick fuhr augenblicklich prüfend zu ihr und meiner schloss sich an. Die Blutmagd schrak unter unserer Aufmerksamkeit sichtbar zusammen. Sie sah zur Tür und kurz fühlte es sich an, als stünde sie davor loszurennen. Doch sie blieb. Sinnvolle Entscheidung. Niemand konnte einem Vampir davonrennen. Sie verschränkte die Arme über ihrer Brust, als versuchte sie, sich dahinter zu verstecken.

Wie ich mich gerade noch hinter meinem Buch.

Eine sonderbare Vorstellung, dass ich etwas mit einer Sterblichen gemeinsam haben könnte. Der Umstand reizte mich und gleichzeitig machte mich ihr Verhalten argwöhnisch.

»Was stimmt nicht mit ihr?« *Wie weit würde Norwyn gehen, um seinen guten Ruf zu bewahren?*

»Sie hat noch nie gedient, aber sie ist *freiwillig* bei uns.« Seine Art, klarzustellen, dass er nicht daran dachte, sich mit dem Schattenrat anzulegen, nur um einen Menschen gegen dessen Willen hierherzuverschleppen. Doch warum zitterte dieser Mensch dann wie ein Grashalm im Wind?

»Stimmt das?« Norwyns Antwort reichte nicht aus. Nicht, wenn auch nur die kleinste Gefahr bestand, die Regeln zu brechen. Ich erhob mich und kam unmittelbar vor der Blutmagd zum Stehen. Sie wich meinem Blick aus. »Sieh mich an und antworte!«

Langsam sah sie zu mir auf und gleichzeitig war ihr ganzer Körper starr wie ein Stock. *Eine falsche Bewegung und sie würde splittern.*

»Ja«, stieß sie aus. Ich hatte ein ängstliches, zitterndes Stimmchen erwartet und bekam etwas, das sich anfühlte wie eine Klinge, scharf und beißend.

»Warum?« Ich suchte in ihrem Gesicht nach einer Antwort, doch bevor ich eine fand, drohte ich erneut in dem tiefen Blau zu versinken.

Kein Mensch sollte einen so durchdringenden Blick besitzen dürfen.

»Es ist die einzige Arbeit, die ich fand.« Ihre Antwort zerrte mich zurück in den Salon. »Mir blieb keine andere Wahl.«

War das so?

Vage Gesprächsfetzen zupften an meinem Verstand. Ich erinnerte mich daran, dass die Menschen die Pacht für ihre Grundstücke nicht mehr zahlen konnten. Die letzten heißen Sommer hatten den Boden ausgedörrt und die Ernte zerstört. Ich hatte die Diskussionen nur am Rande mitbekommen und keinen weiteren Gedanken daran verschwendet. Unter ihrem Blick fühlte es sich an, als hätte ich das tun sollen. *Konnte es dermaßen schlecht um die Welt der Menschen bestellt sein?* Blutdiener kamen in Vampirhäuser wegen des luxuriösen Lebens, das wir ihnen boten. Einige von ihnen hofften sicher, durch uns an Unendlichkeit zu gelangen. Doch nie hatte ich davon gehört, dass jemand diesen Weg wählte, um zu *überleben*.

Gertrud presste die Lippen so fest aufeinander, dass sie kaum noch sichtbar waren. Offenbar war ich nicht der Einzige, der ihr Benehmen zutiefst irritierend fand. Die Blutmagd blickte längst wieder Hilfe suchend in Richtung Tür, schien flüchten zu wollen und verharrte nur, weil sie nicht wusste, wohin.

Sie war wie ein verschrecktes Tier.

Doch für Zurückhaltung hatte sie sich die falsche Position ausgesucht.

»Dir ist klar, was hier von dir erwartet wird?«

Schweigen.

»Ich habe sie über alles informiert, Herr.« Gertrud übernahm die Antwort. »Sie ist gerade erst angekommen und die Trennung von ihrer Familie war schwer für sie. In ein paar Tagen wird sie mit den Abläufen vertraut sein, dafür sorge ich.« Ihre Worte sollten mich beruhigen, aber ich hörte die Anspannung darin, fand ein unruhiges Flattern in den kastanienbraunen Augen, die sonst nichts aus der Ruhe zu bringen vermochte. *Sie wusste ebenfalls, dass diese Sterbliche eine Fehlbesetzung war.*

»Du hast eine Blutmagd eingestellt, die es nicht einmal schafft, uns anzuschauen. An deiner Stelle würde ich sie direkt entlassen.«

»Gertrud wird ihr Benehmen beibringen.« Norwyn zog seine Papiere wieder zu sich heran. Dass ich von ihr getrunken hatte, ließ ihn für den Moment ungewöhnlich großzügig über ihr ungebührliches Verhalten hinwegsehen. Er sah auf und das Blitzen in seinen Augen verriet mir, dass auch er den Grund dafür kannte, weshalb ich sie aus dem Haus haben wollte. *Damit ihr Blut mich nicht in Versuchung führte.*

»Sie bleibt. Der Sucher ist bezahlt und wer weiß, vielleicht lockt sie dich morgen doch? Was ist dieses abgestandene Zeug aus dem Kelch verglichen mit ihrem Blut?«

Ich hasste es, wenn er mich durchschaute. »Verschwindet!«, rief ich den Frauen zu, sank zurück auf meinen Sessel und griff das Buch. Gertrud war bereits dabei, hinauszugehen. Eigentlich hatte ich erwartet, dass die Blutmagd ihr hinterherstürzte. Doch sie blieb, wo sie war, sah zu mir – nein, zu meinem Buch, als versuchte sie, den Titel zu entziffern.

»Komm!« Gertrud tauchte bei ihr auf und zerrte sie am Arm. So gereizt hatte ich sie noch nie gehört. Ich spürte, dass meine Mundwinkel sich heben wollten, und zwang sie zum Verharren. *Heute zu lächeln war unmöglich.* Der Blick der Blutmagd fuhr höher, fand meinen, gerade als Gertrud ein Zischen von sich gab wie ein kochender Wasserkessel. Etwas, das sich anfühlte wie der Anflug eines Lächelns, huschte über die Lippen der Fremden. So flüchtig wie ein Atemhauch, und war schon fort, ehe man es richtig bemerkte. Nun lag keinerlei Angst mehr in ihrem Gesicht. Das verschüchterte Tier war abgelöst worden durch etwas anderes, *deutlich Spannenderes.* Lange bevor ich herausfinden konnte, was es war, wandte sie sich ab und folgte Gertrud hinaus.

KAPITEL 2

LIZ

»Du kannst von Glück reden, dass die Herren dich nicht sofort davongejagt haben.« Die Stimme der Alten donnerte so laut durch den Flur, dass sie das Geräusch unserer Schritte auf dem Steinboden übertönte. »Was hast du dir dabei gedacht?« Wir passierten ein weiteres der überdimensionalen Gemälde. Eine Nacht gemalt aus Farben, die so dunkel waren, dass sie beinahe schwarz wirkten. Doch betrachtete man sie genauer, sah man die Verläufe. Schwarzblau mischte sich in schwarzlila und wurde zu tiefer, alles verschluckender Finsternis.

»Liz!«

Erst durch ihren Ruf registrierte ich, dass ich stehen geblieben war. Schon wieder. Bis heute hatte ich Gemälde nur aus Büchern gekannt.

Ob sie sich immer so anfühlten, wenn man vor ihnen stand?

So überwältigend?

»Liz! Hörst du mir zu?«

Nein.

»Ja.« Ich zwang den Blick von dem Gemälde fort. Dann würde ich es mir später anschauen oder morgen. Für den Moment galt es, Gertrud zu beruhigen. Sie bedachte mich mit finsterer Miene, aber zumindest setzte sie sich wieder in Bewegung und steuerte die Tür des Dienstbotentraktes an. Dahinter endete die verschwenderische Dekadenz. Ein dunkler Steinboden löste den glänzenden Marmor ab. Einfache Holztüren fanden sich in einem schmalen Flur, in dem kaum zwei Leute nebeneinander gehen konnten, ohne sich in die Quere zu kommen. Hier roch es nach Waschmittel und dem bereitstehenden Essen, das jede Nacht für uns gekocht wurde. Gertrud hatte mich genötigt, etwas davon zu mir zu nehmen, bevor wir zu ihnen gerufen wurden. *Damit ich Farbe in die Wangen bekam.* Keine Ahnung, was genau sie meinte, aber geholfen hatte es wohl kaum.

Farbloses Geschöpf hatte er mich genannt.

Gott, ich hasste Vampire.

Jetzt noch mehr als vorher.

Ich wollte mein Zimmer anpeilen, doch Gertrud schob mich in den Aufenthaltsraum. Offenbar würde die Strafpredigt weitergehen.

Großartig.

Nicht.

»Was hast du dir nur gedacht?« Sie steuerte den lang gezogenen Tisch an, an dem bestimmt zwanzig Personen Platz hätten finden können, dabei gab es hier nur eine Handvoll Angestellter. Die wenigen, die mir Gertrud vorgestellt hatte, waren schnell davongehuscht, um ihre Dienste zu erfüllen. Es schien nicht so, als bliebe den gewöhnlichen Dienstboten genug Zeit, um hier zu sitzen und miteinander zu reden.

»Es tut mir leid.« Ich wartete, bis Gertrud sich setzte, und wählte den Stuhl neben ihr. Schweres, massives Holz, dessen Abnutzungen wirkten, als stünde er hier schon länger, als ich auf der Welt war.

»So kannst du dich nicht benehmen!« Ihre braunen Augen starrten mich in Grund und Boden. »Wir sind doch alles durchgegangen – du … das … war katastrophal.« Ihr Kopf schüttelte sich und ich bewunderte, wie der weiße Dutt am Hinterkopf dem energischen Rütteln problemlos trotzte. »Hörst du mir zu?« Ihr Dutt verharrte urplötzlich in seiner Bewegung, was mich dazu veranlasste, rasch zu nicken.

»Natürlich«, log ich. In letzter Zeit log ich beunruhigend viel.

»Dein Auftritt hätte dich in ernsthafte Schwierigkeiten bringen können«, fuhr sie grimmig fort. »Ausgerechnet heute und dann bei Aydan.« Erneut warf sich der Dutt von einer Seite zur anderen, sogar heftiger als zuvor. Beeindruckend. »Nicht auszudenken, wenn du in Ohnmacht gefallen wärst.« Sie stöhnte bei dem Gedanken auf und massierte die Schläfen. »Was war das da eben?« Unvermittelt stoppte sie in ihrer Bewegung, bat um eine gute, nachvollziehbare Erklärung.

Die gab es leider nicht.

»Ich kann sie nicht ausstehen?«

Gertruds Mund öffnete sich entgeistert. Ihr Blick huschte über mein Gesicht, wohl auf der Suche nach Anzeichen dafür, dass ich scherzte.

Tat ich nicht.

Grandpa hatte immer gesagt, es gebe Menschen, die in der Lage seien, andere zum Lachen zu bringen, und Freude ausstrahlten. Und es gebe mich.

»Hast du den Verstand verloren, Mädchen?«, donnerte es aus ihr heraus. »Möchtest du dich heute noch draußen wiederfinden, im Dunkel der Nacht? Oder willst du lieber hier und jetzt dein Leben lassen?«

Falls das ein Versuch war, mich einzuschüchtern, scheiterte sie. Es gab nur zwei Dinge, vor denen ich Angst hatte, und keines davon war eine alte Frau, mochte sie noch so laut brüllen. »Sie sind grauenhaft.«

Jetzt waren es ihre Wangen, die aussahen, als hätte ihnen jemand die Farbe entzogen. »Sei vorsichtig mit dem, was du von dir gibst. Es gibt hier Ohren, die mithören.«

»Wessen?«

Sie schüttelte den Kopf. »Meine Lippen sind versiegelt. Was den Rest angeht – die Herren kümmern sich darum, dass es uns an nichts fehlt. Sie beschaffen dir, was du zum Leben benötigst, aber sie fordern im Gegenzug auch Dinge von dir ein.«

Ich starrte auf die Stelle an meinem Arm, dorthin, wo er von mir getrunken hatte. Im Licht der Lampe schimmerten nun zwei winzige silbrige Schatten, die vorher nicht da gewesen waren. Eiswasser schien mir in den Nacken zu laufen, sickerte in mich ein.

Spuren seiner Zähne auf meiner Haut.

»Nicht nur das.« Gertrud las meine düsteren Gedanken. »Sie fordern auch deine Loyalität. Dafür musst du dich besser in den Griff bekommen. Als Blutmagd darfst du nicht einen Hauch von Unsicherheit zeigen.«

»Gut«, stieß ich aus. »Schwöre mir nur, dass die beiden keine Ungeheuer sind und wir hier in Sicherheit sind.«

Einige Sekunden starrte sie mich an, die Augen aufgerissen, bevor sie erneut den Kopf schüttelte, langsam und entgeistert. »Du hältst kein Jahr bei uns durch«, presste sie heraus, doch dort, wo gerade Missbilligung mitgeschwungen war, fand sich nun widerwillige Bewunderung. »Es gibt Schlimmere unter ihnen, Mädchen.«

»Das ist keine Antwort.«

»Natürlich sind sie Ungeheuer.« Nur ein Flüstern drang aus ihr heraus. Verbotene Worte im Haus eines Vampirs. Mochten wir sie auch noch so oft denken, aussprechen durften wir sie nicht. Dabei waren sie allesamt genau das – *Ungeheuer*.

»Aber sie zahlen dafür, dass wir uns nicht anmerken lassen, was wir in ihnen sehen«, fuhr Gertrud fort. »Also lerne, die Angst zu beherrschen, statt dich von ihr beherrschen zu lassen. Schau die Herren an, falls sie mit dir reden, und antworte. Wenn sie deinen Arm einfordern, reichst du ihn, ohne mit der Wimper zu zucken.«

Unmöglich.

Genauso gut hätte sie von mir verlangen können, den Mond zu verdunkeln. Bis vorhin hatte ich gedacht, ich würde das hier schaffen. Mein Blick blieb erneut an den Bisspuren hängen.

Würde ich nicht.

»Es tat weh.« Eine solche Untertreibung, dass sie sich anfühlte wie eine Lüge. Es hatte nicht wehgetan ... der Schmerz hatte mich zerrissen. Ich war nicht einmal imstande gewesen, zu schreien. Stattdessen war ich mitten in dieser alles ausfüllenden Panik erstarrt.

»Dann warst du zu angespannt. Der Herr würde dir nicht absichtlich Schmerzen zufügen – zumindest das kann man ihm nicht vorwerfen. Du musst dich entspannen.«

»Entspannen?« *War das ein Scherz?* »Sie rammen mir spitze Reißzähne in die Haut, um mein Blut zu trinken. Wie könnte ich mich dabei entspannen? Denke ich an etwas Schönes und vergesse dann, wo ich bin und wer *sie* sind?« Nicht dass es viel Schönes gab, an das ich denken konnte. Doch augenblicklich tauchte das Bild eines Schneemanns vor mir auf und die Freude von damals mischte sich mit der Schuld von heute.

Ich hätte ihn nicht so zurücklassen dürfen.

»Es gibt durchaus Möglichkeiten, Gefallen daran zu finden«, sagte Gertrud und zog meine Gedanken zurück. »Und ja, manchmal vergisst man sogar, *was* sie sind.«

»Niemals!«

Ein Lächeln schlich sich auf ihre Lippen. »Das habe ich auch gedacht, als ich so jung war.«

Moment.

Konnte das möglich sein?

»Warst du eine Blutmagd?«

»Damals, als ich hier anfing, schon, wenn auch nicht lange. Es war nicht die schlechteste Zeit. Genieße den Status, danach kommt nur noch das hier.« Sie deutete auf das eigene schwarze Kleid, den weißen Spitzenkragen und die gestärkte Schürze. »Das Leben als gewöhnliche Dienstbotin ist um einiges unspektakulärer und es ist mühevoller.« Ihr Blick driftete ab. Sie trauerte dieser Zeit tatsächlich nach?

Wie konnte sie nur?

Energische Schritte hallten vom Flur herein. Noch bevor ich meine Erschütterung über Gertruds Worte in eigene packen konnte, tauchte ein Mann auf. Überrascht verharrte er, als er registrierte, dass sie nicht allein war. Bis eben hatte ich gedacht, Gertrud hätte mir alle Dienstboten vorgestellt, doch an diesen hier hätte ich mich zweifellos erinnert. Er war der einzige in meinem Alter und sah bemerkenswert gut aus. Die leichte Röte auf seinen Wangen entlarvte ihn als einen von uns Sterblichen, auch wenn er besser angezogen war. An seinem mitternachtsblauen Sakko glänzten goldene Knöpfe, fuchsrote Haare schienen akkurat in Stellung gebracht worden zu sein. Er besaß ein symmetrisches Gesicht und dunkle, fast schwarze Augen, die einen reizvollen Kontrast zu seinem Haarton ergaben. Er konnte es zwar nicht ganz mit der Makellosigkeit der Vampire aufnehmen, doch für einen Menschen war er übermäßig attraktiv.

»Wer ist sie?« Er machte sich nicht die Mühe, mich um meinen Namen zu bitten. »Und was hat sie hier zu suchen?« Er stieß schon die nächste Frage aus, bevor Gertrud die erste beantwortete. Offenbar war mein Name nicht länger wichtig. Aus schmalen Augen funkelte er mich wütend an. Wut war das Gefühl, das ich überall im Anwesen auslöste. Erst bei dem Vampir, dann bei Gertrud und jetzt bei diesem Fremden.

Welch großartiger Einstieg.

Ich pustete mir die zu kurze Haarsträhne aus der Stirn und sein Blick verfinsterte sich weiter.

Erwartete er etwa, dass ich ihm antwortete?

Das konnte er vergessen.

Mich hatte er nicht gefragt.

Gertrud ließ die Pause verdächtig lang werden. Ob sie ihn reizen wollte? Oder ahnte sie, dass ihm ihre Antworten nicht gefallen würden? Als sie schließlich den Mund öffnete, machte sie ein

Gesicht, als hätte sie in eine Zitrone gebissen, ein besonders saures Exemplar. Es fühlte sich an, als galt es mir.

»Liz ist … unsere neue Blutmagd.«

Blutmagd.

Ein kalter Hauch strich mir bei dem Wort über den Nacken.

»Du wirst hier nicht benötigt!« Zumindest sprach er mich nun direkt an – wobei, nein, er schleuderte mir seine Abneigung förmlich entgegen.

Ich konnte ihn auch nicht leiden.

Aber ich konnte die wenigsten Menschen leiden.

»Wer ist er?« Nun war ich es, die über ihn hinwegging und mich Gertrud zuwandte. Dieses Spiel beherrschte ich ebenfalls. Außerdem musste ich herausfinden, wieso dieser Fremde versuchte, mich mit seinen Blicken aufzuspießen.

»Das ist Lorin«, antwortete sie und das Seufzen, das sich anschloss, sprach dafür, dass sie sich gerade weit fort wünschte. »Er ist Blutknecht.«

»Warum hat Norwyn sie hierherbestellt?« Lorins Stimme mischte sich anklagend in ihre und bekam einen schrillen Anstrich. Ein Ton, der hervorragend dazu geeignet war, Kopfschmerzen hervorzurufen.

Er war nervtötend – und der Ton ebenfalls.

»Beruhig dich, Lorin.« Gertrud dehnte die faltigen Hände. »Sie ist für Aydan hier.«

»Aydan?« Fort war sein Zorn und dort, wo der sich gerade festgekrallt hatte, machte sich augenblicklich Erheiterung breit. Er lachte auf, ein helles, anmutiges Lachen. *Erstaunlich, dass ein einziges Wort ausreichte, um seine Stimmung komplett zu wandeln.* Ich saugte diese Kleinigkeiten in mir auf. Je mehr ich davon sammelte, desto besser würde ich diesen Ort verstehen.

»Das wird … *interessant.*« Lorin trat zu mir und streckte mir die Hand entgegen. »Wenn das so ist, kommen wir beide bestimmt gut miteinander aus.«

Würden wir das?

Es fühlte sich nicht danach an.

Aber wann tat es das schon?

Nach einem winzigen Zögern ergriff ich die Hand und augenblicklich wurde sein Griff fester. »Du hast nicht vor, mir ins Gehege zu kommen, oder?«

Er musste es nicht aussprechen.

Unsterblichkeit.

Auch ungesagt hing das Wort zwischen uns und ließ mein Herz diesen winzigen Takt zu schnell schlagen.

Menschen strebten nach Unsterblichkeit.

Doch kaum einer würde sie finden.

Vampire teilten nicht gerne mit Sterblichen.

Sein stechender Blick kehrte zurück und fühlte sich an wie ein Messer, das nur darauf wartete, sich in mir zu versenken. Ich zog die Hand aus seiner.

Was immer das hier war, es wurde Zeit, die Regeln festzulegen.

Meine Regeln.

»Ich bin mir nicht sicher. Hast du denn vor, mir weiterhin auf die Nerven zu fallen?«

Seine Lippen öffneten sich für einen Laut, der es nicht herausschaffte, und Entgeisterung ersetzte die Schärfe in seinem Blick. *Hätte ich nur jedes Mal eine Bronzemünze bekommen, wenn ich so angeschaut worden wäre. Dann besäße ich mein eigenes prunkvolles Anwesen und das wäre vampirfrei.*

»Überleg es dir«, setzte ich hinterher. »Mir ist der eine Vampir genauso recht wie der andere.«

Gertrud keuchte auf, doch auf ihre Nerven konnte ich keine Rücksicht nehmen. Es galt, Grenzen abzustecken. Wenn Lorin mich weiterhin reizte, würde er es bereuen. Es war ein Fehler gewesen, seinen wunden Punkt so bereitwillig offenzulegen. Das schien er nun ebenfalls zu begreifen. Unruhe flackerte in seinen Augen, während sein Blick über mich fuhr.

Obwohl ich Spiegel mied, wusste ich genau, wie ich nach außen wirkte. Zu blass. Zu klein. Zu schmächtig. Lorin hatte mich als ungefährlich eingestuft. Ein Fehler.

»Halt dich an Aydan!« Seinen Befehl konterte ich mit einem Schulterzucken. *Wir würden sehen …*

Ich bekam einen mörderischen Blick, bevor er einknickte und sich ein Nicken abzwang. Nur eine winzige Bewegung, aber ein Sieg für mich. Er drehte sich um und verschwand.

»Wenn du so weitermachst, überlebst du hier nicht einmal eine Woche, Mädchen«, raunte mir Gertrud zu.

»Er hat angefangen.«

Die Hände am Tisch abgestützt, erhob sie sich leise stöhnend. Es wirkte, als verfluchte sie dabei still, dass ausgerechnet sie mich am Hals hatte. *Verständlich.* »Warum bist du hier?« In ihren braunen Augen spiegelte sich Erschöpfung. »Dort, wo du dich zurückhalten solltest, bist du impulsiv. Wenn du schweigen müsstest, sprichst du Dinge aus, die dir nicht über die Lippen kommen dürfen. Sobald du zuhören sollst, verflüchtigen sich deine Gedanken. Gleichzeitig erstarrst du beim Anblick der Herren zu Eis. Warum hast ausgerechnet du dich als Blutmagd aussuchen lassen?«

Eine berechtigte Frage.

Ich hasste es hier.

War es wirklich erst zwei Tage her, dass ich aus meinem Leben geflüchtet war?

»Weil mir keine andere Wahl blieb.«

Eine Wahrheit so schmerzhaft, dass ich den nächsten Atemzug geradezu in mich zwingen musste.

KAPITEL 3

AYDAN

»Was soll das?«, fuhr mich Norwyn an. »Warum lässt du dir einen Kelch kommen? Willst du mich provozieren?«

»Das fragst ausgerechnet du?« Sein gesamtes Verhalten gestern war eine einzige Provokation gewesen. Immerhin war die gestrige Nacht überstanden. Seit Wochen, sogar Monaten, hatte ihr Gewicht meine Gedanken niedergedrückt. Nun war eine neue Nacht angebrochen und dieser hier hafteten keine düsteren Bilder an.

Gestern hatte ich mich von Norwyn in eine Ecke drängen lassen, heute sicher nicht. Eines unserer stillen Blickduelle folgte – mit Blicken kühler als jedes Eis.

»Dieses abgestandene Gesöff, das du dir Nacht für Nacht einverleibst, mag dich am Leben halten.« Norwyn rümpfte die Nase. »Aber nicht mehr als das. Du bist nur ein farbloser Abklatsch deiner selbst. Zumindest bis gestern – bis du ihr Blut gekostet hast. Da ist dir aufgegangen, was du verpasst, oder? Für diese selbst auferlegte Buße gibt es nicht einmal einen Grund. Damit änderst du die Vergangenheit nicht. Finde endlich zu dir zurück, statt weiter herumzuvegetieren.«

»Du vergisst, dass es nicht an dir ist, über mich zu bestimmen.« Es gab Dinge, bei denen Norwyn die Oberhand besaß – wie dieses Anwesen –, doch ich war keiner seiner Dienstboten. Mir stand es frei zu gehen und meine Worte waren nichts als eine Erinnerung daran.

In den vergangenen Jahrzehnten hatten wir uns zwar entfremdet, doch es gab deutlich mehr Jahrzehnte, die wir Seite an Seite verbracht hatten. Wir hatten unzählige Nächte durchgeredet und gefeiert, als gäbe es kein Morgen. Wir teilten diese Fülle an Erinnerungen, die ein unendliches Leben mit sich brachte. Außerdem war das hier das einzige Heim, das ich besaß. Alles andere war längst vergangen. Es war nichts als eine leere Drohung, doch sie verfehlte ihre Wirkung nicht. Er presste die Lippen zusammen und sperrte ein, was immer er hatte sagen wollen. Im Gegensatz zu ihm konnte ich allein sein. Norwyn hingegen dürstete es nach Gesellschaft, besonders in diesem Anwesen, das gefüllt war mit menschlichen Dienstboten. Er brauchte die Nähe eines Gleichgesinnten. Die Allianzen zwischen den anderen hochrangigen Vampiren hielten. Keiner von ihnen würde hier meinen Platz einnehmen und die Zeiten, in denen wir unkontrolliert Menschen verwandeln konnten, waren seit Ewigkeiten vorbei. Bei hoch angesehenen Vampiren wie uns standen die Chancen gut, dass der Schattenrat uns eine einzige Verwandlung zubilligte, aber die Zustimmung zu erhalten, würde dauern. Außerdem war der Rat seit letztem Jahr damit ausgelastet, diese Seuche in den Griff zu bekommen. Nein, Norwyn musste sich mit mir arrangieren.

»Wie du meinst«, stieß er wie zum Beweis aus, gerade als die Tür erneut geöffnet wurde und Gertrud mit einem der gläsernen Kelche eintrat. Mit ausdrucksloser Miene stellte sie ihn vor mir ab und verneigte sich kurz. Ich hatte keine Ahnung, was in ihr vorging, ob sie mir vielleicht die Seuche an den Hals wünschte. Ihr Gesicht war genauso unbeweglich, wie es sein sollte. Ich strich prüfend über das Glas. Es war nicht kalt. Das bedeutete, das Blut kam nicht erst gerade aus der Kühlkammer. Es stand bereits einige Zeit, so wie ich es mochte.

Gertrud hatte vorgesorgt.

Eine Erkenntnis, die mich erfreuen sollte, weil ich so nicht gezwungen war, zu kaltes Blut zu trinken. Dennoch war ich es nicht. Es fühlte sich an, als wüsste Gertrud von der Schwäche in mir.

Sie war gerade dabei hinauszugehen, als Norwyn sie stoppte. »Sorg dafür, dass die Blutmagd hergerichtet wird. Der Besuch trifft bald ein.«

Hinter Gertruds regungsloser Miene blitzte etwas auf, das mein Interesse weckte. Sie war seit Jahrzehnten in unserem Dienst. Bisher hatte ich gedacht, dass sie nichts und niemand mehr aus der Bahn warf. Offensichtlich lag ich falsch. Dieses panische Flackern in ihren Augen sprach Bände. Norwyn hatte sich bereits abgewandt, sodass ihm entging, was sich auf Gertruds Gesicht abspielte. Grund dafür war sicher nicht der Besuch, schließlich bekamen wir andauernd welchen. Es musste an der Blutmagd liegen.

Wie konnte dieses kleine, bleiche Geschöpf Gertrud dermaßen aus der Bahn werfen?

Ich sah ihr nach, wie sie ungewöhnlich schnell die Tür anpeilte, wahrscheinlich, um der Neuen noch Dutzende von Anweisungen zu geben.

Vielleicht würde diese Nacht amüsanter werden als gedacht.

Die erzählten Anekdoten hatte ich schon so oft gehört, dass ich jede davon mitsprechen konnte. Es war ein eintöniger, belangloser Brei, in dem ich mehr und mehr einsackte. Gerade war Keron zum gefühlt zweihundertsten Mal dabei zu erzählen, wie der Schattenrat mit nur einer Nachricht die Aufstände des Widerstands niedergerungen hatte. Die anderen taten, als hätten sie die Geschichte nicht häufiger gehört als in einer Handvoll Nächte. Ich lauschte den Gesprächen nur genug, um nicht zu zeigen, dass ich in Gedanken dabei war, eine neue Komposition zu entwerfen. Hin und wieder gab ich eine Reaktion von mir, um dann abzuschätzen, wie lange ich noch gezwungen war, hier zu sein, bevor ich mich unauffällig zurückziehen konnte.

Dass die anderen lachten, bemerkte ich zu spät und verpasste die Möglichkeit einzustimmen. Norwyn streckte die Beine aus und einer seiner Schuhe traf mich. Was für Außenstehende wie eine Unachtsamkeit aussah, war eine stille Aufforderung, mich zu beteiligen. Er wollte zurück zu diesen Nächten voller Leben, die sich angefühlt hatten wie ein einziger Rausch. Norwyn liebte das Gewühl, das aufgeregte Tuscheln von Stimmen, die Abwechslung und die Zerstreuung, die Besucher mit sich brachten. Früher war es mir ähnlich ergangen. Diese Zeit war noch nicht lang genug her, um mich nicht daran zu erinnern. Gleichzeitig war sie so lang vergangen, dass ich spürte, dass ich kein Teil mehr hiervon war. Diese eine Nacht vor einem halben Jahrhundert hatte mich verändert. Norwyns Worten zufolge registrierten das auch die anderen, *trotz meiner Bemühungen.*

»Wir haben eine neue Blutmagd«, ertönte es nun von ihm. *Er hatte die Schritte im Flur also ebenfalls wahrgenommen.* Die ersten ungläubigen Blicke streiften ihn. Jeder wusste, dass Norwyn Blutknechte vorzog. »Für Aydan«, setzte er hinzu und die erstaunten Blicke änderten die Richtung und musterten jetzt mich. Ich presste die Zähne aufeinander und bemühte mich, es gleichzeitig nicht so aussehen zu lassen. »Kostproben gefällig?«, fragte Norwyn in die Runde. »Der Geschmack ihres Blutes ist einzigartig. Der Sucher, der sie uns brachte, hat nicht zu viel versprochen.« Er sah zu mir und kurz flackerte in seinen Augen die gleiche Verärgerung wie wenige Stunden zuvor. Als ich mir so ungerührt von Gertrud meinen üblichen Kelch hatte bringen lassen, statt nach der Blutmagd zu verlangen.

Der Kelch war längst geleert worden und verschwunden, bevor die Besucher zu uns kamen. Eine Vorsichtsmaßnahme. Es war zwar nicht unüblich, auf abgepacktes Blut zurückzugreifen, aber es war unüblich, nur abgepacktes Blut zu trinken. Besonders in meiner Stellung. Unser Haushalt war groß genug für ein Dutzend Blutdiener.

Noch bevor Gertrud eintrat, schien sich die geballte Aufmerksamkeit bereits auf die Frauen und ihre Schritte im Flur zu verlagern. Heute waren wir eine kleinere Gruppe, nicht mehr als zehn, und dennoch stoppte die Blutmagd entsetzt in der offenen Tür. Sie trug ein mohnblumenrotes, leicht ausgestelltes Kleid. Eine schlechte Wahl, es ließ ihre Haut noch farbloser wirken. Sie hätte beinahe als eine von uns durchgehen können, nur ihr trommelnder Herzschlag verriet sie. Der bodenlange Rock war bestickt mit goldenen Ornamenten, die zur Taille hin immer weiter zunahmen. Das Oberteil selbst war unauffälliger. Eine Corsage, im gleichen Rotton gehalten, nur die Schultern waren mit roter Spitze bedeckt. Darunter blitzte verheißungsvoll Haut hervor. Ihr beinahe weißes Haar war heute am Hinterkopf hochgesteckt und gewährte freie Sicht auf ihren Hals. Jeder von uns stellte sich wohl gerade vor, wie es wäre, seine Zähne in dieses Stück Haut zu vergraben. Selbst mein Blutdurst regte sich bei dem Gedanken. Sie schien es zu ahnen, denn ihre Hand zuckte in die Höhe, als wollte sie den bloßgestellten Hals verbergen. Doch sie kam nicht dort an. Gertrud ahnte, was sie vorhatte, und trotz ihres Alters war sie schnell. Sie schnappte ihren Arm und zerrte die Blutmagd unwirsch hinter sich her. Die einzig sinnvolle Entscheidung. Deswegen war Gertrud das Oberhaupt der Dienstboten. Sie kannte Norwyn gut genug, um ihn nicht zu verärgern, und das Verhalten der Neuen bot schon jetzt Anlass dazu. Dankbarkeit fand sich keine auf dem Gesicht der Blutmagd. Sie warf Gertruds Hinterkopf einen so finsteren Blick zu, dass meine Mundwinkel nach oben zuckten. Dabei konnte ich selbst nicht sagen, was mich daran amüsierte.

»Genug!« Norwyns Stimme war schärfer als jede Klinge. Heute Nacht hatten wir Zuschauer, er würde ihr ein solches Verhalten nicht vor ihnen durchgehen lassen.

Sie sah auf und das wenige an Farbe in ihren Wangen schwand angesichts seines finsteren Blicks. Jetzt ahnte sie wohl, dass sie ein größeres Problem bekam als die alte Frau, die sie mit sich schleifte wie ein ungezogenes Kind. *Ich hatte mich nicht geirrt, sie war eine katastrophale Blutmagd.* Norwyns Miene zufolge bestand die berechtigte Gefahr, dass er sie heute noch aus seinem Dienst entließ.

Sollte er doch.

Ich hatte mein abgepacktes Blut und damit war ihre Anwesenheit so überflüssig wie Schneeflocken im Sommer. Wir konnten sie nicht einmal unseren Gästen anbieten, weil ihr Benehmen uns zum Gespött machte. Schon jetzt spürte ich die Verwunderung der anderen und ihre leise Erheiterung – dabei hatte sie bisher nur den Raum durchquert.

Die Frauen stoppten vor uns. Dort, wo Gertruds Gesicht eine vorbildliche, ausdruckslose Maske war, weiteten sich die tiefblauen Augen der Jüngeren entsetzt. Einen Moment trafen sich unsere Blicke, bis Norwyn nach ihrem Handgelenk griff und ihre Aufmerksamkeit auf sich zog. Ihr Mund öffnete sich wie zum Protest, doch seine wutentbrannte Miene schien jedes ihrer Wörter aufzulösen, bevor es über ihre Lippen trat.

»Das ist sie?« Keron stieß ein höhnisches Lachen aus. »Das ist keine Blutmagd, sondern ein verschrecktes Kaninchen. Dein Sucher sollte es zurück in den Bau stecken, aus dem er es gelockt hat.« Die anderen stimmten in sein Gelächter ein. Das war zu erwarten gewesen. Die Gesichter von Blutdienern hatten ausdruckslos wie die von Puppen zu sein, doch in den Augen der Neuen stürmte es. Ihre Lippen zitterten und ihr Blick flog durch den Raum, suchte Rettung und fand keine. Ich konnte Keron nicht ausstehen. Er war ein kleingeistiger Schnösel, aber seine Einschätzung zu ihr teilte ich.

Norwyns Miene war härter als jeder Felsen, nachdem ausgerechnet Keron ihn vorführte, mit dem ihn eine Art Hassliebe verband. Wobei der Hass in den letzten Jahrzehnten überwog. *Es wurde eng für sie.* Ihre Chancen, morgen noch hier zu sein, schrumpften sekündlich. Sie aber starrte mittlerweile auf den Boden, als könnte sie ihn allein mit ihrer Willenskraft dazu bringen aufzubrechen, um sie zu verschlucken.

»Ihr Blut ist exquisit genug, um über das ein oder andere Ärgernis hinwegzuschauen.« Obwohl Norwyn sich bemühte, gelassen zu klingen, blieb dieser leicht raue Unterton. Kerons Lachen nahm zu und mit ihm das düstere Funkeln in Norwyns Augen. »Ich erlaube dir eine Kostprobe.«

Es war ein riskanter Schachzug, ausgerechnet Keron das Urteil zu überlassen. Würde er den Geschmack ihres Blutes loben, wäre das ein Triumph … wenn nicht, wollte ich nicht in der Haut der Blutmagd stecken.

Mit einem spöttischen Lächeln auf den Lippen trat Keron auf die Sterbliche zu, die weiter den Boden anstarrte, in der Hoffnung, es würde sich der erste Riss auftun. Gelächter ertönte um mich herum, aber meine eigene Erheiterung schwand.

Noch nie hatte ich so viel Anspannung in einem Lebewesen gesehen. War das letzte Nacht auch so gewesen? Ich konnte es nicht sagen, weil ich sie nicht beachtet hatte. Schuld flackerte in mir auf.

Keron griff ihren Arm und zog ihn für eine Geruchsprobe zu sich. Zeit, die ich mir gestern nicht genommen hatte. Seine Haltung veränderte sich, je länger er den Geruch ihres Blutes in sich aufnahm. Das Grinsen verschwand und wurde ausgelöscht durch abgrundtiefe Entgeisterung, die Norwyn mit einem feinen Lächeln quittierte. Es war sonderbar, Kerons Ungläubigkeit zu sehen, weil sie sich wie ein Spiegel zu der anfühlte, die mich gestern überrollt hatte.

Erinnerungen stiegen in mir auf und plötzlich erfüllte wieder dieser alles einnehmende Geschmack ihres Blutes meinen Mund. Keron stieß seine Zähne in sie und Durst erwachte in mir, trotz des Kelches, den ich vorhin geleert hatte. Und mit ihm dieser drängende Wunsch, Keron zur Seite zu stoßen, um selbst von ihr zu trinken.

Ich wollte ihr Blut.

Jetzt.

Sofort!

Was zur Hölle?

Seit fünf Jahrzehnten verspürte ich keinen echten Drang mehr, auf diese Weise zu trinken. Wieso also tat ich es jetzt? Ich war damit beschäftigt, diesen Drang wieder in mir wegzusperren, als ein Laut alles andere fortdrängte.

Ein winziges, schmerzerfülltes Keuchen.

Sie war zu angespannt.

Jeder Zug musste eine Qual für sie sein.

Ihre Wimpern flatterten und ihr Körper wurde steif wie ein Brett.

War es gestern für sie genauso schlimm gewesen?

Keron hielt ihren Arm fest umklammert und sein Trinken wurde gieriger.

»Das reicht«, stieß ich aus. Die anderen sahen zu mir herüber, nur nicht der eine, für den meine Worte bestimmt waren. »Hör auf, Keron! Sie hat Schmerzen.« Er musste von ihr ablassen, aber er ignorierte mich. Von ihr kam nicht die geringste Reaktion. Die Augen hielt sie mittlerweile geschlossen. Es wirkte, als wäre sie eingesperrt in diesem Körper, der nicht imstande war, sich zu bewegen. Zu flüchten. Zu schreien …

Ich sah zu Norwyn. *Er musste doch erkennen, dass sie kurz davorstand, das Bewusstsein zu verlieren?*

Nein.

Es war ihm gleichgültig.

So begriffen alle, dass sie tatsächlich besonders war.

»Hör auf!« Keron ignorierte meinen Befehl nicht nur, er erhöhte sogar das Tempo – trank zu viel. Zu schnell. Ihre Beine knickten ein und der Körper verlor unvermittelt all seine Spannung. In diesem tiefroten Kleid erinnerte sie mich an die Mohnblumen, die sich früher versteckt zwischen den Weizen fanden. Damals hatte ich hin und wieder eine davon gepflückt und sie Mutter gebracht, nur um zu sehen, wie sie innerhalb von Stunden in der Vase zusammenfiel.

Die Blutmagd brauchte nur Sekunden, um zu verblühen. Das helle Gesicht in dem Tiefrot wirkte so verloren, dass es etwas in mir rührte, das ich lange nicht mehr gespürt hatte. Mitleid.

Selbst jetzt ließ Keron nicht von ihr ab. Er kniete sich neben sie, schien nicht imstande, sich von ihr zu lösen. *Dann würde ich ihn dazu zwingen.*

Ich sprang auf. Nur den Bruchteil einer Sekunde später legte ich die Hände an seine Schultern. Eine niederträchtige Berührung für uns, besonders, wenn man – wie ich – den Hals des Vampires dabei berührte. Unser wunder Punkt. Keron gab augenblicklich ihren Arm frei, um zurückzuschnellen, und schubste mich zu Boden.

»Ich hoffe nicht, dass ihr darüber nachdenkt, euch hier unter meinem Dach zu prügeln, als wärt ihr Primaten«, mischte sich Norwyn endlich ein. Viel zu spät und viel zu erfreut.

Nach einem winzigen Zögern wich Keron tatsächlich zurück.

Schade.

»Dein Freund hat sich auf mich gestürzt.« Gelassen zog er sein taubenblaues Jackett mit dem goldenen Rosenmuster gerade. »Du solltest ihn unter Kontrolle bringen.«

Ich für meinen Teil blendete den Unsinn aus und rutschte zu ihr. Behutsam legte ich die Hand an das helle Gesicht und hauchzarter Atem fuhr über meine Haut. *Sie atmete.* Erleichterung löste die dunklen Erinnerungen auf, die bereits angekrochen kamen.

Irgendwo hinter mir dröhnte Norwyns vergnügte Stimme. »Daran bist du nicht unschuldig. Deinetwegen ist seine Blutmagd zusammengebrochen.«

Großartig.

Ich ersparte mir jeden Kommentar und ließ die Arme unter sie gleiten. Sie musste hier weg. Ihr Kleid raschelte, als ich sie hochhob, und die hellen Strähnen ihres Haares mischten sich in das Rot des Stoffes. Anscheinend weckte sie die Bewegung, denn ihre Augen öffneten sich und sahen mir entgegen.

Dunkelblaue Tiefe.

Ich versank darin.

Orientierungslos.

Das gestern hatte ich mir nicht eingebildet. Solche Augen hatte ich nie zuvor gesehen. Diese Tiefe, die wirkte, als könnte sie alles verschlucken – *mich verschlucken* – und niemals wieder auftauchen lassen.

Um uns herum nahmen die Gespräche Fahrt auf. Norwyn und Keron führten das energischste und rissen mich damit von ihrem Anblick los. Ich musste sie wegschaffen, bevor Keron ihm weitere Kostproben abschwatzte. Erst kurz vor der Tür hörte ich, wie Norwyn nach mir rief, aber ich ignorierte ihn und trat auf den Flur.

Für heute hatte ich genug von seinen Freunden.

Und von ihm.

Ich sprach nicht mit ihr, während ich den Weg zum Dienstbotenquartier einschlug. Wozu? Es gab nichts, das uns verband, und somit nichts, worüber wir hätten reden können. Eigentlich wollte ich sie einem der Dienstboten übergeben, bis mir einfiel, dass die nicht in der Lage waren, sie zum Dienstbotentrakt zu tragen. Also musste ich das übernehmen. *Auch das noch.* Es war höchste Zeit, die alten Dienstboten auszuwechseln, denn das hier war eine Zumutung.

Ich schob die Tür zum Trakt auf und stieß einen weiteren stillen Fluch an das Schicksal, Norwyn, Keron und einfach alles und jeden aus. Die gefallene Mohnblume in meinem Arm durch den schmalen Flur zu tragen, erwies sich als schwieriger als gedacht.

»Wo ist dein Zimmer?« Ich hatte sie seit diesem intensiven Blick ignoriert, doch nun blieb mir nichts anderes übrig, als mit ihr zu sprechen.

»Letzte Tür links.«

Ernsthaft?

Nun bekam auch Gertrud einen stummen Fluch ab. Einen besonders bissigen. Ich hatte nicht den kleinsten Zweifel, dass sie hinter dieser Zimmerauswahl steckte.

Unwirsch bugsierte ich sie durch den restlichen Flur, stieß ihre Tür auf und fand das Zimmer dahinter. Die Vertrautheit war wie ein Schlag mitten in meinen Magen. Himmelblaue Wände und weiße Möbel. Ein Bettgestell aus verschnörkeltem Eisen, bei dem an manchen Stellen die Farbe abblätterte und enthüllte, was darunter lag. Die alte Frisierkommode versank nun unter Klammern und einer darüber geworfenen Strickjacke. Auf dem Stuhl davor befand sich ein unscheinbares Kleid in einem Erdton. *Hatte sie das getragen, als sie mir vorgestellt worden war?* Wahrscheinlich. Ich hatte sie kaum beachtet. Dafür hatte ich gestern schon gewusst, dass sie mir Schwierigkeiten bereiten würde. Ich hatte Recht behalten. Nur eine Nacht später stand ich ausgerechnet hier, mit ihr im Arm.

Gereizt legte ich sie auf ihrem Bett ab. Ich konnte es nicht erwarten, sie loszuwerden. Ihr ging es offenbar ähnlich, denn kaum löste ich den Griff, wich sie vor mir zurück und presste sich an die Wand in ihrem Rücken. Ihr ganzer Körper, der bis gerade noch so hilflos gewirkt hatte, stand nun unter Strom. Aus großen Augen starrte sie mich an, als wäre ich ein Raubtier, das sich jeden Moment auf sie stürzte.

Ich machte mir nicht die Mühe, mit ihr zu reden, drehte mich ab und verließ den Raum. Leider erwies sich der Aufenthaltsraum als so leer, wie er sich angefühlt hatte.

Verflucht.

Konnte ich sie so allein lassen?

Vermutlich nicht.

Grimmig ging ich hinüber zum Kristallkrug und füllte eines der daneben stehenden Gläser mit Wasser. Etwas Besseres fiel mir nicht ein. Kurz hielt ich inne, weil mir aufging, dass ich Dienstbotentätigkeiten für einen Menschen übernahm. *Diese Nacht wurde mit jedem Moment absurder.*

Mit dem Glas trat ich den Rückweg an. Unwirsch öffnete ich ihre Tür erneut. Dem grimmigen Blick nach, den sie mir zuwarf, hatte ich mich zukünftig vorher bemerkbar zu machen.

Nein.

Keinesfalls würde es ein nächstes Mal geben.

Wenige Schritte und ich war bei ihr, reichte ihr das Glas, doch sie nahm es mir nicht ab. Stattdessen starrte sie mich an, die Lippen leicht gespitzt, die Augenbrauen zusammengezogen, und in ihren Augen funkelte es finster. »Geh!«

Ernsthaft?

»Dir ist klar, dass ich dich nicht nur gerettet, sondern auch noch hierhergebracht habe und dich versorge?« Da sie nicht danach griff, stellte ich das Glas kurzerhand auf den Nachttisch. *Ich war nicht ihr verdammter Glas-Halter!*

»Vor einem deiner Freunde.« Ihre Worte waren so leise, dass sie wohl nur für sie selbst bestimmt waren. Offenbar wusste sie nicht, wie gut unser Gehör war. »Erwarte lieber nicht allzu viel Dankbarkeit für ein schnödes Glas Wasser.« Sie zog Klammern aus ihrem Haar und befreite Strähne um Strähne, die sich sanft über ihre Schultern ergossen. Mich beachtete sie nicht weiter. Ob sie mich so dazu bringen wollte, zu gehen? Diese Blutmagd war das Sonderbarste, das mir bisher an Menschen unter die Augen gekommen war.

»Es kann hin und wieder geschehen, dass dir schwindelig wird, gerade am Anfang, wenn dein Körper sich noch nicht ans Trinken gewöhnt hat.« Keine Ahnung, warum ich mir die Mühe machte, sie zu beruhigen. Ihr Haar hatte sie wie einen Vorhang vors Gesicht gelegt – wohl um mich auszusperren. Seelenruhig zog sie die letzte Klammer heraus. Was auch immer diese Panik vorhin ausgelöst hatte, die Angst, in Ohnmacht zu fallen, offenbar nicht.

Ihr Blick zog an mir vorbei, als würde sie mich nicht wahrnehmen. Ich sollte gehen, aber ihr Verhalten faszinierte mich. Die meisten Sterblichen reagierten langweilig vorhersehbar. Für sie galt das nicht.

In meinem Magen erwachte ein Zerren. Durst. Dabei hatte ich einen ganzen Kelch getrunken. Während ich versuchte zu verstehen, was in mir vor sich ging, roch ich ihn, diesen Hauch nach Tausendschön.

Ihr Blut.

Auch das noch.

Die unsichtbaren Hände, die an meinem Magen rissen, verwandelten sich in Krallen, die daran kratzten. *Gottverdammt.* Dieses Gefühl hatte mir nicht gefehlt.

»Gib mir deinen Arm!«

Sie riss den Kopf herum und starrte mich an. Damit, dass ich von ihr trinken wollte, schien sie nicht gerechnet zu haben. Ein weiterer Fehler. Solange ihr Vertrag ging, war ihr Blut mein Recht. Ich konnte es verlangen, wann immer mir danach war. Das bisschen Farbe, das ihr Gesicht wieder angenommen hatte, verblasste. Sie war zurück, diese Angst in ihrem Blick, und sie ließ mich frösteln.

»Ich habe nicht vor zu trinken … *Nicht jetzt*«, schob irgendwas in mir hinterher und überraschte mich selbst. *Hätte ich es sonst eingefordert?* »Du blutest.« Ich deutete auf ihren Arm, dorthin, wo sich ein rotes Rinnsal seinen Weg hinab suchte. »Er ist nicht mehr dazu gekommen, seinen Biss zu versiegeln, oder die Wunde hat sich geöffnet.«

Sie sah hinunter und starrte das Blut an. Ein Ruck ging durch sie und im nächsten Moment zerrte sie den Stoff ihres Kleides hoch und wischte hektisch über die Wunde.

»Lass das.«

»Der Stoff ist ohnehin rot«, stieß sie aus und wischte weiter. »Außerdem habt ihr so großen Gefallen an Blut, da wird euch das wohl kaum stören.«

»Mäßige lieber deinen Ton. Wenn du so mit Norwyn sprichst, setzt er dich höchstpersönlich vor die Tür.« Ihre Unterlippe schob sich trotzig vor, aber sie schwieg, warf einen vorsichtigen Blick auf die Wunde und presste erneut den Stoff ihres Kleides darauf. »Gib mir deinen Arm.« Was immer sie da veranstaltete, würde die Blutung nicht ausreichend stoppen und sie hatte heute schon genug Blut verloren. »Sofort!«

Ein Moment verging ohne eine Regung von ihr, dann, endlich, zog sie den roten Stoff davon, entblößte die Blutspuren auf ihrem Arm. Die unsichtbaren Krallen bohrten sich augenblicklich tiefer in meinen Magen.

Plötzlich fühlte sich meine Forderung an wie ein Fehler.

Aber Flucht war erbärmlich.

Also griff ich ihren Arm und spürte, wie er unter der Berührung zitterte. Jetzt hatte sie wieder Angst vor mir?

»Ich versiegele nur die Wunde.« Keine Ahnung, wem ich das hier versicherte. Ihr? Mir? Oder diesem nagenden Durst?

Rote Schlieren auf heller Haut schienen nach mir zu rufen.

Verdammt sei diese Nacht.

Ich presste den Mund auf die blutende Wunde und spürte, wie die Blutmagd unter mir zusammenzuckte. Sie traute mir nicht. So sehr, wie sich der Durst in mir aufbäumte, konnte ich ihr das nicht einmal übel nehmen.

Es kostete mich all meine Selbstbeherrschung, um die Zähne nicht in ihrer Armbeuge versinken zu lassen. Schnell fuhr ich mit der Zunge über die blutenden Einstiche. Das hatte ich schon unzählige Male gemacht, aber als ich diesmal das Blut schmeckte, fraß mich der Durst von innen heraus auf.

Ich sprang von ihr weg und fand mich an der Tür wieder.

Was zur Hölle …?

»Mit deinem Blut stimmt etwas nicht!«, fuhr ich sie an und stürmte aus ihrem Zimmer.

Fort von ihr.

Fort von ihrem Blut.

Bevor es sich dieser hungrige Teil in mir doch noch anders überlegte.

KAPITEL 4

»Keron will uns die Blutmagd abkaufen.« Norwyns Worte rissen mich aus meinem Buch. Heute Nacht fiel es mir schwer, dem Inhalt auf den Seiten zu folgen. Aber ich kannte ihn ohnehin auswendig. Bis gerade hatte es mir nur einen Vorwand geboten, kein Gespräch zu führen. Damit war es vorbei.

»Hat er sich gestern nicht noch über sie amüsiert?« Ich griff nach dem Kelch und trank einen tiefen Schluck, in der Hoffnung, dass das Blut meine Gereiztheit linderte. Seit diese Blutmagd ins Haus gekommen war, stellte diese Gereiztheit einen Dauerzustand dar.

»Das war, bevor er sie vor lauter Entzücken besinnungslos getrunken hat.« Bei Norwyn klang es, als wäre das eine wunderbare Entwicklung, ich aber musste ein Knurren zurückhalten.

»Und jetzt, wo er registriert hat, dass sie etwas Besonderes ist, will er sie gerne seiner Sammlung hinzufügen?«, beendete ich Norwyns Gedanken, was mir ein weiteres zustimmendes Lächeln einbrachte. Manche von uns sammelten Blutdiener und besaßen welche für alle Gelegenheiten. Sie erfreuten sich an den unterschiedlichen Aromen, suchten andauernd neue Facetten davon. Keron hatte eine exquisite Sammlung. Im Gegensatz zu Norwyn und mir. Wir beschäftigten nur so viele Dienstboten wie nötig, und die so lange wie möglich. Wir mochten weder Veränderungen noch Menschen. Es war nervtötend genug, wenn die Blutdiener ausgetauscht werden mussten, weil die

Haut an den Armen dünner wurde und ihre Hände und Gesichter Falten aufwiesen. Unsere Welt bestand aus Schönheit und Perfektion, nicht aus Krähenfüßen. Zwar blieb das Aroma des Blutes entscheidend, aber es musste uns ansprechend serviert werden.

Ich trank erneut einen Schluck und stellte den Kelch dann lustlos vor mir ab. Heute bekam ich den Inhalt kaum runter und der Grund dafür war so eindeutig, dass ich den Glaskelch am liebsten gegen die nächste Wand geworfen hätte. Ich wollte kein Blut, das irgendwann abgefüllt worden war und längst sein Aroma verloren hatte. Nicht einmal Blut von irgendeinem Menschen. Es war einzig und allein *ihr* Blut, das ich wollte.

»Also?« Es dauerte einen irritierten Augenblick, bevor ich verstand, weshalb er mich fragend ansah.

»Du denkst doch nicht ernsthaft darüber nach, sie abzutreten?« Ich war lauter, als ich sein wollte, und entgeisterter, beides registrierten wir. Während es meiner Gereiztheit neue Nahrung lieferte, ließ es Norwyns Augen triumphierend funkeln.

»Warum?«, fragte er betont gelassen und zog das Wort provozierend in die Länge. »Im Gegenzug bietet er uns freie Auswahl aus seiner eigenen Dienerschaft. Wir können nehmen, wen wir wollen. Es wird Zeit, dass wir unsere austauschen. Keron hat diesbezüglich einen vorzüglichen Geschmack. Das würde sich für beide Seiten lohnen. Außerdem ist sie hier nur eine Verschwendung und du weißt, wie ich zu Verschwendung stehe. Wenn du sie nicht willst, bekommt Keron sie.«

»Nein.« Meine Faust fand den Kelch und er schlug auf dem Boden auf. Das Licht der Leuchter spiegelte sich in den Scherben und Blut bahnte sich seinen Weg an ihnen vorbei. Ein seltsamer, beinahe faszinierender Anblick.

»Du willst sie also doch nutzen.« Norwyn ging über den zerschmetterten Kelch kommentarlos hinweg. »Wunderbar.« Er beugte sich ein Stück vor und zog meinen Blick zurück auf sich. »Nur um das klarzustellen, es bleibt bei dem Status als Blutmagd.«

Hätte ich den Kelch nicht bereits zerstört, wäre er spätestens jetzt gegen die nächste Wand geflogen. Auf diese Forderung gab es nur eine Antwort und die kannte Norwyn.

»Gut.« Er wartete mein Einverständnis nicht einmal ab. Was er auf meinem Gesicht vorgefunden hatte, reichte ihm. »In dem Fall werde ich Keron gleich eine Nachricht schicken und ihm mitteilen, dass wir uns gegen einen Verkauf entschieden haben.«

»Richte ihm direkt aus, dass er hier momentan nicht erwünscht ist.« Ich stand auf und nahm das Buch. Norwyn schüttelte den Kopf und setzte zu einem ungläubigen Lächeln an. »Es ist mein Ernst. Er wird sie nicht mehr anfassen und von mir sollte er sich zur Sicherheit in den kommenden Nächten ebenfalls fernhalten. Jetzt entschuldige mich, ich fürchte, mir steht heute nicht der Sinn nach Gesellschaft.« Er durfte die anderen allein bespaßen. Warum mussten sie überhaupt schon wieder herkommen?

Bespaßen.

Ein beunruhigender Gedanke stoppte meinen dramatischen Abgang, noch bevor ich die Tür erreichte.

Er plante die Blutmagd herumzureichen.

Deshalb hatte er die anderen eingeladen.

»Niemand trinkt von ihr. Ihr Blut gehört mir.« Jedes der Worte fühlte sich falsch an. Ich wollte sie nicht. Aber noch weniger wollte ich, dass sie von ihr tranken.

Nicht nach dem, was gestern geschehen war.

Nicht, nachdem ich ihre Panik gesehen hatte.

»Du bietest sie nicht an.«

Mit jedem meiner Worte verfinsterte sich Norwyns Miene weiter. Er wollte sie herumreichen wie ein Schmuckstück, um sich in der Bewunderung der anderen zu suhlen.

Das konnte er vergessen.

»Sie gehört mir«, stieß ich erneut aus und ging.

Keine Ahnung, was ich hier tat.

Jahrzehntelang hatte ich mich geweigert, den Dienstbotentrakt zu betreten, nun tat ich es die zweite Nacht in Folge. Ich hatte gedacht, dass es unangenehm sei, einen der Dienstboten nach ihrem Zustand zu fragen. Jetzt fühlte es sich an, als könnte das hier schlimmer sein.

Der Gedanke verfestigte sich, als ich den Trakt betrat und beinahe sofort ein Dienstbote im Flur erschien. Natürlich. Gestern, wo ich einen gebraucht hätte, hatte sich niemand von ihnen finden lassen. Jetzt, wo ich keine Aufmerksamkeit wollte, starrte mich dieser hier an, als wäre ich ein Ungeheuer, das den Tiefen der Hölle entstiegen war, um ihn zu erschrecken.

Ganz falsch lag er damit nicht.

Endlich schien er sich daran zu erinnern, was von ihm verlangt wurde, und beugte den altersschwachen Körper vor mir. »Ihr wünscht, Herr?«

Was hatte ich mir nur hierbei gedacht?

»Nichts«, erwiderte ich harsch und trommelte mit den Fingerspitzen auf dem Buch herum. »Wo ist …«, *verflucht, ich kannte ihren Namen nicht,* »… die Blutmagd?«

Er brauchte zum Antworten diese unangenehme Sekunde zu lang, die mir überdeutlich machte, dass ich mich sonderbar benahm. *Als wenn ich das nicht wüsste.*

»Im Aufenthaltsraum, Herr. Soll ich sie zu Euch bringen?« Dann wäre ich gezwungen, weiter hier herumzustehen, und bei meinem Glück würden noch mehr Dienstboten auftauchen. Ich wandte mich grußlos ab und peilte die halb geöffnete Tür in der Mitte des Flurs an. Zumindest musste ich heute nicht ihr Zimmer betreten, *das war besser.* Kaum trat ich in den schlauchförmigen Raum, stellte ich fest, dass ich mich geirrt hatte.

Nichts war besser.

Sie saß an dem langen Tisch und hatte die Füße vor sich auf die Sitzfläche gestellt. Vor ihr stand neben einem Glas Wasser ein leerer Teller. Ich musste nicht raten, was sich vorhin noch darauf befunden hatte. Der Geruch nach gekochtem Gemüse hing wie eine unsichtbare Wolke im Raum. Sie wirkte, als ginge es ihr gut. Sogar ein Anflug von Rosa fand sich auf ihren Wangen, ein Hauch von Farbe in all der Helligkeit. So wild, wie ihr Haar um ihre Schultern lag, hatte sie sich nicht die Mühe gemacht, es zu kämmen. Sie strich eine kürzere Strähne zur Seite und erst jetzt registrierte ich die übergroße Strickjacke, die sie trug. Keine passende Kleidung bei ihrer Position. Dennoch, das Bild, das sich vor mir auftat, passte besser zu ihr als die elegante Hochsteckfrisur und das Mohnblumenkleid von letzter Nacht. Vielleicht weil sie zum ersten Mal ansatzweise entspannt wirkte. In diesem Strickungetüm, in dem sie beinahe versank, mit den hochgezogenen Beinen auf dem Stuhl, die Arme auf den Knien abgestützt. Selbst ihre Augen funkelten im Licht der Lampen. Grund dafür schien Norwyns Blutknecht zu sein, der neben ihr saß und sich dennoch dieses unerfreulich überflüssige Stück zu ihr beugte, um ihr etwas zuzuraunen.

Ein Grollen erwachte hinter meiner Brust, so tief, dass es in den Rest von mir ausstrahlte. Es war erschreckender als der Durst, der sich bei ihrem Anblick bereits verhalten meldete. Die beiden so vertraut miteinander zu sehen, sollte mir gleichgültig sein, aber das war es nicht.

Vielleicht spürte der Blutknecht etwas von dem Grollen in mir, denn er drehte sich um und fand mich. Augenblicklich sprang er auf, senkte demutsvoll den Kopf – ganz wie es von ihm erwartet wurde. Sie bemerkte mich nun ebenfalls. Ich bekam einen Blick, der mit gutem Willen als frostig durchging. Sofort zog sie die Füße auf den Boden, presste den Rücken an die Lehne und nickte mir widerwillig zu.

Wenn dieses winzige Etwas überhaupt ein Nicken war.

Sie wollte mich nicht sehen.

Warum war ich hierhergekommen?

Das war eine beeindruckend miese Idee gewesen.

Alles.

Der Blutknecht öffnete den Mund, aber ich kam seinen Fragen zuvor. »Geh!« Ich deutete auf die Tür und der Mann – dessen Namen ich mir niemals würde merken können – verschwand. So flink und leise, wie man es sich nur wünschen konnte. Wahrscheinlich hätte die Blutmagd mir gern Ähnliches befohlen, aber dazu war sie außerstande und so fanden wir uns im tiefen Schweigen wieder.

Was zur Hölle hatte ich mir hierbei gedacht?

Meine Finger setzten sich in Bewegung und spielten eine Melodie, weil sich in meinem Kopf offenbar nur noch Leere fand.

»Wie fühlst du dich?« Die Worte, die schließlich ihren Weg aus mir herausfanden, klangen starr und ungelenk und die Kälte in ihren Augen fiel um weitere Grad. Als sie mit dem Blutknecht gesprochen hatte, war der Ausdruck darin lebendiger gewesen und wärmer. Das gefiel mir nicht, aber noch weniger gefiel mir, dass ich mir über solche Nichtigkeiten Gedanken machte.

»Gut genug.« Ihre Stimme zitterte. »Du bist zum Trinken hier?« Ihre linke Hand schob sich über den rechten, aufgescheuerten Ärmel. Kurz dachte ich, sie würde ihn hochziehen und mir ihren Arm freilegen, doch ihre Finger krallten sich in den Stoff und schienen ihn mit aller Gewalt dort halten zu wollen. *Damit ich nicht von ihr trank.*

»Nein.«

War ich das nicht?

Der Durst kratzte empört mit seinen Krallen.

Überraschung zog wie eine Sommerbrise über ihr Gesicht. Langsam entspannte sich der Griff ihrer Finger, aber sie blieben dort. *Sie vertraute mir nicht.* Warum sollte sie auch? Wieder machte sich die unangenehme Stille zwischen uns breit.

»Weshalb bist du dann da?« Nun brach sie unser Schweigen und bedachte mich mit diesem sonderbar durchdringenden Blick. Er ließ keinen Raum, um gegen die nicht standesgemäße Anrede zu protestieren. Es fühlte sich an, als sähe sie damit mitten in das, was einst mein Herz gewesen war. Eine beklemmende Vorstellung. Ich wollte nicht wissen, was sie dort vorfinden würde.

»Um zu erfahren, ob es dir besser geht.« Die einzige Antwort, die ansatzweise Sinn ergab.

»Dann hättest du einen der Dienstboten fragen können.«

Sie hatte mich durchschaut und nicht nur das. Sie besaß die Unverschämtheit, es mich wissen zu lassen. Wie konnte es sein, dass mich ein Mensch, noch dazu meine eigene Blutmagd, in Verlegenheit brachte? Und wieso amüsierte mich das, obwohl es mich verärgern sollte? Der Takt meiner klopfenden Fingerspitzen beschleunigte sich.

Sie zuckte mit den Schultern, als hätte sie gewusst, dass es darauf nichts zu erwidern gab. »Du wirst heute Nacht nicht benötigt.« Mein erbärmlicher Versuch, diese Situation unter Kontrolle zu bekommen.

»Er wird also nicht kommen?«, stieß sie aus, so gepresst und atemlos, dass ich ahnte, dass nicht nur ich Gelassenheit vortäuschte.

Keron.

»Nein. Er wird dich nicht mehr anrühren.«

»Keine Maßliebchen für mich.« Worte, von denen ich nicht sagen konnte, für wen von uns beiden sie bestimmt waren. Nichts davon ergab Sinn. Sie war ein einziges Rätsel für mich und gleichzeitig war ich außerstande, diese Sterbliche nach der Lösung zu fragen.

Maßliebchen.

Ganz entfernt meldete sich etwas, aber ich bekam es nicht zu packen. Ihre Lippen verzogen sich zu einem winzigen, triumphierenden Lächeln.

Auch das noch.

Sie wusste, dass ich keine Ahnung hatte.

»Oscar Wilde?« Sie deutete auf das Buch in meiner Hand.

Verflucht.

Jetzt begriff ich, wovon sie sprach. Ihre Augen funkelten. *Weil sie glaubte, mir überlegen zu sein?* Das konnte sie vergessen. Schlimm genug, dass ich zu lange gebraucht hatte, um ihre Anspielung zu verstehen.

»Wachsen hört unterm Schnee Maßliebchen sie«, gab ich zurück und sah mit Genugtuung dabei zu, wie sich ihre Augen verblüfft weiteten. Sie hatte wohl nicht damit gerechnet, dass ich das Gedicht auswendig kannte. »Ziemlich düster für einen Menschen.«

Das wäre ein guter Moment zu verschwinden, doch der Rest von mir schien seinen ganz eigenen Willen zu besitzen. Also blieb ich, um mit dem hier weiterzumachen. Dabei wusste ich nicht einmal, was das hier war. Ein Kräftemessen? Nur irgendwie … *spielerischer*?

»Du wirst sie nie hören können.« Worte so anmaßend, dass sie mich nach Luft hätten schnappen lassen, wenn ich das nicht vor einigen Jahrhunderten aufgegeben hätte.

»Warum sollte das jemand wollen?« Meine Antwort kam zu schnell und ihre Mundwinkel hoben sich ein winziges Stück. Ein weiterer Krümel, den sie mir vor die Füße geworfen hatte und nach diesem hier hatte ich sogar geschnappt.

Ich hatte diese Sterbliche unterschätzt.

»Hinter unserem Haus gab es eine Wiese mit Maßliebchen«, sagte sie und ihre Stimme klang nun beinahe sanft. »Früher habe ich stundenlang dort gelegen, mein Ohr auf den Boden gepresst und versucht, sie zu hören.« Ich hatte ihn ewig nicht gesehen und doch erinnerten mich ihre Augen für einen Moment an die Farbe des Sommerhimmels. »Irgendwann werde ich sterben und herausfinden, wie sie klingen. In Wahrheit sind es nicht wir Menschen, die Furcht vor der Endlichkeit haben, sondern ihr Unsterblichen.«

Wie konnten Worte, so leicht wie eine Brise, solch eine Wirkung in mir entfalten? Ein Strom aus heißer Wut durchzog mich, weil dieser flüchtige Mensch es sich anmaßte, über mich zu urteilen. Gleichzeitig bewunderte ich, wie wenig Angst ihr der Tod machte, und das, obwohl sie vergänglich war. Ich erinnerte mich daran, dass ich den Tod sehr wohl gefürchtet hatte. Ihn und die Endlichkeit, die darin lag. *War es nicht am Ende die Angst vor meiner eigenen Sterblichkeit gewesen, die mich in ein ewiges Leben hatte flüchten lassen?*

Der Gedanke fühlte sich an, als würde er mich niederdrücken. Nur eine Sache hielt mich davon ab, ihr die Lektion ihres kurzen Lebens zu erteilen, wie es meine Aufgabe gewesen wäre.

Faszination.

Gottverdammt!

Das konnte doch nicht wahr sein.

Sie sah mich an, schien in meinem Gesicht nach einer Reaktion zu suchen und ich hoffte, dass sie keine fand.

Das würde nur Probleme mit sich bringen.

Sie war sterblich.

Ich sollte mich von ihr fernhalten.

Wortlos wandte ich mich ab und spürte ihren Blick in meinem Rücken. Erst an der Tür – die Klinke schon in der Hand – zögerte ich, lieferte mir ein stummes Wortgefecht mit mir selbst und verlor gnadenlos. Ich sollte es nicht tun und drehte mich dennoch um. Sie beobachtete mich tatsächlich.

»Wie ist dein Name?«

Überraschung fand sich keine in ihrem Gesicht. Ob sie auf die Frage gewartet hatte?

»Liz.«

Als ich mich diesmal von ihr abwandte, blieb ich nicht noch einmal stehen. Stattdessen verließ ich die zweite Nacht in Folge fluchtartig den Dienstbotenkomplex.

Beide Male ihretwegen.

KAPITEL 5

LIZ

Seit vier langweiligen Tagen war ich nun hier und wenn ich so weitermachte, würden es keine weiteren vier Tage werden. Das raunte mir zumindest Gertrud regelmäßig zu. Immerhin wurden ihre Ermahnungen schleichend weniger. Das lag sicher nicht daran, dass ich mich hier plötzlich besser machte, sondern an ihrer Resignation. Aber auch ganz ohne ihre pausenlosen Kommentare wusste ich, dass ich ein Problem hatte. In den letzten beiden Nächten war ich nicht eingefordert worden. Den Vampir hatte ich seit seinem Besuch in dem Gemeinschaftsraum nicht mehr zu Gesicht bekommen.

Er hatte nicht vor, von mir zu trinken.

Einen Teil von mir beruhigte das zutiefst, aber der Rest von mir erinnerte mich unablässig daran, dass ich dann meine Anstellung verlor. Eine Blutmagd, die niemand benötigte, musste früher oder später gehen.

Ich hatte nicht nur ein Problem, ich besaß ein ganzes Bündel davon. Es gab kein Zurück für mich, nur verbrannte Erde, Schutt und Staub.

Ein Klopfen an der Tür ließ mich zusammenfahren, weil dieser Teil in mir, den ich nicht kontrolliert bekam, fürchtete, es könnte der Vampir sein. Ich kannte seinen Namen, aber ich war unwillig, ihn auch nur zu denken. Das würde eine Nähe erzeugen, die ich nicht gebrauchen konnte. Die Tür wurde geöffnet, unsichtbare Hände schienen mein Herz zusammenzupressen, doch nicht *er* stand dort. Statt seiner Makellosigkeit wartete Maurice, dessen dünnes Haar sich bereits so gelichtet hatte, dass die Kopfhaut überall hindurchschimmerte. Die Nacht war noch jung und dennoch kamen mir die Falten um seine Augen tiefer vor als in den vorherigen. »Du wirst erwartet.«

Gerade hatten die Hände mein Herz freigegeben, nun waren sie zurück und pressten es aus wie nasses Leinen.

Der Vampir wollte trinken.

Schweigend folgte ich Maurice durch die Flure, achtete kaum darauf, wohin er mich brachte. Die meisten Räume dieses Anwesens kannte ich nicht. Wir Blutdiener mussten uns jederzeit im Trakt bereithalten, für den Fall, dass ein Vampir nach uns verlangte.

Wie ich das Leben hier hasste.

Wie dringend ich es leben musste.

Maurice öffnete eine der Türen, verharrte aber. Ich atmete noch einmal tief durch. *Heute würde ich nicht versagen.* Langsam ging ich hinein und spürte, wie meine Beine zitterten. Ich starrte auf den steinernen Boden, ahnte, dass dieser Fluchtinstinkt um ein Vielfaches zunehmen würde, wenn ich aufsah. *Ihn* sah.

Also blickte ich gerade so weit auf, dass ich seine Stiefel fand, um zu wissen, welche Richtung ich einschlagen musste. Mein erbärmliches Herz hämmerte wie eine Trommel, gegen die unablässig geschlagen wurde.

Bumm.

Weitergehen.

Bumm.

Schritt für Schritt.

Bumm.

Er würde trinken …

Bummbummbumm.

Und die Schmerzen würden mich verschlucken.

Dieser nagende Gedanke verwandelte mir den Magen in einen Stein, gerade als ich mein Ziel erreichte – schwarze Stiefel unter einer dunkelgrauen Hose unmittelbar vor mir.

Ich musste hochschauen.

Warum war das hier so viel härter als vor ein paar Tagen im Aufenthaltsraum?

Weil er da nicht von mir hatte trinken wollen, schoss es mir durch den Kopf, während ich versuchte, ihn hochzuziehen. Er war nur so unglaublich widerwillig.

»Schön, dich zu sehen.« Worte, die ich nicht erwartet hatte, und definitiv nicht die Stimme, die ich erwartet hatte. Verspätet zog ich den Kopf in die Höhe und fand ihn.

Es war nicht der Vampir, dem ich zugeteilt war.

Es war der, der mich bewusstlos getrunken hatte.

Dabei hatte *er* mir versichert, dass dieser hier nicht mehr von mir trinken würde.

Ich hatte ihm geglaubt.

Ein Fehler!

Vampiren durfte man nicht trauen.

Ich wich zurück, doch im Bruchteil von Sekunden hielt er bereits mein Handgelenk fest und verhinderte die Flucht, noch bevor sie begonnen hatte.

»Wir sollten reden.« Er lächelte, aber das Lächeln war so kalt wie der Ausdruck in seinen Augen. »Komm in meinen Dienst.«

»Nein!« Das Wort brach schon aus mir heraus, lange bevor mein Verstand eine diplomatischere Antwort fand.

»Du solltest nicht vorschnell ablehnen, meine Liebe.« Seine Hände umklammerten mich so fest, dass es schmerzte. Alles an mir witterte die Gefahr, die von ihm ausging.

»Ich biete mehr, als du hier für deine Dienste bekommst. Außerdem bin ich bereit, dir einen höheren Status einzuräumen.« Was auch immer das bedeutete, ich schüttelte den Kopf.

»Sei nicht dumm.« Seine Stimme wurde dunkler und sein Blick stechender. »Ich bekomme, was ich will, und ich will dein Blut. Wechselst du in meinen Dienst, kannst du sicher sein, dass ich dich am Leben halte. Aber falls du dich weigerst, gibt es keinen Grund mehr für ... *Zurückhaltung.«*

Dann würde er mich umbringen.

»Niemals«, stieß ich aus und versuchte instinktiv, mich zu befreien. Doch der ungeheuren Kraft von Vampiren hatte ich nicht das Geringste entgegenzusetzen.

»Schlechte Wahl.« Er öffnete den Mund weit genug, um mir seine unnatürlich spitzen Zähne zu präsentieren. Ein wütender Schrei zerriss die Stille um uns herum und erst als sich eine kalte Hand auf meine Lippen presste, begriff ich, dass es meiner gewesen war.

»In wenigen Augenblicken wirst du die Entscheidung bereuen. Lass es mich wissen. Das Angebot steht, bis du deinen letzten Atemzug tust.« Nun blitzte Vorfreude in seinen kalten Augen auf und mit ihr erwachte die Panik. Sie fühlte sich an wie Dunkelheit, die mich verschluckte, meinen Körper erstarren ließ und mir den wenigen Atem raubte. In mir schwoll ein weiterer Schrei an, doch hinter seinem festen Griff verklang er ungehört. Seine Nase strich mir den Hals entlang.

Er roch an mir.

Die Schmerzen würden mich komplett zerfetzen.

Ich presste die Augen zusammen – wollte nicht sehen, wie er zubiss.

Jeden Moment würden mich die Schmerzen lähmen.

Plötzlich zerrte etwas an mir und im nächsten Augenblick war ich frei.

Ich riss die Augen auf.

Fand das Gesicht eines Vampirs vor mir.

Helle Haut.

Perfekt geformte Lippen.

Aschblondes, schulterlanges Haar und sturmgraue Augen, die meinen Blick festhielten.

Aydan.

Ein Fauchen ertönte und ich zog den Blick von ihm und fand den anderen Vampir am Boden liegend. Seine Augen waren nun Schlitze und Wut tobte darin. Ähnlich viel schien auch in Aydan zu wüten, als er seinem Artgenossen dabei zusah, wie der in Sekundenschnelle aufsprang.

»Was machst du hier, Keron?«, fragte er und ging auf ihn zu. Trotz seines Zorns blieb seine Stimme faszinierend ruhig. »Hatte ich dir nicht ausrichten lassen, dass du hier momentan nicht erwünscht bist?«

»Ich besuche nicht dich, sondern Norwyn.«

»Was machst du dann ohne ihn hier – mit meiner Blutmagd?«

»Eine Unterhaltung darüber führen, ob sie in meinem Haushalt nicht besser aufgehoben ist.« Keron sah zu mir und der Ausdruck in seinen Augen bekam erneut diesen lauernden Anstrich. Seine Nasenwände weiteten sich – *er nahm den Geruch meines Blutes auf.* Er war der Jäger, ich die Beute. Meine Fluchtinstinkte übernahmen und brachen die Reste meiner Erstarrung auf. Alles an mir wollte in Richtung Tür rennen, doch ich zweifelte keinen Augenblick daran, dass er mich abfangen würde. Der Blick, mit dem er mich bedachte, machte mir wortlos klar, dass er die Chance zu nutzen gedachte.

Die Erkenntnis brachte mich dazu, das Sonderbarste überhaupt zu tun. Ich rettete mich mit einem Sprung an Aydans Seite. Das kam für uns beide offenbar gleich unerwartet. Er sah zu mir und für den Bruchteil einer Sekunde starrten wir uns wohl ähnlich entgeistert an. Dann schien er zu verstehen. Er schob mich hinter sich, weg von Keron, dessen lauernder Blick sicher jede meiner Bewegungen verfolgte.

»Es wirkt, als hätte sie sich gegen dich entschieden.« Nun klang Aydan beinahe amüsiert.

»Sie überlegt noch«, gab Keron ungerührt zurück. »Was könntest du ihr schon bieten? Einen Status als Blutmagd?« Er lachte auf, während sich Aydan spürbar anspannte. Keron schien einen wunden Punkt getroffen zu haben. »Denk darüber nach«, rief er mir zu. »Das Angebot steht. Bei mir wirst du mehr sein als ein Gefäß, an dem ich meinen Durst stille.«

Ein treffendes Bild.

Nichts anderes waren wir für sie.

Gegenstände, über die sie verfügten, wie es ihnen beliebte.

Ich stellte mich auf die Zehenspitzen, sah über Aydans Schulter und warf dem Vampir dahinter den hasserfülltesten Blick zu, den ich auf Lager hatte. Er prallte ungerührt an Keron ab. »Wenn du zu mir wechselst, wirst du noch heute eine Blutbraut«, setzte er erneut an. »In ein paar Jahrzehnten bin ich bereit, dich zu einer von uns zu machen. Das wird er dir niemals bieten.«

Unendlichkeit.

Mein Herz setzte aus.

Ein ewiges Leben.

Kerons Lächeln wurde größer. »Bei ihm wirst du nie etwas anderes sein als jetzt. Oder?« Seine Augen blitzten triumphierend auf, bei dem, was immer er in Aydans Gesicht vorfand. Er selbst schwieg demonstrativ, was Antwort genug war.

»Ich bleibe hier.«

Nichts konnte mich dazu bringen, zu Keron zu wechseln.

Ich traute ihm keinen Fingerbreit.

Er hatte mich schon ohnmächtig werden lassen. Er würde es wieder tun und mir so viel Blut abringen, dass ich niemals mehr die Augen aufschlug.

Aydan drehte sich zu mir um und starrte mich voll echter Verblüffung an. Sein Mund öffnete sich, schien nach Worten zu suchen und entblößte Zähne, die mich augenblicklich fliehen lassen wollten.

Wie konnte ich ausgerechnet bei einem Vampir Schutz suchen? Jeden Moment würde er seine Zähne in mich schlagen.

Gleichzeitig war da Keron, der nur darauf wartete, dass ich meine Deckung verließ. Rennen war so viel verlockender als Bleiben. Ich krallte die Finger um Aydans, um zu verhindern, dass ich diesen Instinkten erlag. Verwirrung fand sich in seinen Sturmaugen, doch schon schloss sich seine Hand um meine und hielt mich hier.

Bei sich.

Keine Ahnung, was mit mir los war.

Weshalb ich mich ausgerechnet unter seiner Berührung beruhigte. Der Drang zu fliehen flaute ab, dafür verdüsterten sich Kerons Blicke. *Er hatte darauf gebaut, dass ich mich für eine kopflose Flucht entschied.* Wie zufällig machte Aydan einen Schritt zur Seite und verbarg mich erneut hinter sich. »Sie hat deutlich gemacht, dass sie nicht zu dir wechseln wird, also verschwinde. Ich will dich hier nicht mehr sehen.«

»Norwyn wird das nicht gefallen.«

»Ich bin mir sicher, dass er einsieht, dass es das Beste ist, wenn du dich von hier fernhältst.« Aydans Stimme mochte gelassen klingen, aber die Rauheit darin ließ das Ausmaß seiner Wut erahnen. »Schon zu deiner eigenen Sicherheit«, fuhr er fort. »Solltest du noch einmal Anstalten unternehmen, sie zu beißen, wirst du hier nicht mehr in einem Stück rauskommen. Jetzt geh, bevor ich es mir anders überlege und dich heute noch zur Verantwortung ziehe.«

Keron stieß ein kehliges Geräusch aus. Es dauerte einige Sekunden, doch dann hörte ich das wütende Stampfen von Schritten auf dem steinernen Boden und ich atmete erleichtert auf. Kurz spürte ich ein Streichen an der Hand – dort, wo Aydan sie noch immer festhielt.

Seine Finger, die beruhigend über meinen Handrücken fuhren?

Die Berührung war so flüchtig, dass ich mir nicht sicher war, ob ich sie mir nicht nur eingebildet hatte.

Die Tür fiel ins Schloss und Erleichterung durchflutete mich.

Keron war weg.

Fürs Erste.

Ich zweifelte keinen Augenblick daran, dass er wiederkommen würde.

Aydan bewegte sich nicht. Genauso wenig wie ich. Mit der zufallenden Tür endete, was immer das hier gewesen war. Unsere Hände blieben weiterhin ineinander liegen, weil keiner von uns in der Lage schien, sich zu regen. Bis gerade hatten wir unsere Rollen gekannt. Aydan war der Feind, ich seine Blutmagd, doch nun hatte ich ausgerechnet bei ihm Schutz gesucht.

Zu was machte mich das?

Zu was uns?

Ich fand keine Antworten auf die Fragen, selbst dann nicht, als Aydan ruckartig meine Hand losließ und sich von mir abwandte. »Soll ich dich zu deinem Zimmer bringen?« Seine Stimme war nun wieder bewundernswert ruhig, ganz als hätte es die letzten Minuten nicht gegeben.

Er hatte offenbar eine Entscheidung getroffen, wie wir weitermachen konnten. *Indem wir taten, als wäre nichts geschehen.* Die beste aller Lösungen.

»Du wirst nicht trinken?«

Damit gewann ich doch unvermittelt seine Aufmerksamkeit. Langsam drehte er sich zu mir um. »Soll ich trinken?«

Meine Brust krampfte sich zusammen. *Das war meine Möglichkeit, mich zu bewähren.* Alles, was ich tun musste, war zu nicken. Mein Herzschlag, der sich gerade beruhigt hatte, beschleunigte sich erneut.

Warum hatte Aydan es nicht einfach fordern können?

Selbst zu verlangen, dass er trank, war so viel härter. Endlich begann mein Kopf damit, sich zögernd zu bewegen.

Hin und her.

»Das habe ich mir gedacht.« Er wandte sich wieder ab und ich hatte nicht den Hauch einer Ahnung, was er dachte.

Warum hatte ich es nicht über mich gebracht zuzustimmen?

Warum war ich dermaßen unfähig, meine Aufgabe zu erfüllen? *Ich hätte einfach nur nicken brauchen!*

Wenn ich Aydan nicht dazu brachte, dass er von mir trank, würden sie mich vor die Tür setzen. Vielleicht blieb mir dann nichts anderes übrig, als zu Keron zu gehen.

Nein.

Aydan war eindeutig die bessere Alternative.

Er setzte sich in Bewegung Richtung Tür, stoppte aber, als er registrierte, dass ich mich ihm nicht anschloss. Fragend sah er zu mir.

»Wirst du mich rauswerfen?« Grandpa hatte immer gemeint, ich sei unangenehm vorlaut. In den letzten Tagen dachte ich oft darüber nach, wenn Aydan mich ansah wie jetzt – als hätte ich einmal mehr das Falsche gesagt.

»Möchtest du gehen?«

Mein Kopf schüttelte sich erneut, diesmal fiel mir die Bewegung leicht.

»Dann ist es wohl am besten, du bleibst.« Sein Gesicht wurde wieder zur Maske und machte es mir unmöglich zu erkennen, was dahinterlag.

»Wie soll es weitergehen?«

Aydan schien gedacht zu haben, dass dieses Gespräch vorbei sei, denn er hatte sich erneut abgewandt. »Das weiß ich nicht, Liz«, sagte er, ohne sich noch einmal zu mir umzudrehen und ging.

KAPITEL 6

AYDAN

»Ist das deine Rache dafür, dass ich dir nicht erlaube, sie herumzureichen?« Ich knallte die Tür hinter mir zu und das Geräusch, mit dem Holz auf Holz traf, brachte mir eine grimmige Genugtuung.

Norwyns Augen verengten sich, er konnte es nicht ausstehen, wenn ich mich impulsiv verhielt oder ihn beim Trinken störte. Er saß auf dem dunkelbraunen Sessel, den Arm auf die wuchtige Armlehne gelegt. Mit dem anderen umfasste er den Ellbogen seines Blutknechts. Mein Erscheinen hier dämpfte Norwyns Blutdurst. Unwirsch gab er den Mann frei. »Geh!«

Der Blutknecht nickte regungslos. Da gab es keinen Ärger über die Störung in seiner Miene und erst recht keine Erleichterung, wie ich sie bei Liz vorgefunden hätte.

»Ja, schau ihn dir gut an«, drängte Norwyn sich in meine Gedanken. »So haben sich Blutdiener zu verhalten.« Ich ersparte mir jeden Kommentar dazu, dass ich derjenige von uns gewesen war, der mehrfach festgestellt hatte, dass Liz nicht zur Blutmagd taugte. Ungeduldig wartete ich, bis der Blutknecht den Raum verließ – *selbst für einen Menschen war dieser hier zu langsam.*

»Wieso hast du zugelassen, dass Keron mit ihr allein ist?«, brach es aus mir heraus, kaum dass sich die Tür endlich schloss. »Dir muss klar gewesen sein, dass er versucht, von ihr zu trinken!«

»Hat er sie umgebracht?« Er bekam nur ein winziges Kopfschütteln, weil ich damit ausgelastet war, das in mir aufsteigende Knurren einzusperren. »Zu schade«, fuhr Norwyn fort und zog die Ärmel seines senffarbenen Jacketts mit den eingewebten Bronzefäden gerade. »Ich habe mir für diesen Fall einige Zugeständnisse geben lassen.«

Die beiden hatten bereits einen Preis für Liz' Leben vereinbart. Einen Moment lang fühlte es sich an, als würde ausgerechnet ich – der die ewige Kälte in sich trug – vor lauter Zorn in Flammen aufgehen. »Du wolltest, dass er sie umbringt?«

Norwyn erhob sich demonstrativ langsam, lehnte sich beinahe gelangweilt an die Kopflehne seines Sessels, während er seine spitz gefeilten Fingernägel in Augenschein nahm. »So würde ich das nicht nennen. Keron hat mich davon überzeugt, dass es nur gerecht sei, das Mädchen selbst entscheiden zu lassen, wo es seinen Dienst verrichtet. Der Preis war eher eine Art Rückversicherung, für den Fall, dass ihr während des Gesprächs etwas geschieht.«

Für den Fall, dass Liz nicht gewillt wäre, mit Keron zu gehen.

In mir schien tatsächlich ein Feuer zu wüten. Keine Ahnung, wann ich mich zuletzt so gefühlt hatte, so rasend vor Wut, dass ich drohte, jeden Moment in Flammen aufzugehen – so *lebendig.*

»Sie steht in *meinem* Dienst! Du hast sie *mir* überlassen!«

Seine Augenbrauen hoben sich amüsiert. »Nein, wenn wir es genau nehmen, habe ich dir eine *Blutmagd* überlassen. Sie ist keine, oder? Schließlich nutzt du sie nicht.« Ein Funkeln erschien in seinen bernsteinfarbenen Augen. Da ich dem nichts entgegenzusetzen hatte, schwieg ich. Wir wussten beide, dass ich nur am ersten Abend von Liz getrunken hatte, und das auch nur, weil Norwyn mich genötigt hatte. Das machte sie zu einer gewöhnlichen Dienstbotin und die unterstanden Norwyn.

»Ihr seid schon ein sonderbares Paar.« Die Schärfe in seiner Stimme hätte es mit jeder Klinge aufnehmen können. »Eine

Blutmagd, die unwillig ist, von sich trinken zu lassen, und ein Vampir, der sich weigert zu trinken.«

Seine Worte löschten die Flammen, die gerade noch in mir getobt hatten. Dieser Abwertung konnte ich nicht einmal etwas entgegensetzen, weil ich wusste, dass er recht hatte. Vampire hatten zu trinken. Eine Blutmagd, die das verweigerte, hätte ich davonjagen müssen.

Warum also tat ich es nicht?

Weshalb kümmerte es mich, was mit dieser flüchtigen Sterblichen geschah?

»Außerdem frage ich mich allmählich, ob sie nicht ein Fehler war. Dafür, dass du keine Verwendung für sie hast, interessierst du dich zu stark für ihr Wohlergehen.« Er kam vor mir zum Stehen, legte die Hand auf meine Schulter. »Ich werde nicht noch einmal dabei zuschauen, wie du dich auf einen Menschen einlässt. Eigentlich dachte ich, du hättest dazugelernt.«

Das hatte ich auch gedacht.

Und dann war Liz hier aufgetaucht und hatte dieses Chaos in mich gepflanzt.

»So ist das nicht.« Meine lahme Erwiderung verdiente Norwyns hochgezogene Augenbrauen. »Nichts davon wird sich wiederholen«, setzte ich hinzu und diesmal schien auch er zu hören, dass es mir ernst war.

»Beruhigend. Du hast drei Tage Zeit, um herauszufinden, ob du die Blutmagd nutzen kannst, wie es ihre Bestimmung ist. Falls nicht, wird sie uns so schnell wie möglich verlassen. Dann sollte sie schon deinetwegen nicht länger hier sein.« Er klopfte mir auf die Schulter. »Das Mädchen reißt nur alte Wunden auf. Ich gebe zu, mir wäre es lieber, wenn sie geht. Doch letztlich ist es deine Entscheidung, ob sie bleibt … als *Blutmagd*.« Seine Art, mich daran zu erinnern, dass diese Position die einzige war, die Liz hier einnehmen durfte. Norwyn drehte sich um und ging, wahrscheinlich um erneut seinen Blutknecht einzufordern.

Ich blieb und starrte die Kerzen an, die auf einem der silbernen Tabletts in der Mitte des Tisches standen. Das weiße Wachs hatte sich ungehindert einen Weg herab gesucht und nur noch kurze Stumpen hinterlassen. Der Lufthauch, der durch die sich öffnende Tür hereingelangte, ließ die kleinen Flammen unruhig tänzeln.

Sie mochten für den Augenblick lebendig erscheinen, aber sie waren ähnlich flüchtig wie die Leben der Sterblichen.

»Entscheide dich, Aydan.« Mit dieser letzten Mahnung fiel die Tür ins Schloss.

Ihr Luftzug löschte eine der Kerzen.

Dort, wo gerade noch eine Flamme getanzt hatte, blieb nur eine feine Rauchschwade zurück.

KAPITEL 7

LIZ

Gertrud würde mich umbringen.

Der Gedanke zupfte an mir, als ich die Steinsäule passierte, aber er hielt mich nicht davon ab, in den nächsten Raum zu huschen.

Ich tastete nach dem Lichtschalter, legte ihn um.

Ein Fehler.

Mein Herzschlag stoppte bei dem Anblick der unzähligen toten Augen.

Sie waren überall.

Starrten mich an.

Tod und Vergänglichkeit füllten jeden Zentimeter aus, waren so präsent, dass sie mir die Luft aus dem Brustkorb pressten.

Ein feines Kribbeln setzte sich in meinem Nacken fest, während mein Blick über die unheilvollen Schatten strich, die die Geweihe an die hohen Wände warfen.

Wozu um alles in der Welt brauchten Vampire ein Jagdzimmer?

Waren nicht wir ihre Beute?

Der Anblick der toten Tiere ließ mich zurücktaumeln. *Raus hier.* Ich stolperte rückwärts auf den Flur. Weit kam ich nicht. Etwas packte mich von hinten.

Keron.

Ein Schrei brach sich seinen Weg aus mir heraus. Ich fuhr herum, doch statt in dunkle Augen sah ich in sturmgraue.

Aydan ließ mich los, bevor ich es verlangen konnte.

»Vorsichtig«, sagte er mit kühler Stimme. »Sonst rennst du beim Spionieren noch in jemanden.«

Ich hätte ihn hören, spüren müssen und hatte es nicht. Verflucht seien diese Vampirfähigkeiten!

»Also, was suchst du hier um diese Zeit?«

Ich brauchte einen Grund. Einen guten, der erklärte, warum ich nicht längst im Dienstbotentrakt war. Eine weitere dieser heiligen Regeln hier, kein Sterblicher durfte den Trakt verlassen, während die Vampire ruhten.

»Es ist noch kein Sonnenaufgang.« Wie ich die Sonne vermisste, und das, obwohl ich erst wenige Tage hier wohnte. *Sonderbar, was uns fehlte, wenn es plötzlich nicht mehr Teil unseres Lebens war.*

Ein winziges Funkeln schlich sich in seine Augen. Ich konnte es nicht einordnen. War er amüsiert, verärgert – beides?

»Gut, was suchst du *so kurz* vorm Sonnenaufgang?«

Sollte das ein sonderbarer Vampirscherz sein?

Scherzten Vampire überhaupt?

Aydan hatte etwas an sich, das mich permanent verwirrte.

»Bücher.« Ich war zu müde zum Lügen. »Im Dienstbotentrakt gibt es keine und ich langweile mich hier drinnen zu Tode.«

»Bücher?« Seine Mundwinkel zuckten, als würde ein Lächeln daran zupfen, während er mit aller Macht versuchte, seine regungslose Maske beizubehalten.

»Niederschriften, Druckerzeugnisse, Wälzer – nenn es, wie du willst.«

Das Zupfen wurde hartnäckiger. »Warum fragst du nicht danach?«

»Habe ich.« Früher hatte ich oft darüber nachgedacht, wie es sich anfühlte, einem Vampir gegenüberzustehen. Da waren viele Szenarien in meinem Kopf gewachsen, aber in wirklich keinem davon hatte ich mit einem von ihnen über Bücher gesprochen. »Gertrud sagt, sie würde sich eher die Zunge abbeißen, als mir zu verraten, wo sie stecken.«

Er gab auf und ein winziges Lächeln brach aus ihm heraus. Plötzlich wirkte er jünger, weniger … *unnahbar.* »Du hättest mich fragen können?« Eine Feststellung, die bei ihm wie eine Frage klang.

»Hättest du mir eines gegeben?«

Er musterte mich und obwohl ich wusste, was er war, fand sich heute beunruhigend wenig Anspannung in mir. Es fühlte sich erschütternd normal an, mit ihm zu reden.

»So wie ich das sehe, wurdest du innerhalb von einer Woche mehrfach angefallen, solltest abgeworben, vielleicht auch getötet werden und dennoch stirbst du an Langeweile.« Es funkelte erneut in seinen graublauen Augen. »Wenn es so ernst ist, sollten wir dir ein Buch besorgen.«

Jetzt war ich es, die dieses Zupfen an den Lippen spürte. Sie wollten lächeln, aber ich ließ sie nicht.

Er war einer von *ihnen.*

Wir scherzten nicht mit Monstern.

»Komm mit.« Aydan drehte sich ab, steuerte einen dieser endlosen Gänge an. Ich schloss mich, ohne zu zögern, an. Er wusste, wo es Bücher gab, und die würden helfen. Wenn ich meinen Kopf mit Geschichten füllte, blieb kein Platz für die Dunkelheit darin.

Abstand hielt ich dennoch zu ihm. Vor ein paar Tagen hatte ich seine Hand ergriffen. Jetzt war mir das so unbegreiflich wie das Gespräch, das wir gerade erst geführt hatten. Aydan schien mich in ein Pendel zu verwandeln. Alles an mir drängte in die eine Richtung, bis er auftauchte und mich in die andere riss.

Dorthin, wo ich vergaß, was er war.

Was ich war.

Aydan stoppte vor einer der überdimensionalen Türen, die sich von den anderen im Anwesen nicht unterschied, wenn man von denen im Dienstbotentrakt absah. In jede hier war ein Muster aus filigranen

Verzierungen eingeschnitzt und in der Mitte thronte eine wunderschöne Kornblume. Das Zeichen für Unendlichkeit. Selbst mit so profanen Dingen wie Blumen zeigten uns die Vampire ihre Überlegenheit.

»Hast du es dir anders überlegt?« Aydan hielt die Tür geöffnet und sah fragend in meine Richtung. Ich trat näher, wollte Abstand halten, doch der Vorsatz scheiterte. In dem Augenblick, in dem ich sah, was sich in dem Raum befand, schob ich mich an Aydan vorbei und es war mir gleichgültig, dass ich ihn dabei sogar streifte.

Ich war nie einer dieser Menschen gewesen, die sich ehrlich freuen konnten, deren Begeisterung anderen das Herz wärmte. Aber das, was ich hier fand, brachte mir die vermissten Sonnenstrahlen zurück – jetzt schienen sie in mir selbst.

»Das ist unmöglich«, flüsterte ich, während mein Blick aufsaugte, was ich dort vor mir sah und sich von Regal zu Regal zog. Das hier war das Größte, was ich jemals gesehen hatte. All diese Schätze, die Rücken an Rücken die Bretter ausfüllten.

»Bedien dich.« Aydan trat zu mir und es klang, als schmunzelte er angesichts meiner Begeisterung. Ich sah nicht zu ihm, für den Moment war es unmöglich, den Blick von der Bibliothek abzuziehen. Ich hatte um ein Buch gebeten und bekam den Himmel. Regale fanden sich nahezu überall, so hoch, dass sie bis zur Decke reichten. In der Mitte des Raumes trugen geschwungene Stützen aus Holz eine Zwischenebene. Zweifellos war sie errichtet worden, weil es sonst unmöglich gewesen wäre, auch nur ansatzweise den Überblick über all die Bücher zu bewahren. Die Wendeltreppe hinauf fühlte sich an wie eine einzige Verlockung. In der Mitte des Raumes befand sich eine Sitzgruppe, bestehend aus zwei dunkelgrünen Ohrensesseln und einem kleinen Glastisch dazwischen. Der Geruch nach altem Papier lag in der Luft, erfüllte sie geradezu. Es war der beste Ort, den ich jemals gesehen hatte.

»Wie gefällt es dir?« Aydans Stimme war anders als sonst, wärmer, und er schien mich noch immer anzuschauen, während ich damit beschäftigt war, diesen Anblick in mich aufzusaugen.

»Ich verstehe jetzt, weshalb sich Gertrud weigerte, mir den Weg zu verraten.« Das war nichts als die Wahrheit. Dieser Raum war wie die Gemälde draußen in den Fluren. Er war ein Kunstwerk. Es fühlte sich an wie ein Frevel, Bücher aus den Regalen zu nehmen. Als würde die Perfektion auseinanderfallen, wenn man sie berührte.

»Gertrud neigt dazu, streng zu sein. Das muss sie als Oberhaupt der Dienstboten.«

»Sie hat nur Angst, ihre Herren zu verärgern.« Seinem entgeisterten Blick nach war das wieder einer dieser Gedanken, die ich besser für mich behalten hätte. Nur war es so verdammt schwer, regungslos und still zu bleiben, bei all der Ungerechtigkeit, die hier herrschte. »Wir haben alle Angst vor euch.« Darauf kam es jetzt wohl nicht mehr an. »Ich bin nur schlechter darin, sie mir nicht anmerken zu lassen.«

»Das bist du zweifellos.« So wie er das sagte, fühlte es sich an, als wäre das etwas Gutes. »Entscheide dich, bevor der Morgen anbricht«, erinnerte er mich und deutete in Richtung der Regale.

Musste ich wohl.

Nur wo sollte ich anfangen? Es würde Tage, vielleicht Wochen dauern, allein die Buchtitel zu studieren.

»Wie wäre es für den Beginn mit ein wenig Hilfe? Es bleibt nicht mehr viel Zeit bis zum Sonnenaufgang.« Aydans Augen funkelten im Licht der Lampen auf. Kaum nickte ich, nahm er bereits die Wendeltreppe. Ich folgte ihm langsamer hinauf. Schon allein, weil der Anblick mit jeder Stufe noch atemberaubender wurde.

Aydan stand vor einem der Regale, als ich zu ihm trat. Sein Zeigefinger strich behutsam über die Einbände. Es wirkte wie eine sanfte Begrüßung an alte Freunde. Niemand konnte sie besser verstehen als ich – nur sie gerade bei ihm zu sehen, war … sonderbar. Eigentlich hatte ich einen Sicherheitsabstand wahren wollen, doch nun trat ich näher, um die Buchtitel zu betrachten. *Sie klangen so anders als gedacht. Weniger gefährlich.*

Sein Finger stoppte an einem dunkelblauen Einband mit goldenen Lettern. Obwohl ihm die ganze Welt zu gehören schien, nahm Aydan das Buch so behutsam aus dem Regal, als hinge ein Stück seines Herzens daran.

Seines kalten, niemals schlagenden Herzens.

Die Erinnerung kam genau richtig, denn schon stand Aydan wieder kurz davor, die Grenzen zwischen uns zu verwischen.

Er war ein Monster.

Auch wenn mir das Monster fragend ein Buch entgegenhielt.

Ich griff nicht danach.

»Es ist eines meiner Lieblingsbücher«, sagte er und dieser Blick aus sturmgrauen Augen strich gleichzeitig über mich hinweg, als wollte er den Worten an Bedeutung nehmen.

Für einen Moment waren wir beide wie eingefroren.

Ich sollte mir einfach eines der unzähligen Bücher schnappen.

Und gehen.

Laufen.

Fort von ihm.

Der Sturm in seinen Augen war nichts verglichen mit dem in mir. Ich sah hinunter auf das Buch – dieses Bindeglied zwischen uns, wo es keines geben dürfte.

Von all den Büchern auf dieser Welt, musste es ausgerechnet dieses sein? Das Schicksal besaß einen sonderbaren Humor.

»Vielleicht suchst du dir doch ein anderes aus?« Er zog das Buch langsam davon und ich sah auf, fand in seiner Miene etwas, womit ich nicht gerechnet hatte. Unsicherheit.

War das möglich?

Verflucht.

»Ich nehme es.« Bevor mein Verstand mich daran hindern konnte, griff ich danach. Damit, dass Aydan es mir wieder reichen könnte, hatte ich nicht gerechnet und so landeten meine Finger an seinen. Wieso fühlten sie sich so normal an? Kälter zwar, als wäre er gerade durch die kühle Nacht gelaufen, aber sonst erinnerte nichts daran, was er war.

Ob mein Kopf es deshalb andauernd vergaß?

Ich zog die Hand, mitsamt des Buches, zurück und spürte Wärme in den Wangen aufsteigen. *Großartig.*

»Wahrscheinlich gefällt es dir nicht.« Plötzlich waren seine Worte frostig, als könnte er damit diesen Anflug von Nähe fortscheuchen. Er bedachte mich mit einem dieser Blicke, mit denen er sonst das Personal ansah, von oben herab. Das sollte mich beruhigen, aber das tat es nicht. Es nagte an mir. Vielleicht, weil dieser Ewiglebende glaubte, er sei besser als ich. *Wie sollte ich mich zurückhalten, wenn er mich andauernd provozierte?*

»Tut es bereits«, hörte ich mich sagen. »Es ist mein Lieblingsbuch.«

Sein Mund klappte auf, aber kein Ton drang hinaus. Kurz lag Verblüffung in seinem Blick, doch dann schloss er die Augen und als er sie wieder öffnete, lag Resignation darin. Dunkel und schwer. Sie fühlte sich an, als hätte er eine Entscheidung getroffen, die ihm widerstrebte.

»Du hast Angst vor den Schmerzen. Deshalb soll niemand von dir trinken. Sie sind so stark, dass du dich in ihnen verlierst?«

Weshalb wusste er das?

»Ich kann dir zeigen, dass es nicht schmerzhaft sein muss.« Er machte eine Pause, suchte nach den richtigen Worten. »Würde das etwas ändern?« Die Frage hing in diesem wenigen Abstand zwischen uns und breitete sich darin aus. »Norwyn will, dass du gehst, falls ich nicht von dir trinke. Ich kann zusehen, dass du in einem guten Haushalt unterkommst …«

»Nein!« Wenn ich bei irgendjemandem meine Angst überwinden konnte, dann bei ihm. »Zeig es mir.«

Nicht die Antwort, auf die er gehofft zu haben schien. Seine Augenbrauen schoben sich zusammen und kurz glaubte ich, er würde mich anschreien. »Gut«, erwiderte er und gleichzeitig klang es nicht, als wäre irgendetwas daran gut. Ich nahm noch eine Bewegung wahr und im nächsten Augenblick war er fort. Ich blieb allein in der Bibliothek zurück und presste das Buch gegen mein trommelndes Herz.

KAPITEL 8

Ein Klopfen zerriss die Worte, die in meinem Kopf Bilder formten. Ich kam gerade noch dazu, das Buch unter die Bettdecke zu schieben, schon stand Gertrud im Zimmer.

»Warum trägst du nicht die Kleidung, die ich für dich besorgt habe?« Kopfschüttelnd ging sie auf den Schrank zu, öffnete die Türen. An der Kleiderstange darin tummelten sich aufregende Farben, so eng aneinandergedrängt wie die Tauben auf den Dachrinnen.

»Weil ich meine eigene Kleidung lieber mag.«

»Aber die ist nicht angemessen.« Ihr Blick blieb demonstrativ an meinem Knie hängen, dort wo der Stoff der Hose einen Riss aufwies. »Du siehst aus wie ein Straßenköter.«

»Ich bin auch einer.«

Sie ignorierte meine Antwort, zerrte ein moosgrünes Kleid heraus. »Zieh das an. Vielleicht gibt das deinem Gesicht ein wenig Farbe. Wenn wenigstens deine Haare nicht so … hell wären.«

»Ein Familienfluch«, gab ich zurück und sie stoppte augenblicklich in ihrer Bewegung. »Einst zwang jemand meine Großmutter in ein Kleid und am nächsten Tag waren ihre Haare schneeweiß. Alle ihre Abkömmlinge haben seitdem weißes Haar.«

Das moosgrüne Ungetüm in ihrer Hand schwankte, während Gertrud mich aus großen Augen anstarrte. »Das ist Unsinn«, erwiderte sie verspätet, doch da fand sich nun dieser unsichere Anstrich in ihrer Stimme. »Was hast du nur immer für Flausen im Kopf, Liz?« Sie sank zusammen mit dem Kleid auf mein Bett, streifte dabei beinahe das Buch. »Sie werden dich rauswerfen.«

»Das sagst du andauernd, aber ich bin noch hier.«

»Wenn du dich nur ein wenig bemühst, könntest du bleiben.« Sie hob das Kleid. »Mäßige dich, lass diese Flausen – die bringen nichts als Ärger – und richte dich vernünftig her und vor allem: Zieh endlich Schuhe an.« Grimmig musterte sie meine Füße, die wie immer nur in Socken steckten. Ich besaß nur das Paar schwerer Stiefel, das ich mit hierhergebracht hatte, und dann waren da noch ein halbes Dutzend Schuhe, die im Schrank standen und so elegant wie unbequem waren. *Natürlich zog ich Socken vor.*

»Er wird mich wohl kaum zu sich rufen, nur weil ich so etwas trage.«

»Er hat bereits nach dir gerufen«, gab Gertrud kühl zurück. »Also zieh dich um und beeil dich. Der Herr wartet nicht gern.«

Es war so weit.

Mein Herz verwandelte sich in einen Vogel, wollte fliehen und fand doch keinen Ausweg. »Bring mich zu ihm.«

Bevor ich es mir anders überlegte.

»Das Kleid!«

»Braucht es offensichtlich nicht. Er ruft ja auch so nach mir«, erwiderte ich und bekam ein Kopfschütteln. Dieses war so heftig, dass sich eine Haarsträhne aus ihrem Dutt löste.

»Beschwer dich nicht bei mir, wenn er dich rauswirft.« Mit einem Seufzen legte sie das Kleid auf dem Bett ab. »Ich hab mein Bestes gegeben.«

»Wo gehen wir hin?« In diesem Teil des Anwesens war ich noch nie gewesen und er fühlte sich unangenehm abgeschieden an.

Sie schwieg. Ich kannte sie mittlerweile genug, um zu wissen, dass das kein gutes Zeichen war. »Gertrud?«

»In Aydans Gemächer.«

Das war sogar schlimmer als befürchtet.

Ich stoppte so unvermittelt in meiner Bewegung, dass sie ungebremst in mich lief.

»Liz!« Auf Gertruds geschundene Nerven konnte ich gerade noch weniger Rücksicht nehmen als sonst.

»Warum?« Eine unnötige Frage, sie würde die Antwort wohl kaum kennen. »Ist das üblich?« Ich hatte mich auf einen der unzähligen Räume eingerichtet – *nicht auf sein Schlafzimmer.*

»Nein, ist es nicht«, gab sie grimmig zu. »Allerdings ist der Herr … *nicht gewöhnlich.* Es steht uns nicht zu, seine Anweisungen infrage zu stellen.«

Und ob ich diesen Ort infrage stellte!

Doch meine Entrüstung galt nicht ihr, sondern einem anderen. Ich würde sie ihm um die Ohren schlagen – diesem verfluchten Vampir.

Als wir Aydans Gemächer erreichten, stand die Tür einen Spalt offen. Gertrud wandte sich ab und ging zurück, während ich mich zögernd der Tür näherte.

»Komm herein«, kam es kühl von drinnen.

Gottverdammte Vampirfähigkeiten.

Wahrscheinlich hatte er mich schon wahrgenommen, als ich den ersten Fuß in seinen Trakt gesetzt hatte.

Ich trat ein. Mit jedem Schritt, den ich machte, klopfte mein Herz schneller.

Konnte er das auch wahrnehmen?

Eine beunruhigende Vorstellung.

Aydan schien gerade am Schreibtisch gesessen zu haben, denn er kam von dort auf mich zu. Rasch ließ ich meinen Blick durch den Raum gleiten, suchte nach Anhaltspunkten für das, was er vorhatte. Er fand zwei geschlossene Türen, einige Gemälde und verharrte am dunklen Bettgestell, an dem Bahnen aus mitternachtsblauem Stoff hinabhingen.

»Was soll das hier werden?«, brach es aus mir heraus.

Verständnislos fuhr sein Blick über mein Gesicht, suchte darin nach der Antwort, die zu geben ich nicht bereit war. Ich hatte Geschichten gehört von Vampiren, die von ihren Blutdienenden mehr forderten als Blut. Nur gab es viele von diesen Geschichten und niemand schien zu wissen, welche der Realität und welche der Fantasie entsprangen. Bei dieser hatte ich gehofft, dass es nicht mehr war als Fantasie.

Dass Aydan nicht so schlimm war.

Er schien die Antwort in meinen Augen zu finden, denn seine weiteten sich entgeistert. »Du bist nur hier, weil das der einzige Ort ist, in den Norwyn nicht einfach hereinplatzt. Nach der heutigen Nacht wirst du niemals mehr meine Räume betreten.« Seine Stimme klang so kühl, dass es ein Wunder war, dass seine Lippen nicht vereisten. »Ich habe kein Interesse an dir.«

Und da war er wieder. Dieser verfluchte Drang, ihm etwas entgegenzusetzen. Ich hob das Kinn, hielt seinen Blick mit meinem fest. »Beruhigend, sonst würde ich auf der Stelle gehen, und sicher nicht in den Dienstbotentrakt.«

An seinen Mundwinkeln zuckte es, doch diesmal hatte er sich im Griff, drängte sie zurück in die grimmige Linie. »Hat dir schon jemand gesagt, dass du dich irgendwann um Kopf und Kragen redest?«

»Gertrud. Jedes Mal, wenn sie mich sieht.« Aydan scheiterte. Es funkelte in dem Sturmgrau und eines dieser winzigen Lächeln legte sich auf seine Lippen.

Ich mochte es, wenn er lächelte.

Es fühlte sich an, als täte er das ähnlich selten wie ich. Gerade als ich das dachte, registrierte ich, dass ich seines erwiderte. *Grundgütiger!*

»Du kannst mich mittlerweile anschauen«, stellte er fest, während ich das Lächeln in die dunkle Kammer sperrte, in die es gehörte. »Das ist gut.« Seine Hand legte sich sanft an meine. *Was wurde das?*

»Und du erträgst meine Berührung«, fuhr er fort und sie verschwand, so schnell wie sie gekommen war.

Gott, wie ich hoffte, dass er nicht in der Lage war, meinen Herzschlag wahrzunehmen. Der hatte sich unter seiner Berührung drastisch beschleunigt.

Vor Panik natürlich!

Es musste Panik sein.

Weil nichts anderes Sinn ergab.

»Damit können wir arbeiten.«

Arbeiten?

Es dauerte einen langen Augenblick, bis ich begriff.

Das Trinken.

Deshalb war ich hier.

Wie konnte ich das vergessen? Der Gedanke brach diesen Dämmerzustand in meinem Kopf auf.

Aydan würde von mir trinken.

Jetzt kam die Angst angekrochen, überzog mich mit Grauen und nebelte mir den Verstand ein. Mein Hals fühlte sich so trocken an wie die Felder in der Gluthitze.

Ich wollte weg.

Und konnte nicht.

Aydan war meine einzige Chance.

»Hey.« Sein Daumen kehrte zurück, fuhr mir so behutsam über die Hand, wie er es gestern bei seinen Büchern gemacht hatte. »Ich werde nichts tun, bevor du dazu bereit bist.« Wie ich es hasste, dass seine Berührung tatsächlich Teile meiner Anspannung davon schob.

»Warum?« Meine Frage verdunkelte seine Augen. Er schien zu ahnen, was kommen würde. »Warum tust du das? Euch ist gleichgültig, wie wir uns fühlen.« Bewiesen sie uns das nicht jeden Tag?

»Keine Ahnung.« Seine Antwort kam zu schnell. Ich erkannte Lügen und das hier war eine.

»Können wir beginnen?« Er hob die Augenbrauen. »Ich habe nicht die ganze Nacht Zeit. Entweder wir fangen an oder du gehst.«

Gehen klang so unendlich verführerisch.

Ich sah zur Tür und atmete aus.

Feigling, flüsterte eine Stimme in mir. *Du bist so ein Feigling!*

War ich nicht!

Ich zerrte den Ärmel des Pullovers hoch und hielt Aydan den Arm so energisch entgegen, dass der mich irritiert anstarrte. »Mach! Schnell!« Sein Blick fuhr zwischen dem unbedeckten Arm und meinem Gesicht hin und her, als könnte er sich nicht entscheiden, was von beidem ihn mehr abstieß.

Wer das hier wohl schlimmer fand?

Die Blutmagd, die nicht wollte, dass aus ihr getrunken wurde? Oder der Vampir, der nicht trinken wollte?

»Beginnen wir jetzt? Schließlich hast du nicht die ganze Nacht Zeit.« Eine Provokation, ein Necken, irgendetwas dazwischen – ich wusste selbst nicht, was es war. Immerhin bekam ich ein winziges Schmunzeln und er griff nach meinem Arm.

»Willst du die Augen schließen?« Eine erstaunlich sanfte Frage. *Und wie ich das wollte.* Schlimm genug, dass er meine Schwäche bereits kannte – er sollte sie nicht noch einmal sehen.

»Was weißt du über Betörung?« Kaum schloss ich meine Augen, schon riss ich sie wieder auf.

Wenig.

»Nichts«, erwiderte ich vorsichtig.

»Euer Blut reagiert auf uns, setzt … Emotionen frei. Ich kann dir nicht versprechen, dass du etwas merkst, aber falls doch, könnte es dir helfen. Wenn du dich darauf einlässt, entspannst du dich schneller.«

Betörung.

Bis gerade hatte ich gehofft, auch sie wäre ein Fantasiegebilde. Also waren Gertruds Worte wahr.

Wunderbar.

Noch mehr Möglichkeiten, uns einzufangen.

Eine Berührung ließ mich zusammenfahren. Keine Zähne. Ein Finger. So sanft wie ein Windhauch strich er über meinen unbedeckten Unterarm, löste langsam die Anspannung, die sich darin breitgemacht hatte, auf. »Konzentrier dich darauf.«

Dass ich tatsächlich dazu bereit war, zeigte wohl am deutlichsten das Ausmaß meiner Verzweiflung. Gertrud hatte gesagt, es würde helfen. Aydan schien sicher zu sein, dass es das würde. Und ich brauchte dringend Hilfe.

Ich schluckte die Wut hinunter, schloss wieder die Augen und hörte in mich. Gab es dort etwas, das nicht zu mir gehörte? Aydans Finger hob sich und setzte sich erneut an meinen Unterarm. Als er ihn diesmal hinabfahren ließ, wurde aus dem Windhauch eine echte Berührung. Ein Kribbeln lief mir über den Rücken, zog weiter in Richtung Bauch und …

Entsetzt riss ich die Augen auf und starrte in das Sturmgrau vor mir. »Wie machst du das?« Meine Stimme zitterte, aber das war nichts angesichts der Fassungslosigkeit, die in mir tobte.

Diese Dinge hatte er beim letzten Mal nicht in mir ausgelöst.

»Du hast jetzt schon etwas bemerkt?«

Argwöhnisch musterte er mich und ich schnappte empört nach Luft. »Als wenn ich mir das eingebildet hätte!«

Sein Blick krallte sich in meinen, hielt ihn fest und etwas daran veränderte sich, wurde sanfter. Tiefer.

Aydan stand so nah.

Ich müsste nur die Hand ausstrecken, um ihn zu berühren.

Ein weiteres Kribbeln erwachte bei der Erkenntnis.

»Beim Trinken«, erwiderte er leise. »Betörung setzt erst beim Trinken ein.«

»Es war da.« So etwas Abstruses konnte sich mein Verstand nicht einbilden.

»Wie hat es sich angefühlt?«

Nein! Niemals würde ich aussprechen, welche Reaktion seine Berührung in mir ausgelöst hatte – es noch immer tat.

Dieses Gefühl, das mich zu Aydan drängte.

Die Hitze, die in mir tobte.

Das Kribbeln, das ich nicht unter Kontrolle bekam.

Eher würde ich mir die Zunge abbeißen.

»Lass uns weitermachen«, stieß ich aus und ein winziges Leuchten durchbrach den Sturm in seinen Augen.

»Du fühlst es also tatsächlich.« Offenbar hatte meine Forderung, das Thema zu wechseln, ihm mehr verraten als gewollt. Er war klug und nahm diese Kleinigkeiten wahr.

Auch das noch.

»Es hat nichts mit dir zu tun«, fuhr er gelassen fort. »Das ist eine instinktive Reaktion deines Körpers. Die ist nicht steuerbar.« Manchmal schien Aydan meine Gedanken lesen zu können. Denn genau das wollte ich: eine Möglichkeit, die Betörung zu steuern, und schon machte er diese Hoffnung zunichte.

»Dass du sie so früh spürst, ist ungewöhnlich, aber gut.« Er kam näher und stoppte keine Handbreit von mir entfernt. *Zu nah.* Ich ahnte, dass meine Stimme mich gerade im Stich lassen würde und schüttelte stattdessen den Kopf.

Das hier war nicht gut.

Nichts daran.

»Es wird dir helfen.«

»Vielleicht war diese Sache mit der Panik doch nicht so schlimm«, brach es aus mir heraus und Aydan lachte auf. Kein winziges

Lächeln. Ein echtes Lachen und seine Augen funkelten dabei wie Diamanten.

»Mach weiter.« Wieder stand ich kurz davor zu flüchten. Nur waren die Gründe dafür anders als erwartet. Seine Finger fuhren tatsächlich meinen Arm entlang und ich schloss die Augen, um seine auszublenden, spürte dennoch seinen Blick auf mir und Hitze schoss mir bis in die Haarwurzeln.

Seine Berührungen steigerten sich und mit ihnen diese sonderbaren Gefühle. Aydan behielt recht, ich scheiterte kläglich damit, sie verschwinden zu lassen. Stattdessen waren es seine Finger, die verschwanden und abgelöst wurden durch seine Lippen. Sie brachten mein Herz zum Rasen und gleichzeitig schien nicht mehr genug Sauerstoff in mir anzukommen. Wie eine Ertrinkende schnappte ich nach Luft, als sein Mund über meine Haut strich und einen Pfad aus winzigen Flammen darauf hinterließ.

Er würde mich beißen.

Der Gedanke flammte in mir auf, als er bei meinem Handgelenk ankam, und trotz der Flammen flackerte Angst in mir. Er hob seine Lippen und ich spannte mich an, wartete auf den Schmerz – seinen Biss. Doch Aydans Lippen setzten sich behutsam wieder an meinen Oberarm und begannen, ein weiteres Muster aus Flammen hineinzubrennen. Obwohl ich mich bemühte, mir nichts anmerken zu lassen, spürte er meine Angst. Wie zum Beweis legte sich sein Arm um meine Hüfte und als ich nicht protestierte, zog er mich langsam näher und machte damit jeden anderen Gedanken winzig. Da waren nur noch wir und diese Flammen, die mich zu verschlingen drohten.

Seine Lippen fuhren im gleichen monotonen Tempo zärtlich meinen Arm entlang. Es fühlte sich an, als würde ich mich unter seiner Berührung auflösen und mich zu etwas ganz Neuem zusammensetzen.

Zeit spielte keine Rolle mehr.

Was er war, spielte keine Rolle mehr.

Nur noch er, ich – *wir.*

Seine Lippen verschwanden erneut, doch diesmal kehrten sie nicht zurück. Ich öffnete die Augen, fand mich orientierungslos im Sturmgrau. Nur Zentimeter lagen zwischen unseren Gesichtern. Eine winzige Bewegung würde ausreichen und meine Lippen würden seine streifen. Vorhin noch undenkbar – *und jetzt …?*

Meine Finger wagten sich vor, legten sich an seine Wangen, fuhren sie hinab, wie sein Mund es gerade mit mir gemacht hatte. Aydan wich nicht aus. Der Sturm in seinen Augen nahm zu und dieses kleine Leuchten mischte sich wieder hinein.

Er kam näher.

Unendlich langsam.

Mein Herz kapitulierte.

Er würde mich küssen.

Das in mir fühlte sich nicht an, als könnte ich ihn aufhalten. Oder als würde ich ihn aufhalten *wollen.*

Ich drängte die Stimmen zurück, dieses sich erhebende Protestgeschrei in mir, blendete alles aus bis auf Aydan. Seine Lippen stoppten hauchzart vor mir.

Die Verblüffung in seinem Gesicht fühlte sich an wie ein Spiegelbild zu der in mir. Wir wussten beide, was der andere wollte. Eine winzige Bewegung von einem von uns und wir würden die Kontrolle verlieren.

Und dann senkte Aydan den Kopf.

Er hatte sich entschieden – für mein Blut.

Er würde trinken.

Zum ersten Mal spürte ich keine Angst bei dem Gedanken. Sein Arm hielt mich fester. Es fühlte sich an wie ein Versprechen zu stoppen, sollte ich nicht bereit sein. Ich brauchte es nicht. Weil ich ihm auch so vertraute.

Sein Mund legte sich an meinen Unterarm und … stockte.

Der Vampir, der nicht trank.

Jetzt spürte ich seine Unsicherheit, sein Körper, der sich anspannte. Wäre ich ein besserer Mensch, würde ich ihm sagen, er solle von mir ablassen – aber ich war, was ich war. »Du schaffst das«, raunte ich ihm zu. Meine Hand tauchte in sein Haar ab, fuhr seine Wange entlang und nur einen Herzschlag später biss er zu. Kurz wollte sich die Angst erheben, doch Aydan strich mir über den Rücken und löste sie auf. Es sollte beklemmend sein zu sehen, wie sich sein Mund an meinen Arm presste, die harten Linien, zu denen sich seine Lippen verzogen. Aber in mir fand sich nur Faszination.

Aydan trank von mir und ich hatte keinerlei Schmerzen.

Seine Hand in meinem Rücken rutschte tiefer und legte sich an den Saum des Pullovers. Grausam anständig.

Ich wollte mehr.

Dieses Gefühl in mir ließ keinen Platz für Vernunft und wischte alle Bedenken zur Seite. Ich drängte mich enger an Aydan, krallte die Hände in sein Hemd. Er drehte den Kopf, sah mich an und der Hunger in seinem Blick fühlte sich nicht an, als würde er meinem Blut gelten.

Flammen loderten an mir.

Das Sturmgrau vor mir tobte.

Sein Mund gab mich frei und mein Herz überschlug sich.

Ich wusste, wo ich seine Lippen als Nächstes spüren würde.

Ich schloss die Augen, wartete und …

Aydan ließ mich los.

Warum?

Als ich die Augen verwirrt öffnete und in das Licht blinzelte, fand ich ihn, drei Schritte von mir entfernt.

Ich hingegen stand weiter hier und hielt meine Arme in die Luft wie eine groteske Statue.

Weil dort bis gerade noch Aydan gewesen war.

Der Vampir.

Den ich hatte küs…

Gottverdammt!

Ein eisiger Hauch wehte durch mich hindurch und löschte brutal die Flammen. Schnell zog ich die Arme hinunter.

»Du wirst heute nicht mehr gebraucht.« Aydan wandte sich ab und ging zurück zu seinem Schreibtisch.

Das war alles, was er zu sagen hatte?

Zu dem, was zwischen uns geschehen war?

Und dem, was beinahe geschehen wäre?

Er wirkte, als wäre das vollkommen normal.

War es für ihn wahrscheinlich auch.

Ich war sicher nicht die Erste gewesen, die er *betört* hatte. Der Eissturm in mir war in meinem Kopf angelangt und vereiste die Gedanken, die dort tobten.

»Geh, Liz!« Das war der Ton, den Aydan seinen Dienstboten gegenüber anschlug. Jetzt gerade hasste ich ihn abgrundtief. Und mich gleich mit. Doch am allermeisten hasste ich die Betörung und die Gefühle, die sie in mir ausgelöst hatte.

»Wie gnädig, Herr!« Jedes meiner Worte tropfte vor giftigem Sarkasmus und dennoch brachte ihn keines davon dazu, aufzusehen – mich zu beachten.

Erbärmlich.

Wartete ich wirklich, dass mir ein Vampir Beachtung schenkte?

Was war nur los mit mir?

Ich drehte mich um und stürmte aus seinem Schlafzimmer.

Aydan hielt mich nicht auf.

KAPITEL 9

AYDAN

Ich hatte Regeln für den Umgang mit Liz aufgestellt.

Die waren nötig, jetzt, wo sie tatsächlich meine Blutmagd war.

Bevor ich nach ihr rief, trank ich einen Kelch – *die erste Regel.* Hungrig in Liz' Nähe zu sein, kam nicht infrage, dafür meldete sich bei ihr der Blutdurst zu schnell.

Die zweite lautete: Frühzeitig stoppen. Je mehr ich von ihrem Blut trank, desto schwieriger wurde es, aufzuhören. Gestern hatte ich kaum von ihr getrunken und dennoch war es Schwerstarbeit gewesen, mich von ihr zu lösen.

Die dritte und wichtigste Regel aber war: Abstand zu Liz halten. Es fühlte sich an, als könnte diese die härteste werden.

Endlich klopfte es an die Tür – viel zu spät.

Es gab nur einen Menschen, der die Unverschämtheit besaß, mich warten zu lassen. Ich wischte mir dieses nervtötende Lächeln von den Lippen, bevor ich sie hereinrief. Überflüssig. Liz sah geradewegs an mir vorbei, als sie eintrat. *Sie war noch wütend.* Mein Lächeln kehrte zurück, ohne dass ich es daran hindern konnte.

»Du bist spät dran.«

»Dann ruf mich früher zu dir.« Sie warf den nachlässig zusammengebundenen Zopf hinter die Schultern. Auch heute hatte sie auf Schuhe verzichtet, trug nur Socken, deren Stoff stellenweise dünn geworden war. Immerhin konnte ihre abgetragene Kleidung mit ihrem Benehmen mithalten – beides war zutiefst unstandesgemäß. Für den Moment amüsierte es mich zu sehr, um etwas dagegen zu unternehmen, aber Norwyn würde nichts davon lange dulden.

»Als Blutmagd darfst du dir deine Gefühle nicht ansehen lassen. Daran musst du arbeiten.« Ihr verächtlicher Blick zuckte zu mir herüber und traf mich bis ins Mark.

»Ist dir heute Nacht nach reden? Wie schön. Du änderst schneller deine Launen als ein Chamäleon seine Farbe, Aydan.« Zum zweiten Mal in dieser Nacht verlor ich gegen diese sonderbaren Impulse, die Liz in mir hervorrief. Ich grinste – dabei grinste ich niemals. Ihre Miene verfinsterte sich weiter. Dachte sie, ich amüsierte mich über sie? Gut. Das war einfacher – für uns beide.

Sie wandte sich ab, schob den Ärmel ihres Pullovers hoch und reichte mir den Arm, wie es ihre Aufgabe war. Zum ersten Mal benahm sie sich wie eine Blutmagd und ausgerechnet dieser Umstand hielt mich davon ab, ihren Arm zu greifen. Er verharrte zwischen uns.

»Hast du das Buch gelesen?«, hörte ich mich fragen und verstieß bereits gegen die dritte Regel, kaum, dass Liz hier war. Ich weckte Vertraulichkeit, wo keine entstehen sollte.

Ihre Miene veränderte sich, wurde zu gleichen Teilen weicher und argwöhnischer. »Ja«, stieß sie nach einer Pause aus, die sich anfühlte, als hätte sie mit sich gerungen, ob sie mir antworten sollte. Gleichzeitig streckte sie mir ihren unbedeckten Arm so energisch entgegen, dass ich mich fragte, ob Liz sich vielleicht auch die ein oder andere Regel für uns zurechtgelegt hatte.

»Willst du dir Nachschub aus der Bibliothek holen?« Die Frage war heraus, bevor mein Verstand mich daran hindern konnte. *Warum fiel es mir so schwer, sie wie eine Blutmagd zu behandeln?* Weshalb war da dieser Drang, mit ihr zu reden? Zeit mit ihr zu verbringen?

»Ich bin mir nicht sicher, wem es weniger gefällt, wenn ich in der Bibliothek herumstreunere – deinem grimmigen Freund oder Gertrud. Wahrscheinlich stellen sie mich als Strafe unter Zimmerarrest.« Jetzt schwang ein winziges Schmunzeln in ihrer Stimme mit und das allein reichte aus, um meine guten Vorsätze allesamt aufzulösen.

»Wenn ich dich begleite, lassen dich beide in Ruhe.« Keine Ahnung, weshalb ich das anbot. Noch weniger, warum es in mir unruhig flackerte, während Liz sich grausam lang ausschwieg. *War ich ernsthaft nervös?* Das hier nahm besorgniserregende Ausmaße an.

Endlich nickte sie langsam. Für einen Augenblick durchwehte mich Freude wie eine flüchtige, warme Sommerbrise. Ein Gefühl, das ich seit Ewigkeiten nicht mehr gespürt hatte.

»Morgen?« Verspätet griff ich nach ihrem Arm, doch sie wich mir aus.

»Lass uns jetzt losgehen, dann schaffen wir es vorm Sonnenaufgang.« Gerade noch hatten ihre Augen gewirkt, als wollten sie sich mit der Dunkelheit draußen messen. Nun funkelte es darin so begeistert, dass es schwer war, nicht einfach nachzugeben. *Dass ausgerechnet sie mich mit einem Chamäleon verglich.* Liz besaß mehr unterschiedliche Seiten als jede andere Person, die ich im letzten Jahrhundert kennengelernt hatte.

»Aydan?« Das Funkeln nahm weiter zu. »Oder hast du heute wieder Besseres zu tun, als dich mit mir abzugeben?«

Damit hatte sie mich. »Du bist die unverfrorenste Blutmagd überhaupt.«

Liz lachte auf. Ein echtes Lachen, es war hell und ansteckend und die Sommerbrise kehrte zurück, wehte durch mich hindurch und wärmte mich.

»Genau das hat mir Gertrud gerade auf dem Flur zugeraunt.«

»Wer hätte gedacht, dass ich einmal mit ihr übereinstimme?« Ich setzte mich in Bewegung und ging einen Hauch schneller, als ich es sonst tat, wenn Menschen in meiner Nähe waren. Ein Versuch, Platz zwischen Liz und mich zu bringen – ein erfolgloser. Ungerührt tauchte sie neben mir auf und passte sich der Geschwindigkeit an.

»Gertrud war deine Blutmagd?«

Mit ihren Fäusten hätte Liz an mir nicht die kleinste Verletzung ausgelöst. Umso erstaunlicher, dass sich ein paar dahingesagte Worte von ihr anfühlten wie tiefe Schläge in die Magengrube.

Ich beschleunigte erneut, um Liz und der Frage auszuweichen, doch sie blieb ungerührt an meiner Seite und hastete neben mir den Gang entlang. Es fühlte sich an, als musterte sie mich wieder mit diesem durchdringenden Blick, der in mir immer das Gefühl weckte, als könnte sie damit in mich schauen. *Gott, ich hoffte, dass ihr das niemals gelang.*

Ich baute darauf, dass die Bibliothek, in die wir traten, sie ähnlich ablenkte wie gestern, doch sie stoppte neben mir.

Sie war zu nah.

Wenn ich den Arm hob, würde ich sie berühren.

Erinnerungen stoben in mir auf wie Staubflocken.

Daran, wie sich Liz unter meinen Fingerspitzen angefühlt hatte.

Unter meinen Lippen …

»Aydan?« Ich schrak zusammen – wieder eine Sache, die ich niemals tat. *Was zur Hölle stimmte nicht mit mir?* »Gertud war deine Blutmagd?«

»Ja.« Zwei Buchstaben, die aus mir herausschlüpften, bevor mein Verstand sie zu greifen bekam.

Ein Fehler.

Darüber wollte ich nicht reden.

Auch nicht mit Liz.

Besonders nicht mit ihr.

Ihr Blick fühlte sich nur nicht danach an, als wäre das eine Option. »Warum so kurz?«

Gertrud.

Sie musste geredet haben.

Dort, wo Wut hätte sitzen sollen, breitete sich Taubheit aus, legte sich wie eine tonnenschwere Decke auf mich und drückte mich nieder.

»Aydan?«

»Es fand sich jemand anderes unter den Dienstboten, der besser passte.« Jedes Wort, das ich mir abrang, fühlte sich fremd und tonlos an. Dass ich es überhaupt tat, lag an der Entschlossenheit in ihrem Gesicht. Doch kaum war die Antwort raus, ahnte ich, dass auch sie ein Fehler gewesen war.

Eine Falte drückte sich wie zum Beweis zwischen helle Augenbrauen. »Wer?«

Flucht.

Der einzige sinnvolle Gedanke, den die Taubheit zu mir durchließ. »Das geht dich nichts an!« Ich steuerte die Empore an und zwang mich, langsam zu gehen. Da war er wieder, dieser schmale Grat zwischen Erbärmlichkeit und Arroganz. Wenn ich schon vor der Frage einer Sterblichen davonrannte, musste ich ihr das nicht noch zeigen.

Erst als ich oben ankam, registrierte ich, dass Liz mir nicht folgte. Auf dem Weg hierher war sie mir nicht von der Seite gewichen, obwohl ich versucht hatte, einen Vorsprung zu bekommen. Jetzt, wo ich angenommen hatte, dass sie mir hinterherkam, blieb sie fern. *War sie wütend?* Ich würde sie nie verstehen.

Erst der Anblick meiner Regale beruhigte meine angespannten Nerven und warf die Benommenheit langsam von mir ab. Als ich vor Ewigkeiten hierhergekommen war, hatte mich die Fülle der gesammelten Werke schlicht überfordert. Seitdem hatte ich begonnen, mir eine eigene Ordnung zurechtzulegen, gemessen an meinen Vorlieben. Norwyn war ohnehin nie hier und hatte mir die Bibliothek überlassen. Er wusste, dass ich eine andere Art von Zerstreuung brauchte als er. Ich hatte alle Bücher sortiert, manche ersetzt. Einige mussten gehen, um Platz für neue zu machen. Das hier war der beste Ort, den ich kannte.

Schritte auf der Treppe lösten einen überraschenden Hauch von Freude in mir aus. *Besorgniserregend, wie gern ich Liz in meiner Nähe hatte.* Ich lauschte jedem ihrer Geräusche, nahm ihren Geruch schon wahr, bevor sie neben mir zum Stehen kam. Diese Mischung, die es darauf anlegte, mir den Verstand zu rauben.

»Wie viele von ihnen hast du gelesen?« Sie beugte sich über das Geländer und sah hinunter auf die Regale.

»Ungefähr ein Viertel.« Ihr fassungsloser Blick kehrte zurück. »Die Ewigkeit bringt einiges an freier Zeit mit sich. Eigentlich wollte ich längst mehr gelesen haben, aber die halten mich davon ab.« Ich deutete auf die beiden Regale hinter mir. In den letzten Jahrzehnten war mir nicht danach gewesen, in neue Welten einzutauchen, ich hatte die bekannten vorgezogen.

Sie kam näher, musterte die gefüllten Regale und ihr Zeigefinger strich eines der Bretter entlang. Sie legte den Kopf schräg, um die Buchtitel, die sich dort aneinanderdrängten, zu lesen. Ihr übergroßer Strickpullover rutschte und entblößte ein Stück zusätzliche Schulter. Augenblicklich erwachte der Durst erneut und bäumte sich in mir auf wie ein steigendes Pferd, nur um im nächsten Moment seine Krallen in mir zu versenken.

»Als Kind hatte ich keine Freunde, aber das machte mir nichts aus, weil ich sie hatte.« Ihre Worte rissen mich zurück aus dem Durst und ich zerrte den Blick von ihrem Hals, sah ihr stattdessen dabei zu, wie ihr Finger langsam vorwärts strich. »Klingt wahrscheinlich armselig.«

»Nein«, hörte ich mich sagen und brach die dritte Regel in winzig kleine Stücke. »So fühlt es sich für mich heute noch an.« Sie sah zu mir und das verstohlene Leuchten in ihren Augen war wie ein Echo zu dem, was ich in mir spürte.

»Wer braucht Freunde, wenn er Oscar Wilde hat?« Das Strahlen breitete sich auf ihrem ganzen Gesicht aus und die Wärme, die mich erfüllte, schien sich langfristiger dort festsetzen zu wollen.

Verflucht.

»Such dir endlich ein Buch aus.« Was immer das hier war, ich durchbrach es mit Grobheit. Es mochte sich für diesen winzigen Moment gut anfühlen, aber es würde mit Problemen und Schmerz enden. Sicherheitshalber machte ich einen Schritt zurück und brachte Abstand zwischen uns. Doch Liz kam mir ungerührt hinterher, durchschritt das, was eine Grenze hätte werden sollen.

»Du benimmst dich manchmal sonderbar«, raunte sie mir zu und warmer Atem strich über meine Wange. »Ich weiß nur nicht, wann genau du dich sonderbar benimmst.« Sie hob die linke Hand, präsentierte mir ein Buch, das sie offenbar längst ausgewählt hatte. Das hatte ich nicht einmal registriert, weil ich mit Liz ausgelastet gewesen war. *Großartig.* Ich erwiderte lieber nichts. Weder auf ihre Feststellung noch auf das Buch in ihrer Hand. *Nur keine Schwäche eingestehen.*

»Kennst du es?« Sie drehte es, sodass ich den Titel auf dem abgegriffenen Leder lesen konnte. Ich suchte in meiner Erinnerung nach Bildern dazu, einer Geschichte, und fand keine.

»Ich denke nicht.«

»Das solltest du nachholen.« Sie strich sich eine der blondweißen Strähnen zurück hinters Ohr, die sich aus ihrem Zopf gelöst hatte und hielt das Buch fordernd in meine Richtung. »Es wird dir gefallen.«

Ich griff danach und einer plötzlichen Eingebung nach berührte ich dabei ihre Finger. *Ob sie heute wieder etwas spürte?* Es sollte mir gleichgültig sein und war es doch nicht. Augenblicklich veränderte sich ihr Blick, wurde zu gleichen Teilen argwöhnisch und abwartend. Sie wollte wissen, was ich hier tat.

Damit waren wir dann schon zu zweit.

Ich griff das Buch, zog mich zurück. Höchste Zeit – ihr Pullover entblößte weiterhin dieses Stück Schulter und machte das hier auf verschiedenen Ebenen zu anstrengend. *Schwer zu sagen, ob sie etwas gespürt hatte. Immerhin beschleunigte sich ihr Herzschlag, doch Grund dafür könnte auch Angst sein.*

»Was ist mit dir? Warum suchst du dir keines aus?«

»Bei diesem Überangebot ist das schwierig.« Ein winziges Blitzen kehrte in ihre Augen zurück. »Empfiehlst du mir eines?« Sie strich sich eine Strähne hinters Ohr. Zumindest dachte ich das, bis mir auffiel, dass dort keine Strähne gelegen hatte. *War sie nervös?* Also hatte sie doch etwas gespürt? Rasch wandte ich mich von Liz ab, um das Lächeln zu verstecken, das an meinen Mundwinkeln zupfte. Ich musterte die Bücherreihen, stockte bei dem ein oder anderen Buch, überlegte, nach einem davon zu greifen, doch das tat ich erst, als ich an einem hellbraunen mit Ledereinband hängen blieb. Die perfekte Wahl. Ich zog es aus dem Regal und wandte mich Liz zu. Sie lachte auf, als ich ihr mit einer kleinen Verbeugung das Buch reichte, das ich bei dem Abstecher in die Küche dabeigehabt hatte, einen Gedichtband von Oscar Wilde. Diesmal achteten wir beide darauf, uns nicht zu berühren, als sie es entgegennahm.

»Können wir gehen?«

Es dauerte einen Moment, bis ich begriff, was hinter ihrer Frage lag.

Blut.

Ihre Art herauszufinden, ob ich von ihr trinken wollte.

Und wie ich das wollte.

»Morgen?« Sie kam meiner Antwort zuvor. »Ich bin müde.« Beinahe schützend drängte sie den Gedichtband gegen ihre Brust. Eine zutiefst verwirrende Reaktion. Gestern hatte ihr das Trinken gefallen, warum fühlte es sich jetzt nicht mehr danach an?

»Du hattest keine Schmerzen?«

»Nein.« Sie zwang sich etwas ab, was wohl ein Lächeln darstellen sollte. Es verunglückte und mein Misstrauen wuchs weiter. »Ich bin wirklich müde.«

»Ist es wegen der Betörung?«

Sie biss sich auf die Lippen, so fest, dass ich fürchtete, dass jeden Augenblick Blut darauf erschien. Das fehlte mir gerade noch. »Der

Part gefällt mir nicht«, sagte sie widerwillig. »Aber offenbar gehört er dazu, also bekomme ich das hin. Doch nicht heute, bitte, Aydan.«

Ich führte lang genug Personal, um zu wissen, dass ich das nicht durchgehen lassen durfte. Jetzt musste ich erst recht von ihr trinken, damit Liz wusste, wer hier die Befehle gab. Sonst würde sie vergessen, dass wir nicht gleichgestellt waren.

Aber es war Liz.

Also nickte ich und fragte mich einmal mehr, wo das hier enden sollte.

KAPITEL 10

LIZ

Ob es etwas bedeutete, dass Aydan heute Nacht deutlich früher nach mir verlangte? Ich sollte nicht darüber nachdenken und tat es dennoch, während ich Maurice über die Gänge folgte.

Aydan saß auf einem der ausladenden Sessel, trug ein weinrotes, klein gemustertes Hemd zu einer dunkelbraunen Hose. Beides war elegant, aber für Vampirverhältnisse zurückhaltend. Ihre knalligen, eng anliegenden Blazer mit den eingestickten Mustern, die aufgestellten Kragen, ihre Rüschenhemden – sie waren mir allesamt zuwider. Noch letzten Monat hätte ich über Aydans Kleidung die Nase gerümpft, mittlerweile war ich Schlimmeres gewohnt. Unter den anderen Ungeheuern hier war er das Eeinzige, das ich ertrug.

»Du bist fertig.« Wir hielten uns nicht mit Begrüßungsworten auf. Er deutete auf den Gedichtband, über den ich wie zufällig meine Strickjacke gezogen hatte. Seinen Vampiraugen entging nicht einmal das. Gab es irgendwas, was er nicht direkt wahrnahm?

Frustriert pustete ich eine Haarsträhne fort, zog es heraus und legte es auf das Tischlein neben seinem Sessel. »Das andere kann ich nicht so unauffällig zurückbringen.«

»Das war nicht unauffällig, ich habe dich direkt durchschaut.« Eines seiner winzigen Lächeln brach aus ihm heraus. Für den Moment schien er gut gelaunt zu sein, doch mittlerweile kannte ich ihn genug, um zu wissen, dass er jeden Augenblick kühl und abweisend wie eine Eisstatue werden konnte. Aydan blieb ein einziges Rätsel für mich. Schlecht für uns beide, dass ich Rätsel schon immer geliebt hatte.

»Du hast also gelesen, obwohl du müde warst?« *Erwischt.* Er war ein aufmerksamer Beobachter.

»Wenn ich lese, kann ich meinen Kopf leeren.« Ein Stück Ehrlichkeit musste her. »Dann verstummen die Stimmen, die Fragen, die Gedanken, die mich sonst wach halten. Bücher ziehe ich vor.«

Die Erheiterung schwand aus seiner Miene. *War er Teil dieser Gedanken, die mich wach hielten?* Ich fand die Frage in seinen Augen, aber er brachte sie nicht über seine Lippen.

»Dann haben wir beide zu viel gelesen und zu wenig geruht«, erwiderte er. Wieder erstaunte mich, wie gelassen er klingen konnte, obwohl ich mir sicher war, dass es in ihm anders aussah. Darin war er das Gegenteil von mir. Grandpa hatte immer gesagt, ich sei wie eine Brauseflasche, wenn man sie schüttelte, schoss der Inhalt heraus und richtete nichts als Chaos an.

»Ich habe dein Buch beendet.« Das kam unerwartet. Im Gegensatz zu mir besaß Aydan eine gigantische Sammlung, ich hatte nicht einmal angenommen, dass er es las. Eine uralte düstere Gesellschaftskritik, in der ich die ein oder andere Parallele zu unserer Vampirherrschaft fand. Seinem scharfen Blick nach schien er sie ebenfalls zu sehen. Wunderbar. Die Brause in mir schäumte, machte sich bereit für ein hitziges Wortgefecht.

»Es gefällt mir *trotzdem*«, sagte er und nahm mir damit den Wind aus den Segeln. »Es hat mich an etwas erinnert, das ich damals als Student gelesen habe. Ich denke, es findet einen Platz in meinen Lieblingsregalen.«

Oh.

Die Brause stoppte verwirrt.

Dieser Vampir überraschte mich immer wieder.

Gottverdammt.

Gerade, wenn ich mich entschieden hatte, wie ich mit ihm umgehen würde, warf er alle Pläne um.

»Wie hat es begonnen?« Die Frage rutschte aus mir heraus, ohne dass mein Verstand sie zurückhalten konnte. Ich hatte sie mir so oft gestellt, nach Antworten gesucht, aber in der Welt der Sterblichen schien niemand sie zu kennen. Wir waren nur Wimpernschläge in der Geschichte der Zeit, die einzigen, die die Antworten wussten, waren die Ewiglebenden und die teilten ihr Wissen nicht mit uns.

Wie zum Beweis presste Aydan die Lippen aufeinander, wie immer, wenn ich Fragen stellte, die er mir nicht beantworten wollte.

»Warum baut ihr eure Geheimnisse wie Mauern vor euch auf?«, setzte ich nach und bekam gleich zwei erhobene Augenbrauen.

»Weil es *unsere* Geheimnisse sind?«

»Aber sie sind auch Teil *unserer* Geschichte. All das ist längst vergangen und dennoch krallt ihr euch daran ähnlich fest wie an die Unendlichkeit.«

Sein Blick hielt meinen gefangen und es fühlte sich an, als wären sie zu Schwertern geworden, die wir aneinanderschlugen. Keiner von uns wollte zurückweichen.

»Würdest du es an meiner Stelle nicht wissen wollen?«, setzte ich nach und das Flackern in seinen Augen war verräterisch. Auch er hätte Antworten eingefordert.

Ein winziges Seufzen drang zwischen seinen ärgerlich perfekten Lippen hervor und machte deutlich, dass ich dieses Duell gewonnen hatte. »Hast du schon von Sigan gehört?«

Ich schüttelte langsam den Kopf, das wenige, das ich zu wissen glaubte, hatte ich aus Büchern und jedes davon schien den anderen zu widersprechen. Doch in keinem von ihnen hatte ich je diesen Namen gelesen.

»Er lebte vor beinahe fünf Jahrhunderten – als Mensch. In einem Sommer herrschte eine nie gekannte Dürre und die Tiere litten ähnlich wie die Menschen unter der Hitze. Er war tief im Wald unterwegs, als er eine Fledermaus fand, die sich in den trockenen Ästen eines Baumes verfangen hatte. Für gewöhnlich sind die Tiere harmlos, doch kaum näherte er sich, um sie zu befreien, biss sie ihn. Er sprang zurück, stieß gegen einen Baumstamm und plötzlich war er umgeben von unzähligen Fledermäusen. Sie kratzten und bissen in seine unbedeckte Haut. Er floh vor ihnen nach Hause und wusch seine Wunden aus. Dieser Vorfall wurde zu nicht mehr als einer sonderbaren Erinnerung. Sigan heiratete im Jahr darauf und bekam einen Haufen Kinder, so weit, so ereignislos, wenn man seine neu aufgekommene Vorliebe für Tierblut außer Acht lässt.« Aydan lächelte, aber ich konnte sein Lächeln nicht erwidern. Es kam mir vor, als hätte ich nicht einen Atemzug nehmen können, seit er mit der Geschichte begonnen hatte. »Es gab nur eine Besonderheit, in der sich Sigan von den Menschen um sich herum unterschied«, fuhr Aydan fort, »er alterte sonderbar langsam. Irgendwann starben alle um ihn herum, doch Sigan sah nur halb so alt aus, wie er war, und er blieb auch körperlich gesund. Nur sein geistiger Zustand wurde von Jahr zu Jahr besorgniserregender. Er verlor sich in Wahnvorstellungen, fiel Menschen an und biss sie. Schließlich fand man seinen leblosen Körper auf einer Wiese im Sonnenschein. Er war beinahe anderthalb Jahrhunderte alt geworden. Seine Kinder übertrafen ihn alle noch – im Alter …«, Aydan presste ganz kurz erneut die Lippen zusammen, bevor er weitersprach, »und einige in seinem Wahnsinn.«

Gänsehaut breitete sich in meinem Nacken aus, kroch mir den Rücken hinunter. »Sie tranken Menschenblut?«

»Manche von ihnen entwickelten diese Vorliebe, aber das waren die, die sich nicht im Wahnsinn verloren.« Wieder hielt er meinen Blick gefangen, als müsste er sich überwinden weiterzusprechen. »Und die, die noch lange weiterlebten.«

So viele Informationen.

So viele Fragen, die durch mich wehten.

»Also würdet ihr ohne menschliches Blut sterben?«

»Vielleicht, aber nicht sofort«, sagte er nach einer langen Pause. »Es schwächt uns, wenn wir es nicht trinken, doch ich weiß von niemandem, der dauerhaft darauf verzichten konnte.«

»Leben noch welche von Sigans Kindern?«

»Nein, die ersten Unsterblichen kamen mit den Verwandlungen und es wurden schnell mehr. Jeder schien seinen eigenen Clan erschaffen zu wollen, es drohten Machtkämpfe und das war der Grund, weshalb wir den Schattenrat einsetzten. Es wurden fünf Ratsmitglieder gewählt, denen wir unsere Treue schworen.« Wieder entwich ihm ein Lächeln. »Norwyn ist immer noch wütend darüber, dass er nicht gewählt wurde. Ihm fehlten nur wenige Stimmen und er denkt, dass Wisgard ihn um seinen Platz betrogen hat.«

»Er lebt schon lang?«

Aydan nickte knapp. »Ich denke, für heute Nacht habe ich genug unserer Geheimnisse verraten.«

»Bekommst du deswegen Probleme?«

Es funkelte in seinen Augen. »Würde dich das stören?«

Noch bevor ich eine neue Antwort darauf fand, sah er an mir vorbei. Seine Miene verfinsterte sich spürbar, offenbar nahmen seine Vampirohren etwas wahr, das meinen menschlichen entging.

»Norwyn?« Er gab ein weiteres, grimmigeres Nicken von sich, das es nicht gebraucht hätte. Sein Freund hatte angeordnet, dass Aydan von mir trank, sonst musste ich gehen.

Gestern hatte ich mich geweigert.

Seit ich in diesem Anwesen angekommen war, hatte ich schon viele widersinnige Dinge getan. Doch das hier fühlte sich an wie das Sonderbarste von allen. Ich sank auf Aydans Schoß und spürte seine Verblüffung.

Verständlich.

Das kam selbst für mich überraschend.

»Trink.« Ich hielt ihm das Handgelenk entgegen. Für weitere Erklärungen blieb mir keine Zeit. Kurz zögerte er und suchte in meinen Augen nach der Erlaubnis, die er in dem herausgepressten Wort nicht gefunden hatte. Wieder etwas, das mir gefiel.

Grundgütiger – er musste aufhören, mir zu gefallen.

Ich nickte ihm zu und nur einen Herzschlag später versenkten sich seine Zähne in meiner Haut. Diesmal brauchte es keine Beruhigung. Ich hatte keine Angst vor den Schmerzen – *oder vor ihm.* Dennoch musterte er mich, schien abzuschätzen, wie es mir ging, um sich jederzeit zu lösen. *Wer hätte gedacht, dass ich einmal einem Vampir vertrauen könnte?*

Aydan hob seine Hand, strich mir diese zu kurze Strähne hinters Ohr, die die schlechte Angewohnheit besaß, sich andauernd aus allen Zöpfen zu befreien. Seine Finger auf meiner Wange riefen das Feuer zurück. Diese Bruchteile von Sekunden reichten, um mich in Flammen zu setzen.

Verdammt sei die Betörung.

Er machte Anstalten, seine Hand zurückzuziehen, aber ich hielt sie fest. In dem Sturmgrau funkelte es. Ein Mottenschwarm schien durch mich hindurchzufliegen und kitzelte mich mit seinen Flügeln. Aydan umschlang meine Taille und ich nutzte die Möglichkeit, mich enger an ihn zu drängen. Wozu aufbegehren, wenn ich der Betörung ohnehin nichts entgegensetzen konnte?

Solange ich ihn nicht küsste, war das hier bedeutungslos.

Nur ein Spiel mit dem Feuer, das sich zu gut anfühlte, um es zu stoppen. Vielleicht würde ich mich später dafür verachten. Kaum tauchte der Gedanke in mir auf, wischte Aydan ihn davon, indem er den Pullover von meiner Schulter schob. Flammen wanderten über meine Haut, dort, wo seine Fingerspitzen sie berührten …

»Was soll dieser Unsinn?«

Norwyn.

Ich atmete offenbar frustriert genug aus, um es in Aydans Augen aufblitzen zu lassen. Er löste sich sanft, erst von meiner Schulter, dann von meinem Handgelenk. Ich bekam einen letzten Blick, der sich anfühlte, als wären wir beide Verbündete eines kleinen Verbrechens.

»Norwyn.« Er wandte sich verspätet seinem Freund zu, legte aber gleichzeitig seinen Arm wieder um mich. *Leider über meinen Pullover.* Alles an mir brannte und Norwyn war nicht der eisige Schauer, den es brauchte, um dieses innere Feuer zu löschen. Ich sah auf und stockte, weil er nicht allein dort stand. Neben ihm hatten sich eine Vampirin aufgebaut.

Warum?

Das Eis, das in mir erwachte, löschte das Feuer zuverlässiger als Norwyn. »Ist sie das?«, fragte sie und musterte mich abschätzend.

»Ist sie *was*?« Aydans Knurren, das sich seinen Worten anschloss, durchdrang den Raum.

»Die Blutmagd, die ich mitnehmen soll.«

»Norwyn!« Trotz Aydans Wut drängte ich mich enger an ihn. Es war wie bei dem Vampir mit den toten Augen, mein Körper schien instinktiv zu spüren, dass er mich schützen würde. Wie ein stummes Versprechen legte sich auch sein zweiter Arm um mich. »Beende diesen Unsinn sofort! Wie du gesehen hast, habe ich unsere Vereinbarung eingehalten. Damit steht sie in meinem Dienst.«

»Du hast dir jeden Abend Blut bringen lassen!«

»Weil sie nicht genug hat und zu Ohnmachtsanfällen neigt.« Er belog seinen Freund für mich und gleichzeitig fand sich keine Spur von Schuld in seinen Augen. So verschieden wir waren, so gleich schienen wir in anderen Dingen zu sein. »Jetzt schick Kerons Handlangerin weg und richte ihm aus, dass er euer kleines Geschäft vergessen kann.«

Als ich hier angekommen war, hatte ich nach einem brauchbaren Verbündeten gesucht. Wer hätte gedacht, dass ich den ausgerechnet in einem Vampir fand?

»Du hast ihn gehört«, erwiderte Norwyn grimmig. »Sag Keron, dass sie als Blutmagd hierbleibt. Solange Aydan von ihr trinkt, kann ich sie nicht herausgeben.«

»Das wird ihm nicht gefallen.«

»Dann richte ihm aus, dass mir das ebenfalls nicht gefällt. Doch mein Versprechen breche ich nicht.«

Endlich verließ sie den Saal, Norwyn aber verharrte. »Dir ist bewusst, was ich hiervon halte?« Eisige Worte, wütend herausgebracht. Ich spürte Aydans langsames Nicken. Es fühlte sich an wie ein widerwilliges Eingeständnis. Seine Arme lockerten sich und fielen beinahe sofort ab, nachdem sich Norwyn aufmachte, der Vampirin zu folgen.

»Seid ihr zusammen?«

Aydan machte Anstalten, mich von sich zu schieben, stockte nun aber sichtlich entgeistert. »Wie kommst du darauf?«

»Weil er wütend auf dich ist?« Ich mochte diese ganzen Vampirhierarchien noch nicht verstehen, doch ich fand nur wenig Gründe, die seine Wut rechtfertigten.

»Wir sind Freunde, mehr nicht. Bei uns ist es anders als bei euch. Da geht es nicht um Gefühle, sondern um Loyalität.«

»Warum reagiert er dann so?«

»Weil wir nicht wirken, als wärst du meine Blutmagd.« Es war dieser Ton, der ihn verriet. Diese gespielte Gelassenheit, die einen Hauch zu viel von allem war. So klangen Geheimnisse, die nicht offengelegt werden sollten. Ich hasste Geheimnisse – zumindest die von anderen.

»Wie dann?«

Aydan registrierte seinen Fehler. Er wich zurück und versank beinahe in dem Polster seines Sessels, weil er mir hier nicht ausweichen konnte. Das Sturmgrau verfinsterte sich und verschluckte jedes winzige Überbleibsel des Funkelns. Er schwieg und presste die Lippen zusammen – wieder einmal.

»Was gibt es da sonst noch?« Aydan schien sein Schweigen erneut wie eine Mauer hochzuziehen, um sich dahinter in Deckung zu bringen. Mich konnte er damit nicht abwehren.

Für einen langen Moment fühlten sich unsere Blicke wieder an wie Klingen, die wir gegeneinanderschlugen, darauf wartend, dass der andere seine Deckung aufgab, um einen Treffer zu versenken. Doch dann riss Aydan den Kopf fort.

»Nichts!«, sagte er mit einer Stimme, die sich anfühlte wie flüssiges Eis, das mir den Nacken hinunterlief. »Da gibt es nichts anderes.«

KAPITEL 11

»Was ist eine Blutbraut?« Die Frage schaffte es vor mir in den Aufenthaltsraum. Länger konnte ich sie nicht zurückhalten. Den ganzen Weg hierher hatte ich über Kerons Worte nachgedacht – darüber, dass ich für Aydan niemals mehr sein würde als ein Gefäß, aus dem er trank.

Glücklicherweise saßen nur Gertrud und Lorin am Tisch. Gertrud hatte bereits den Mund geöffnet, gewiss, um mich zu maßregeln. Für mein nachlässig gebundenes Haar, für meine knittrige Gossenkleidung, meine schuhlosen Füße oder ähnliche Banalitäten – für sie gab es andauernd etwas an mir auszusetzen. *Sie hätte sich gut mit Grandpa verstanden.*

Mit Lorin war es anders. Der Rest der Dienstbotenschaft war ein halbes Jahrhundert älter als wir und die meisten musterten mich mit Argwohn. Vielleicht meinetwegen oder, und danach fühlte es sich an, meiner Position wegen. Dafür sprach, dass auch Lorin nicht richtig zu ihnen gehörte, trotz der drei Jahre, die er mittlerweile unter ihnen weilte. Er hob bereits den Kopf. »Warum willst du das wissen?«

Gertrud schwieg. Es brauchte keine Worte, um ihre Missbilligung über das Thema auszudrücken. Ihre schmalen Lippen und die Art, wie sie das Kristallglas umklammerte, waren überdeutlich.

»Weil ich nichts damit anfangen kann.«

Lorin schob seinen Teller von sich und blickte mich dabei an, als überlegte er, ob er mir antworten sollte. Ein albernes Machtspiel, das Interesse in seinen Augen verriet ihn. Er würde mir meine Antwort geben, sonst könnte er die Frage nicht stellen, die mir aus seinem Gesicht entgegensprang.

»Es ist der höchste Status, den ein Mensch bei Vampiren erhalten kann«, erwiderte er wie zum Beweis. »Damit kennzeichnen sie uns als ebenbürtig.« Begehren durchdrang seine Stimme. »Nur mit diesem Status dürfen sie beim Schattenrat vorsprechen und um Erlaubnis bitten, uns zu verwandeln.«

Verwandeln.

Einst hatte es eine Zeit gegeben, in der Vampire beliebig Menschen zu ihresgleichen hatten machen dürfen. Mittlerweile nicht mehr. Vordergründig war es eine der Regelungen, ausgehandelt zwischen Sterblichen und Unsterblichen für eine friedliche Koexistenz. Dabei war sie reine Augenwischerei. Der Schattenrat hatte nur zugestimmt, weil ihnen sonst früher oder später die Nahrung ausgehen würde. *Wir.*

»Will Aydan dich zu seiner Blutbraut machen?« Schon schloss sich Lorins Frage an.

»Genug!« In Gertruds Ruf mischte sich das hohe Klirren von Scherben, die auf Stein trafen.

Ich sah zu ihr. Eine tiefe Blässe hatte sich auf ihre Wangen gelegt. Ihr Blick fuhr hinab und meiner tat es ihm gleich, fand die Hand, die gerade noch das Kristallglas gehalten hatte. Blut bahnte sich darauf seinen Weg wie ein tiefroter Fluss. Nun tropfte es auf den Boden, mitten auf die Glasscherben, die im einfallenden Licht glitzerten wie Diamanten. Ein dicker roter Tropfen, ein zweiter, ein dritter, schneller nun … *Blut.*

Es war überall, lief über ihre Finger, befleckte ihr Kleid. Gertrud starrte auf ihre Hand und verharrte ähnlich regungslos wie ich.

»Ich verständige einen Arzt«, kam es von Lorin und noch ehe ich es schaffte zu protestieren, war er fort und ich allein mit Gertrud – und dem Blut.

Ich spürte, wie sich die Panik in mir zu einer Welle aufstaute, wie sie über mir zusammenbrach und mich verschluckte. Gertrud brauchte Hilfe und ich war nicht imstande, etwas zu tun. Zumindest löste sie sich aus ihrer Starre. Sie stand auf, drehte sich um und nahm sich eines der Trockentücher, das sie gegen die Hand presste. Für einen Augenblick hatte ich das Gefühl, wieder atmen zu können, doch schon im nächsten Moment drückte sich die erste rote Spur durch den weißen Stoff und raubte mir den Atem.

»Er wird dich niemals für die Unendlichkeit auserwählen.« Mit diesen Worten sank sie zurück auf den Stuhl. Ich hatte keine Ahnung, wovon sie sprach. Mein Blick bohrte sich erneut in das Baumwolltuch.

Ein zweiter Fleck.

»Aydan«, sagte sie und ihre Stimme fand zu ihrem energischen Klang zurück. »Du denkst, du wirst ihn von dir überzeugen, aber das wirst du nicht. Verschwinde von hier, solange er dich lässt!« Mit der unverletzten Hand winkte sie mich noch näher zu sich, aber ich war nicht in der Lage, mich in Bewegung zu setzen. »Liz!« Mein Name klang bei ihr wie ein Zischen, wurde begleitet von einem heftigeren Heranwinken. Zumindest meine Beine erinnerten sich daraufhin, wie sie funktionierten. Sie machten einen ungelenken Schritt über das Meer aus Scherben. *Über das Blut.* Gertrud krallte ihre unverletzte Hand um mein Handgelenk, kaum dass ich sie erreichte. Ihre Kälte konnte es nicht mit der in mir aufnehmen, aber ihre Nägel schoben sich mir schmerzhaft ins Fleisch. »Flieh! Wenn du bleibst, wiederholt sich alles!«

Weiteres Rot drängte sich durch die Fasern.

Blut.

»Liz! Hör jetzt zu!« Sie schüttelte mein Handgelenk, forderte meine Aufmerksamkeit ein. Ihre blutige Hand schloss sich an und das Tuch verrutschte, strich über mich. Mein Herz trommelte gegen den Brustkorb und wollte verzweifelt entkommen.

Blut auf meiner Haut.

»Hast du begriffen?«

Nein.

»Ja«, stieß ich aus, weil ich hoffte, sie würde mich loslassen. Doch das tat sie nicht.

Wo blieb Lorin?

Ich sah zur offen stehenden Tür und fand im Flur dahinter Farbe, die nicht dorthin gehörte. Kurz dachte ich, er sei zurück, dann erkannte ich die braune Hose und das dunkelrote Hemd, dessen Muster sich von hier nur erahnen ließ. Aber auch so ahnte ich, dass ich vorhin noch den Kopf dagegengelehnt hatte. Ich blinzelte und schon waren die Farben verschwunden und der Gang leer.

Aydan.

Er musste jedes von Gertruds Worten gehört haben.

KAPITEL 12

Blut auf meiner Haut.

Ich konnte nicht aufhören darüberzuwischen.

Dabei war es längst fort.

Dennoch.

Fremdes Blut auf meiner Haut.

Ein weiteres Zittern lief mir über den Rücken. Es waren nur ein paar Tropfen gewesen, doch das war meinem Körper gleichgültig. Ich krallte mich an die Frisierkommode, schloss die Augen, um die Übelkeit zu verscheuchen.

Das Zittern.

Die Bilder, die in mir stürmten.

Einatmen und ausatmen.

Bis ich Ruhe fand.

Ich öffnete die Augen, blickte meinem verhassten Spiegelbild entgegen.

Sah die Blutspur am Kragen der Strickjacke.

Die Bilder schlugen erneut zu.

Blut.

Überall.

Weißes Haar in einem Meer aus Rot.

Scherben, die darin glitzerten wie Diamanten.

Ich zerrte die Strickjacke von mir, warf sie in die am weitesten entfernte Ecke. Das Zittern kehrte zurück, erschwerte es, einen

Pullover überzuziehen. Kaum gelang es mir, stürzte ich auf den Flur.

Ich musste diesen Bildern entkommen.

Es gab nur einen Ort, an dem mir das gelingen konnte.

Die Bibliothek lag einsam und erwartungsvoll vor mir. Silbernes Mondlicht drang durch den Spalt der vorgezogenen Vorhänge herein. Das Anwesen war schon für den Sonnenaufgang bereit gemacht. Für mich galt das nicht.

Ich brauchte ein Buch, um die Bilder zu vertreiben – und die Stimmen.

Nur welches?

Ziellos huschte ich die Regale entlang – dieses Überangebot war ähnlich erschlagend wie in der ersten Nacht. Wie sollte ich mich für ein einziges davon entscheiden?

Ich stoppte immer wieder, um eines aus dem Regal zu ziehen. Mit einem bedenklich hohen Stapel stieg ich schließlich die Wendeltreppe hinauf.

Verglichen mit dem Leben anderer Menschen hatte es in meinem viele Bücher gegeben und dennoch hatten sie nie ausgereicht, um diesen Durst in mir zu stillen. Zum ersten Mal war ich an einem Ort, der ihn stillen konnte.

Warum ich mich ausgerechnet vor Aydans Lieblingsregale setzte, wusste ich nicht. Vielleicht, weil mir die Leseecke unten zu förmlich vorkam oder ich von hier die Tür im Auge behalten konnte? Nachvollziehbare Argumente, doch dann fand ich das Buch, das ich Aydan ausgesucht hatte – er hatte es tatsächlich in eines seiner Regale gestellt –, und Wärme flackerte in meiner Brust auf. Sie ließ mich ahnen, dass es noch andere, wahnwitzige Gründe gab.

Schnell öffnete ich das erste Buch und tauchte darin ein. Aber heute lösten sich die Buchstaben auf, bevor sie in meinem Kopf ankamen. Die Bilder blieben und hinein mischte sie diese alles zerfressende Schuld.

Die Tür fiel ins Schloss.

Ich sah auf und fand durch die Lücken im Geländer Aydan. Er schien zu ahnen, dass ich hier war, sonst wäre er wohl schneller gegangen. Nur wenige Augenblicke später erschien er vor mir. Sein Gesicht war so unendlich schön und gleichzeitig so frustrierend regungslos. Ich hatte nicht den Hauch einer Ahnung, was er dachte.

»Darf ich mich zu dir setzen?« Seine Stimme war ähnlich ausdruckslos wie seine Miene. Ich zuckte mit den Schultern. Es war sein Territorium und ich befand mich ohne seine Zustimmung hier. Elegant sank er auf den Boden und eine unbehagliche Stille breitete sich zwischen uns aus.

»Du warst im Dienstbotentrakt.« Ich durchbrach die Stille, schließlich wussten wir beide, dass er nicht gekommen war, um mir beim Lesen zuzuschauen.

»Es war ein Unfall, gleichgültig, was Gertrud behauptet.« So wie er sie herauspresste, schien jedes Wort ein Kampf für ihn zu sein. Aydan sah an mir vorbei und ein Riss ging geradewegs durch die kühle Maske. Zum ersten Mal hatte ich das Gefühl zu sehen, was sich dort verbarg. Dahinter spürte ich Schmerz und Trauer und eine Unsicherheit, so tief, dass sich meine eigene wie ein Echo dazu anfühlte.

»Erzähl mir davon.« Ich flüsterte und wusste nicht, weshalb, niemand war in unserer Nähe.

Aydan schüttelte den Kopf, gleich würde er verlangen, dass ich ging, und mich erneut von sich wegstoßen.

Nein.

Nicht heute.

Ich ergriff seine Hand und die Kälte, die darin lag, war beunruhigend vertraut. »Habe ich nicht das Recht zu wissen, worauf ich mich hier einlasse?«

Ein winziges Zögern, dann spreizten sich seine Finger, um sich mit meinen zu verhaken. Warum fühlte sich alles bei Aydan nur so selbstverständlich an? Sogar diese Berührung. Als hätten unsere Hände ihr Leben lang nichts anderes getan, als einander festzuhalten. Es war verstörend … *beruhigend.*

»Alle paar Jahrzehnte tauschen wir den Haushalt aus«, begann er zögerlich. »Beim letzten Mal fand sich darunter jemand, deren Blut mir besser gefiel als das der ausgesuchten Blutmagd. Sie war Gertruds beste Freundin.« Aydan machte eine Pause. Obwohl unsere Hände nach wie vor ineinandergeschlungen waren, wich er meinem Blick aus, während sich meiner förmlich in ihn brannte. »Anne und mich verband schnell mehr. Ich mochte sie und machte aus ihr eine Blutbraut. Doch das reichte ihr nicht, sie wünschte sich etwas anderes.«

Unendlichkeit.

»Ich hielt sie hin und behauptete, der Schattenrat würde es nicht zulassen. Aber das war nicht der Grund, weshalb ich zögerte. Wir sind verantwortlich für den Vampir, den wir erschaffen. Das geht weit über jede andere Beziehung hinaus. Ich brauchte Zeit, um mir sicher zu werden, ob es ihr wirklich um mich ging. Für Anne war der Aufschub unerträglich. Sie wollte mit einem jungen Körper in die Unsterblichkeit gehen und jeder Tag, der verging, nagte an ihr.« Aydan stockte, schloss die Augen und ich fuhr sanft über seinen Handrücken. Eine stumme Ermutigung fortzufahren und tatsächlich sah er mich wieder an. »Damals ging ich häufiger auf gesellschaftliche Anlässe als heutzutage.« Er mühte sich ein Lächeln ab, das bitter wirkte. »Anne war dabei meist an meiner Seite. Auch in unserer letzten Nacht. In den Stunden zuvor hatten wir uns wieder über die Unsterblichkeit gestritten. Ich hätte sie damals hierlassen und ohne sie zum Ball gehen sollen, doch das tat ich nicht. Anne mochte diese Art von Veranstaltungen und ich hoffte, sie damit zu versöhnen. Vor Ort flammte der Streit dann erneut auf und ich ging ihr aus dem Weg. Als ich sie später suchte, fand ich sie im Park auf einer der Bänke. Der Sonnenaufgang näherte sich und die meisten waren bereits gegangen. Ich war müde und hungrig. Zum Trinken war ich in dieser Nacht nicht gekommen. Sie wirkte ebenfalls müde, bestand aber darauf, dass ich von ihr trank, bevor wir gingen.« Wieder machte Aydan eine Pause, es schien, als nehme er seine Kräfte zusammen für das, was kam. »Ich war erschöpft, gereizt und habe die Signale übersehen. Ihre helle Haut habe ich auf ihre Müdigkeit geschoben, die Augenringe auf unseren Streit, ihren Herzschlag hatte ich nicht einmal beachtet. Unsere vampirischen Sinne sind fantastisch – wenn wir sie denn nutzen. Ich war zu ausgelastet mit dem Streit, um mich auf etwas anderes zu konzentrieren. Dazu kam der drohende Sonnenaufgang, der mich ungewöhnlich schnell trinken ließ. Erst als ihre Atmung aussetzte, begriff ich, was vor sich ging. Anne hatte bereits heimlich von sich trinken lassen, in einer solchen Menge, dass ich ihr zu viel abnötigte. Sie starb in meinen Armen.«

»Du hast sie nicht verwandelt.« Ich flüsterte, weil mir die Erkenntnis die Stimme raubte.

»Nein. Sie wollte mich zwingen, sie zu verwandeln …« Aydan hätte sie zu einer Unsterblichen machen können und sich dagegen entschieden.

Er hatte sie sterben lassen.

Wollte ich wissen, ob er seine Entscheidung bereute?

Wohl eher nicht.

Da ich keine weiteren Antworten einforderte und Aydan von selbst keine gab, blieben wir, wo wir waren. Genau wie unsere Hände, die weiterhin ineinanderlagen.

Was immer das bedeutete.

»Wir sollten zurück.« Aydan zerriss behutsam unsere Stille. Aber ich schüttelte den Kopf. Die Vorstellung, wieder in das Zimmer zu gehen, ertrug ich noch nicht.

Dort wartete der Spiegel, in dem ich *sie* gesehen hatte.

»Nein, ich bleibe hier.« Langsam zog ich die Finger aus seinen und legte mich auf den Boden, dicht an den Bücherstapel. Die nächsten Stunden würde ich lesend verbringen, denn an Schlaf war nicht zu denken.

»Was hast du vor?«

»Ich bleibe den Tag über hier.« Die Erinnerungen hatten die Kälte zurückgeholt, die sich wie ein Mantel aus Eis um mich legte.

»Alles in Ordnung?« Da schwang sie mit, diese winzige Unsicherheit, auf die ich vorhin einen flüchtigen Blick hatte werfen können.

Nein.

Nichts war in Ordnung.

Ich schwieg. Aydan erhob sich und sah mir dabei zu, wie ich das oberste der Bücher vom Stapel nahm. Die Kälte wurde tiefer. Schneidender. Ich brauchte geschriebene Worte, um sie zu überlagern, und gleichzeitig fühlte es sich heute nicht an, als würden sie ausreichen. Ich wollte nicht allein sein. Doch der Einzige, dessen Gesellschaft ich ertrug, war ausgerechnet ein Vampir.

Die Bilder setzten ein.

Blut.

Überall.

»Bleib! Bitte.« Ich griff nach Aydans Hand und die Überraschung, die ich in seinem Blick fand, fühlte sich ähnlich fassungslos an wie die in mir. War das mein Ernst?

»Hier?« Seine Augen weiteten sich. »Auf dem Boden?«

»Ja.«

»Sagst du mir, warum?«

»Nein.«

Aydan wirkte, als suchte er all die Gründe zusammen, weshalb er das nicht tun würde, um sie mir zu präsentieren. Brauchte er nicht. Ich kannte schon zu viele davon, aber für den Augenblick waren sie gleichgültig. »Bitte.«

Ein winziges Aufstöhnen drang zwischen seinen perfekten Lippen hindurch und dann sank er tatsächlich neben mich. Sein Kopf blieb zwei Handbreit von mir entfernt liegen. Ein Abstand, der mich beruhigte und sich gleichzeitig sonderbar falsch anfühlte. Heute war mir zum ersten Mal bewusst geworden, was es bedeutete, dass Aydan unsterblich war.

Dieser Moment hier war für ihn nicht mehr als ein Blinzeln.

Ich war nur ein Blinzeln.

»Bin ich ihr ähnlich?« Die Frage rutschte aus mir heraus und nahm den Platz ein, den Aydan zwischen uns geschaffen hatte. *Anne.*

Großartig, Liz.

Hatten wir nicht schon genug Probleme?

Aydans Augen weiteten sich. Ich dachte, dass er meine Frage harsch abwehren würde, aber erneut bewies er, dass sein Handeln nicht voraussehbar war.

Er lächelte. Dabei tat er das noch seltener als ich. Wieder eine Sache, die wir teilten. Alle um uns herum schienen so viel weniger Probleme damit zu haben zu lächeln.

»Das würde ich nicht sagen.« Bei ihm klang es, als wäre das etwas Gutes. Ein Gähnen brach sich seinen Weg aus mir heraus und obwohl ich es verdeckte, wurde Aydans Lächeln breiter. »Du solltest mehr schlafen, Liz.«

»Wenn ich träume, sehe ich Bilder, die ich nicht sehen will. Bücher drängen sie zurück.«

Mein leises Eingeständnis wischte jeden Anflug von Erheiterung davon. Sturmgraue Augen musterten mich durchdringend. »Hast du oft Albträume?«

Immer.

»Hin und wieder.« Ich hoffte darauf, dass er nicht weiter nachfragte. Aydan schien zu ahnen, dass das hier meine Grenze war, nach einem letzten prüfenden Blick nahm er mir sanft das Buch ab und betrachtete den Titel. »Was hältst du davon, wenn ich dir vorlese und du versuchst zu schlafen? Falls du Albträume hast, bin ich da.«

Ein Blick in sein Gesicht und mein verwirrtes Herz machte einen winzigen Hüpfer. Das musste der anstrengenden Nacht geschuldet sein. Ich nickte langsam und Aydan lächelte erneut. Das beruhigende Rascheln von Papier erklang und schon begann er damit, Worte vor meinem inneren Auge lebendig werden zu lassen. Ich hatte bisher nicht gewusst, wie melodisch seine Stimme klang. Aydan gelang, was mir heute nicht gelungen war: Er ersetzte die Bilder in meinem Kopf durch andere. Sanftere. Schönere. Ich schloss die Augen und ließ mich darin fallen. Es war so leicht, sich in seinen Worten zu verlieren.

Dass ich zu ihm gerückt war, bemerkte ich erst, als meine Stirn an seine Schulter stieß. Er hob seinen Arm behutsam, ohne das Lesen zu unterbrechen. Ich zögerte einen Augenblick, bevor ich den letzten Abstand zwischen uns durchbrach. Mein Kopf sank auf seine Brust.

Nur heute.

In seinem Arm lösten sich auch die Reste der Anspannung auf. Sein Kinn streifte zärtlich mein Haar, während er weiterlas und mich sanft in den Schlaf begleitete.

KAPITEL 13

AYDAN

Liz war fort.

Die Bibliothek, abgesehen von mir, verwaist.

Das sollte mich nicht überraschen.

Und tat es dennoch.

Wahrscheinlich war es besser so.

Die vertraute Stimmung wäre längst verflogen. Wir hätten uns verstohlen erhoben und uns bestmöglich ignoriert, weil wir beide wussten, dass das hier ein Fehler gewesen war.

Wenn ich mir das oft genug sagte, würde dieser Wunsch, sie dennoch im Arm zu halten, hoffentlich verschwinden.

Ich erhob mich und mein Blick blieb auf dem Bücherstapel hängen, den Liz aufgebaut hatte. Die einzige greifbare Erinnerung an das, was vor ein paar Stunden zwischen uns geschehen war. Keine Ahnung, wo das enden würde, wenn ich es nicht endlich unterbrach.

Mein Durst meldete sich. Ich brauchte Blut. Mir blieb nichts anderes übrig, als die Abgeschiedenheit der Bibliothek gegen das einzutauschen, was ich dort draußen vorfinden würde. Vielleicht hatte ich Glück und Norwyn war zu einem Besuch aufgebrochen. Seit Jahrzehnten fragte er mich nicht mehr, ob ich ihn begleitete, weil ich jedes Mal verneinte.

Natürlich hatte ich kein Glück.

Kaum verließ ich die Bibliothek, stoppte ich für eine kleine Bestandsaufnahme, schärfte meine Sinne und nahm Norwyns Stimme wahr, die sich mit einer anderen mischte. *Auch das noch.*

»Habe ich nicht deutlich gemacht, dass er hier nicht mehr willkommen ist?«, stieß ich schon aus, bevor ich den Salon ganz betrat. Das triumphierende Grinsen, mit dem Keron mich begrüßte, heizte die Wut in mir weiter an. Streng genommen mochte das hier Norwyns Anwesen sein, doch die Zeit hatte diese Grenze mehr und mehr verwischt. Dass ich ein Hausverbot aussprach und er es dermaßen überging, war neu.

»Keron ist hier, um uns zu seiner Jagd einzuladen.« Wut funkelte in seinen Augen und sie galt zweifellos mir und Liz. »Ist das nicht wunderbar? Wir hatten zu lange keine Jagd mehr.«

Nichts, aber auch überhaupt nichts daran klang wunderbar.

»Ich habe bereits zugesagt.«

»Dann mach es rückgängig!«

»Unmöglich.« Norwyn erhob sich, schritt langsam und majestätisch wie ein Raubtier auf mich zu. Er blieb vor mir stehen und obwohl er einige Zentimeter kleiner war, kam es mir vor, als sähe er auf mich herab. »Bedeutet dir diese Sterbliche etwas?«

»Nein.« Ich hielt seinem Blick ungerührt stand. »Sie ist nur ein Mensch.«

Die einzig richtige Antwort und sie bekam ein Nicken von ihm. »Dann bleibt es dabei, Keron. Die Blutdiener aus unserem Haus werden selbstverständlich daran teilnehmen.«

»Entschuldigt mich.« Mehr Höflichkeit konnte Norwyn nicht von mir erwarten. Er sollte froh sein, dass ich Keron nicht eigenhändig vor die Tür setzte für dieses überlegene Grinsen, das er mir zuwarf.

Für gewöhnlich nutzte ich hier, wo ich jederzeit auf Menschen treffen konnte, ihre Geschwindigkeit, doch nun rannte ich durch den Flur, stoppte vor Maurice, der aus dem Jagdzimmer trat. Der presste seine Hand gegen die Brust und starrte mich aus schreckgeweiteten Augen an, als würde sein Herz kapitulieren. Das war der Grund, weshalb ich hier drinnen normalerweise nicht rannte.

Sterbliche ängstigten sich so leicht.

Abgesehen von einer.

»Bring Liz sofort in die Bibliothek.« Kurz hatte ich überlegt, sie selbst zu holen, aber Norwyn reagierte gerade dermaßen gereizt auf sie, dass ich ihm keinen weiteren Grund geben wollte, sie zu hassen. Stattdessen blieb ich in der Nähe, als Maurice sie in die Bibliothek begleitete. Keron traute ich nicht über den Weg. Heute noch weniger als gestern. Es hatte seit einem Jahrhundert keine Jagd mehr gegeben und jetzt, so plötzlich, nachdem er Liz nicht bekam, veranstaltete er eine? Nein, das hier war kein Auflebenlassen von alten Traditionen. Es ging um Blut. *Ihr Blut.*

Sie hatte die Fenster in der Bibliothek aufgerissen. Regen prasselte dahinter und ein Blitz brach die Schwärze kurzzeitig auf. Liz stand davor, hielt mir den Rücken zugewandt. Heute Nacht trug sie ihr Haar offen. Der hereinwehende Wind riss daran und bäumte die Vorhänge auf wie Gespenster. Es war ein faszinierendes Bild.

Ich ließ die Tür zufallen, damit sie wahrnahm, dass ich angekommen war, aber sie drehte sich nicht zu mir um. Auch heute trug sie einen dieser unförmigen Pullover, in denen sie versank und die die schlechte Angewohnheit besaßen, zu viel von ihrer Schulter freizugeben. Beinahe sofort meldete sich mein Durst. Früher hatte er mir wenig ausgemacht, da hatte ich getrunken, wann immer mir danach war. Doch jetzt, nach einem halben Jahrhundert, in dem der Drang so gut wie verschwunden gewesen war, gefiel mir nicht, zu was er mich machte. Ich wollte nicht dieses willenlose Geschöpf sein, das an nichts anderes denken konnte als daran, die Zähne in ihre

Schulter zu versenken. Wie zum Hohn wehte mir der Wind den Geruch von Tausendschön entgegen. Ich fokussierte meinen Blick auf Liz' Haarsträhnen, an denen der Wind riss, das half, um den Durst wegzudrängen – fürs Erste.

Ich stoppte neben ihr, aber sie beachtete mich nicht, sondern hielt die Augen geschlossen, während sie die kühle Luft einatmete. Die Atemzüge, die sie nahm, hoben ihren Brustkorb und machten mir ein weiteres Mal bewusst, dass wir nicht einer Art entsprangen.

Dass sie unendlich zerbrechlich war.

»Du hast Gertrud entlassen.« Liz hatte mich also bemerkt, dennoch blieben ihre Augen geschlossen. Wind strich über meine Haut und brachte winzige Regentropfen mit sich.

»Sie hätte längst ausgetauscht werden müssen, es war überfällig.«

Endlich drehte sie sich zu mir und sah mich an. Ich tauchte ein in dem tiefen Meerblau, das mich zu verschlucken drohte. »Ich glaube dir kein Wort«, raunte sie mir zu und Wut ließ selbst dieses wenige an Stimme hart klingen. »Du wolltest nur dafür sorgen, dass sie mich nie wieder vor dir warnt.«

»Was, wenn es so wäre?« Nur Zentimeter trennten unsere Köpfe voneinander. Ich spürte ihren Atem auf meiner Haut, genoss diesen warmen Hauch. Wind wehte erneut auf, zerrte ungeduldig an den Vorhängen und Donnergrollen erfüllte die Nacht. Das Unwetter kam näher, aber wir rührten uns nicht – der wahre Sturm waren wir.

»Selbst wenn dir Gertrud jede Nacht Warnungen zuflüstert, würde das doch nichts ändern. Du lässt dir nichts sagen.« Mein Blick fuhr tiefer, blieb provokant auf dem nicht standesgemäßen Pullover hängen, bevor ich wieder aufsah. »Würdest du vor mir flüchten?«

Sie wirkte, als suchte sie nach einer Antwort, um jede, die sie zu greifen bekam, direkt zu verwerfen. Weil wir beide wussten, dass es nur eine gab. »Du weißt, dass ich gefährlich bin, Liz. Du solltest Angst vor mir haben. Dennoch bist du die Einzige, die so unvernünftig ist, keine zu haben.«

Sie biss sich auf die Lippe, ein winziges Detail, das verriet, wie wenig ihr gefiel, dass ich sie durchschaut hatte. Ich scheiterte einmal mehr an meinen Vorsätzen, beugte mich zu ihr vor und strich mit der Nasenspitze über ihre unbedeckte Schulter. Mein Mund schloss sich an, ein Blitz zuckte draußen auf und erhellte für den Bruchteil einer Sekunde die Welt. Doch nicht er war der Grund dafür, dass sich Liz' Atmung sofort beschleunigte. Noch bevor ich ihren Hals erreichte, drängte sie sich mir entgegen, forderte mehr ein. Liz hatte diese Angewohnheit, jeden meiner Gedanken auszublenden und alle Regeln auszulöschen. Mein Mund fuhr höher und streifte sanft die erhitzte Haut. Fand ihren Hals. Es fühlte sich an, als würde ihr Blut für mich singen. Es rief nach mir. Lockte mich.

Ihre Atemstöße wurden kürzer, schneller. Sie spürte das hier zwischen uns ebenfalls. Diese magnetische Anziehung, die mich alle Vorsätze über Bord werfen ließ. Liz legte den Kopf zur Seite und überließ mir ihren Hals. Eine Einladung, der ich nur schwer widerstehen konnte.

Sollte ich?

Ich schlang den Arm um sie, hielt sie fest und spürte das Flattern ihres Herzschlags unter meinen Fingerspitzen. Doch darin fand sich nicht ein Hauch von Angst. Sie sollte vor mir fliehen – aus so vielen Gründen, aber sie blieb. Ich ergab mich dem Durst und dieser Anziehung zwischen uns, die alles überstrahlte, was ich bisher gespürt hatte. Mein Mund suchte die perfekte Stelle und fand sie, gerade als die Vorhänge um uns herum erneut aufwehten und uns umschlangen. Wir waren irgendwo mitten im Herz des Sturms – ein weiterer Schritt und wir würden uns darin verlieren. Ich hauchte einen Kuss auf ihren Hals und sie stieß ein sehnsuchtsvolles Seufzen aus. Der winzige Faden, der meine Selbstkontrolle noch hielt, riss.

Ich biss zu.

Meine Zähne versanken in ihrem Hals und ich bestand nur aus Glückseligkeit. Mein Geist taumelte voller Begeisterung. Jeder Schluck, den ich zu mir nahm, schien köstlicher als der vorherige. Liz stieß an meinem Ohr ein weiteres bezauberndes Seufzen aus, lauter diesmal. Es hallte in mir wider und ließ mich von innen heraus vibrieren. Das hier musste das beste Gefühl überhaupt sein und doch reichte es nicht aus. Ich wollte mehr von ihr. Meine Finger setzten sich in Bewegung und strichen über ihre Taille.

»Hör auf!« Ein winziges Wispern schaffte es aus Liz heraus. So klein, dass etwas in mir wirklich versucht war, es zu ignorieren, um weiterzutrinken. »Aydan!« Widerwillig löste ich mich von ihr und ließ mir Zeit, den Biss zu versiegeln, damit mein Mund einen Moment länger auf ihrer warmen Haut verweilen konnte.

»Was ist los?« Dass Liz direkt zurückwich, machte mich misstrauisch. *Diesmal konnten keine Schmerzen daran schuld gewesen sein. Aber was dann?*

Sie schnappte nach Luft. Ihre Augen leuchteten und ihre Wangen hatten sich zartrosa eingefärbt. Hatte ich sie am ersten Tag unscheinbar und bleich gefunden? Der Gedanke war abstrus. Längst kam es mir vor, als hätte ich nie etwas Schöneres gesehen. Ich lauschte auf ihren Atem, sah dabei zu, wie sie langsam ihre Fassung wiedererlangte. Ihr Anblick besänftigte meine Gereiztheit. Liz hatte es genauso gewollt wie ich.

Nur warum hatte sie dann verlangt, dass ich stoppte?

Mein Blick blieb an ihrem Hals hängen und für den Augenblick war es unendlich schwer, den Mund nicht erneut auf diese perfekte Stelle zu pressen.

Wir könnten weitermachen …

»Nein!« Grimmig zog sie ihren Pullover höher, schien zu ahnen, was ich dachte. »Wenn du willst, dass ich bleibe, musst du mit dem Trinken aufhören, sobald ich dich darum bitte.«

Was sollte das werden?

Ein Scherz – was konnte es sonst sein? Doch bevor ich auflachen konnte, funkelte die Entschlossenheit in ihren Augen wie Klingen im Mondschein.

Grundgütiger!

Sie meinte diesen Unsinn ernst?

»Ich brauche dein Wort …« Sie beugte sich vor, um das Fenster zu schließen, aber gleichzeitig fühlte es sich an, als wich sie mir aus.

Warum?

Das Wort schaffte es nicht aus mir heraus. Stattdessen setzte es sich in meinem Hals fest wie ein Stein. Gestern war alles zwischen uns in Ordnung gewesen.

Das Einzige, was sich geändert hatte, war, dass ich meine Erinnerungen mit ihr geteilt hatte.

Die von Anne.

Liz glaubte, ich könnte sie umbringen?

Jetzt war ich es, der zurückwich.

Gerade erst hatte ich ihr gesagt, sie solle Angst vor mir haben. Schon war der Gedanke, dass sie welche hatte, wie ein Fall ins Bodenlose.

»Wie lange brauchst du mein Wort?« Ein paar Tage, bis sie sich wieder fing, waren machbar – vielleicht sogar verständlich.

Erneut biss Liz sich auf die Lippen, doch diesmal wohl, weil sie ahnte, dass mir ihre Antwort nicht gefallen würde. »Für immer.«

Zwei Worte, die sich anfühlten wie Ohrfeigen.

Legte es heute jeder darauf an, mich zu demütigen?

Erst Keron und Norwyn und nun Liz?

»Vergiss es!«

Sie lehnte sich gegen das Fenster und verschränkte die Arme – auch ich konnte Antworten geben, die ihr nicht gefielen. »Es ist mein Blut.« Kälte schwang in jedem ihrer Worte mit. »Es gehört dir nicht. Ich gehöre dir nicht, Aydan!«

»Du vergisst den Blutpakt. Du hast es uns freiwillig überlassen! Dafür bekommst du Lohn, ein Heim und wirst von uns versorgt. Es fehlt dir hier an nichts.«

»Ist das so?« Ihre Augenbrauen hoben sich und ihr Blick verwandelte sich in einen Eissplitter, der sich geradewegs in mich schob. »Bin ich nicht eher hier, weil ihr mir keine Wahl lasst? Ihr zerstört unseren Lebensraum! Da draußen gibt es kaum Arbeit für uns. Jeder ist so damit beschäftigt, das Notwendigste zusammenzuraffen, dass nichts übrig bleibt für diejenigen, denen die Kraft dazu fehlt. Zu allem Überfluss bleiben uns dafür nur wenige Tagesstunden. Ist dir klar, dass außerhalb dieses Anwesens Menschen verhungern? Und als wären der Hunger und die Krankheiten nicht schlimm genug, müssen wir uns verkriechen, sobald es dunkel wird, um uns in Sicherheit zu bringen …« Ihr eisiger Blick versenkte sich in mir. »Vor dir und deinesgleichen.«

»Du übertreibst maßlos!«

»Ich habe die letzten zwanzig Jahre meines Lebens da draußen verbracht«, fuhr sie dazwischen und deutete auf die Welt jenseits des Fensters, die in Finsternis lag. »Während du dich hier einsperrst. Sag mir nicht, was dort vor sich geht, denn du hast keine Ahnung davon!«

Das war zu viel.

Ich machte einen Satz nach vorn, zu schnell, aber sie zuckte nicht einmal mit der Wimper, sondern hielt meinem Blick ungerührt stand.

»Du bist erst einen Wimpernschlag lang auf dieser Welt«, raunte ich ihr zu und griff nach ihrem Handgelenk. »Ich lass mir nicht von einem *Menschen* vorschreiben, was ich zu denken oder zu tun habe.«

Ihre Augen trieften vor Verachtung, als sie meine Hand von sich abschüttelte, obwohl sie wusste, dass sie mir nichts entgegenzusetzen hatte. Ich ließ es dennoch zu. Wenn Liz nicht wollte, dass ich sie berührte, wollte ich es noch viel weniger. Was auch immer sie in meinem Gesicht fand, brachte mir einen weiteren eisigen Blick ein.

Ich rechnete mit einer bissigen Erwiderung, doch sie ließ mich stehen.

Ohne ein Wort.

Wieder etwas, das schmerzhaft unerwartet kam. »Ich habe dich nicht entlassen!« Meine Erinnerung beschleunigte ihre Schritte sogar. Ich wollte ein zweites Mal nach Liz rufen, ihr befehlen zu bleiben. Aber ich schwieg.

Weil es Liz nicht stoppen würde.

Stattdessen wäre ich gezwungen, mir eine Reaktion abzuringen.

Bei einem Befehl konnte ich tun, als hätte sie ihn überhört – auch wenn wir beide wussten, dass dem nicht so war. Bei zweien, denen sie nicht nachkam, musste ich reagieren. Mit einer Machtdemonstration, die ihr deutlich machte, dass sie niemals wieder eine Grenze zu überschreiten hatte.

Ich fand nur keine, zu der ich fähig war.

Nicht bei Liz.

Also blieb ich still.

Deshalb sah ich ihr dabei zu, wie sie die Tür aufriss, sie wütend hinter sich zuwarf und lauschte den dumpfen Geräuschen ihrer sich entfernenden Schritte.

KAPITEL 14

LIZ

Egoistischer.

Kleingeistiger.

Arroganter.

Unsterblicher.

Blutsauger!

Für jedes Dröhnen meiner Schritte ließ ich in meinem Kopf neue Beleidigungen heranwachsen. Eigentlich hatte ich vorgehabt, mich auch heute zum Schlafen in der Bibliothek zu verkriechen. Das hatte Aydan unmöglich gemacht. Wäre ich länger dortgeblieben, hätte ich ihm seine Bücher an den Kopf werfen müssen. Eine Gräueltat. Die Bücher konnten nichts dafür, dass sie einem versnobten, überheblichen Unsterblichen gehörten.

Ich knallte die Tür des Dienstbotentrakts hinter mir zu, doch das Geräusch reichte nicht, um auch nur ansatzweise etwas von der Wut in mir zu lösen.

»Liz?« Lorin öffnete seine Tür, gerade als ich meine erreichte. »Miese Nacht gehabt?«

»Sind hier nicht alle mies?«, gab ich zurück und ein Lächeln hob seine Lippen genau das richtige Stück an. Ich musste zugeben, dass ich verstand, was Norwyn an ihm fand. Alles an Lorin war vollkommen. Vom Sitz seiner Frisur bis über den seines Hemdes, das nicht die kleinste Falte aufwies. Er war der perfekte Blutdiener, während ich mir nicht einmal die Haare gekämmt hatte. Um meinen Spiegel machte ich seit gestern einen noch größeren Bogen als sonst.

»Bist du für heute durch?« Sein Blick fuhr den leeren Flur entlang und im nächsten Moment zog Lorin eine dunkelgrüne Glasflasche hinter seinem Rücken hervor. »Du siehst aus, als könntest du etwas davon gebrauchen. Bis morgen Nacht finden sie den Wein nicht mehr in unserem Blut.«

»Ich trinke nicht«, hörte ich mich sagen und gleichzeitig war da das Bild einer anderen Flasche. An Gläser, die sich zu schnell leerten. An ein Gesicht, das sich vor meinem fand … Zumindest auf meine Schuld war Verlass, sie flutete mich so gewissenhaft wie immer. »Normalerweise«, setzte ich hastiger dazu, als Lorin Anstalten machte, die Flasche wieder zurückzuziehen.

Es blitzte amüsiert in seinen Augen. »Warum nicht?«

»Weil mich Alkohol miese Entscheidungen treffen lässt.« Ein Stück Wahrheit, die das Blitzen verstärkte, als er mich provokant musterte.

So miese Entscheidungen auch wieder nicht.

Dann fiel mir ein, was gerade zwischen mir und Aydan gewesen war. *Wie ich mich an ihn gedrängt hatte …* ganz ohne Alkohol. *Verdammt.*

»Wein!«, forderte ich und ging an Lorin vorbei in sein Zimmer. Abgesehen davon, dass die Möbel hier spiegelverkehrt standen, sah der Raum aus wie meiner. Verstörend.

Lorin setzte sich mitsamt der Flasche auf sein Bett, schob sich ein Kissen in den Rücken und klopfte auf den Platz neben sich. Ich zögerte nicht, setzte mich dazu, schließlich hatte er Alkohol. Für gewöhnlich konnte ich den nicht leiden. Aber mich selbst konnte ich gerade noch viel weniger leiden – mich, diese Umgebung und allen voran Aydan.

Wortlos nahm ich die Flasche, die er mir reichte, und trank. Der Wein wärmte meine Brust, doch diese innere Kälte ließ diesen Anflug von Wärme unerbittlich zusammenfallen.

»Was ist mit dir los?« Lorin übernahm die Flasche und trank.

»Gertrud«, gab ich zurück. »Sie wird mir fehlen.« Keine Ahnung, ob sie das würde, in meinem Kopf stürmte es zu sehr, um mir darüber Gedanken zu machen.

»Ich könnte jede Nacht deine Kleidung kritisieren.« Lorin ließ seinen Blick betont missbilligender werden, rümpfte die Nase, als er mich begutachtete, und tatsächlich lag in seiner Miene etwas, das mich an Gertrud erinnerte.

»Du gibst einen passablen Ersatz ab. Ich werde auf dich zurückkommen, wenn mir danach ist.«

Lorin griff sich mit der freien Hand betont an sein Herz und stöhnte theatralisch auf. »Worte, die sich jeder Mann erhofft.« Er hielt mir die Flasche erneut hin. »Vielleicht steigert das meine Chancen als Lückenbüßer.« Diesmal musste ich widerwillig schmunzeln.

»Ich hab Neuigkeiten, die dich ablenken. Es gibt ein gesellschaftliches Ereignis und wir beide werden Teil davon sein.«

»Was für eines?« Nichts von der Begeisterung in seiner Stimme sprang auf mich über. *Keine Vampirveranstaltung der Welt konnte ansatzweise gut sein.*

»Eine Jagd.«

Wow.

Zwar hatte ich mich auf etwas Mieses eingestellt, aber das hier übertraf alles. Ich setzte die Flasche erneut an, stürzte Wein herunter, um die Flüche fortzuspülen, die sich ihren Weg aus mir heraussuchen wollten.

»Wir sind wohl kaum die Jäger?«, stieß ich im Anschluss aus und Lorin lachte auf. Nicht, dass es diese Bestätigung gebraucht hätte.

Sie würden uns jagen wie Tiere.

Wie ich sie alle hasste.

Ein Bild von Aydan flackerte in meinem Kopf auf, wie er mir letzte Nacht vorgelesen hatte, um die Albträume zu verscheuchen.

Ich trank erneut. Nun um die Erinnerungen fortzuspülen.

»Das wird eine nette Abwechslung«, kam es unterdessen von Lorin.

Nett?

NETT?

»Warum willst du von einem Rudel Vampire gejagt werden?«

Das Funkeln in seinen Augen verschwand, gleichzeitig lächelte er mich an, als wäre ich ein Kind, das etwas Amüsantes gesagt hatte. So war ich früher andauernd angeschaut worden, dabei hatte ich damals schon nicht gescherzt. Ich hatte es gehasst, wenn sie über meine Worte hinweggegangen waren, mir übers Haar gestrichen und die Wange getätschelt hatten. Der Letzte, der es versuchte, hatte im Gegenzug einen beeindruckend genauen Abdruck meiner Zähne auf seinen Handrücken erhalten. Seitdem sah mich niemand mehr so an. *Bis jetzt.*

Lorin hatte sich eigentlich vorgebeugt, um mir die Flasche aus der Hand zu ziehen, ließ sie nun aber, wo sie war. Er schien der Ansicht zu sein, dass ich den Inhalt dringender brauchte als er. Das sah ich anders. Nur einer von uns war noch bei Verstand und das war nicht der Mann neben mir, der sich gerne nachts von Ungeheuern jagen ließ.

»Sie bringen uns doch nicht um, Liz.«

Natürlich nicht. Sonst müssten sie neues Personal einstellen. Ein unnötiger Aufwand. Wir waren zu praktisch und folgsam.

Dass ich dabei war, die ganze Flasche zu leeren, registrierte ich erst, als Lorin mich sanft stoppte und sie mir behutsam abnahm. »Du musst keine Angst haben.«

Angst?

Ich?

Es gab wenig Dinge auf der Welt, vor denen ich Angst hatte.

Eine Vampirjagd ängstigte mich nicht.

Sie machte mich wütend.

»Ernsthaft, Lorin. Was gefällt dir daran?«

Er zuckte mit den Schultern. »Es ist aufregend, nehme ich an. Die Eintönigkeit hier hängt mir zum Halse raus. Seit drei Jahren habe ich das Anwesen nicht verlassen.« Sein Blick veränderte sich, wurde ernster. »Vielleicht fallen wir jemandem auf, der uns abwirbt? Jemandem, der uns mehr bietet?«

Unendlichkeit.

Diese Hoffnung in seinem Blick schnürte mir die Kehle ab.

»Außerdem möchte ich wissen, wie es sich anfühlt, wenn jemand anderes von mir trinkt …«

»Mies.« Diesmal konnte ich meine Gedanken nicht in mir einsperren.

»Stimmt. Du wurdest ja von einem seiner Freunde gebissen.«

Das wusste er nicht von mir.

Lorin war erschreckend gut informiert. Unter meinem prüfenden Blick sank er tiefer in sein Kissen. »Aber das war nur eine Erfahrung und du hattest gerade erst angefangen. Diesmal wird es anders.« Seine Mundwinkel zuckten amüsiert nach oben. »Wahrscheinlich willst du dann überhaupt nicht mehr zurück zu uns.«

»Das ist also dein Plan. Deswegen plünderst du den Weinkeller. Du willst mich abwerben lassen, damit du hier wieder alles für dich hast. Ich hätte misstrauisch werden sollen, dass du ausgerechnet mit mir deinen gestohlenen Wein teilst.«

Lorin lachte auf, stellte die Flasche auf dem Boden ab und drehte sich wieder zu mir um. »Ich gebe zu, wir hatten keinen guten Einstieg.« Die Zerknirschtheit in seinem Blick nahm ich ihm nicht ab. »Aber wir haben nur uns. Alle anderen hier sind in ein paar Wochen maximal in wenigen Monaten weg oder sie sind Vampire.« Ein unsichtbares Seil schlang sich unangenehm fest um meinen Brustkorb. Diese Selbstverständlichkeit, mit der Lorin eine Trennlinie zwischen uns und den Vampiren zog, hätte mir gefallen sollen … und tat es nicht.

Ich hatte Aydan gestern Nacht den Menschen hier vorgezogen.

Lorin stützte den Kopf auf seinem Arm ab, sah zu mir herab. »Selbst wenn die neuen Dienstboten kommen – wir beide werden immer für uns sein, wir sind die einzigen Blutdiener.«

Das klang, als böte er mir eine Allianz an. Dafür war ich die Falsche. Zwar musste ich im Zweifel wissen, wo es Unterstützung zu holen gab, doch meine Kämpfe bestritt ich allein.

Müdigkeit flackerte in mir auf, die Nacht war anstrengend gewesen, besonders der Teil mit Aydan. Ich wollte aufstehen, hielt aber gezwungenermaßen inne, nachdem der Raum schwankte. Auch das war ein Grund, weshalb ich für gewöhnlich nichts trank.

Ich hasste es, die Kontrolle zu verlieren.

Alles Aydans Schuld.

Ich öffnete den Mund, wollte Lorin sagen, dass ich schlafen musste, doch kein Ton drang zwischen meinen schockgefrorenen Lippen hervor.

Weil Lorins Mund sie verschloss.

Was zur Hölle?

Ich stieß ihn zurück.

Offenbar war es ihm um etwas anderes gegangen als eine Allianz.

War diese Nacht nicht schon so schlimm genug?

»Lass das!« Ich behielt ihn im Auge. Eigentlich hatte ich gedacht, die Zeiten seien vorbei, aber würde er noch einen Versuch unternehmen, mich zu küssen, würde ich ihn in seine Hand beißen.

»Es ist in Ordnung, wenn du Zeit brauchst.« Er zuckte mit der Schulter, aber seine Lässigkeit war zu betont, um ehrlich zu sein. Wenigstens etwas. Der kleine Dämpfer würde seinem Stolz sicher guttun. »Du weißt ja, wo du mich findest.«

Ich quälte mir mühsam ein widerwilliges Nicken ab. Manchmal war es klüger, sich zurückzuhalten. Er hatte nicht unrecht, ich sollte es mir nicht unnötig mit ihm verscherzen, wir waren die einzigen unserer Art. Ein Bild von Aydan flackerte in mir auf und ich verfluchte ihn stumm dafür, dass er sich in meinem Kopf breitmachte.

»Was ist mit Norwyn?«, stieß ich aus und bereute die Frage beinahe sofort angesichts der Verwirrung, die mir aus Lorins Gesicht entgegenschlug.

»Was soll mit ihm sein?«

»Er wäre bestimmt nicht begeistert.« Ein vorsichtiges Nachhaken – deutlicher konnte ich nicht werden, ohne sein Misstrauen zu wecken.

Mit einem ungläubigen Lachen sank Lorin zurück in sein Kissen. »Er trinkt nur mein Blut, Liz. Solange ich ihm das so präsentiere, wie er es gerne hätte, ist ihm gleichgültig, was ich treibe. Oft fällt ihm nicht einmal mein Name ein oder er verwechselt mich mit irgendwelchen Vorgängern.«

Aydan kannte meinen Namen.

Und mein Lieblingsbuch.

Er wusste von meiner größten Angst und scheuchte meine Albträume davon. Im Gegenzug nistete er sich in meinem Verstand ein und ließ mich ganz ohne Alkohol die sonderbarsten Dinge tun.

Es fühlte sich an, als würde es Aydan etwas ausmachen, wenn ich Lorin küsste.

Mir würde es etwas ausmachen, wenn er …

Ich packte den Gedanken, steckte ihn in die dunkelste Kammer meines Verstandes und hoffte, dass er sich niemals daraus befreite.

Was auch immer da zwischen uns war, ich musste es beenden.

»Alles in Ordnung, Liz?« Lorin lachte erneut, keine Ahnung, worüber – die Menschen um mich herum lachten so oft, ohne dass ich einen Grund dafür fand.

Ich nickte, flüchtete mit einem knappen Abschiedsgruß erst aus seinem Bett und dann aus seinem Zimmer.

Kapitel 15

Es donnerte gegen meine Tür.

»Liz! Aufstehen!«

Aufstehen?

Lichtstrahlen fielen durch den dicken Stoff der Gardinen, machten klar, dass es noch viel zu früh war. Hier im Anwesen standen wir auf, wenn die Dunkelheit erwachte.

»Liz!« Ein weiteres Pochen an meiner Tür weckte in mir den Wunsch, Lorin zu würgen – zumindest ein wenig. Dass ich nach dieser Nacht überhaupt geschlafen hatte, grenzte an ein Wunder und dieses Wunder fand nun sein abruptes Ende.

»Wir werden abgeholt!«

Abgeholt?

Die Jagd? Als Lorin mir vor ein paar Stunden davon erzählt hatte, klang es, als wäre die irgendwann in ferner Zukunft. Nicht jetzt. *Warum fand sie so übereilt statt?*

Schmerz schoss wie ein Blitz durch meine Stirn bei dem Versuch, mich aufzusetzen. *Zu viel Wein.* Auch das noch.

Vor der Tür rief Lorin erneut nach mir und ich schlüpfte in Pullover und Hose von gestern. Wahrscheinlich hätte Gertrud mich in irgendein abstruses Kleid gesteckt, aber sie war nicht mehr hier, um dafür zu sorgen, dass mein Blut den jagenden Vampiren stilvoll serviert wurde. Der Gedanke fühlte sich an wie ein kleiner Stich in meine Brust. *Anscheinend würde ich Gertrud doch vermissen.*

»Die Vampire schlafen noch.« Murrend öffnete ich die Tür. »Sie haben nicht einmal getrunken.«

»Es wäre eine langweilige Jagd, wenn wir uns von einer Schar gesättigter Vampire durch den Wald jagen lassen.« Bei Lorin klang es noch immer, als wäre das Ganze ein gigantischer Spaß. *Was stimmt nur nicht mit den Menschen um mich herum?*

»Ihr müsst gehen.« Maurice kam uns entgegen. »Die Wärter werden ungeduldig.«

Wärter?

Ich wollte zurück ins Bett.

Lorin hastete los und ich atmete sicherheitshalber sehr tief und lang durch, bevor ich in meine Stiefel stieg. Zum Glück hatte ich nicht zugelassen, dass Gertrud sie wegwarf. Wenn mich die Vampire fangen wollten, sollten sie sich zumindest anstrengen. Maurice beobachtete mich stirnrunzelnd. Aber immerhin behielt er seine Gedanken über meine Kleidung für sich.

»Wird Aydan kommen?«

»Nein.« Die Antwort, die ich erwartet hatte, und dennoch brannte sie in mir. Unser Streit war erst ein paar Stunden her und schon ließ er mich von seinen Artgenossen jagen. *Das war mal eine ganz neue Ebene von Kritikunfähigkeit.*

»Sag ihm, ich hasse ihn.«

Maurice' Augen wurden so groß, dass sie herauszufallen drohten. Diese Botschaft würde er sicher nicht weitergeben. Fein. Dann würde ich das später übernehmen und nun fühlte es sich so an, als würde ich dabei doch mit Büchern werfen.

Schweigend folgte ich Maurice hinaus zu einer Gruppe von Gestalten in schwarzen Mänteln mit aufgestellten Kragen, gleichfarbigen Hosen und weißen Masken, die sich grotesk vom Schwarz abzeichneten.

Wie ich das Leben als Blutmagd hasste.

»Endlich.« Eine grimmige weibliche Stimme ertönte aus der Gruppe und Fackeln wurden entzündet. »Ihr beiden folgt uns schweigend zum Sammelpunkt.« Sie setzten sich in Bewegung und warteten unser Einverständnis nicht erst ab.

Bei meiner Ankunft hatte ich gesehen, dass das Anwesen inmitten von Wäldern lag. Wie tief diese waren, erfuhr ich erst jetzt, als ich versuchte, zwischen all den Bäumen so etwas wie einen Weg zu erkennen. Ich brauchte Punkte, an denen ich mich später orientieren konnte. Doch die Sonne sank schnell tiefer und die Bäume sahen sich mit jeder Minute, die verging, ähnlicher.

Pünktlich mit der Dunkelheit erreichten wir den beleuchteten Sammelpunkt. Auf dem kreisrunden Platz bogen sich Tische unter dem Gewicht der gefüllten Schalen, Teller und Flaschen. Weitere von den schwarz gekleideten Maskengeschöpfen mischten sich unter das, was wohl die Beute darstellte. Mehrere Dutzend Blutdiener, die einer Gruppe aufgeregter Käfer glichen. Sie huschten von Tisch zu Tisch, von Gespräch zu Gespräch, als wollten sie so viel wie möglich davon einfangen. Überall fand sich erwartungsvolles Wispern.

Ich hasste alles daran.

Unsere Wärter gaben den Befehl, uns am Buffet zu versorgen, bevor sie verschwanden. Lorin ließ sich das nicht zweimal sagen, er ging zu den Tischen und ich nutzte die Zeit und suchte einen Weg, um zu flüchten.

Wenn es einen gab, fand ich ihn nicht. Überall um den Kreis hatten sich Masken-Wächter aufgestellt und Waffen hingen drohend an ihren Gürteln.

Offenbar musste ich diesen Unsinn wirklich durchziehen.

Trotz des tiefen Vollmondes, der alles beleuchtete, hatten sie sogar Lichter in die umliegenden Bäume gehängt. Wahrscheinlich damit die Beute nicht hilflos in der Dunkelheit umhertaumelte.

»Kannst du das hier wenigstens ein bisschen genießen?« Lorin tauchte vor mir auf, hielt mir einen Becher entgegen und balancierte in der anderen Hand einen Teller mit Kuchenstücken und dekadent dekorierten Pralinen. *War das Gold auf der Schokolade?*

»Nein!« Die Antwort entsprang den Tiefen meiner Seele.

»Das hier ist ein Fest.« Da ich mich weigerte, ihm den Becher abzunehmen, prostete er mir damit zu und trank selbst davon.

»Ist es nicht! Sie geben vor, dass es eines ist, um uns zu beschwichtigen. Wir sollen nicht merken, dass sie uns wie Tiere behandeln!«

»Tiere werden schlechter versorgt.« Er schnappte nach der Praline mit dem Gold, steckte sie in den Mund und seufzte begeistert.

»Hör damit auf!« Meine Finger zitterten unter der Anstrengung, ihm nicht diesen Teller wegzuschlagen. Ich tat es nur nicht, weil ich es nicht über mich brachte, Essen zu vergeuden. »Sie fangen dich noch schneller, wenn du dich vollstopfst!«

»Ist das nicht der Sinn einer Jagd? Sich fangen zu lassen?« Lorin kam näher. »Wusstest du, dass hierbei schon Blutdiener ihr Leben verloren haben?«, raunte er mir ins Ohr. »Die Jagdgier einiger Vampire hat sie mit sich gerissen und bevor sie sich versahen, war ihre Beute nur ein lebloses Bündel in ihren Armen.«

Versuchte er, mir Angst zu machen, um mich später zu trösten? Das konnte er vergessen, so machte er mich nur noch wütender. »Dennoch findest du, dass das hier ein wunderbarer Zeitvertreib ist?«

»Das finden hier die meisten von uns. Sieh dich um, schau in die Gesichter der anderen. Sie sind alle aufgeregt. Wir sind etwas Besonderes, Liz, sonst würden sie uns nicht jagen.«

»Sie haben einfach Langeweile! Sie machen sich nichts aus uns. Warum seid ihr alle dermaßen verblendet?« Mein Blick fuhr umher. Nur wenige von den Blutdienern wirkten blass, die allermeisten schienen sich unglaublicherweise wirklich zu freuen. Augen funkelten erwartungsvoll, es wurde gelächelt und mit den Nächststehenden die Köpfe zusammengesteckt. Nicht einer von ihnen wirkte zornig. Ich hingegen war unglaublich wütend und die Gelassenheit meiner eigenen Klasse war ein blanker Hohn.

»Wenn niemand von uns losrennt, können sie uns nicht jagen«, rief ich in die Menge und nun drehten sich die Ersten zu mir um. »Wir können uns zusammenschließen. Wenn wir … «

Ein Arm packte mich und im nächsten Augenblick starrte ich in eines dieser weißen Maskengesichter. »Was soll das?« Ein Mensch wie wir alle, sonst hätte er sich nicht die Mühe gemacht, sein Gesicht hinter einer Maske zu verbergen. Vampire hatten so etwas nicht nötig. »Hey du, ich rede mit dir!« Zumindest dieser Mann war wütend, nur scheinbar nicht auf die Vampire, sondern auf mich. »Hast du vor, Probleme zu machen?«

»Das wirst du vermutlich so sehen«, gab ich zurück und Lorin stöhnte auf.

»Sie meint es nicht so. Sie ist nur nervös.«

Von wegen – ich starrte in das Maskengesicht. »Ich meine immer, was ich sage. Eine schlechte Angewohnheit und ich habe nicht vor, daran zu arbeiten.« Ich brauchte keine Hilfe und gewiss nicht von Lorin. Was wollten sie machen? Mich zur Strafe von dieser unsinnigen Jagd ausschließen? Nur zu. Lorin japste, während ich unwirsch den Arm des Fremden abschüttelte. »War's das?«

Zwei weitere Gestalten traten hinzu. »Was ist los?«, raunte eine von ihnen dem Wächter zu, dessen Blick mich wie eine Lanze durchbohrte.

»Eine kleine Abweichung. Gib mir die Ampulle.« Er hob die Hand fordernd in die Richtung der beiden, ließ mich aber nicht aus den Augen. Jemand reichte ihm eine winzige gläserne Ampulle mit einer goldenen Flüssigkeit.

Lorin sprang unvermittelt an meine Seite. »Das kannst du nicht machen. Sie stammt aus Norwyns Haus. Er wird Vergeltung fordern.« Wusste er, was sie vorhatten? Das Entsetzen in seiner Stimme sprach dafür. Andererseits neigte Lorin zu dramatischen Auftritten.

Der Maskenmann entkorkte derweil ungerührt die Ampulle und es überraschte mich selbst, wie gleichgültig mir das war. Er schien darauf zu warten, dass ich flüchtete, aber ich dachte nicht daran. Hier wäre ich nicht weit gekommen. Was immer das war, er würde eine Möglichkeit finden, es mir zu verabreichen. Ich zog es vor, dabei nicht von seinen Freunden festgehalten zu werden.

»Mein Herr schätzt meine Dienste, weil ich die Kontrolle behalte und bestrafe, wenn jemand gegen die Regeln verstößt.« Er sah zu Lorin. »Halte lieber mehr Abstand, wenn du ihr Schicksal nicht teilen willst.«

»Geh«, forderte ich Lorin auf. Ich brauchte niemanden, der meine Kämpfe ausrichtete. Die übernahm ich selbst.

Lorin schien darauf gehofft zu haben, so schnell, wie er zurückwich. Was auch immer das dort in der Ampulle war, ängstigte ihn. Ich hingegen verspürte keine Angst vor Schmerzen. Der Maskenmann trat vor und kurz dachte ich, er würde mich schlagen, doch statt seiner Faust bespritzten winzige Tropfen mein Gesicht. Es fühlte sich an wie Regen.

Er hatte mich mit dem Inhalt der Ampulle begossen.

Da fand sich keine Überlegenheit in seinen Augen. Nicht einmal Freude, als er sich abwandte und mich wortlos stehen ließ. Lorin tauchte vor mir auf, hielt nun aber deutlich Abstand zu mir.

»Was war das?«

Ich hatte angenommen, er würde mich zwingen, die Flüssigkeit zu trinken. Damit, dass sie Krämpfe verursachte. Doch ich fühlte mich wie vorher, nur grenzenlos verwirrt.

Ich strich mit den Ärmeln übers Gesicht und versuchte instinktiv, die Tropfen aufzuwischen. »Lorin?« Fragend sah ich zu ihm und fand in seinem Gesicht tiefe Erschütterung. Er musste zweimal ansetzen, bevor es ihm gelang zu reden, und mit jedem Versuch steigerte sich die Erkenntnis, dass das hier so richtig mies war.

»Lockstoff«, stieß er endlich aus und ließ den Boden unter mir schwanken. »Damit sollen die Vampire von ihrer Fährte abgebracht werden. Für gewöhnlich wird das einem von ihnen verabreicht, weil …« Er sprach nicht weiter, musste er auch nicht, es war offensichtlich.

Weil die Jäger einen Menschen zerfleischen würden.

»Sie haben aus dir einen lebendigen Köder gemacht, Liz. Du wirst Dutzende von Vampiren auf deine Fährte locken und sie werden trinken wollen.«

KAPITEL 16

Sie würden mich umbringen.

In diese Erkenntnis mischte sich ein Schuss.

Das Startsignal.

Die Blutdiener stoben in alle Richtungen davon.

»Wie viel Zeit habe ich, bis uns die Vampire folgen?« Eisige Kälte zog durch mich und ließ meine Zähne klappern. Ich mochte keine Angst vor dem Tod haben, aber die letzte Todesart, die ich mir aussuchen würde, wäre, von einer Schar Vampire geleert zu werden.

Meine größte Angst würde heute Realität werden.

»Nicht länger als eine Viertelstunde.«

Eine Viertelstunde.

Dann war alles vorbei.

»Sag Aydan, es tut mir leid.« Eigentlich war ich schon dabei gewesen, mich in Bewegung zu setzen, als die Worte aus mir herausbrachen. Noch bevor Lorin nachfragen konnte, was sie bedeuteten oder ich eine Antwort darauf fand, rannte ich los.

KAPITEL 17

Ich folgte einer Gruppe durch den Wald, in der Hoffnung, dass ihr Geruch meinen überlagerte. In den dunklen Abschnitten erahnte ich sie eher, als dass ich sie sah. Doch je weiter wir liefen, desto mehr stoben sie auseinander und nur ich blieb übrig.

Ich riss im Lauf den Pullover von mir und warf ihn fort. Vielleicht würde das zumindest ein wenig helfen, wenn es auch nicht ausreichte. Dieses Zeug haftete längst überall an mir.

Es musste eine Lösung geben. Auf einen Baum zu klettern und darauf zu warten, bis der Morgen anbrach, war ähnlich entwürdigend wie nutzlos. Ich war nie gut im Klettern gewesen und wahrscheinlich waren mir die Vampire auch darin hoffnungslos überlegen. Kurz überlegte ich, es dennoch zu probieren, einfach um von einem hinunterzuspringen und meine Todesart selbst zu bestimmen, aber das brachte ich nicht über mich.

Es war schlimm genug, vor Vampiren durch den Wald zu fliehen.

Ich würde nicht vor ihnen in den Tod fliehen.

Wie ich es auch drehte und wendete, Aydan schien die einzige Lösung zu sein. Er würde mich schützen. Nur leider sperrte der sich in seinem Anwesen ein und ich hatte nicht einmal eine Ahnung, in welcher Richtung es lag.

Unaufhörlich suchte ich nach Bäumen, die denen ähnelten, die wir auf unserem Weg hierher passiert hatten. Manchmal hatte ich den Eindruck, dass ich auf dem richtigen Weg war, und dann wieder gab es Augenblicke, in denen mir nichts auch nur ansatzweise bekannt vorkam. Ich rannte einfach. Alles, was mir blieb, war mein Vorsprung – also galt es, den zu nutzen.

Plötzlich erklang ein Schrei und verwandelte mein Blut in Eis.

Sie waren hier.

Auf einmal wurde die Aussicht, von einem der Bäume zu springen, deutlich attraktiver.

Dafür war es zu spät.

Ich bildete mir ein, Geräusche hinter mir zu hören, das Rascheln von Schuhen auf Laub und morschen Ästen, Gesträuch, das grob weichen musste.

Mein Herzschlag raste.

Sie hatten mich.

Arme rissen mich nach hinten und ich fiel, knallte so heftig auf den Boden, dass es mir kurz den Atem abpresste. Ich kam nicht dazu, Panik zu verspüren, schon bohrten sich Zähne in meinen linken Arm. Auch mein rechter wurde hochgerissen, unwirsch, als wäre ich eine Puppe, und weitere Zähne versenkten sich in mir. Ein gleißender Schmerz flammte an meinem linken Arm auf und plötzlich spürte ich einen Luftzug dort, wo gerade noch ein kaltes Gesicht gelegen hatte. *Sie stritten um mich.* Wieder schoben sich mir Zähne in den Körper. Jemand zerrte unwirsch mein Hosenbein hoch, biss in meine Wade. Ein Schrei erklang in mir, füllte mich aus und brach sich seinen Weg aus mir hinaus.

Ich musste mich entspannen.

Und konnte nicht.

Schmerz.

Überall.

Ich schloss meine Augen, zwang mich, die Lippen zusammenzupressen.

Um diese Welt nicht schreiend zu verlassen.

Ich brauchte etwas, an das ich mich klammern konnte. Ich suchte nach Büchern, Wörtern, Gedichten, aber mein Kopf war wie leergefegt.

Gerade wollte sich ein neuer Schrei aus mir herausdrängen, da setzte eine Stimme in mir ein. Formte Worte, sanft und melodisch.

Aydans.

Die Geschichte, die er mir vorgelesen hatte, hallte in mir wider.

Zu jedem anderen Zeitpunkt hätte mich die Tatsache, dass ich im Angesicht des Todes ausgerechnet an einen Vampir dachte, verstört. Doch jetzt war alles, was zählte, dass die Erinnerung an ihn den Schmerz zurückdrängte.

Es half.

Je mehr ich an ihn dachte, desto ruhiger wurde ich.

Erneut zerrte es an meinem Arm, jemand wurde fortgerissen. Ein Jaulen ertönte. Ich wartete auf den nächsten Biss, doch der blieb aus. Stattdessen wurde ein weiterer Vampir von mir gezerrt.

»Liz!«, schrie die Stimme, die gerade noch sanfte Worte in meinem Kopf geraunt hatte.

Ich riss die Augen auf, fand Sturmgrau vor mir.

Aydan.

Er stieß ein winziges, erleichtertes Stöhnen aus. Sein Daumen fuhr über meine Wange und im nächsten Wimpernschlag zerrte er den letzten Vampir von mir. Ein hässliches Knacken ertönte und Aydan baute sich mit dem Rücken zu mir auf. Ich sah an ihm vorbei und fand die Umrisse von Gestalten vor ihm.

»Verschwindet!« Ein furchterregendes Knurren war alles, was von Aydans Stimme noch übrig war. »Der Nächste, der sie anfasst, wird eigenhändig von mir geköpft.« Zischen und Protest erhoben sich unter seinen Artgenossen. Selbst ich wusste, was geschah, wenn ein Vampir seinen Kopf verlor. *Aydan drohte ihnen mit dem Tod.*

Ein empörtes Schnauben kam vom Boden, aus einer anderen Richtung wurden unziemliche Verwünschungen losgelassen. Die

Stimmung war bis zum Bersten angespannt. Dennoch zog ich mich langsam hoch, weil es unmöglich war, länger auf dem Boden zu kauern mit all den Vampiren um mich herum. Schwärze brannte vor meinen Augen auf. Die Welt schwankte einmal mehr und ich fand mich auf der Erde wieder.

Der Blutverlust.

»Das wirst du bereuen, Aydan«, sagte einer von ihnen mit eisiger Stimme. »Kommt.« Wer er auch war, er musste einflussreich sein, denn das Rudel zog unter seiner Führung tatsächlich murrend ab.

Aydan wartete, bis sie außer Sicht waren, dann sank er zu mir auf den Boden, versiegelte so schnell die Bissspuren, dass ich es kaum realisierte. »Wie geht es dir?« Sein Kopf tauchte vor meinem auf. All das Harte aus seiner Stimme wich und ließ nur Besorgnis zurück.

»Nur ein wenig schwindelig.«

Nicht ganz die Wahrheit.

»Als wenn ich dir das glaube.« Ein Ruck und plötzlich sah ich in den Sternenhimmel. *Was?* Aydans Arme hielten mich fest und dennoch dauerte es gleich mehrere Augenblicke, bis ich begriff, dass er mich trug.

»Lass das!«, fuhr ich ihn an, während ich versuchte, seine Finger von mir zu lösen. Ich hasste es, dass er mir so überlegen war. »Ich kann allein gehen.«

»Aber ich bin schneller.« Er rannte los und ich musste zugeben, dass seine Feststellung die Untertreibung des Jahrhunderts war. Die Nacht flog an uns vorbei. Ich konnte überhaupt nicht anders, als die Hände in sein Hemd zu krallen. Die Welt bestand nur noch aus rasenden Farben, zu schnell, als dass meine Augen sie auch nur hätten einordnen können. *So musste sich Fliegen anfühlen.* Und dann, plötzlich, stoppten wir und Aydan ließ mich ab, unmittelbar vor dem Anwesen. Das, was sich gerade wie Freiheit angefühlt hatte, verpuffte abrupt. Die Welt schwankte erneut, aber ich wusste nicht, ob es am Blutverlust oder an der Geschwindigkeit lag.

»Ich habe dir gesagt, dass ich nicht getragen werden will, oder?«

Ein Einwand, der ihn empört aufschnauben ließ. »Und ich hatte keine Lust darauf, dass du neue blutrünstige Jäger anlockst.« Sein grimmiger Blick versenkte sich in mir. »Wo wir gerade beim Thema sind. Kannst du mir erklären, wie du auf die Idee gekommen bist, aus dir einen Köder zu machen? Ist dir klar, in welcher Gefahr du warst?« Die Härte in seiner Stimme kehrte zurück, während er sich in Bewegung setzte. Gleichzeitig legte er mir behutsam einen Arm um die Taille. Wahrscheinlich hatte er das leichte Zittern in meinen Beinen bemerkt. Eine scheinbar beiläufige Geste, die im krassen Kontrast zu seinem Zorn stand.

»Diese Ködergeschichte hat sich nach einer fantastischen Idee angehört. Schließlich ist es mein größter Wunsch, dass mich ein Rudel Vampire durch einen dunklen Wald verfolgt.«

»Ich fürchte, ich bin nicht in der Stimmung, um zu scherzen, Liz. Was war los? Warum hattest du den Lockstoff auf dir?«

»Warst du jemals in der Stimmung zu scherzen?«, gab ich zurück und erntete ein wütendes Schnauben, das mir deutlich machte, dass seine Geduld aufgebraucht war. »Einer der Wächter hat mich mit dem Zeug übergossen, weil er fand, dass ich zu aufrührerisch bin. Ich habe mich nicht begeistert genug über diese Menschenjagd gezeigt. Mein Fehler.«

»Dafür wird er büßen.« Es machte nicht den Anschein, dass Aydan mit mir sprach, eher, als wäre es eine Randnotiz an sich selbst, möglichst bald diesen Wärter zu finden, um ihn umzubringen.

»Du tötest ihn nicht, oder?« Ich blieb stehen, Aydan tat es mir gleich, doch sein Arm verschwand von meinem Rücken. Er war anscheinend der Ansicht, dass ich keine zusätzliche Stütze brauchte, wenn ich wieder in der Lage war, mit ihm zu streiten.

»Dieser Wärter wollte dich umbringen. Vergeude deine Zeit nicht damit, ihm hinterherzutrauern. Er hat sein Schicksal selbst gewählt.«

»Es ist mein Leben, das macht es dann wohl zu meiner Entscheidung und nicht deiner!« Ich hasste es, mit welcher Selbstverständlichkeit Aydan davon sprach, ein Leben zu beenden. So als wäre es nichts wert, als zählten wir nicht. »Er hatte Angst davor, dass sein Herr ihn umbringt, wenn er mich nicht unter Kontrolle bekommt. Also behalt deine Zähne gefälligst bei dir.«

»Wie kommst du darauf, dass ich ihn mit meinen Zähnen töte? Glaub mir, ich habe wenig Interesse daran, ihn auszusaugen. Ich ziehe die Hände dabei vor.« Aydan klang provokant gelassen und er ignorierte meine Forderung absichtlich. Er hatte mir gestern deutlich gemacht, dass er nicht daran dachte, mich welche stellen zu lassen. Das hier löste keine guten Erinnerungen aus. Wohl auch nicht bei Aydan, denn seine Stimme wurde noch frostiger. »Außerdem geht es mich etwas an. Er hat versucht, meine Blutmagd zu töten. Auf Mordversuche an meinen Dienstboten gibt es dementsprechende Bestrafungen.«

Seine gewissenlose Erklärung bot mir einige Gründe, wütend auf ihn zu sein. Aber einer davon brannte stärker als die anderen.

Dienstboten.

Mehr wollte Aydan mir nicht zugestehen. Ich hätte nicht gedacht, dass mich dieser Umstand so verletzte.

»Rettest du häufiger deine Dienstboten?« Er zuckte ungerührt die Achseln, setzte sich erneut in Bewegung und ich sah mich gezwungen, es ihm gleichzutun, wenn ich meine Antwort haben wollte – wie immer.

»Was hast du überhaupt dort gemacht? Maurice war sicher, dass du nicht kommst. Anscheinend hältst du dich sonst bei solchen Veranstaltungen zurück.«

Aydan stoppte erneut und verschränkte die Arme. »Mir war heute nach frischer Luft.« Sein Gesicht nahm wieder diesen maskenhaften Ausdruck an. Er konnte so überzeugend aussehen, wenn er es drauf anlegte. Doch ich war mir sicher, dass er log. Aydan war wegen mir dort gewesen.

»Vergisst du manchmal meinen Namen?«

Seine Augenbrauen schoben sich unwirsch zusammen. »Natürlich nicht. Wie kommst du auf den Unsinn?« Die Gereiztheit in seiner Stimme nahm zu. Er begriff nicht, was ich vorhatte. Wie sollte er auch?

»Ich hab mich letzte Nacht mit Lorin unterhalten. Norwyns Blutdiener …«, setzte ich hinzu, als Verständnislosigkeit in seinen Augen aufflackerte. An Lorins Namen konnte er sich offenbar nicht erinnern. »Wir haben uns ein wenig ausgetauscht über das Leben von Blutdienenden. Norwyn vergisst oft seinen Namen und er hält das für normal. Wir sind für euch austauschbar. Für mich ist das alles neu, aber Lorin kennt sich aus. Ich traue seinem Urteil, doch du hast mehr Erfahrung. Also, ist es üblich?«

Aydan schien eine Ahnung zu bekommen, in welche Richtung sich dieses Gespräch entwickelte. »Das ist lächerlich.« Er wollte sich abwenden, aber ich legte die Hand an seinen Arm und das ließ ihn innehalten.

Diese Nacht war die Krönung an miesen Nächten. Ich konnte mir jetzt nicht anhören, wie Aydan behauptete, dass uns nur dieser Blutpakt verbinde. Dass ich nicht mehr für ihn sei als all die Blutmägde zuvor.

Er war mein letzter Gedanke gewesen, als ich dachte, ich würde sterben.

Es war sein Gesicht, das ich gesehen hatte.

Sein Name, der mir durch den Kopf gespukt war.

Er hätte nicht dort sein dürfen und war dennoch überall gewesen. Aydan war für mich nicht das, was er sein sollte. Jetzt brauchte ich seine Bestätigung, dass ich das ebenfalls nicht war. »Da gibt es noch etwas.«

Er zögerte, überlegte wahrscheinlich, ob er verschwinden sollte, aber ich war nicht gewillt, ihn gehen zu lassen. Mein Griff wurde fester, nicht weil ich ihn so hätte halten können. Es war eine Bitte, mir zuzuhören, und nach einem weiteren winzigen Zögern blieb er tatsächlich.

»Lorin hat mich gestern Nacht geküsst.« Aydans Blick brannte sich in mich und unter meinen Fingern spürte ich, wie sich sein Körper anspannte. »Er meinte, dass Norwyn gleichgültig sei, was wir tun.«

Ich sollte gehen.

So schnell, wie ich konnte, in mein Zimmer huschen und die Tür hinter mir schließen.

Aber ich blieb.

Weil ich von ihm hören musste, dass ich mir das hier nicht einbildete. »Ist es dir gleichgültig?«

Aydan starrte mich an und einige Sekunden lang drohte ich mich im Sturmgrau zu verlieren. Als er anfing zu antworten, war seine Stimme einen Hauch rauer. »Willst du ihn?«, fragte er so gelassen, dass sich etwas in mir zusammenkrümmte.

Vielleicht waren nicht wir beide anders?

Vielleicht war nur Aydan anders und den Rest hatte ich mir eingebildet?

»Ich weiß es nicht. Darüber habe ich bisher nicht nachgedacht.« Ich nahm die Hand von seinem Arm und bemühte mich, mir nicht anmerken zu lassen, dass ich gedacht hätte, er würde anders antworten. *Es war besser so.* Was machte es für einen Unterschied, dass er mich näher heranließ, als es bei Blutdienern üblich war? Nichts davon sollte mich interessieren.

Ich ging auf das Gebäude zu, das vom Mondlicht beleuchtet wurde. Ein harmonisches Bild, wenn man nicht wusste, was dort drinnen lauerte. Gerade erreichte ich die Tür, da wurde ich zum zweiten Mal in dieser Nacht aufgehalten. Wieder stoppten mich kalte Hände, nur diesmal bohrten sie sich nicht brutal in meine Handgelenke, sondern legten sich sanft um meine Taille, drehten mich um. Ich fand Aydans Gesicht unmittelbar vor mir.

»Dann denk auch jetzt nicht darüber nach«, raunte er mir zu. Kein Befehl, sondern eine ungewöhnlich sanfte Bitte und darin schwang so viel mit.

Ich hatte mich nicht geirrt.

Aydan war nicht gleichgültig, was ich tat. Oder mit wem. Es mochte falsch sein, dennoch entzündete diese Gewissheit ein Licht in mir und rang mir ein Lächeln ab.

Seine Finger legten sich behutsam an meine Wange, als rechnete er damit, dass ich flüchten würde. Ich überraschte uns beide, indem ich verharrte. Seine Berührung war das Beste an der heutigen Nacht und jetzt war es unmöglich, mich davon zu trennen.

Seine Fingerspitzen strichen über mein Lächeln, über meine Lippen. Ich konnte nicht anders, als mich an ihn zu lehnen. Wie ein stummes Echo dazu zog er mich enger zu sich heran. Seine Finger wurden abgelöst. Statt ihrer fuhr nun sein Mund lockend über meinen und es fühlte sich an, als würde ich unter seiner Berührung verbrennen. Meine törichten Lippen öffneten sich für Aydan und diesmal zögerte er nicht. Seine Hand versank in meinem Haar, als er mich küsste.

Ich wusste nicht, warum ich das zuließ.

Oder weshalb meine Hände über seine muskulösen Schultern glitten … Mein Körper gehörte nicht länger mir, er entwickelte ein Eigenleben.

Aydans Küsse waren wie Poesie, kunstvoll und vollkommen. Mit jedem davon verlor ich mich mehr. Meine Hände fuhren durch sein Haar, mussten ihn berühren, strichen über dieses perfekte Gesicht und verharrten …

Rot …

Eine Farbe, die nicht hätte hier sein dürfen.

Blut an meinem linken Handgelenk.

Die versiegelte Wunde war aufgebrochen.

Die Erkenntnis löschte das Feuer und ließ mich zurückweichen. Ich sah hinunter auf mein Unterhemd und fand weitere dunkelrote Spuren, die sich unheilvoll vom Weiß abhoben.

»Liz.« Aydan begriff. Sein Blick verfinsterte sich spürbar und der Hunger, der mir daraus entgegensprang, galt nicht mehr mir – *sondern meinem Blut.* »Lauf!«

Was hatte ich nur getan?

Ich riss die Tür auf und rannte ins Haus.

Flüchtete vor dem Vampir und seinem Blutdurst.

Kapitel 18

Aydan

Liz hatte meine Überzeugungen, Pläne und Regeln durcheinandergewirbelt, bis ich nichts mehr davon wiederfand.

Ihr Kuss hatte die Welt gestoppt.

Mich angehalten.

Meine Wut auf sie – weil sie sich leichtsinnig in Gefahr gebracht hatte.

Den Zorn auf die anderen, die sich auf sie gestürzt hatten.

Diese verfluchte Sorge, die in mir aufgeflammt war, weil ich Liz im Wald nicht hatte finden können, und die mich fast zerrissen hatte, als ich sie endlich fand.

Diesen Blutdurst, der an mir zerrte.

All das stoppten ihre Lippen. Sie füllten mich mit Wärme, Faszination und dem Wunsch, Liz die ganze Nacht in den Armen zu halten.

Ich war gescheitert.

An meeresblauen Augen, die zu tief für einen Menschen waren.

An Berührungen, die alles in mir zum Schwingen brachten.

An Liz.

Es würde kompliziert werden. Norwyn würde die ersten Jahre sicher rasen vor Wut, gleichzeitig fühlte es sich an, als wäre es das wert. Das hatte es gestern schon vor der Haustür und das tat es heute Nacht. Beinahe erwartete ich, dass mich Norwyn im Flur abfing, um mich zur Rede zu stellen. Selbst ich musste zugeben, dass ich bei der Jagd zu emotional reagiert hatte. Es gab diese unausgesprochenen Regeln zwischen uns und eine davon lautete: Man drohte den Freunden des anderen nicht mit dem Tod. Leider hatten sie mir keine Wahl gelassen. Was, wenn ich Liz ein paar Minuten später gefunden hätte? Ich schloss die Augen, ein Versuch, das Bild loszuwerden, wie sie dort auf dem Boden gelegen hatte. Ihr helles Haar auf der dunklen Erde.

Alles ihr golden Haar

Rost nun zum Raub.

Für gewöhnlich mochte ich die Worte von Oscar Wilde, doch diese hier fühlten sich an wie Eiswasser, das in mir anstieg. Nur ein paar Minuten mehr und Liz hätte die Maßliebchen wachsen gehört.

Das durfte niemals wieder geschehen.

Wir brauchten Regeln, damit ich sie schützen konnte. Auch vor mir. Auf den Lockstoff hatte ich ähnlich wenig reagiert wie auf all das Blut der letzten Jahrzehnte, Liz' Blut blieb das einzige, das meinen Durst weckte.

Und wie es ihn weckte.

Gestern Nacht hatte er mich überwältigt.

Ich zog die Tür zum Dienstbotentrakt auf. Die Vorstellung, dass ich nun häufiger hierherkommen würde, war sonderbar. Dass Liz ausgerechnet in Annes altem Zimmer wohnte, war eine beständige grausame Erinnerung. Gertrud hatte mir damit anschaulich aufzeigen wollen, was geschah, wenn ich Liz zu nahe kam.

Sie irrte sich.

Niemals würde ich Liz etwas antun.

Ich konnte den Durst kontrollieren.

Ich öffnete Liz' Tür und der Geruch nach Tausendschön drang mir entgegen. Liz – die auf ihrem Bett lag – fuhr augenblicklich zusammen. Schon wieder hatte ich vergessen, anzuklopfen, weil ich hier alle Räume betrat, wie es mir gefiel. Ihr grimmiger Blick machte mir wortlos klar, dass ihr Zimmer dabei offenbar eine Ausnahme bildete. Daran sollte ich von nun an denken. Es gab einiges zu beachten, damit das zwischen uns funktionierte.

»Was willst du hier, Aydan?«

»Mit dir reden, was sonst?« Dachte sie, ich sei zum Trinken hier? Das war nicht die Umgebung, die ich mir dafür vorstellte. Besonders nicht dieser Raum, der mir brutal vertraut war. *Nichts schien sich hier verändert zu haben – abgesehen von der Frau auf dem Bett.* Mein Blick fuhr prüfend durchs Zimmer, blieb an dem Spiegel hängen. Scherben lagen davor, und die lädierte Rückwand fand sich dort, wo einst die Spiegelfläche gesessen hatte. *Offenbar hatte sich doch etwas verändert.* »Was ist mit ihm geschehen?«

»Ein Versehen.«

Ein Versehen? Die verbeulte Rückwand sah aus, als wäre sie mit Faustschlägen bearbeitet worden. Wie zum Beweis verschwanden Liz' Hände unter der Bettdecke. Damit war dann geklärt, wessen Fäuste auf den Spiegel eingeschlagen hatten. Deshalb roch es hier so intensiv nach Tausendschön. Ein Seufzen bahnte seinen Weg aus mir heraus. »Brauchst du einen Arzt?«

Ich bekam den finstersten Blick überhaupt dafür, dass ich ungerührt über ihre Lüge hinwegging. »Liz!«, setzte ich nach und rang ihr damit zumindest ein winziges Kopfschütteln ab. Heute Nacht war die Stimmung zwischen uns sonderbar. Es musste an diesem Zimmer liegen, in dessen Ritzen sich überall die düsteren Erinnerungen an Anne fanden und Schuld in mir weckten.

»Was hältst du davon, umzuziehen?« Ich musterte die Seidentapete, die ich noch nie hatte ausstehen können. »Du könntest dir einen Raum nach deinen Wünschen kreieren lassen«, fuhr ich fort und setzte mich zu ihr. »Sag mir, was du willst, und du bekommst es.«

Demnächst würden wir ohnehin alle normalen Dienstboten austauschen. Vorher könnten wir die Zimmer renovieren lassen. Die

Farben wirkten verblasst und schäbig, als wären sie aus einer anderen Zeit gefallen. Ich ertrug sie allesamt nicht mehr.

Liz schwieg sich aus. Sonderbar. Für gewöhnlich hatte sie mir eher zu viel als zu wenig zu sagen. Kein Wort drang aus ihrem hauchzart geöffneten Mund. Mein Blick blieb an ihren Lippen hängen und die weckten in mir den Wunsch, dort weiterzumachen, wo wir letzte Nacht gezwungen gewesen waren, aufzuhören. Bis sich diese sonderbare Stimmung zwischen uns auflöste.

Nein!

Erst würden wir reden.

Und ich musste Grenzen ziehen.

»Willst du ein anderes Zimmer im Dienstbotenquartier?« Das letzte Wort betonte ich, um deutlich zu machen, dass sie hierbleiben würde, bei den Dienstboten. Diese Grenze konnte ich nicht früh genug und nicht oft genug ziehen. Liz würde alles von mir bekommen – abgesehen von Unendlichkeit.

Augenblicklich veränderte sich ihre Miene und in ihren Augen erwachte eine Kühle, die mir unter die Haut ging. *Hatte sie geglaubt, ich könnte ihren Status ändern?*

Es sollte mich nicht überraschen. Alle Sterblichen begehrten ein ewiges Leben. Dennoch hatte ein winziger naiver Teil von mir gehofft, Liz wäre anders. Als sähe sie in mir mehr als den Schlüssel in die Unsterblichkeit. Offenbar hatte ich mich erneut getäuscht.

»Ich bleibe hier.« Kurz blitzte etwas in ihren Augen auf, aber es war zu flüchtig, um es einzufangen. »Also, weshalb bist du wirklich hier, Aydan? Bestimmt nicht, um mit mir über die Tapeten zu reden.« Wie immer hielt sich Liz nicht an Anstandsregeln. Einer ihrer Wesenszüge, die mich faszinierten, auch wenn sie unbequem für mich waren. Wie jetzt.

»Vielleicht, um mein Buch zurückzufordern?« Ihre Mundwinkel hoben sich ein widerwilliges Stück. Wir hatten nicht darüber gesprochen, aber ich hatte bemerkt, dass sie das Buch mitgenommen hatte, aus dem ich ihr vorgelesen hatte. Wahrscheinlich lag es unter ihrem

Bett, damit die anderen Dienstboten es nicht fanden. Sinnvoll. Die Nutzung der Bibliothek war ein Privileg, das ich bisher niemandem eingeräumt hatte.

Ihr winziges Lächeln verlor sich beinahe sofort wieder und beendete die aufkommende Nähe zwischen uns. Der Daumen ihrer rechten Hand hatte sich auf die Bettdecke geschoben. Nun fuhr er darüber hin und her, in einem Takt, den nur sie zu hören schien.

»Lass uns reden – über uns.« Die Worte auszusprechen, war hart. Ich war nicht gut in diesen Dingen, aber diese Stimmung zwischen uns machte überdeutlich, dass es Zeit dafür wurde.

Ihr Finger strich hin.

Und her.

Liz sagte kein Wort, stattdessen sah sie mich mit diesem durchdringenden Blick an, mit dem sie mich irgendwann in den Wahnsinn treiben würde.

»Das hier kommt häufiger vor.«

»Was?« Ein Ruck ging durch sie und der Finger stoppte abrupt und nun krallte sich ihre Hand in die Decke. Trotz der Wunden, die sich dort wohl fanden. Beunruhigend. Aber immerhin antwortete sie mir.

Mein Kopf war wie leergefegt, als ich nach dem richtigen Wort für uns suchte, und jedes davon wieder verwarf. Es gab keine Bezeichnung, wenn sich zwischen Vampir und Blutdiener etwas entwickelte, das über den Blutpakt hinausging. Menschen waren dafür zu flüchtig. »Ihr sagt wohl Beziehung dazu.« Kaum waren die Worte raus, bereute ich sie schon. Beziehung klang zu bedeutungsvoll.

»Wir haben keine Beziehung.« Ihre Stimme war sonderbar ausdruckslos, dennoch fand ich ihre Antwort beruhigend.

»Affäre. Zugeneigtheit … Nenn es, wie du willst.«

Ich griff nach ihrer Hand, doch Liz wich mir aus und starrte mich aus geweiteten Augen an. »Dann nenne ich es einen Fehler.«

Damit hatte ich nicht gerechnet.

Ich stand auf, weil sich die Nähe zu ihr plötzlich falsch anfühlte.

»Liz … Was ist los?«

Sie schüttelte den Kopf, als wollte sie jede Erinnerung an uns aus ihm herausschleudern. Das würde ihr nicht gelingen. Seit Wochen versuchte ich, Liz aus meinem Kopf zu bekommen, und mit jedem vergeblichen Versuch schien sie sich fester dort einzunisten.

»Dann sind wir eher eine Aneinanderreihung von Fehlern, oder?« Meine Frage ließ Liz stoppen, um mir einen drohenden Blick zuzuwerfen. Damit bewies sie nur, dass auch sie die Wahrheit kannte. Es mochte gestern der erste Kuss gewesen sein, aber wie oft hatten wir so knapp davorgestanden? Wie lange würde es dauern, bis wir uns erneut an diesem Punkt fanden? Eine Nacht? Zwei? »Es wird wieder passieren.«

»Nein. Gestern habe ich gedacht, ich würde sterben, du und deine Betörung habt meinen Schock ausgenutzt.«

Ihre Erwiderung war ein Schlag, dorthin, wo in einem früheren Leben einmal mein Herz seinen Dienst erfüllt hatte. Schmerz flammte dahinter auf, breitete sich wellenartig in mir aus. Ihre Haltung veränderte sich. Liz saß nun aufrecht und in ihren Augen funkelte es. Wut vermengt mit … *Erheiterung?*

Sie hatte mich so oft überrascht, aber das hier ging tiefer. Es riss mir den Boden unter den Füßen fort.

Nun lächelte sie mich tatsächlich an, so breit, dass das Weiß ihrer Zähne durchschimmerte. Dabei kannte ich bisher von ihr nur diese winzigen, verstohlenen Lächeln, die wirkten, als wollte sie jedes davon vor der Welt verbergen.

»Du hast wirklich gedacht, ich könnte mich auf dich einlassen?« Selbst ihre Stimme klang anders als sonst. Weicher und ehrlich amüsiert. »Weshalb?«

Was geschah hier?

Ich schwieg, weil ich damit ausgelastet war, nach Antworten zu suchen und doch keine fand.

»Genau, darauf gibt es nichts zu sagen«, erwiderte sie wieder so spielerisch sanft und in ihren Augen blitzte es grimmig. »Das

Einzige, das du mir bieten könntest, verwehrst du mir. Die Menschen um dich herum geben sich nur mit dir ab, weil sie darauf angewiesen sind. Keiner von ihnen würde dir freiwillig auch nur den kleinen Finger reichen. Wir hassen euch. *Ich* hasse euch.« Ihr Blick stach wie eine eisige Lanze in meine Brust. Ich wusste, was kommen würde, und trotzdem linderte es den Schmerz nicht.

»Ich hasse *dich*!«

Sie hatte mir ihre Geheimnisse anvertraut.

War in meinem Arm geschlafen.

Hatte mich geküsst.

Wie konnte diese Frau vor mir Liz sein?

In den letzten Wochen hatte es sich angefühlt, als würde ich sie kennen. Jetzt fühlte es sich an, als würde ich nichts über sie wissen.

Wie viel davon hatte sie mir vorgemacht?

Um mich einzuwickeln?

Mich daran zu hindern, sie fortzuschicken?

Oder machte sie mir jetzt gerade etwas vor?

Ich suchte in ihrem Gesicht nach einer Spur Unsicherheit. Einem falschen Blinzeln. Einem winzigen Zeichen, dass sie log, doch da fand sich nichts, an das ich mich klammern konnte.

»Du warst derjenige, der über uns reden wollte, Aydan. Leb damit, dass dir meine Antworten nicht passen! Mein Leben hier mag im Gegensatz zu deinem begrenzt sein, doch das, was mir davon bleibt, verschwende ich nicht an ein Ungeheuer.«

Ungeheuer.

Kein Mensch war naiv genug, um in unserem Beisein so zu reden. Das Funkeln in Liz' Augen nahm zu. Weil sie wusste, dass ich sie nicht zur Verantwortung ziehen würde. Ich hatte ihr all diese winzigen Gefallen getan, Regeln gedehnt, Grenzen aufgelöst, und nun stand diese Sterbliche vor mir und wusste, dass es nichts gab, was ich ihr entgegensetzen würde.

»Keine Ahnung, was du da treibst, Liz«, mühte ich mir ab und hoffte, dass sich nichts von dem Chaos in mir auf meinem Gesicht abzeichnete. »Aber ich bin deine Spielchen leid.«

»Keine Spielchen, die sind nicht mehr nötig.« Sie stand auf und kam auf mich zu. Jeder ihrer Schritte strotzte vor Selbstbewusstsein. »Wir wissen beide, dass du mich nicht wegschicken wirst«, sagte sie und sprach damit eine unleugbare Wahrheit aus. »Dafür hängst du zu sehr an meinem Blut.«

»An dir hänge ich mehr.«

Für den Hauch einer Sekunde kehrte diese Tiefe in ihren Augen zurück, um mich in den Abgrund zu ziehen. »Liz …«, raunte ich ihr zu, weil ich nicht zulassen konnte, dass dieses Band zwischen uns riss.

Sie schloss die Augen und als sie sich wieder öffneten, war der Ausdruck darin so höhnisch wie zuvor. »Geh, Aydan. Das Dienstbotenquartier ist der einzige Ort, an dem wir ohne deinesgleichen sein dürfen. Sei ein braver Vampir und verschwinde.« Sie wandte sich ab.

Liz hatte ihre Entscheidung getroffen – gegen mich.

Gegen uns.

Ich stürmte aus dem verhassten Zimmer. Es fühlte sich nicht an, als würde ich es noch einmal betreten.

»Was bringst du zu deiner Verteidigung vor?«, rief Norwyn schon, bevor er meine Tür aufriss. »Glaubst du ernsthaft, ich lasse zu, dass du dich vor mir in diesem Loch versteckst?« Mit einem Naserümpfen kommentierte er den geleerten Kelch auf dem Nachttisch.

»Mein Schlafzimmer ist kein Loch«, gab ich zurück. *Erst Liz und jetzt Norwyn.* Die Nacht hatte das Zeug dazu, die mieseste der letzten Jahrzehnte zu werden.

»Wäre ich nicht dazwischengegangen, wäre Liz tot.« Norwyn wirkte, als stünde er davor, die nächsten Vorwürfe auf mich niederprasseln zu lassen. Also kam ich ihm zuvor. »Einer der Wächter hat Lockstoff über sie gekippt.« Das hatten ihm seine Freunde sicher verschwiegen, doch es änderte nichts an Norwyns grimmiger Miene. *Was war schon ein Menschenleben verglichen mit der Verärgerung seiner Freunde?*

Jetzt gerade musste ich Liz zugestehen, dass es verständliche Gründe gab, weshalb sie Vampire nicht ausstehen konnte.

Ich war nicht so.

Kaum drängte sich der Gedanke in meinen Kopf, schloss sich ein zweiter an. Ich hatte den Wächter bestrafen wollen und war über ihren Protest hinweggegangen. Weil er für mich ähnlich verschmerzbar gewesen war wie Liz für Norwyn.

Schob sie mich deswegen von sich weg?

Weil ich genauso schlimm war wie er?

»Aydan?«, fuhr der mich an und erst jetzt registrierte ich, dass er offenbar mit mir gesprochen hatte. »Du stimmst mir also zu?«

»Nein.« Ich wusste zwar nicht, was er gesagt hatte, aber bei Liz waren wir bisher nie einer Meinung gewesen.

»Du hast nicht einmal zugehört.« Er verdrehte die Augen. »Sie ist ein Mensch. Es ist ihre Bestimmung zu sterben, anders als bei unseren Brüdern und Schwestern.«

»Ich bleibe bei meinem *Nein.*«

»Was ist nur los mit dir?« Eine ähnliche Frage hatte ich Liz vor weniger als einer halben Stunde gestellt. Ihre Antwort hatte mir nicht gefallen. Da ich sicher war, dass Norwyn meine ebenfalls nicht gefiel, blieb ich lieber still. Für den Moment hatte ich genug Probleme.

»Lerow war einer von ihnen. Darf ich dich daran erinnern, dass sein Bruder der Älteste des Schattenrats ist? Er kann uns mehr als nur Schwierigkeiten einbringen, und das in einer Zeit, wo es gilt, seine Verbindungen zu vertiefen.« Er lehnte sich an einen der Bettpfosten und verschränkte die Arme. Seine dramatische Pause brauchte es nicht, Norwyns Miene verriet mir längst, dass er schlechte Nachrichten überbrachte.

»Was gibt es?« Für heute hatte ich genug im Trüben gefischt.

»Sigans Seuche könnte uns erreicht haben.«

Oh.

Diese Sache.

»Gut. War's das? Ich bin müde.«

»Das ist alles, was du dazu zu sagen hast?« Er gab seine theatralische Pose auf, um unterstützend mit den Händen zu gestikulieren.

»Das denkst du andauernd.« Keine Übertreibung. Seit über einem Jahr dachten er und seine Freunde das in regelmäßigen Abständen.

Ein Gast schlug eine Einladung aus?

Er musste an Sigans Seuche erkrankt sein.

Jemand benahm sich ungewöhnlich?

Dann waren es sicher die ersten Anzeichen von Sigans Seuche.

Ich wollte nicht wissen, wie oft seine Freunde mir schon heimlich angedichtet hatten, daran erkrankt zu sein.

»Diesmal habe ich Recht! Wenn du dich weniger mit Sterblichen und mehr mit unsereins abgeben würdest, wüsstest du, dass es seit gestern Nacht überall Getuschel gibt.«

»Und du weißt, wie ich zu Getuschel stehe.«

»Keron war nicht auf seiner eigenen Jagd, und das, obwohl er sie nur veranstaltet hat, um an *ihr* Blut zu kommen.«

Natürlich hatte Norwyn den Grund für diese spontane Jagd ebenfalls erkannt – und dennoch keinen Anlass gesehen, Liz zu schützen. »Die Seuche breitete sich aus«, setzte er hinzu. »Doch du erkundest lieber mit deiner Blutmagd die Bibliothek und bekommst davon nichts mit.« Ein vernichtender Blick begleitete Norwyns vorwurfsvolle Worte und ich verdiente wohl beides. Schon allein, weil es mir nicht gelungen war, das vor ihm geheim zu halten. »Man munkelt, der Rat beabsichtigt, einige ausgesuchte Vampire in der Schattenburg aufzunehmen, sollte sich Sigans Seuche weiter ausbreiten. Ich will auf dieser Liste stehen.«

Natürlich wollte er das.

»Und ich nehme an, du ebenfalls?«

Selbstverständlich.

Ich hielt Sigans Seuche zwar für weniger bedrohlich als Norwyn, aber selbst ich fand die Vorstellung einer sich ausbreitenden Krankheit beängstigend.

Dafür würde ich zu Kreuze kriechen müssen – wunderbar.

Es gab nichts, was ich mehr hasste – *außer vielleicht Keron.*

»Was soll ich tun, um die Gemüter zu beruhigen?«

»Nichts, denn ich habe bereits alles für dich in die Wege geleitet. Wir lassen eine weitere Tradition wieder aufleben.«

Ich stöhnte auf. Es gab Gründe, weshalb viele davon mittlerweile eingemottet waren. Der Menschenjagd hatte ich schon nichts abgewonnen, doch es konnte deutlich schlimmer kommen. *Gab es eine Tradition, bei denen Blutmägde geopfert wurden? Zuzutrauen war es Norwyn.*

»Spar dir deinen Protest. Ihr wird kein Haar gekrümmt. Ich lasse lediglich die Blutnächte wieder aufleben, in einem kleinen, erlesenen Kreis. Damit kannst du wohl besser leben als mit den Vorschlägen der anderen.«

Sie hatten Liz gefordert.

Kälte hüllte mich ein wie ein eisiger Mantel.

Gerade hatte ich Liz noch verflucht, jetzt suchte ich schon wieder nach Möglichkeiten, um sie zu schützen. *Verflucht.*

»Ich stimme zu – unter einer Bedingung, ich brauche eine neue Blutmagd.«

Norwyns Augen weiteten sich entgeistert. »Warum? Du hast bereits eine und ich habe den Eindruck, sie gefällt dir eher zu gut.«

»Sie eignet sich nicht für diese Art von Anlässen. Das sollte dir klar sein.« *Nur keinen Fehler machen.* »Ihr unpassendes Verhalten fällt auf uns zurück.«

»Dann bring sie unter Kontrolle.«

Ich lachte auf, ein trockenes, raues Lachen. »So viel Zeit haben wir nicht. Letzte Nacht wurde sie mit dem Lockmittel übergossen, weil sie versuchte, die anderen Blutdienenden zu einem Aufstand anzustacheln.« Ich bekam die seltene Ehre, Norwyn einmal fassungslos zu sehen. Von einem ähnlichen Fehlverhalten hatte ich bisher nie gehört, nicht geahnt, dass es so etwas geben könnte, bis Liz in mein Leben gestolpert war. »Wir brauchen eine Lösung.«

Jetzt nur nicht nachgeben.

»Die anderen werden sie fordern.«

»Die waren im Lockmittelrausch. Sie werden sich kaum an ihr Blut erinnern können. Oder willst du das Risiko eingehen, das Liz deren Dienstboten aufstachelt?« Norwyns Lippen verzogen sich bei der Vorstellung zu dünnen Strichen. »Dann lass uns dieses kleine Problem lieber schnell angehen.«

KAPITEL 19

LIZ

Aydan war in der Nacht nicht zurückgekommen.

Und nicht in der danach.

Oder in der darauffolgenden.

Das war gut.

Warum gab es nur diesen Teil in mir, der das anders sah?

Das musste an der Betörung liegen.

Seit Tagen hatte ich den Dienstbotentrakt nicht verlassen, weil ich nicht einmal in die Bibliothek konnte. Dort hingen Erinnerungen wie Spinnenweben an den Regalen, dem Geländer, sogar an den Büchern. Genau wie dem Buch unterm Bett, das ich nicht mehr anrührte.

Meine Langeweile füllte längst diesen winzigen Raum und schien die Wände näher rücken zu lassen. Sie fühlte sich an wie Stillstand. Als wenn der Zeiger der Uhr immer wieder zum Sprung ansetzte, um im letzten Augenblick doch zu verharren. Eine Dauerschleife, in der nichts geschah. Die geschäftigen Stimmen der Dienstboten auf dem Flur waren das Spannendste, das meine Nächte zu bieten hatten.

Eine Symphonie an Eintönigkeit.

Ob sich Aydan deshalb überhaupt mit mir abgegeben hatte?

Wie langweilig musste ein unendliches Leben sein, in der jede Nacht der nächsten glich?

In der vierten Nacht hielt ich es nicht mehr aus und klopfte an Lorins Tür. Er öffnete grinsend. »Du wurdest wieder nicht einbestellt?« Erneut war er erschreckend gut informiert.

»Nein.« Wozu lügen, wenn er die Wahrheit ohnehin kannte? Ich kratzte meinen Stolz zusammen und schluckte ihn herunter. »Hast du zufällig noch mehr Wein gebunkert?«

Ein breites Grinsen zog sich über sein Gesicht. »Ich habe gewusst, dass du wiederkommst.«

Hatte er das?

Für mich kam das hier überraschend.

Mit einer winzigen Verbeugung gab er die Tür frei und ich trat ein. Lorin schloss sie, drehte sich zu seinem Schrank und zog mit einer zweiten, tieferen Verbeugung Weinflasche und Korkenzieher zwischen seiner Kleidung hervor. Die Geschwindigkeit, mit der er die Flasche entkorkte, ließ darauf schließen, dass er nicht erst seit Kurzem in den Weinkeller einbrach.

»Lass mir etwas übrig, schließlich habe ich sie unter Gefahr für Leib und Leben hierhergeschafft.« Er grinste zwar, als er sie mir reichte, aber das Grinsen wirkte verrutscht.

Wir alle hier trugen unsere Masken, selbst Lorin, der für den Moment Schwierigkeiten hatte, seine zu halten.

»Wie lange bestiehlst du sie schon?«

»Seit zwei Jahren. Es ist kein richtiges Stehlen, der Weinkeller ist ihnen gleichgültig.«

Norwyn würde ihn dennoch rauswerfen, wenn er davon erfuhr.

»Warum? Sonst bist du so darauf aus, ihnen zu gefallen?« Sein Grinsen fiel in sich zusammen und der Ausdruck in seinen Augen verfinsterte sich.

»Manchmal muss man den Frust herunterspülen, um weiterzumachen«, sagte er und sah dabei zu, wie ich die Flasche ansetzte.

»Also geh ich hinunter und hole mir Wein, wenn sich dieser Trakt so schrecklich eng anfühlt. Wenn Norwyn wieder meinen Namen vergisst …« Er sprach nicht weiter, aber ich ahnte auch so, was er meinte. Seine Chancen, dass Norwyn ihn verwandelte, standen denkbar schlecht, obwohl Lorin alles gab, um ihm zu gefallen. Je älter er wurde, desto mehr schwanden seine Möglichkeiten, noch einen anderen Vampir zu überzeugen. Sterbliche strebten nach Unendlichkeit. *Doch irgendwann würde er zurückschauen auf sein Leben und sich fragen, was er alles dafür aufgegeben hatte.*

Ob es das wert gewesen war.

Da gab es so beklemmend viel Ähnlichkeit zu dem, was sich in mir abspielte, dass ich einen weiteren, tiefen Schluck nahm, bevor ich die Flasche weiterreichte.

»Heute dachte ich kurz, er würde aus meinem Hals trinken.« Lorin setzte sie nicht direkt an, sondern atmete spürbar aus. Frust ließ sein schönes Gesicht härter und erschöpfter wirken. »Ich bin seit Jahren hier und er macht nicht einmal Anstalten dazu. Es wäre zumindest ein Vertrauensbeweis – aber nein.«

»Vertrauensbeweis?« Ich betete, dass er das Zittern in meiner Stimme nicht wahrnahm. Er hob die Flasche und trank – *mehr als einen Schluck.*

»Denk doch mal nach«, sagte er kaum, dass er den Wein hinuntergeschluckt hatte. »Sie trinken aus unseren Handgelenken, der Armbeuge oder aus dem Unterschenkel. Alles Positionen, aus denen sie uns beobachten können. Sie trauen uns nicht, deswegen halten sie Abstand.«

»Als wenn wir sie beim Trinken enthaupten könnten.«

»Instinkte sind nicht logisch«, gab er zurück. »Kennst du nicht diese Momente, in denen dein Körper anders reagiert, als er sollte?«

Und wie ich die kannte.

Seit ich hier war, tat mein Körper kaum etwas anderes, wenn Aydan in der Nähe war.

Ich nickte knapp und Lorins Grinsen kehrte zurück. »Instinkte«, fuhr er fort. »Sie steuern uns. Warum sollten sie nicht auch Vampire steuern?«

Ob das stimmte? Ich hätte Aydan fragen können, doch der sprach nicht mehr mit mir. Augenblicklich flackerte Schmerz in meiner Brust auf.

Ja, mein Körper tat andauernd sonderbare Dinge.

»Aber es gibt Vampire, die aus unseren Hälsen trinken?«

»Meist beruht das auf einer tiefen Bindung zwischen dem Vampir und demjenigen, den er beißt. Er vertraut ihm genug, um ihn an sich heranzulassen. Nach allem, was man hört, sind das überwiegend die Blutbräute und Blutbräutigame.«

»Was sind die anderen Fälle?« Bilder flackerten in mir auf.

Aydan und ich in der Bibliothek.

Sein Mund, der sich an meinen Hals presste.

Die Hitze, die er in mir erzeugte …

»Pure Leidenschaft, denke ich. Auch Vampire können nicht immer Herr ihrer Sinne sein. Warum sollte es ihnen da besser gehen als uns?«

»Hast du manchmal das Bedürfnis, Norwyn zu küssen?« Die Frage stürzte aus mir hinaus, ohne dass ich sie aufhalten konnte. Als ich den Dienst aufgenommen hatte, war ich davon überzeugt gewesen, ich wüsste alles über Vampire, was ich brauchte. Ein Irrtum. Seit meiner Ankunft schien ich in einem Labyrinth zu stehen und immer wenn ich dachte, ich wäre endlich am Ziel, stellte ich fest, dass ich mich tiefer darin verirrt hatte.

Lorins Augen vergrößerten sich. »Wovon sprichst du?«

»Über ihre Betörung. In dem einen Moment will ich nicht, dass er von mir trinkt, und einen Wimpernschlag später kann ich es kaum erwarten.« Wie ich das hasste. Diese Fremdbestimmung durch meinen Körper.

»Ja. Niemand, der das nicht erlebt hat, wird verstehen, warum uns die Arbeit gefällt. Es ist wie eine Droge. Die meisten von uns fühlen sich in dem Moment des Bisses zum Vampir hingezogen.«

»Im Moment des Bisses?« *Das klang nicht gut.*

»Natürlich. Gerade habe ich keine Lust, mich an Norwyn zu lehnen.« Lorin lachte auf, als hätte er einen Scherz gemacht. Ich zwängte mir etwas ab, dass ich für ein Lächeln hielt, während mein Herz vor Schreck seinen Dienst quittierte. Bei ihm klang es, als endete die Betörung nach dem Trinken.

Vor unserem Kuss hatte Aydan nicht von mir getrunken.

Nicht einmal Anstalten dazu gemacht.

Wein!

Sofort!

Ich riss die Flasche aus seiner Hand, kam aber nicht mehr dazu, sie anzusetzen. Ein Ruf aus dem Flur stoppte mich. »Hallo?«

Ich konnte die Stimme nicht zuordnen. Lorin offenbar auch nicht, denn eine Falte schob sich in seine Stirn.

Ungewöhnlich.

Ich konnte nur hoffen, dass es keine neue Menschenjagd gab, sonst würde ich schreien und niemals wieder damit aufhören.

Ein erneuter Ruf, lauter diesmal.

Manchmal hielt das Leben trotz seiner Eintönigkeit Überraschungen bereit.

Ich hasste Überraschungen.

Wir hasteten beide zur Tür. Ich war schneller und zog sie auf. Eine Person stand dort. Regentropfen glänzten silbern auf ihrem purpurfarbenen Mantel und der Kapuze, die sie sich übergezogen hatte. Sie hielt uns den Rücken zugewandt und betrachtete meine Zimmertür, die Lorins gegenüber lag. Wahrscheinlich suchte sie nach jemandem, der ihr weiterhelfen konnte. Der Rest der Dienerschaft war im Anwesen verteilt, um sinnvolleren Aufgaben nachzugehen, als darauf zu warten, dass ein Vampir sie zu sich rief.

»Können wir dir helfen?«

Sie drehte sich um.

Eis.

Überall.

In mir.

Es fror mein Herz ein.

Meinen Verstand.

Meine Gliedmaßen.

Lorin keuchte auf, eine Mischung aus Fassungslosigkeit und Amüsiertheit – unmöglich zu sagen, was überwog.

Es war ein Albtraum.

Mein verfluchtes Spiegelbild hatte mich eingeholt.

Die Frau vor mir besaß seidig gekämmtes Haar, so hell, dass es beinahe weiß wirkte, und tiefblaue Augen, die sich bei meinem Anblick erstaunt weiteten. Ihre geschwungenen Lippen öffneten sich für einen überraschten Laut und ein zartrosa Schimmer legte sich auf ihre Wangen.

Sie war ich.

Nur besser.

Durch den geöffneten Mantel erkannte ich genug von ihrem eng anliegenden hellblauen Kleid, um zu wissen, dass ich, mein übergroßer, alter Pullover und die zerschlissene Hose das Kontrastprogramm bildeten. Selbst die Schnallen an ihren Schuhen und der Tasche in ihrer Hand blitzten wie frisch poliert. Bei mir hatte es wie üblich nur für Socken gereicht. In mir erwachte der Drang, meinen linken Fuß über den rechten zu ziehen, damit sie die löchrige Stelle im Stoff nicht sah.

Die Frau lächelte mir zu, selbstsicher genug, um sich nicht von meinen finsteren Blicken vertreiben zu lassen. *Schade.*

Sie fand das hier amüsant, ich zum Schreien.

»Wer bist du?« Lorin hatte sichtbar Schwierigkeiten, seine Erheiterung zu verstecken.

»Malina«, sagte die Frau vor mir so sanft, dass mich die Lust überkam, ihr die Tasche aus der Hand zu reißen und aus dem nächsten Fenster zu werfen. »Ich bin Aydans Blutmagd.«

Das hohe Klirren von Glas ließ sie zurückfahren.

Ihr Lächeln schwand angesichts der roten Spritzer, die nun ihre bis eben noch makellosen Schuhe zierten. Scherben glitzerten in der Rotweinlache zu unseren Füßen. Es dauerte trotz allem einen langen Moment, bis ich begriff, dass sich die Weinflasche nicht mehr in meinen Händen befand.

Er hatte mich ausgetauscht!

Eisige Hände krallten sich um mein Herz und quetschten es zusammen wie einen Schwamm.

»Liz!«, rief Lorin hinter mir, aber ich war längst über das Weinchaos gesprungen und hastete den Flur entlang.

Ich musste zu Aydan.

Sofort.

KAPITEL 20

Warum war dieses Anwesen so unverschämt groß?

Die Bibliothek war leer, seine Gemächer waren leer, das Kaminzimmer war leer. *Wo steckte Aydan?*

Während die Wut sich weiter durch mich fraß, trat Maurice aus einem der Zimmer und schloss die Tür hinter sich.

»Ist Aydan darin?«

»Ja, aber …« Ich wartete seine Antwort nicht ab, stürzte an ihm vorbei und riss die Tür auf. Ich klopfte nicht an – wozu? Aydan tat das nie, wenn er mein Zimmer betrat.

»Was soll das?«, fuhr mich der Vampir im Ledersessel an und sein hasserfüllter Blick bohrte sich in mein Gesicht. »Du wurdest nicht gerufen. Verschwinde – am besten für immer!«

Norwyn.

Mit ihm hatte ich nicht gerechnet. Aydan füllte meinen Kopf so aus, dass sein Freund darin nur einen winzigen Teil einnahm. Dieser Teil, im mintgrünen Zweiteiler, starrte mich mittlerweile an, als wäre mir ein zweiter Kopf gewachsen.

Vielleicht, weil ich nicht längst vor ihm davonrannte.

Sollte er sich doch jemand anderen zum Erschrecken suchen. Ich antwortete ihm nicht, wandte mich stattdessen dem Vampir ihm gegenüber zu, der mich mit betont ausdrucksloser Miene betrachtete.

»Du erzählst mir nicht einmal von deinen Plänen?«

»Wozu?« Aydan erhob sich. »Wie du schon richtig festgestellt hast, sind es *meine* Pläne.«

Weil ich mich weigerte, darin eine Rolle zu spielen.

Die Feststellung schwang still mit und Wut machte sich zwischen uns breit – seine und meine.

»Hast du noch mehr zu sagen, Liz?« Aydan wirkte so gelassen, dass ich versucht gewesen wäre, ihm zu glauben, wenn es nicht längst in seinen Augen gestürmt hätte.

»Ist dir klar, was ich mit dir anstellen kann?«, erklang es von der anderen Seite. »Vielleicht wäre das jetzt ein geeigneter Zeitpunkt, um deiner Erinnerung auf die Sprünge zu helfen.« Norwyn tauchte zwischen uns auf und bleckte seine Zähne. Anscheinend hatte er immer noch nicht verstanden, dass er mich nicht mehr einschüchtern konnte wie in meiner ersten Nacht.

Ich hätte damals davonrennen sollen.

»Bitte.« Grimmig zerrte ich den Ärmel des Pullovers hoch und hielt ihm den nackten Arm entgegen. »Tob dich aus.«

»Das reicht, Liz.« Aydan tauchte an meiner Seite auf und zog meinen Arm hinunter, bevor ich überhaupt begriff, was geschah. *Verdammte Vampirgeschwindigkeit.* »Wenn du den Weg nicht allein findest, geleite ich dich persönlich zurück.« Er zerrte mich hinter sich her.

»So hat sie nicht mit mir zu reden!«, rief Norwyn uns nach. »Bring sie unter Kontrolle Aydan, sonst schwöre ich dir, dass ich das übernehme!«

Es war unmöglich, so darauf zu antworten, wie er es verdiente, denn Aydans Hand presste sich mir auf den Mund. Sie schloss all die Erwiderungen dahinter ein, die mir schon auf der Zunge lagen. Ungerührt schob er mich hinaus, während ich versuchte, seine Hand abzuwehren. Vergeblich. Sie lag so fest auf mir, als wäre sie Teil meines Gesichts. Erst nachdem wir einiges an Flur zurückgelegt hatten, gab er mich endlich frei.

»Du bist also zurück?« Sein Blick brannte sich in mich. Ich hatte ihn anschreien wollen, aber nun brachte er mich mit nur einem einzigen Satz zum Verstummen.

Konnte er damit meinen, wonach es sich anfühlte?

Nein.

Das war unmöglich.

»Was sollte das?«, brach es verspätet aus mir heraus.

»Das fragst ausgerechnet du? Selbst für deine Verhältnisse war dieser Auftritt unverfroren.«

»Wie wir bemerkt haben, unterscheiden sich unsere Wahrnehmungen in den allermeisten Dingen.« Eine Erinnerung an den letzten Streit, die seine Miene weniger selbstgefällig werden ließ. Vielleicht ein Erfolg – gleichzeitig fühlte es sich nicht danach an. »Eine neue Blutmagd?«

»Das sollte dir gefallen. Schließlich hast du mir gesagt, was du von uns hältst.« Unvermittelt machte er einen Schritt auf mich zu. »Und von mir.«

Wie konnte es sein, dass ein verfluchter Schritt von ihm ausreichte, um meinen Herzschlag zu beschleunigen?

»Ist es da verwunderlich, dass ich mich nach jemandem umsehe, dem ich weniger zuwider bin?« Aydan lächelte mich beinahe sanft an. »Nur verstehe ich nicht, was dich daran stört. Sie kann nicht länger als eine Minute im Dienstbotentrakt gewesen sein und schon hast du nichts Besseres zu tun, als ihn ohne Erlaubnis zu verlassen, um mich zur Rede zu stellen?« Sein Lächeln vergrößerte sich. »Weshalb?«

»Weil ich auf diese Anstellung angewiesen bin!«, gab ich zurück. »Wenn du den Blutpakt aufkündigst, werde ich wohl nachfragen dürfen, warum du mir das nicht sagst?« Ich lehnte mich an die kalte Wand, brauchte Halt. Daran, dass ich die Arbeit verlieren würde, hatte ich bis gerade nicht einmal gedacht. Nur dieses Beißen in meiner Brust hatte mich zu ihm geführt.

Wenn er mich wirklich entließ …

Ich hatte keine Ahnung, wohin ich sollte. Konnte ich zu dem Vampir mit den toten Augen gehen? Keron wäre wohl kaum bereit, über meine Fehler so hinwegzusehen, wie es Aydan tat. Aydan war für mich zweifellos die beste aller Möglichkeiten. *Und die allerschlimmste*, schoss es mir durch den Kopf, als er noch einen Schritt näher kam.

Zu nah und gleichzeitig nicht nah genug.

Lorin musste sich irren, das hier war Betörung.

Weil es nichts anderes sein durfte.

Aydans Blick blieb provokant auf meinen Lippen hängen und zerrte die Erinnerungen zurück. Sofort erinnerte sich mein Körper daran, wie es gewesen war, als er mich geküsst hatte. *Dieses aufgeregte Flattern hinter der Brust, das sich schon wieder erhob.*

Das Prickeln auf der Haut, dort, wo seine Finger sie berührt hatten.

Das …

Nein. Mit aller Kraft scheuchte ich sie fort.

Sein Blick ließ von meinen Lippen ab und fand meine Augen. »Ich habe nicht vor, dich fortzuschicken, Liz.« Da schwang deutlich mehr mit. Zu viel, um erleichtert zu sein.

»Du hast auch nicht vor, weiterhin von mir zu trinken.« Ich vervollständigte seine Gedanken und wie zum Beweis nickte Aydan. Vor ein paar Tagen hatte ich das von ihm gefordert, nun konnte ich mich nicht einmal darüber freuen.

»Wir sollten Abstand halten. Geh jede Nacht für eine Stunde in die Bibliothek, dann wird es niemand bemerken.« *Dann wird Norwyn es nicht bemerken und mich anderweitig unterbringen.*

»Vielleicht sollte ich flüchten, so kann ich wenigstens selbst entscheiden, wohin ich gehe.«

»Nicht jetzt, Liz. Momentan ist es nicht sicher.«

»Was meinst du damit?« *Sicher würde es mit den Vampiren niemals für uns sein.*

Aydan zögerte, sein Blick fuhr prüfend herum, erst dann durchschritt er den letzten Abstand zwischen uns. »Du erinnerst dich an die Geschichte von Sigan?«

Verwirrt nickte ich. Natürlich. Als könnte ich vergessen, was Aydan über den Ur-Vater der Vampire gesagt hatte.

»Dieser Wahnsinn, der in Sigan tobte«, flüsterte Aydan. »Der scheint nun uns zu befallen. Nach allem, was man hört, wird vermutet, dass er ansteckend sein könnte, wenn er erst einmal ausbricht.«

Seine Worte waren wie Kanonenschläge.

Sie hallten in mir wider und wider.

»Was geschieht mit euch, wenn ihr erkrankt?« Irgendwie rang ich mir die Frage ab, während es sich anfühlte, als läge ein unsichtbarer Felsen auf meiner Brust.

»Weshalb interessiert dich das?« Ein winziges Lächeln zupfte an seinen Mundwinkeln. »Schließlich hasst du alle Vampire?«

»Aydan!« Nie war mir weniger nach Neckereien gewesen.

Sein Lächeln verblasste. »Diejenigen, die es trifft … sterben.«

Der unsichtbare Felsen auf meiner Brust schien nun mich zu zerquetschen.

Die Vorstellung, dass Aydan …

Nein!

Luft.

Ich versuchte, sie in meine Lunge zu pressen, aber dort schien sie nicht anzukommen.

»Geh zurück in den Dienstbotentrakt, Liz.« Aydan trat zurück und brachte wieder diesen Abstand zwischen uns, der sich zu groß anfühlte. »Für heute hast du genug Aufruhr verursacht.«

Wie ich es hasste, wenn er mir gegenüber diesen Ton anschlug, mit dem er sonst die anderen Dienstboten ansprach. Ich wandte mich dennoch um und ging. Es fühlte sich an, als ob sein Blick weiter auf mir ruhte, aber ich sah mich nicht um.

Weil ich nicht wusste, ob die Alternative nicht noch schlimmer wäre.

»Wie lief es?« Natürlich fing mich Lorin ab, kaum dass ich den Trakt betrat. Die Neugierde in seinem Gesicht stand der, die in seinen Worten lag, um nichts nach.

»Wo ist sie?«, fragte ich stattdessen und wollte an Lorin vorbeihuschen, doch er stützte sich an der gegenüberliegenden Wand ab und versperrte mir wie zufällig den schmalen Flur.

»Malina richtet sich in ihrem Zimmer ein.« In Lorins Augen funkelte es. »Oder sollte ich besser sagen, deine Zwillingsschwester?« Er grinste über seinen Scherz und entblößte seine weißen Zähne, während ich erneut krampfhaft Atem in meine Lunge presste.

»Das ist nicht lustig!« Mir reichte es, ich schob seinen Arm unwirsch fort und drückte mich an ihm vorbei, aber Lorin kam mir ungerührt hinterher.

»Du schuldest mir etwas, Liz.« *Sicher nicht.* »Du hast meinen Wein unschädlich gemacht. Außerdem war ich so nett, das Chaos, das du veranstaltet hast, für dich aufzuräumen.«

Oh.

Das hatte ich nicht einmal bemerkt.

»Danke«, mühte ich mir ab. Ich war schlecht darin, mich zu bedanken, selbst in meinen Ohren klang das Wort lahm. »Das hätte ich machen sollen. Es war mein Chaos.«

»Ich war mir nicht sicher, ob du zurückkommst.« Seine Miene wurde ernster. »Also, was sagt er? Musst du gehen?«

Er bekam ein minimales Kopfschütteln. Zu mehr war ich nicht in der Lage, aber es reichte aus, um sein Grinsen zurückkehren zu lassen.

»Gut. Du hättest mir gefehlt«, erwiderte er mit einem Zwinkern. »Also trinkt Aydan wieder von dir?« Vielleicht wusste Lorin deshalb so viel über das Leben hier, weil er immer weiterbohrte, bis man all seine Fragen beantwortete, um ihn loszuwerden.

»Ja.« Auf diese Lüge kam es längst nicht mehr an. Ich ließ die eisigen Finger in die Ärmel des Pullovers versinken, aber seine Wärme reichte nicht aus, angesichts der Kälte, die in mir wütete. »Ich habe mich für mein Verhalten auf der Jagd entschuldigt und er ist besänftigt. Anscheinend ist ihm nur nach Abwechslung.«

Lorins Lachen hallte durch den leeren Flur. »Abwechslung? Warum holt er sich dann jemanden, der genauso aussieht wie du?«

Eine Wahrheit, die sich wie ein Dorn tief in mich schob.

Ihre Ähnlichkeit war das Schlimmste an dieser neuen Blutdienerin.

Aydan versuchte nicht, mein Blut zu ersetzen.

Er wollte mich ersetzen.

Bei ihm hatte ich zum ersten Mal ich sein können. Ohne die Schatten der Vergangenheit, ohne mein Spiegelbild, und jetzt hatte Aydan mir eines vorgesetzt.

Ausgerechnet er.

Ein zweiter unsichtbarer Dorn grub sich in meine Brust und drängte sich in mein Fleisch.

Lorins Arme legten sich rechts und links von mir an die Wand. Ich war zu tief in Gedanken verstrickt, um ihnen rechtzeitig auszuweichen. Jetzt stand ich da, eingezwängt.

Ob ich es mir mit ihm verscherzen würde, wenn ich ihn trat?

Wahrscheinlich. Also blieb ich vorerst, wo ich war. Doch sollte er noch einmal Anstalten unternehmen, mich zu küssen, würde ich zutreten.

»Wenn ich es mir recht überlege, gibt es viele Unterschiede zwischen euch«, raunte Lorin mir zu und seine Stimme nahm einen verführerischen Ton an. *Sollte mir das etwa gefallen?* »Sie ist bestimmt zehn Zentimeter größer und ihre Haare sind kürzer. Hast du ihr Kinn gesehen? Das ist spitzer als deines. Eigentlich sind da kaum Ähnlichkeiten.« Sein Mund fand mein Ohr. »Für mich bist du die Schönste und wenn er noch hundert Doppelgängerinnen von dir einziehen lässt.«

Das war zu viel.

Alles.

Ich tauchte unter seinen Armen hindurch und befreite mich von ihm.

Hundert Doppelgängerinnen.

War das Aydans Plan?

Die perfekte Version von mir finden?

Eine, die ihm nichts entgegensetzte, brav im Dienstbotentrakt darauf wartete, bis er sie rufen ließ, die keine Forderungen an ihn stellte und nicht aufbegehrte?

Nach allem, was ich vorhin gesehen hatte, hatte er diese Version vielleicht schon gefunden.

»Ich gehe jetzt«, brachte ich irgendwie heraus.

»Tust du das nicht immer?«, fragte Lorin und ich nickte auf die Frage, die hinter seinen Worten lag.

Er sollte sich keine Hoffnungen machen.

Ich würde immer gehen.

Meine Bestimmung war es nicht, zu verweilen.

Das war sie nie gewesen.

KAPITEL 21

AYDAN

»Ist das dein Ernst?« Entgeistert starrte ich in das Gesicht vor mir.

Sie sah ihr erschreckend ähnlich.

Ich würde andauernd an Liz denken.

Andererseits dachte ich ohnehin ständig an sie.

»Du wolltest jemanden, der aussieht wie sie, und die hier ist perfekt. Der Sucher hat sogar dafür gesorgt, dass ihr Haar aufgehellt wird. Niemand wird bemerken, dass wir sie ausgetauscht haben. Stattdessen haben wir eine standesgemäße Blutmagd, die uns keine Schande macht.«

Wahrscheinlich warf Norwyn ihr einen drohenden Blick zu, denn sie nickte rasch. »Außerdem, was beschwerst du dich? Die andere hat dir doch offenbar gefallen. Hier bekommst du das Gleiche, nur mit besserem Benehmen und vernünftig zurechtgemacht.« Wut machte sich in seiner Stimme breit und ließ sie finster werden. »Du hast der anderen hoffentlich deutlich gemacht, dass sie sich zurückhalten soll, wenn sie an ihrem Leben hängt?« Liz' gestriger Auftritt hatte sie noch tiefer in seiner Missbilligung fallen lassen.

Ich nickte knapp – dieses Thema sollten wir lieber nicht vertiefen. Langsam fühlte es sich an, als wäre mein erster Schock überwunden. Äußerlich fand sich an ihr nicht das kleinste Stück Gereiztheit darüber, dass wir sie seit Minuten nicht beachteten.

Vor ein paar Wochen hatte Liz hier gestanden.

Der Gedanke nagte an mir und das Nagen vertiefte sich, mit jeder Erinnerung an diese Nacht. Damals hatte ich nicht darüber nachgedacht, wie sie sich fühlen musste. Es waren so viele Dienstboten gekommen und gegangen, dass sie für mich ähnlich austauschbar gewesen waren wie das Mobiliar. Offenbar hatte Liz einiges in mir verändert, denn jetzt fühlte es sich nicht an, als wäre unser Verhalten ansatzweise in Ordnung. Zeit, das hier zu beenden.

»Deine Wahl war ausgezeichnet.« Mit diesem Lob hatte Norwyn nicht gerechnet. Kurz flackerte Argwohn über sein Gesicht, aber den beachtete ich nicht und wandte mich stattdessen der Frau vor mir zu. »Wie ist dein Name?«

»Malina, Herr.«

Liz hätte sich lieber die Zunge abgebissen, als mich so hoheitsvoll anzureden. Bei Malina schien es nichts anderes zu sein als eine Zurschaustellung ihrer Demut. All die Jahrzehnte war das für mich normal gewesen, jetzt kam es mir albern vor.

»Du kannst mich anschauen«, sagte ich, weil sie den Blick schon wieder auf den Boden gesenkt hielt. Langsam hob sie den Kopf und beinahe sofort sah ich Liz vor mir.

Das hier würde definitiv anstrengend werden.

»Der Sucher hat uns berichtet, dass du bereits Erfahrungen als Blutmagd hast. Dann weißt du, was auf dich zukommt?«

»Ja, Herr.«

»Nenn mich beim Namen.« Von Norwyn kam ein entrüstetes Knurren, das ich ähnlich ausblendete wie ihn. Ein erneutes Nicken war ihre Antwort, während sie zeitgleich den Ärmel ihres Kleides hinaufschob, um mir ihren Arm anzubieten. Die Selbstverständlichkeit, die dieser Geste anhaftete, fühlte sich seltsam an. Erst die Jahrzehnte ohne Blutmagd und dann Liz.

Bei Liz war das Trinken nie eine Selbstverständlichkeit gewesen. Es brannte verräterisch in meiner Brust, während ich versuchte, diesen Gedanken und alle anderen an sie fortzuschieben.

Unter Norwyns prüfendem Blick nahm ich Malinas Arm und hob ihn an meinen Mund – langsam, um sie nicht zu erschrecken. Kurz verharrte ich an ihrem Handgelenk, roch daran und wartete darauf, dass sich mein Durst regte. Nichts geschah. Ich hätte mir genauso gut einen Kelch bringen lassen können. Aber Norwyn würde hierauf bestehen, um zu überprüfen, ob ich in der Lage war, den Plan umzusetzen. Also presste ich die Lippen auf ihr Handgelenk und biss behutsam zu. Sie zuckte nicht einmal zusammen. Blut füllte mir den Mund und ich tat, was von mir erwartet wurde. Trank. Weil das der einzige Weg war, um Liz von den anderen fernzuhalten.

KAPITEL 22

LIZ

Aydan würde nicht kommen.

Beim Eintreten in die Bibliothek hatte ich gehofft, sie wäre leer, nur um dann enttäuscht zu sein, weil sie es war. Seitdem versuchte ich, mir den Kopf mit Wörtern auszufüllen, bis darin kein Platz mehr blieb für grimmige Unsterbliche, vor denen ich mich fernhalten sollte. Dennoch zuckte mein Blick bei jedem winzigen Geräusch zur Tür.

Hoffte, er würde kommen.

Hoffte, er würde nicht kommen.

Anstrengend.

Irgendwann begann ich, meinen Bücherturm fortzuräumen. Er weckte Erinnerungen an eine Nacht, die keine hätte werden dürfen. Das war einfach. Aydans Ordnungssystem war ähnlich perfekt wie der Rest an ihm.

Wenn man von seiner Arroganz absah.

Und seiner eiskalten Brutalität.

Und seiner Besserwisserei.

Und davon, dass er einer von *ihnen* war … Gerade schob ich das letzte Buch wieder an seinen Platz, da blieb mein Blick an dem nebenstehenden hängen. Ein schmales, mit vergilbtem, leicht eingerissenem Einband, von dessen Vorderseite mir ein gemaltes Vampirgebiss grotesk entgegensah.

Nichts, was ich hier erwartet hätte.

Hierfür würde sich bestimmt ein besserer Platz finden.

»Liz?«

Natürlich. Ich atmete tief durch und zur Sicherheit noch ein zweites Mal, bevor ich weiter auf den Tisch zuging, an dem Lorin Plätzchen vertilgte. Es gab hier nur einen Menschen, der in den Nächten im Dienstbotentrakt verweilte, und der hatte es sich offenbar zum Ziel gemacht, all seine freie Zeit mit mir zu verbringen.

»Ich teil mit dir.« Er schob den Teller zu mir. »Dafür erzählst du mir, wie es war.«

»Gut.« Ich griff gelassen nach einem der Plätzchen, schon allein, weil es ihn misstrauisch gemacht hätte, wenn ich jetzt gegangen wäre.

»Das ist zu wenig …« Weiter kam er nicht mehr, denn Schritte erklangen im Flur. Einen wunderbaren Moment lang war mir glatt entfallen, dass wir mittlerweile drei Blutdiener waren.

»Hier steckt ihr.« Breit lächelnd trat Malina ein und Lorin schien Mühe zu haben, nicht loszulachen bei dem, was sich in meinem Gesicht abzeichnete.

»Warst du bereits bei Aydan?«, fragte er sie.

»Natürlich. Er hat mich direkt zu sich rufen lassen.«

Ich konnte sie nicht ausstehen.

Genauso wenig wie die sich überschlagende Begeisterung in ihrer Stimme. Lorins prüfender Blick huschte von Malina zu mir. Es war offensichtlich, dass er wissen wollte, warum Aydan uns so kurz nacheinander zum Trinken zu sich rief. Ich stopfte mir schnell ein weiteres Plätzchen in den Mund, so blieb mir Zeit, nach Ausflüchten zu suchen.

»Ich war nervös, weil ich noch nie einem hochrangigen Vampir gedient habe«, sprudelte es ungefragt aus Malina hervor. »Wie unnötig, er ist großartig. Allein sein Aussehen – selbst für einen Unsterblichen setzt er neue Maßstäbe.«

Ich.

Hasste.

Sie.

Das Lächeln in ihrem Gesicht wurde größer, genau wie mein Verlangen, sie mit den übrigen Plätzchen zu bewerfen.

»Wo liegen die Unterschiede?«, fragte Lorin unschuldig lächelnd, wie immer, wenn er nach Informationen angelte. »Verzeih meine Neugierde, ich kenne ihn kaum.«

Weil ich nie willig gewesen war, über Aydan zu reden.

Für Malina galt das nicht. Es blitzte begeistert in ihren Augen, die meinen so ähnlich und doch ganz anders waren.

Wie ein verzerrtes Spiegelbild.

»Die Art, wie er mich behandelte. Er wollte, dass ich mich wohl fühlte und hat sogar nach meinem Namen gefragt.«

Lorin bekam Schwierigkeiten, sein Lächeln zu halten. Namen waren ein heikles Thema, weil Norwyn seinen andauernd vergaß. Offenbar waren sie das nun auch für mich, denn in mir begannen Flammen zu lodern. Mich hatte Aydan erst viel später nach meinem Namen gefragt, und dann nur nebenbei.

Ich zog den Teller mit den letzten vier Plätzchen näher heran und schob einfach alle in den Mund. Sollten sich die Flammen doch an denen laben. So kamen mir keine der vielen bissigen Erwiderungen über die Lippen, die bereits an meiner Zunge zupften. Der trockene Teig wurde zu Krümeln, die mir den Mund ausfüllten und ihn staubtrocken werden ließ. Es fühlte sich an, als müsste ich gleichzeitig husten und würgen.

»Aber das Fantastischste an ihm ist sein Biss«, setzte Malina nach. »Er ist unglaublich, ein einziger Rausch.«

Wir konnten beide von Glück reden, dass ich mittlerweile alle Plätzchen zu einem trockenem Pulver zermalmte, spätestens jetzt hätte ich angefangen, sie damit zu bewerfen.

»Das klingt fantastisch.« Lorin lehnte sich zurück, beobachtete mich dabei, wie ich mich abmühte, dieses Zeug hinunterzuwürgen. Ich wusste nicht, worüber er nachdachte … Wohl eher nicht über Plätzchen.

»Das ist er«, schwärmte Malina, die offenbar der Meinung war, sie hätte hier noch nicht genug Ärger gemacht. »Wir haben eine Bindung zueinander. Das spüre ich schon jetzt.«

Auch die Überreste von Lorins Lächeln sackten zusammen bei der Vorstellung, dass Malina vor ihm die Unendlichkeit erreichte. »Also wird Aydan dich behalten?«

»Natürlich.« Sie strahlte. »Er hat gesagt, wie gut ich ihm gefalle, und seinem Freund dafür gedankt, dass er mich ins Haus gebracht hat. Es würde mich nicht wundern, wenn er mich zur Blutbraut macht.«

Wieder erklang das Geräusch von Glas, das zerbrach. Ich wusste weder, woher es kam, noch, weshalb ich plötzlich stand. »Das reicht für heute, findest du nicht?«, fuhr ich Malina an. Die verfluchten Krümel ließen mich krächzen. Ungerührt machten sie das zunichte, was ein eindrucksvoller Auftritt hätte sein sollen. Der Rest musste trotzdem raus, weil ich sonst daran ersticken würde. »Du kennst Aydan wie lange? Fünf Minuten? Du weißt nicht das Geringste über ihn. Er wird dich niemals zu einer Blutbraut machen. Unsterblichkeit wirst du hier nicht finden.«

»Manchmal braucht es nicht länger, um herauszufinden, ob man sich zu jemandem hingezogen fühlt.« Ihr herausforderndes Lächeln machte mir wortlos klar, dass sie mich genauso wenig leiden konnte wie ich sie. Natürlich wollte sie mich in dem Kampf um Unsterblichkeit ausstechen. »Wie lange bist du hier? Ein paar Wochen? Das macht dich kaum zur Expertin, was Aydan angeht. Aber wenn du es danach werten willst …« Sie setzte eine betonte Pause, lauernd. »Ist es dann nicht sonderbar, dass ich diejenige bin, die morgen mit ihm die Blutnacht verbringt, und nicht du?«

Ich hatte keine Ahnung, wovon sie sprach. Und was noch schlimmer war, sie schien es zu ahnen, denn ihr Lächeln zog sich nun über ihr ganzes Gesicht. »Muss hart sein, so schnell ausgetauscht zu werden. Es ist nur eine Formalität, bis du zu den gewöhnlichen Dienstboten zählst.«

Hitze fuhr mir in die Wangen, aber sie war nichts verglichen mit dieser brodelnden Wut in mir. Grob trat ich das zur Seite, was bis vor zwei Minuten noch ein Teller gewesen war. Scherben – das perfekte Gleichnis für mein Leben. *Was andere nicht zerstörten, das zerstörte ich selbst.* Ohne ein weiteres Wort ging ich davon.

Für heute hatte ich genug von Menschen.

Und von Vampiren erst recht.

KAPITEL 23

Was war eine Blutnacht?

Die Dienstboten hatten mir darauf keine Antwort gegeben.

Lorin war schon fort gewesen.

Und Aydan ließ sich wieder nicht in der Bibliothek blicken.

Frustrierend.

Ich hasste es, auf meine Fragen keine Antworten zu bekommen. Was irgendwie amüsant war, denn ich hasste es mindestens genauso, auf die Fragen von anderen zu antworten. *Ganz besonders auf die zu mir.*

Ich schlenderte die Regale entlang, würde später in den Büchern hier nach den Antworten suchen, die mir die Menschen um mich herum verweigerten. Doch zuerst ging ich die Wendeltreppe hinauf. *Um herauszufinden, ob er letzte Nacht noch hierhergekommen war.*

Das Buch lag dort, wo ich es abgelegt hatte – vor Aydans Regalen. Eine Provokation, die er nicht ignorieren konnte. *Hatte ich es gestern nicht ein Stück näher an sie gelegt?* Ich griff danach, hob es auf und einzelne lose Seiten flatterten zu Boden. Schwarze Schreibmaschinenschrift und tiefblaue handschriftliche Anmerkungen fanden sich darauf. Ich bückte mich, nahm sie, um sie wieder zurück ins Buch zu schieben, und stoppte irritiert, als ich plötzlich meinen Namen las.

»Amüsant, Liz, aber wissenschaftlich unhaltbar.«

Aydan.

Diese eleganten geschwungenen Worte mit tiefblauer Tinte waren seine. *Er hatte mir Anmerkungen hinterlassen.*

Dieser verdammte Besserwisser brachte mich gleichzeitig zum Fluchen und zum Lachen.

Ich sank auf den Boden und legte das Buch in meinen Schoß. Der Einband – dieses Vampirgebiss – war noch genauso grotesk wie gestern und darunter fand sich der Titel.

Der garstige Vampir – eine Warnschrift über Unsterbliche.

Eine von Unzähligen, nur war diese älter als die, die ich kannte. Dass sie einmal hier stehen würde, hätte sich der Verfasser wohl nie träumen lassen. Ich schlug es auf und ging auf die Suche nach den Kommentaren, die Aydan mir hinterlassen hatte. An der Stelle, an der gemutmaßt wurde, dass Sonnenlicht in der richtigen Dosis tödlich sei, fand ich die erste. *»Das war schon vor zwei Jahrhunderten überholt. Du solltest deine Quellen überdenken, Liz.«*

Ich sah Aydan förmlich vor mir, wie er gereizt aufgeknurrt hatte, während er diese Worte schrieb, und ein widerwilliges Lächeln stahl sich auf meine Lippen.

Auch als empfohlen wurde, Weihwasser bereitzustellen, um sich eines Vampirs zu entledigen, hatte er sich nicht zurückhalten können. *»Wenn du darüber nachdenkst, mich loszuwerden, erspar uns den Ärger und versuch nicht, mich damit zu begießen. Das Zeug ist ekelhaft und sein Geruch hängt noch Jahrzehnte später in der Kleidung. Sonst passiert nichts, außer dass du mich so richtig wütend machst.«* Diesmal musste ich sogar laut auflachen.

Wärme breitete sich in meiner Brust aus, machte mir schmerzhaft deutlich, dass Aydan mir fehlte. Wie konnte er das? Ich kannte ihn kaum. Gleichzeitig fühlte es sich nicht danach an. Schnell blätterte ich um, suchte nach weiteren seiner Spuren in dem Buch.

Als *überflüssig* kommentierte er die Diskussion, welche Zähne genutzt wurden, um zuzubeißen.

Langatmig und einschläfernd fand er die Seiten, die sich damit beschäftigten, wie man einen Vampir des Nachts erkennen konnte. *»Wir sind die mit den spitzen Zähnen«*, fasste er zutreffend zusammen.

Es war auffällig, dass sich nichts in den Kapiteln befand, in denen der Verfasser die Vampire und ihre Übeltaten verdammte. Hatte Aydan sie überhaupt gelesen?

Ich blätterte weiter und fand die Zeichnung eines Vampirgesichts. Ein wild aufgerissener Mund. Augen mit schwarzen Pupillen, die den Betrachter ansprangen. Die erhobenen Hände wirkten, als wollten sie nach mir greifen.

Das hier war das Monster, das auf den Seiten zuvor ausführlich beschrieben worden war.

Der Stoff, aus dem Albträume gesponnen waren.

Daneben hatte mein eigenes Ungeheuer eine weitere Botschaft hinterlassen.

»Ich habe es mir anders überlegt. Sag mir, dass ich diesem Geschöpf ähnlich bin, dann erlaube ich dir, mich mit Weihwasser zu begießen.«

Wieder konnte ich ihn vor mir sehen, wie er halb amüsiert, halb verärgert diese Zeichnung musterte und dabei den Kopf schüttelte.

Im Gegensatz zu den meisten anderen Menschen mochte ich Einsamkeit. Doch mit jeder Anmerkung, die ich las, fühlte sie sich beißender an.

Weil ich wünschte, Aydan säße neben mir.

Um mit ihm diese kleinen Neckereien auszutauschen.

Um mit ihm zusammen die Dunkelheit ein Stück weiter fortzuschieben.

Schnell schlug ich die nächste Seite auf und stockte.

Betörung.

Aydan hatte hier Worte unterstrichen.

»Sie setzt ein, kurz bevor der Vampir zubeißt, und endet, wenn er die

Zähne herauszieht.«

Mein Herz presste sich zusammen, während mein Blick zu Aydans Anmerkung fuhr.

»Das ist das einzig Wahre auf dieser Seite, vielleicht sogar im ganzen Kapitel.

Es ist keine Betörung, Liz.

Das war es nie.«

Diese Worte waren nicht wie die vorigen. In ihnen lag keine Erheiterung, keine Wut, nur etwas anderes. Leiseres.

Unser Kuss war nicht aus Betörung entstanden. Da schienen sich alle einig zu sein, Aydan, Lorin, sogar dieses Buch, das sonst keine Gelegenheit ausließ, Vampire zu verdammen.

Aber wenn es keine Betörung war – *was war es dann?*

Der grobe Einband des Vampirbuches kratzte an meiner Haut, doch es offen herumzutragen, hätte nur zu Fragen geführt und zu weiteren Lügen.

Heute Nacht brauchte ich keine Vampirohren, um die Geräusche wahrzunehmen, die den nahegelegenen Korridor ausfüllten. Stimmengewirr. Schritte. Lachen. Abschiede nach einem vergnügten Abend schienen bei Unsterblichen nicht anders zu klingen als bei uns. Erschreckend.

Ich musste näher herankommen, um zu hören, worüber sie redeten. So leise, wie ich konnte, schlich ich weiter, darauf bedacht, kein Geräusch von mir zu geben und zu lauschen …

Ein Arm stoppte mich abrupt.

Ich fuhr herum und verlor mich augenblicklich in sturmgrauen Augen.

»Was treibt dich hierher?«

»Meine Sehnsucht nach dir.«

Obwohl ich jedes meiner Worte finster ausstieß, schien ein Sonnenstrahl das Sturmgrau aufzubrechen und eines dieser winzigen

Lächeln legte sich auf seine Lippen.

»Das war Sarkasmus!«, warf ich hinterher.

»Dagegen sind wir immun.« Seine Augenbrauen schoben sich zusammen und nun starrte er mir so ungeniert auf die Brust, dass ich kurz davor war, einen Vampir zu ohrfeigen. »Stand das nicht in deinem schlauen Buch?«

Buch?

Verflucht.

Das Buch, das ich gerade an die Brust presste.

Das er angestarrt hatte.

Weil es sich unter meinem Pullover abzeichnete.

Hitze zog mir die Wangen hoch, keine Verlegenheit, sondern Wut – auf mich. Irgendwas an Aydan sorgte dafür, dass mein Verstand regelmäßig davongetragen wurde, wie die Schirme einer Pusteblume. Keine Ahnung, wo er sich derzeit befand – definitiv nicht hier, sonst hätte er längst darauf bestanden, dass Aydan seinen Arm von mir nahm.

»Also, was willst du hier, Liz?«

»Herausfinden, was Blutnächte sind.« Ein Eingeständnis, weil er mir eh nichts anderes glauben würde. Ich befand mich hier in einem Trakt, der weder in der Nähe der Bibliothek noch der Dienstbotenbehausung lag. Das Wichtigste bei Lügen war, sich nicht erwischen zu lassen. Sonst erschütterten sie die Glaubwürdigkeit.

»Die Blutnächte sind für dich tabu.«

»Das entscheidest du?«

»Selbstverständlich.« Seine Stimme schwankte zwischen Erheiterung und Verärgerung hin und her.

Zeit für einen überraschenden Themenwechsel. »Wo gibt es hier Weihwasser?«

»Du findest also, dass ich aussehe wie dieses Geschöpf?« Er hatte die Anspielung auf seine Anmerkungen verstanden. Ein Grinsen zupfte an seinem Mund und kurz erinnerte ich mich daran, wie es sich angefühlt hatte, ihn zu küssen. *Weich. Intensiv. Gefühlvoll.*

»Also? Bin ich diesem Ungeheuer ähnlich, vor dem du dich in Acht nehmen sollst?«

Ich blinzelte und streifte rasch die Erinnerung ab. »Nein. Du bist weniger furchteinflößend.« Er nickte, schien mit dieser Antwort gerechnet zu haben. »Was ist mit mir?«, brach es aus mir heraus, noch bevor ich die Frage aufgehalten bekam. »Bin ich *ihr* ähnlich?«

Malina. Der Name schwang unausgesprochen zwischen uns. Kälte zog meine Arme hinauf und mit der freien Hand zupfte ich den abgewetzten Ärmel des Pullovers hinunter. Sie waren mir zu lang. Weil er nicht mir gehörte.

Ich hätte ihn nicht hierher mitnehmen dürfen.

Schuld durchflutete mich bei dem Gedanken, so zuverlässig wie immer, und sie stieg weiter an, als ich mich in den sturmgrauen Augen vor mir verlor. *Ausgerechnet.*

»Nein.« Sein Lächeln verblasste. »Sie ist weniger furchteinflößend.« Das war unerwartet schmerzhaft. »Geh jetzt, Liz. Ich kann für dich nicht ständig eigene Regeln aufstellen. Du hast hier nichts zu suchen, also halte dich von hier fern!«

»Was sonst? Tauschst du mich aus?« Seit Tagen wuchs dieser Frust in mir zu einem gigantischen Knoten und nun platzte er. »Ach nein, das hast du ja bereits.«

Ich wartete auf Aydans Wut, wollte meine eigene daran reiben, bis wir beide in Flammen aufgingen, doch Aydan reagierte anders als erhofft.

Er lächelte.

So richtig.

»Bist du etwa eifersüchtig?«

Ich?

Auf Malina?

Mein kochendes Blut verwandelt sich in Eis und ließ meinen Körper erstarren, während alles an mir flüchten wollte.

»Liz?«

Die Pause wurde zu lang.

Auch das noch.

»Niemals.« Ich brach das Eis in mir auf und tat verspätet, was Aydan befohlen hatte. So schnell ich konnte, hastete ich den Flur entlang Richtung Dienstbotentrakt.

Ich dachte, ich hätte ihn hinter mir gelassen, doch ungerührt tauchte Aydan an meiner Seite auf. »Du wirst es nicht schaffen.«

»Was?«

»Vor allem davonzulaufen. Das gelingt dir nicht.«

»Ich kann es zumindest versuchen«, schoss ich zurück und rannte so schnell, wie es meine Socken auf dem Boden hergaben. Aydan hielt mühelos mit. Einem Vampir fortzulaufen, erwies sich in jeder Hinsicht als zutiefst frustrierend.

»Das hier ist, was du wolltest.« Seine Stimme klang wie sonst, während ich prustete und nach Luft rang. »Es war deine Entscheidung. Wenn du sie bereust, rede mit mir, statt deswegen wütend auf mich zu sein. Wir wissen beide, dass das nicht mein Wunsch ist.«

Sein Wunsch *ist*?

Noch immer – trotz Malina?

Trotz meiner gemeinen Abfuhr?

Der Umstand brachte mich abrupt zum Stoppen.

Es änderte nichts.

Oder doch?

Dass mein Herz flatterte, musste allein am Lauf liegen.

Aber was, wenn nicht?

Diese zwei Seiten in mir zerrten in entgegengesetzte Richtungen. Seit dem Kuss verlief mitten in mir dieser tiefe Spalt. Zwischen dem Teil in mir, der wusste, was er sein sollte, und dem, der es vergaß, wenn er in sturmgraue Augen sah.

Obwohl ich mir geschworen hatte, es nicht zu tun, brachte mich dieser zweite, verräterische Teil dazu, mich zu Aydan umzudrehen.

Mein Kopf war übervoll mit Worten. Davon, wie leid es mir tat. Dass ich ihn nicht hatte verletzen wollen und doch nicht anders konnte. Von meiner Wut auf ihn und der auf mich. Und dass er mir fehlte.

Der klügere Teil in mir presste die Lippen zusammen, wollte verhindern, dass etwas davon meinen Kopf verließ.

Unnötig.

Der Gang hinter mir war leer und verlassen.

Aydan war längst fort.

Warum hatte er nicht das Chaos in meinem Kopf mitgenommen?

KAPITEL 24

Gelächter erfüllte den schmalen Flur mit seinen vergilbten Tapeten und zupfte an meinen gereizten Nerven. Seit Aydan mich in die Flucht getrieben hatte, stand ich hier und wartete darauf, dass jemand mir meine Fragen beantwortete. Doch der Einzige, von dem ich mir Antworten versprach, kicherte wie ein Zwölfjähriger und stützte sich an die Wand, weil er Probleme hatte, das Gleichgewicht zu halten. Dass Malina ihn dennoch weiterzog, ließ sein Kichern lauter und schriller werden, dabei stand der Sonnenaufgang kurz bevor und damit war hier die Zeit angebrochen, in der Ruhe herrschte. Lorins hohes Gelächter klang nicht nur falsch. Es fühlte sich auch so an.

»Liz!« Verspätet fand er mich und taumelte unter Malinas giftigem Blick zu mir. Er ließ kaum Abstand und griff nach einer meiner Strähnen. »Dein Haar ist so hell«, sagte er und seine Worte waren sonderbar verwischt. »Aber deine Augen sind immer dunkel.«

Jetzt fühlte es sich an, als wäre ich diejenige von uns, die taumelte.

»Du solltest mehr lächeln.« Er gab die Strähne frei und seine Hand kam näher – wo er sie auch ablegen wollte, ich wich aus und sie griff ins Nichts.

»Geht es dir gut?«

»Du machst dir Sorgen um mich.« Der Blick, mit dem er mich bedachte, wäre vielleicht als verführerisch durchgegangen, wenn mich nicht seine übergroßen Pupillen misstrauisch gemacht hätten.

»Nein.« Malina tauchte neben uns auf und legte den Arm um Lorin, der erneut beachtlich schwankte. »Sie will nur wissen, was sie verpasst hat. Mit Aydan.«

Es knirschte wie Kies, der übereinanderscheuerte. Es dauerte einen Moment, bis ich begriff, dass das Geräusch von meinen mahlenden Zähnen stammte.

»Da du bis zum Morgengrauen auf unsere Rückkehr gewartet hast, wäre es hartherzig, dir nichts zurückzugeben.« Malinas unschuldiges Lächeln konnte mich nicht täuschen. Sie war ein Raubtier, das zum Sprung ansetzte. »Aydan und ich hatten eine wunderbare Nacht. Wir waren uns wirklich *nah.*«

Aydan war ihr gleichgültig.

Er bedeutete ihr nichts.

Das hier war kein Kampf um ihn.

Es war ein Kampf um Unendlichkeit.

Dennoch schlugen ihre Worte schmerzhaft wie Klingen in mich ein.

Drei waren einer zu viel.

Ich griff nach Lorin und zog ihn den Flur entlang. Er lachte ungläubig auf, ließ sich aber bereitwillig mitzerren. Kurz stockte ich vor unseren gegenüberliegenden Zimmern. In Lorins wäre uns Malina vielleicht gefolgt, also nahm ich ihn widerwillig mit in meins. Nur Gertrud und Aydan hatten es bisher betreten, alle anderen blieben auf der Türschwelle stehen. Hereingebeten hatte ich niemanden – nur hatte das weder Gertrud noch Aydan interessiert.

»Das ist sonderbar«, kommentierte Lorin den Raum. »Es sieht aus wie mein Zimmer, ist es aber nicht. Wie bei dir und Malina.« Er setzte zu einem weiteren Kichern an.

Das hier war wohl nicht meine allerbeste Idee gewesen.

»Was ist auf der Blutnacht passiert?«

Die Frage stoppte sein Kichern abrupt. Sein Blick klärte sich auf und hinein mischte sich etwas, das ich nicht einordnen konnte.

»Du bekommst eine einzige Antwort zu der Blutnacht, also überleg dir vorher, welche Frage du stellst.«

»Lass den Unsinn.«

»Nein.« Gerade noch war er getorkelt, als hätte er sich zu viel gestohlenen Wein einverleibt. Jetzt klang er so stur, dass mich der Drang überkam, ihn zu schütteln.

»Überleg es dir, Liz. Wähl deine Frage.«

Eine? Ich hatte hundert.

»Lorin …« Er drehte sich Richtung Tür – *verdammt, er machte wirklich ernst.* Schon drückte er die Klinke provokant langsam hinunter, weil er wusste, dass ich mit mir rang. Eine gottverdammte Frage – welche war die wichtigste?

Er zog die Tür auf …

»Was war zwischen Aydan und Malina?«

Nein!

Die war nicht wichtig.

Überhaupt nicht wichtig!

Ich gab Malinas Klingen die Schuld daran, dass ausgerechnet diese Frage es schaffte, die anderen, wichtigeren zu übertönen.

Die Tür fiel zurück ins Schloss und Lorin drehte sich um. Er musterte mich mit einem Blick, der sich anfühlte wie ein Seil, das sich um meinem Hals schlang und langsam zugezogen wurde. »Was ist da zwischen euch?« Nicht die versprochene Antwort.

»Ich kann Malina nicht ausstehen.«

»Du weißt, dass ich von dir und Aydan rede.«

»Du benimmst dich sonderbar«, gab ich kühl zurück. Wenn man in die Enge gedrängt wurde, blieb nur der Gegenangriff. »Du taumelst im Flur herum und störst die Morgenruhe, indem du fast kichernd zusammenbrichst. Deine Pupillen sind riesig und dann noch dieser Unsinn hier … Was ist auf der Blutnacht geschehen?«

»Das darf ich dir nicht sagen. *Er* hat mir verboten, dir irgendetwas zu erzählen.«

»Aydan?« Unter Lorins Blick zog sich das unsichtbare Seil enger um meinen Hals. »Weshalb?«

»Ich dachte, das könntest du mir sagen.« *Deshalb sollte ich eine Frage stellen.* Er hatte gehofft, auf diese Weise zu erfahren, was ich so dringend wissen wollte. Ich musste vorsichtiger sein, das machte mir Lorins prüfender Blick überdeutlich.

KAPITEL 25

Aydan hatte mir ein Geschenk hinterlassen.

Oder eine Nachricht.

Oder irgendwas ganz anderes.

Eigentlich hatte ich gehofft, ihn in der Bibliothek zu treffen, doch die war so leer gewesen wie immer in den letzten Nächten. Aber vor seinen Bücherregalen hatte ich dieses aufgeschlagene Buch mit einer darauf liegenden weißen Rose gefunden. Ihre Blätter hingen bereits traurig herab. Zeichen dafür, dass Aydan gestern nach unserem Zusammenstoß hier gewesen war, um … *Was genau sollte das hier eigentlich?*

Behutsam hob ich das Buch auf, betrachtete die Rose und suchte die Bedeutung dahinter. Es musste eine geben. Alles, was Aydan tat, schien eine zu haben. Ich schob die Blume auf die leere linke Buchseite, sodass sie den Text auf der rechten freigab, wo mich gedruckte Worte begrüßten. Der Anblick der beiden Seiten hatte beängstigend viel Ähnlichkeit zu dem, was sich in mir abspielte. Die eine Seite von mir war beschrieben mit Regeln, Gedanken, Forderungen und Versprechen. In die andere, leere, verwandelte Aydan mich, wann immer ich ihn zu nah heranließ. Dann lösten sich die Worte, die Pläne auf und ließen nur ein unbeschriebenes Blatt zurück.

Ich drängte den Gedanken fort und konzentrierte mich auf den Text vor mir.

Ein Fehler.

Jedes verdammte Wort machte es schlimmer.

Und schlimmer.

Wer bist du, Mensch?

Ein Garten voller Disteln.

Is nit gnug das.

Eine Rose voller Dornen.

Is noch nit gnug.

Ein Himmel voller Finsternis.

Ich warf das Buch beiseite. Mein Herz klopfte so heftig, dass es mir in den Ohren dröhnte. Ich hatte Neckendes erwartet, etwas, um mich aufzuziehen, als Rache für die Vampirwarnschrift.

Nicht das hier.

Das Buch lag auf dem Boden. Die Seiten, auf denen es gelandet war, schienen verknickt – eine Gräueltat und doch war ich nicht imstande, es noch einmal anzurühren. Mein Blick streifte die Rose. Einige der weißen Blätter mussten sich beim Aufprall gelöst haben, bedeckten den dunklen Holzboden.

Manchmal trennten nur Millimeter Helligkeit von Dunkelheit.

Ich riss mich von dem Anblick los und hastete davon. Für heute hatte ich genug von der Bibliothek, dennoch krallten sich meine Gedanken dort oben fest. Selbst das Pochen der Schritte auf der Treppe klang wie der Rhythmus des Gedichts.

Was bist du, Mensch?

Ein Garten voller Disteln …

Eine Rose voller Dornen …

Ein Himmel voller Finsternis …

Es würde eine lange Nacht werden, wahrscheinlich hätte ich mir ein Buch mitnehmen sollen. Andererseits fühlte es sich nicht an, als könnten heute Bücher dieses Chaos in meinem Kopf kontrolliert bekommen. Nicht nachdem mich eines von ihnen zu Tode erschreckt hatte.

Nur was sollte ich sonst tun?

Lorin würde misstrauisch werden, wenn ich schon wieder im Dienstbotentrakt aufschlug. Maurice kam mir entgegen. Das schlurfende Geräusch seiner Schritte verriet ihn, noch bevor sein runzeliges Gesicht vor mir auftauchte. Er mochte mich nicht – aber wer tat das schon?

Heute kam mir sein Gang langsamer vor als sonst. Wahrscheinlich steckte ihm die gestrige Blutnacht in den Knochen. Es war entscheidend, diese Details wahrzunehmen und sie zu sammeln. Sie waren wie Puzzleteile, früher oder später würde ich welche finden, die sich zusammensetzen ließen. Mein Blick blieb an dem Kelch in seiner Hand hängen.

Blut.

Augenblicklich sackte mein Magen tiefer. Die Idee, die sich in mir formte, war mies, aber leider die einzige, die sich fand.

Mit dem bewaffnet, was sich anfühlte wie mein harmlosester Blick, trat ich Maurice entgegen. »Aydan schickt mich, um seinen Kelch zu holen.«

Instinktiv zog er das Gefäß näher zu sich heran und sicherte seinen Besitz. Er traute mir nicht. Klug von ihm. »Ich geh selbst.«

Dann musste ich härtere Geschütze auffahren. »Sein Blut war gestern zu warm …« Maurice' Augen weiteten sich. »Und vorgestern …«, setzte ich hinzu. »Aydan ist darüber verärgert. Deswegen will er, dass ich ihm den Kelch bringe.« Ich griff danach, aber Maurice hielt ihn fest. Verdammt. Das hier war so schon schwer genug.

Nur nicht aufs Blut schauen.

Dann konnte ich mir einbilden, es wäre nur Himbeerbrause.

Besonders dunkle, zähe Himbeerbrause.

Mein Magen flatterte bereits.

»Mit jeder Minute, die wir hier stehen, wird das Blut wärmer und Aydans Zorn darüber größer.«

Maurice schwankte und ließ dann widerstrebend los. Der Kelch gehörte mir. Jetzt galt es nur herauszufinden, wo sich der dazugehörige durstige Vampir aufhielt.

»Aydan will den Raum wechseln – vom …« Ich stieß mir mit der Handfläche gegen die Stirn. »Andauernd werfe ich die Räume durcheinander. Wie heißt doch gleich der, in dem er sich gerade befindet?«

»Seine Gemächer?« Maurice starrte mich an, schien nicht sicher zu sein, ob ich dermaßen verwirrt sein konnte oder ob ich mir einen Scherz auf seine Kosten erlaubte.

»Von dort aus wechselt er demnächst in die Bibliothek«, erwiderte ich kühl. »Jemand soll da lüften.«

Draußen stürmte es zwar, aber mit dem Blutkelch in meiner Hand fiel mir das Denken schwer. Maurice öffnete den Mund, doch was auch immer er hatte sagen wollen, schaffte es nicht über seine Lippen.

Wir waren hier in einem Vampirhaushalt.

So ziemlich jeder Befehl war sonderbar.

Er nickte und wandte sich ab. Gut. Maurice würde mir keine Probleme machen.

Aydan hatte mir gesagt, ich würde seine Gemächer nie mehr betreten. Ich hatte nicht vorgehabt, es wieder zu tun, und doch stand ich vor seiner Tür und atmete tief ein. Ein Versuch, die Anspannung, die dieses Gedicht mir eingepflanzt hatte, abzuwerfen. Um mich daran zu erinnern, was wichtig war und was nicht.

Ich öffnete die Tür. Das Schlafzimmer dahinter war leer, aber aus dem geöffneten Nebenraum erklang Klaviermusik und zog mich an wie das Licht die Motte. Sie war wunderschön.

Ich schlich, damit ich keinen der Töne verpasste, und fand Aydan an einem tiefschwarzen, glänzenden Flügel. Er saß seitlich zu mir, hielt den Blick fest auf das Papier vor sich gerichtet, während seine Hände über die Tasten glitten. Ein Bild voller Perfektion und Schönheit. Gebannt verfolgte ich sein Spiel, sah dabei zu, wie seine Finger schneller über die Tasten fuhren, um sich im Anschluss zu verlangsamen und schließlich regungslos zu verharren.

Hatte ich jemals etwas Schöneres gehört?

Es fühlte sich nicht danach an.

»Liz«, begrüßte mich Aydan, obwohl er den Blick weiter aufs Klavier gerichtet hielt. Überraschung fand sich keine in seiner Stimme. Natürlich hatte er gewusst, dass ich hier stand. Ich vergaß immer wieder, dass seine Sinne so viel schärfer waren als meine. Nun drehte er sich zu mir, hob fragend die Hand und verharrte, während ich versuchte zu verstehen, was er wollte. »Ist der für mich oder trägst du ihn nur so umher?«

Ich machte den Fehler hinunterzusehen, fand den Kelch in meiner Hand.

Blut.

Mein Magen krampfte sich zusammen. Zumindest erinnerte das meine Beine daran, was sie zu tun hatten. Ich trat ein. Es war nur ein kleiner Raum, außer dem Flügel fand sich hier nur ein Regal mit Unmengen an Blättern, wahrscheinlich Noten. Dennoch fühlte sich dieses Zimmer bedeutungsschwerer an als Aydans Schlafraum.

Ich reichte ihm den Kelch und unsere Finger berührten sich. Einmal mehr weckten sie dieses Kribbeln, das durch mich hindurchströmte und sich in meinem Bauch sammelte. Wenn das keine Betörung war, musste mein Körper verrückt geworden sein – *oder mein Verstand.* Ich ließ das Gesicht zu einer hoffentlich ausdruckslosen Maske gefrieren und bekam von Aydan ein wissendes Lächeln.

Verdammt.

Er wusste, warum ich meine Miene so starr hielt wie die einer Puppe. Damit er nicht darin las, dass ich schon wieder etwas gespürt hatte, was nicht in mir sein sollte. Er hob den Kelch an. Der unheilvolle Anblick des dunkelroten Blutes löschte zuverlässig das Kribbeln aus.

Ich zwang mich, dabei zuzusehen, wie Aydan trank. Wenn ich mir immer wieder vor Augen rief, was er war, würden die Gefühle verschwinden. *Denn wie könnte ich welche für ein Ungeheuer haben?*

Ob Aydan ahnte, was ich tat? Er wandte sich von mir ab, stürzte den Inhalt geradezu hinunter. »Warum trinkst du nicht von Malina?«, fragte ich, kaum dass der geleerte Kelch auf dem Flügel landete. Ein Blutstropfen lief zäh über den Glasrand.

»Worum geht es wirklich, Liz? Um den Kelch oder Malina?«

Seine Worte zogen meinen Blick von den Überresten seiner Mahlzeit zu sich. *Malina.*

Aydan schien zu ahnen, dass ich nicht in der Lage war, ihm eine Antwort zu geben. »Ich habe nicht gedacht, dass sie dich so stört, sonst hätte ich vorher mit dir darüber geredet.« Heute wirkte das Sturmgrau, als hätten sich gleich mehrere Sonnenstrahlen hineinverirrt. »Du warst klar mit dem, was du willst und was du nicht willst.« Ich hörte die Frage dahinter – die Hoffnung, die sich daruntermischte.

Ich wusste, was ich wollte.

Oder?

Es kostete mich jedes Fitzelchen Selbstbeherrschung, um nicht frustriert aufzustöhnen, weil mein Leben verflucht anstrengend geworden war, seit es Aydan darin gab.

»Du bist noch hier?« Er lachte leise und fand sich im nächsten Moment vor mir wieder. »Ich habe erwartet, dass du jetzt davonläufst.«

Großartig.

Nun konnte ich nicht einmal mehr gehen, weil es ausgesehen hätte, als würde ich genau das tun – vor ihm flüchten.

Warum hatte ich gedacht, das hier sei eine gute Idee?

Weil ich herausbekommen wollte, was auf den Blutnächten stattfand.

Ich musste mich fokussieren. Jetzt.

»Warum verbietest du Lorin, mit mir über die Blutnacht zu reden? Und weshalb war er letzte Nacht … seltsam?«

Aydans Lachen löste sich auf. Die Sonnenstrahlen, die das Sturmgrau durchbrochen hatten, zogen fort und ließen Kälte zurück. »Du hast ihn gestern Nacht noch gesehen?« Seine Worte fühlten sich an wie ein eisiger Windhauch, der meinen Nacken streifte. War das Aydans Art zu fragen, ob mich und Lorin mehr verband? Für diese Antwort würde ich ihn zahlen lassen.

»Was hältst du davon, wenn ich dir eine Frage zu gestern Nacht stelle, die du mir ohne Murren beantwortest, und im Gegenzug stellst du mir eine?« Kurzerhand übernahm ich Lorins Taktik.

Seine Augenbrauen hoben sich ein winziges Stück und seinem durchdringenden Blick nach begriff er, dass ich den Grund für seine Frage kannte. »Gut.« Mir gefiel, dass er keine Anstalten unternahm, seine Eifersucht abzustreiten. *Anders als ich.*

»Malina meint, ihr seid euch nähergekommen, was bedeutet das?« *So viel zum Fokussieren.* Schon wieder diese unnötige Frage. Wie konnte es sein, dass sturmgraue Augen ständig meine Pläne durcheinanderwirbelten? Diesmal konnte ich das winzige frustrierte Stöhnen nicht in mir halten. Es suchte sich seinen Weg aus mir heraus und ließ es in Aydans Augen funkeln.

»Nichts. Sie wollte dich wohl reizen und das hat offenbar geklappt.« Ich musterte ihn, suchte in seinem Gesicht nach einem Anzeichen dafür, dass er log, und fand keines. »Wann habe ich dich je belogen, Liz?«

»So lange kennen wir uns nicht.«

»Dafür hast du schon einiges an Unruhe in mein Leben gebracht.« Wärme lag in seiner Stimme und noch mehr davon in seinen Worten.

»Bei einem unendlichen Leben kannst du Abwechslung gebrauchen.«

»Definitiv.« Er hob seine Hand, schien mich berühren zu wollen und mein Herz setzte erst einen Schlag aus, nur um sich dann schier zu überschlagen. In mir schrien sich zwei Stimmen gegenseitig nieder.

Zwei Stimmen.

Zwei Seiten.

Chaos überall.

Ich hatte keine Ahnung, was ich tun sollte.

Flüchten?

Bleiben?

Aydans Hand sank, bevor sie mein Gesicht erreichte.

Mein Herz fiel langsam wieder zurück in seinen gewohnten Takt. Bedauern mischte sich mit Erleichterung, bis ich nicht mehr sagen konnte, wo das eine endete und das andere begann. Auch Aydan brachte erstaunlich viel Unruhe in mein Leben.

»Wohin hast du sie gebissen?« Gerade hatte es ausgesehen, als wollte er sich abwenden, doch ich hielt ihn auf.

»Macht das einen Unterschied?« Sein Blick bohrte sich in mich. *Woher sollte ich das wissen? Ich kannte diese ganzen abstrusen Vampirregeln nicht.*

»Wahrscheinlich.« Ein winziges Eingeständnis. Würde es für mich keinen Unterschied machen, hätte ich ihn nicht gefragt.

Wieder hob sich seine Hand, nun nicht in Richtung meines Gesichts, sondern an mein Handgelenk. Dorthin, wo er auch mich am Anfang gebissen hatte. Meine Haut fühlte sich unter seiner Berührung sensibler an. Als nehme sie viel mehr wahr, wenn sein Finger wie jetzt sanft hinüberstrich.

»Dann bin ich wohl dran.« Er nahm seine Hand von mir und obwohl die ewige Kälte in ihm wohnte, war die, die er dort hinterließ, so viel beißender. »Wie hat dir das Gedicht gefallen?«

Nicht die Frage, mit der ich gerechnet hatte.

Fragen zu Lorin hätte ich lieber beantwortet.

»Ich mag es nicht.«

Zumindest überraschte auch ich ihn, denn Verblüffung ließ seine Augen größer werden. »Ich dachte, du magst es. Es passt zu dir, oder?«

Ja.

Tat es.

»Manchmal kommst du mir verloren vor, als wüsstest du noch nicht, welchen Weg du einschlagen sollst. Aber ich bin gespannt, was du sein wirst, Liz.«

Mit diesen paar Worten hielt Aydan meine Welt an.

Wer bist du, Mensch?

Ich hatte einmal gewusst, was ich sein wollte.

Wer bist du, Mensch?

Jetzt hatte ich keine Ahnung mehr.

Aydan schien nicht mit einer Erwiderung zu rechnen. Er wandte sich ab, setzte sich an den Flügel und begann zu spielen. Langsam trat ich näher, weil es unmöglich war, mich der Faszination zu entziehen. »Seit wann spielst du?«

»Ein Jahrhundert lang.« Wieder einmal war es mir für einen Augenblick gelungen zu verdrängen, was Aydan war. Wie viel länger er schon auf dieser Welt weilte.

»Bücher studieren ist nicht ausreichend, wenn man über unbegrenzte Zeit verfügt?« Eigentlich sollte es nur eine Neckerei sein. Aber ich rutschte ab, in diese andere Seite in mir, und meine Stimme gleich mit. Sie war scharf wie ein Messer und brachte Aydan dazu aufzuschauen.

»Mit irgendetwas muss ich meine Zeit füllen und ich bevorzuge dafür sinnvolle Tätigkeiten.« Er stoppte sein Spiel. »Was ist mit dir?«, fragte er sanft und beobachtete mich dabei, wie ich die Finger behutsam über die weißen Tasten fahren ließ, ohne sie anzuschlagen. Nie zuvor hatte ich ein Klavier berührt. Das war ein Luxus, der für Menschen nicht erschwinglich war. »Dafür haben die meisten von uns keine Zeit.« Rasch zog ich die Finger fort.

»Aber für Bücher hattest du welche?« Eine vorsichtige Feststellung. »Dabei dachte ich, dass Menschen kaum noch lesen. Woher kennst du so viele Bücher?«

»In meiner Familie waren sie immer wichtig.«

»Wo hast du die Zeit dafür hergenommen?« Also wusste er zumindest ansatzweise, dass die Sterblichen nicht die Lust an Büchern verloren hatten. Sie hatten nur keine Zeit mehr für sie, weil sie zu beschäftigt damit waren, an Essen zu gelangen, ohne selbst als Fressen zu enden.

»Früher war ich oft krank.« Meine Stimme zitterte bei der Erinnerung an die Tage, manchmal Wochen, die ich im Bett zugebracht hatte. Die Schmerzen, die in mir gewütet hatten und die ständige Hoffnung darauf, dass sie endlich ein Ende nahmen. An Grandpa, der mir sagte, ich solle mich nicht so anstellen. »Bücher waren das Einzige, das mich abgelenkt hat.«

Aydans Hand legte sich an meine und löste den Gedanken daran, wie falsch das hier war, langsam auf. Sie scheuchte die dunklen Schatten der Vergangenheit davon. »Was war das für eine Krankheit?« Sorge verlieh seiner Stimme einen rauen Hauch.

Ich zog meine Hand hervor. »Darüber will ich nicht reden.«

»Bist du in Gefahr?«

»Nein. Sie ist ausgeheilt, der Rest geht dich nichts an.« *Ich hätte nichts davon sagen sollen.*

»Das kommt wenig überraschend.« Zwar schien er zu versuchen, gelassen zu klingen, aber das gelang ihm nicht. »Komm her. Ich zeig dir, was mir hilft, mich abzulenken.« Aydan rutschte auf die eine Ecke der Klavierbank und machte mir Platz. Er lächelte, während meine Stimmen miteinander rangen. »Na los, Liz. Die Nacht ist jung, du hast sonst etliche Stunden Nichtstun vor dir.«

Gerade noch hatte ich ihn still dafür verflucht, dass er mir immer wieder die sonderbarsten Reaktionen abrang und nun setzte ich mich neben ihn auf die Klavierbank. Sein linkes Bein berührte mein rechtes und mein Herz flatterte wie eine übergroße Motte. Mein ganz eigenes Mondlicht legte zwei Finger auf nebeneinanderliegende Tasten und begann, sie abwechselnd anzuschlagen.

»Spür den Klang.« Eine Forderung so sanft, dass die Mottenflügel noch stärker flatterten. Behutsam schlug ich die nächstbeste Taste an und drängte all die Gründe beiseite, weshalb ich das hier nicht tun sollte. Der Ton erklang und einen Augenblick lang erinnerte ich mich wieder daran, wie sich Glück anfühlte. Strahlend und hell – wie der Vampir an meiner Seite.

Ich spielte auf einem Flügel. Jede Nacht. Mit Aydan an der Seite, der mir die Noten beibrachte, die Handhaltung sanft kontrollierte und mich anleitete. Kam ich mit seinem Kelch, hatte er meine Noten schon bereitgelegt. Zum ersten Mal, seit ich hier war, besaßen die Nächte nicht genug Stunden. Wenn der Morgen langsam erwachte, die Helligkeit träge die Dunkelheit verscheuchte und ich zurück in den Dienstbotentrakt huschte, spürte ich Bedauern darüber in meiner Brust flackern.

Das Einzige, das mir nicht gefiel, war der Blutkelch, den ich Aydan mitbrachte. Als ich ihn das erste Mal abfüllte, das abgepackte Blut sah, stand ich kurz davor, aus der Küche zu flüchten. Mein Magen verknotete sich ein Dutzend Mal, während ich den Inhalt einer der Packungen in den Glaskelch gab, aber es gelang mir, ihn zu füllen. Ich sagte mir selbst unablässig, dass es die Strafe für die Nächte mit Aydan sei – eine Erinnerung daran, *was* er war. Doch wenn ich dann seine Tür öffnete, mein Herz vor Ungeduld sprang, kam mir hin und wieder ein erschreckender Gedanke.

Was, wenn das hier kein Versuch war, mir in Erinnerung zu rufen, dass ich ein Ungeheuer mochte?

Wenn es stattdessen mein Versuch war, mich für dieses bluttrinkende Ungeheuer abzuhärten?

Aydan lächelte, als ich eintrat. »Maurice hat dir dauerhaft den Kelch überlassen? Ich hätte nicht gedacht, dass du ihn dazu überredet bekommst.«

»Habe ich nicht.« Ich ging auf ihn zu. »Du hast es ihm befohlen.«

Seine Augenbrauen zogen sich verwirrt zusammen und schon begriff er und stöhnte auf. »Du tust, als wäre es mein Befehl?«

»Natürlich. Auf mich hört hier niemand.« Aydan fuhr sich durch das helle Haar, das heute offen fast bis zu seinen Schultern reichte. »Steckt da eigentlich irgendwo in dir ein Stück Ehrfurcht vor Vampiren?«

»Nein.« Ich stoppte vor ihm und unsere Blicke verhakten sich auf diese Art, die alles in mir zum Schwingen brachte. »Da ist eine ganze Menge, was ich Vampiren gegenüber empfinde. Ehrfurcht gehört nicht dazu.«

Langsam durchschritt er den Abstand, den ich zwischen uns gelassen hatte, und beugte sich vor. »Was ist mit mir?«

»Vor dir habe ich auch wenig Ehrfurcht.«

Das Funkeln im Sturmgrau erinnerte an leuchtende Sterne, er schüttelte sanft den Kopf, wich aber nicht zurück. »Irgendwann wüsste ich gerne, was du in mir siehst, Liz. Die meiste Zeit habe ich nicht den Hauch einer Ahnung und alles dazwischen ist verwirrend.«

Verwirrend traf es gut.

»Wenn ich es weiß, sage ich es dir.«

Er nickte und trat unerwartet zurück. »Geh rüber.«

Etwas an seiner Miene war anders … »Du hast Hunger?«

»In manchen Nächten ist es härter. Jetzt gerade hätte ich lieber ein paar Meter zwischen dir und dem Kelch.« Sein Blick fuhr tiefer, blieb an meinem Hals hängen und erinnerte mich an all die Dinge, die ich gespürt hatte, als er seine Zähne dort in mir versenkt hatte. Ob er darauf wartete, dass ich ihm anbot, von mir zu trinken? Dem Blutpakt nach wäre es meine Pflicht.

Wer bist du, Mensch?

Dieses verfluchte Gedicht hatte sich in mir festgekrallt.

Wer war ich?

Wer wollte ich sein?

Zumindest mein Körper war sich sicher. Instinktiv wich ich vor Aydan zurück. Sein Blick fuhr wieder höher und eine Falte drückte sich in seine Stirn. Er verstand die Reaktion genauso wenig wie die Tatsache, dass ich ihn nicht von mir trinken ließ.

Wie sollte er auch?

Die meiste Zeit verstand ich mich selbst nicht.

Ich tat, als nähme ich seine stummen Fragen nicht wahr, und setzte mich an den Flügel, wo Aydan bereits ein neues Stück bereitgelegt hatte. Kurz schloss ich die Augen, atmete durch, doch als ich sie wieder öffnete und meine Finger an die Tasten legte, registrierte ich, dass sie zitterten.

KAPITEL 26

AYDAN

Liz war ein Rätsel.

Wenn ich auch nur ansatzweise versuchte, es zu lösen, versank ich im Meeresblau. Tauchte an Stellen so tief, dass Menschen sie niemals erreichen konnten. Manchmal, wenn es mir gelang, noch weiter zu kommen, glaubte ich, Einsamkeit zu spüren, so schneidend, dass sie sich in meine Brust bohrte. Und dann riss Liz mich zurück und brachte so viel Abstand zwischen uns, wie sie nur konnte.

Ob es an Anne lag?

Hatte Liz Angst, dass ich auch sie umbringen könnte?

Die Nächte waren anstrengend geworden. Wunderschön und dennoch anstrengend. Es zog uns andauernd zueinander, als wären wir zwei Magnete, die aufeinander gepolt waren. Stundenlang spürte ich ihr Bein, das sich an meins drängte, hörte, wie sich ihr Herzschlag beschleunigte, wenn sich unsere Finger trafen, und ich sah die Blicke, die sie mir zuwarf. Sie schwankte. Und genau das machte es unglaublich schwer. Weil ich sie nicht bedrängen wollte. Ich musste ihr beweisen, dass ich ihr Vertrauen verdiente. Ihr zeigen, dass sie sich auf uns einlassen konnte.

Niemals wäre ich in der Lage gewesen, Liz etwas anzutun.

Meinen Durst hatte ich im Griff, war er einmal größer, hielt ich

Abstand, konzentrierte mich auf andere Sinne und trank, bis er sich auflöste. Aus dem Kelch. Liz hatte mir vorgeworfen, sie betört zu haben, also galt es, ihr zu zeigen, dass ihre Gefühle echt waren. Das konnte ich nur, indem ich nichts von ihr einforderte. Bis Liz sich entschied, würde ich nicht von ihr trinken, gleichgültig, wie sehr mein Durst danach gierte. Wir mussten beide ihre Entscheidung abwarten, ich und mein Durst.

Seit zwei Wochen kam Liz nun zu mir.

Malina hatte ich seitdem nicht mehr gesehen. Stattdessen brachte Liz mir jede Nacht einen Kelch. Doch morgen stand die nächste Blutnacht an und ich würde Malina sehen und frisches Blut statt des abgepackten trinken. Ob es daran lag, dass Liz heute so wortkarg war? Ihre Miene blieb hart und der Anschlag, mit dem sie die Tasten nahm, zu grimmig. Zum wiederholten Male knurrte sie frustriert, weil ihr der Takt nicht gelang. Es war seltsam, wie sehr ich dieses Geräusch mochte. Jetzt gerade war sie ein offenes Buch für mich. Ich wusste, was kam, noch bevor sie den Mund öffnete. »Warum willst du mich nicht dabeihaben?«

Weil du mir zu wichtig bist.

Gleichgültig, wie ich es auch formulierte, die Antwort würde sie erschrecken. Also begann ich, eine Melodie anzustimmen, was Liz frustriert aufatmen ließ. Verständlich. Es hatte sie Mühe gekostet, mich zu fragen, und jetzt hatte ich nicht einmal eine Antwort für sie.

Liz stieß meinen Namen aus und dann ein zweites Mal, weil ich nicht reagierte. Wieder bekam sie keine Antwort. Ich fand keine, die sich nicht nach einer Lüge anfühlte.

Keine, die sie nicht in die Flucht schlug.

Unwirsch zupfte sie an der zu kurzen Strähne, die sich regelmäßig aus ihrem Zopf befreite. Wohl ein Versuch, ihre Wut zu verdecken – ein erfolgloser. »Ich kann es nicht ausstehen, wenn du mich ignorierst.«

Das ließ mich schmunzeln und ich stoppte, weil mir bewusst wurde, was ich da eigentlich spielte. »Ich kann dich nicht einmal ignorieren, wenn ich mich bemühe. Alles, was du sagst oder machst, klingt in mir nach.«

Sie starrte mich an und ich ahnte, dass das zu viel gewesen war. Doch ich hielt nichts davon, unsere Zeit mit Täuschungen zu füllen, dafür war sie zu begrenzt. Liz biss sich auf die Unterlippe und ich wusste, dass dieser Augenblick sich gerade auflöste. Mit dem nächsten Herzschlag würde sie von mir fortrutschen und abweisend werden. Eine weitere verpasste Chance. Immer, wenn sie das tat, entfernte sie sich von mir – von uns. Sie ging auf eine Reise, auf die sie mich nicht mitnahm, und was sie dort vorfand, ließ sie härter werden. Ein Gedanke, den ich gerade nicht ertrug.

»Vergiss die Blutnächte, Liz«, sagte ich daher. »Entscheide dich erst einmal, was du sein möchtest. Danach können wir darüber sprechen. Bis dahin klammere sie aus. Nichts davon hat mit uns zu tun.«

Sie blieb, musterte mich und dann endlich nickte sie leicht. »Das hast du gespielt, als ich dir zum ersten Mal den Krug gebracht habe.« Sie hatte es wiedererkannt. Es überraschte mich immer wieder, wie viel sie um sich herum wahrnahm, trotz ihrer menschlichen Sinne. »Was ist das?«

»Etwas Eigenes.«

»Du hast mir nicht erzählt, dass du Stücke schreibst.« Weil ich für gewöhnlich alles vermied, was sie daran erinnerte, dass ich ein deutlich längeres Leben führte als sie. Es rief ihr nur die Unterschiede zwischen uns ins Bewusstsein. Das Komponieren war Teil davon, aber ich wollte Liz nicht anlügen und geschwiegen hatte ich heute schon genug.

»Warum?« Jetzt lag ehrliche Begeisterung in ihrer Stimme und für den Moment gab ich das Klavierspiel auf, wollte mich lieber mit dem Geschöpf neben mir beschäftigen als mit dem Instrument vor mir. Die meiste Zeit meines Lebens war das andersherum gewesen.

»Weil ich so die Dinge einfange, die mir wichtig sind. Das ist meine Art, sie zu etwas Bleibendem zu machen.«

Ein Lächeln schlich sich auf ihre Lippen. Sie waren seltener als Juwelen und kostbarer. »Das ist ein wunderschöner Gedanke.« Wärme durchzog mich, als sie ihre Hand auf meine legte. Für gewöhnlich achtete sie darauf, Abstand zu halten. Ein gutes Zeichen.

Wir schwiegen beide einige Sekunden, bevor sie unser Schweigen brach. »Hast du ein Lied über Anne geschrieben?«

Anne. Wir hatten nicht mehr über sie gesprochen, nicht, seit ich Liz erzählt hatte, was damals geschehen war. Jetzt ihren Namen zu hören und gleichzeitig Liz' Hand an meiner zu spüren, verpasste meinem Hoch einen unleugbaren Dämpfer. »Ja.«

»Spielst du es mir vor?«

Ich hob die Hände und ihre legten sich abwartend in ihren Schoß, als ich die Anfangstakte spielte. Der Anfang war leicht, beinahe beschwingt, dann wurde es langsamer, ernster und endete mit Vorfreude auf das, was kommen würde. Über allem schwebte eine Zärtlichkeit, von der ich sicher war, dass Liz sie wahrnahm. Erst als der letzte Ton verklang, sah ich zu ihr und fand tiefblaue, entgeistert geweitete Augen.

»Das ist Annes Lied?« Sie hatte also die Gefühle darin wahrgenommen – wie erwartet – und natürlich hatte sie es wiedererkannt. Schließlich hatte sie es gerade erst gehört.

»Du spielst es oft, dafür …« Sie stoppte sich selbst, zu spät …

Dafür, dass sie lange tot war.

»Es ist wunderschön«, setzte sie schnell hinzu. »Wirklich. Unglaublich, dass du in der Lage bist, so etwas Atemberaubendes zu erschaffen.« Sie pustete sich hilflos die Strähne aus der Stirn.

»Das ist nicht ihr Lied.« Ich brachte es nicht über mich, Annes Namen auszusprechen. Nicht jetzt und hier. »Es ist deines.«

Das war zu viel.

Sie würde flüchten.

Tiefblaue Augen weiteten sich erneut.

Ihre Lippen öffneten sich und formten ein Oval, aber kein Geräusch drang aus ihnen heraus.

Das hier war ein Fehler gewesen.

Was hatte ich mir nur dabei gedacht?

Kaum dachte ich das, rutschte sie näher und stoppte hauchzart vor mir. Hätte ich noch ein Herz besessen, hätte es sich jetzt überschlagen. Doch so blieb es hinter meiner Brust still und dennoch tobte es in mir, als ich Liz' Gesicht so unverhofft vor mir fand.

»Ich liebe es.« Ihr Atem hinterließ eine Wärme, die sich wellenartig auf mir ausbreitete. Sie küsste mich. Es war nur ein winziger Moment in der Ewigkeit, nur ein Funkenflug. Aber als Liz sich sanft von mir löste, wusste ich, dass sich dieser Augenblick in mir eingebrannt hatte. Ich würde ihn mit mir nehmen, durch die Jahrzehnte, Jahrhunderte, und mich an ihm wärmen, wenn die Nächte einsam und kalt waren.

Und Liz längst vergangen war.

»Ich sollte gehen«, sagte sie leise und huschte in Richtung Tür. Obwohl es eine sanfte Abfuhr war, blieb es eine weitere Flucht.

Wie viele davon noch kommen würden?

Wie schwer es mir fiel, sie gehen zu lassen.

Wie schwer es mir irgendwann fallen würde, sie gehen zu lassen.

KAPITEL 27

LIZ

Die zweite Blutnacht war angebrochen. Ich hatte Malina und Lorin dabei beobachtet, wie sie verstohlen miteinander tuschelnd den Flur entlanggegangen waren. Meine Abwesenheit hier hatte die beiden enger zusammenwachsen lassen. Nun waren sie fort.

Aydan hatte beschlossen, dass ich keine Antworten auf meine Fragen bekam. Damit musste ich leben – dafür musste er damit leben, wenn ich sie mir selbst besorgte.

Den Geräuschen aus der Küche nach zu urteilen, war die Blutnacht in vollem Gange. Nie zuvor hatte ich unsere Dienstboten hier so beschäftigt gesehen. Meist verstreuten sie sich über das Anwesen, putzten und wischten, obwohl doch niemand den Unterschied registrierte. Heute öffnete sich die Tür des Trakts alle paar Minuten und die Schritte führten in die Küche. *Zeit herauszufinden, weshalb.*

Ich warf einen ersten vorsichtigen Blick hinein und sah Tabletts, die vorbereitet wurden. Darauf fanden sich Obst, Gebäck und Gläser mit rosafarbener, prickelnder Flüssigkeit. Ich presste die Zähne aufeinander, um den Fluch in mir einzusperren, weil mich das hier an das Festmahl auf der Menschenjagd erinnerte.

Wie viele Blutdiener hatten sie diesmal zusammengekarrt?

Ich wartete im Flur darauf, dass Maurice die Küche verließ. Er hatte schon beim Kelch auf mich gehört – das machte ihn zur besten

Wahl. Unauffällig folgte ich ihm und registrierte, wie das Tablett in seiner Hand leicht schwankte, bevor ich zu ihm aufschloss.

»Aydan hat befohlen, dass ich euch unterstützen soll, weil ihr zu langsam seid.« Ein Hauch von Schuld stieg in mir auf, aber sie war nichts verglichen mit der, die bereits in mir wohnte. Schnell betrachtete ich sein Tablett, fand einen Behälter voller Eiswürfel, eine Obstschale mit grünen Trauben, blauen Beeren und eine Flasche Wein mit mehreren Gläsern. *Die Vampire hatten sich nicht lumpen lassen.*

»Du hast keine Erfahrung darin zu servieren.«

»Ich muss ein Tablett tragen, es auf einem Tisch absetzen und mich unauffällig zurückziehen. Das bekomme ich hin. Du kannst aber gerne hineingehen und ihm erklären, dass ich deiner Ansicht nach nicht gut genug ausgebildet bin, um dieses Tablett abzustellen. Rechne nur nicht mit allzu viel Dankbarkeit.«

Die Angst vor dem Zorn der Vampire schwang überall mit. Daran änderte auch ein halbes Jahrhundert in ihren Diensten nichts. Murrend überließ mir Maurice das Tablett. »Wehe, du stellst dich ungeschickt an.« Ich verkniff mir die Frage, was genau ich dann zu befürchten hatte. Das hölzerne Tablett war schwerer, als es aussah – die verdiente Rache für meinen Hochmut. Wie konnten die Dienstboten sie anstandslos durch das Anwesen tragen, ohne dabei etwas zu verschütten? Kaum setzte ich mich in Bewegung, verteilte ich schon den ersten Spritzer Wein auf den Trauben. Gut, Maurice behielt recht, ich war vielleicht nicht die beste Wahl dafür.

Aber darum ging es auch nicht.

Eine Tür zu öffnen, während man ein voll beladenes Tablett vor sich balancierte, war ein Ding der Unmöglichkeit. Ich schnaubte, ächzte, warf zwei Gläser um und beinahe noch die Flasche, bevor ich es in den Raum hineinschaffte. Nach dem Licht auf den Gängen brauchten meine Augen einen Moment, um sich umzustellen. Es gab hier nur wenig Licht, das die Umgebung spärlich ausleuchtete. Ein kleiner Vorraum baute sich vor mir auf. Faltbare Wände waren aufgestellt, über einer davon hing Kleidung.

Was zur Hölle war das?

Argwohn stieg in mir auf.

Was, wenn das hier noch schlimmer war als die Menschenjagd?

Ich fand eine weitere Tür und atmete gereizt auf. Falls ich hier ohne Katastrophen durchkam, würde ich niemals wieder schnippisch mit einem der Dienstboten reden, wenn die mich belehrten.

Zumindest nicht diese Woche.

Entweder es lag an dem Schwur oder ich hatte mehr Glück als Verstand. Ich zog die Tür auf, setzte einen Fuß dazwischen, drückte sie auf und sowohl das Tablett als auch mich unfallfrei hindurch.

Ein düsterer, blau beleuchteter Raum begrüßte mich.

Verhaltene Musik erklang und im Schein der wandernden Lichter bewegten sich Schatten.

Nein.

Keine Schatten – Körper.

Gestalten saßen auf ausladenden Sesseln und Sofas. Mehr, als ich erwartet hatte. Bei diesem Licht war schwer zu sagen, wer von ihnen Mensch und wer Vampir war. Mein Herz presste sich zusammen wie ein Schwamm, als ich begriff, dass sie Seidenroben trugen. Ganz kurz flammte der Wunsch in mir auf, das Tablett zu nehmen und auf den Boden zu werfen, um was immer das hier war aufzulösen. Doch im nächsten Moment schien sich eine Wolke um diesen Gedanken zu legen, ihn einzudämmen, bis kaum etwas davon übrig war.

Ich war entspannt.

Und glücklich.

Gottverdammt!

Ich war *nie* entspannt oder glücklich!

Und doch sah ich regungslos dabei zu, wie nur wenige Meter von mir entfernt jemand von zwei Vampiren gleichzeitig gebissen wurde.

Es war tatsächlich schlimmer als bei der Jagd.

Kaum dachte ich das, wurde dieser Anflug von Ärger davongetragen.

Was war mit mir los?

Aydan.

Das Tablett in meiner Hand zitterte.

Deswegen wollte er mich nicht hierhaben.

Er wusste, wie sehr mich das hier abstoßen würde. Wie konnte er das hier mitmachen? Gestern Nacht hatte ich ihn geküsst. Es war nur ein winziger Kuss gewesen, aber ich hatte ihn nicht bereut – bis jetzt.

Mein Blick fuhr über die Personen, die beinahe apathisch herumsaßen oder lagen. Keiner davon schien mich zu bemerken, sie waren damit beschäftigt zu trinken oder aus sich trinken zu lassen. Begleitet wurde die Szenerie von der zarten, beinahe friedlichen Musik im Hintergrund. Dabei war nichts an diesem Bild friedlich.

Dann fand ich ihn.

Er saß in einem der ausladenden Sessel und sah mich geradewegs an. Neben ihm auf der Lehne saß Malina, deren helles Haar im blauen Licht unnatürlich leuchtete. Sein Arm legte sich an ihre Taille. Unnötig, so fest, wie sie sich an ihn schmiegte. Aber viel schlimmer war Aydans Mund auf ihrem Hals.

Zumindest darin hatte ich mich nicht geirrt.

Es machte einen Unterschied.

Irgendwie gelang es mir, das Tablett auf dem nächstbesten Tisch abzustellen, ohne dabei etwas zu zerschmettern, dann hastete ich aus dem Raum.

Ich wartete auf Schritte.

Darauf, dass Aydan mir folgte.
Aber alles blieb still.

KAPITEL 28

Stimmen im Flur zogen mich aus meinem Bett, in dem ich seit Stunden lag.

Und mich verfluchte.

Aydan verfluchte.

Pläne machte.

Lautstarkes Gelächter ertönte vom Gang, offenbar waren Malina und Lorin wieder sonderbar gut gelaunt. Jetzt ahnte ich auch, warum. Meine Zähne knirschten, während ich mich erhob, um die beiden abzufangen.

Lorin begrüßte mich mit einem trägen Lächeln. Er schien etwas sagen zu wollen, aber stockte bei dem Versuch. Das Knirschen meiner Zähne verstärke sich. Malina und ihr provokantes Grinsen ignorierte ich. »Kommst du mit zu mir?«

Eine klare Botschaft, dass sie nicht eingeladen war. Aus den Augenwinkeln sah ich, wie sich ihre Lippen zu einer geraden Linie zusammenpressten, nachdem Lorin, ohne zu zögern, nickte. Beruhigend. Keine Ahnung, was zwischen ihm und Malina war. Ich hatte mir nicht die Mühe gemacht, es herauszufinden, weil ich zu beschäftigt gewesen war – mit mir und dem Vampir.

Lorin folgte mir in mein Zimmer. Selbst das Pochen seiner Schritte klang träger als sonst. Er sank wie selbstverständlich auf das Bett und ich war mir nicht einmal sicher, ob er es vielleicht für seines hielt. Ich setzte mich dazu. Stehen überforderte mich. Da war dieses unsichtbare Gewicht auf meinen Schultern, das meinen Körper niederdrückte.

»Was gibt es Wichtiges?«, fragte er. »Oder wolltest du nur Malina ärgern?« Also lief etwas zwischen den beiden? Damit würde ich mich irgendwann einmal beschäftigen – nicht jetzt.

»Ich war heute Nacht da.«

»Das ist nur ein billiger Trick, um mich dazu zu bringen, mit dir darüber zu reden.«

»Teste mich, aber vorher habe ich Fragen. Zum Beispiel was es mit diesen Seidenroben auf sich hat und warum sich in diesem Raum alle schlechten Gefühle auflösen.«

Er keuchte entsetzt auf. »Hast du eine Ahnung, was du da getan hast, Liz? Sie werden dich rauswerfen! Du kannst nicht andauernd gegen ihre Befehle verstoßen!« Er klang ehrlich bestürzt – leider aus den falschen Gründen. »Verdammt, Liz.« Lorin legte seinen Arm um mich. Dabei brauchte ich keinen Trost, nur ein Ventil für die heiße, dickflüssige Wut, die mich geradezu ausfüllte und in mir Blasen warf.

Plötzlich wurde die Tür aufgerissen und ein Blick aus sturmgrauen Augen versenkte sich wie ein Eisspeer in mir und meiner Wut.

Nur den Bruchteil einer Sekunde später stand Aydan an meinem Bett und starrte Lorin an. »Raus! Sofort!« Selbst in meinen Ohren klang er furchteinflößend. Sein ganzer Körper wirkte angespannt, als hätte er sichtlich Mühe, sich zurückzuhalten.

Ob er gegen den Drang ankämpfte, mich anzubrüllen?

Oder gegen den, Lorin eigenhändig vor die Tür zu setzen?

»Geh«, raunte ich Lorin zu. »Wir sehen uns später.« Eine Bemerkung, die Aydans Blick noch eisiger werden ließ.

Immerhin war Lorin klug genug, anstandslos das Kampffeld zu räumen.

Das leise Schließen der Tür hinter ihm bildete das Startsignal für Aydans Auftakt. »Hast du den Verstand verloren?«

»Das frage ich dich! Was verabreicht ihr ihnen? Es ist irgendwas in der Luft, oder?«

»Es ist nur etwas zur Entspannung«, erwiderte er kühl und jetzt war ich es, die ihn zornerfüllt anknurrte. »Sie wissen vorher, was auf sie zukommt. Du findest niemanden unter ihnen, der sich beschwert.«

»Weil sie nicht sehen wollen, wie falsch es ist! Menschenjagd, Blutnächte, was habt ihr sonst noch zu bieten?« Ich zerrte an der Decke, weil sich meine Finger bewegen mussten. »Was haben sie denn für Alternativen dazu? Entweder sie lassen sich von euch in einem netten Raum beißen und bekommen zur Belohnung ein paar Weintrauben oder sie werden nachts auf der Straße angefallen und erleben den nächsten Sonnenaufgang nicht.« Ich suchte Aydans Blick und hielt ihn fest. »Ich habe gedacht, dass du zwischen richtig und falsch unterscheiden kannst.«

»Du machst es dir zu leicht. Es gibt mehr als hell oder dunkel. Ich hab dir niemals vorgespielt, dass ich etwas anderes bin als ein Grauton und die meiste Zeit habe ich keine Ahnung, in welche Richtung ich neige.« Er sah zu mir hinunter. »Es gibt Entscheidungen, die ich treffen muss, und manche von ihnen sagen mir nicht zu. So ist das Leben und das wenige, das mir etwas bedeutet, schütze ich.«

»Geht es dabei um mich?« Meine Stimme zitterte und das Zittern schien in mir zu versickern. Kälte kroch aus meinen Knochen und wurde schneidender, weil Aydan schwieg, wie er es immer tat, wenn er glaubte, ich könnte mit der Antwort nicht leben. »Ich brauche deinen Schutz nicht und ich will ihn nicht! Meine Kämpfe bestreite ich selbst!«

»Dann such dir Sterbliche dafür! Denn hier sind deine Gegner übermächtig!«, fuhr er mich an. »Und auf die meisten von uns übt der Geruch deines Blutes eine unvergleichliche Anziehung aus.

Dich ungeschützt in einen Raum voller trinkwütiger Vampire zu geben, ist kein Kampf – das ist Wahnsinn!«

»Wahnsinn ist das, was ihr mit den Menschen macht! Das ist keine Freiwilligkeit, es ist Abhängigkeit. Wir sind von euch abhängig und ihr nutzt das gnadenlos aus.«

Aydans Blick zuckte zum Fenster, dorthin, wo langsam der Himmel aufbrach. Der Morgen kam näher. »Du vergisst, dass auch wir abhängig sind. Von euch. Glaub mir, das ist nicht immer beglückend. Jetzt gerade ist einer dieser Momente.« Er drehte sich um und ging ohne ein Wort des Abschieds.

KAPITEL 29

Seit drei Tagen redete ich nicht mehr mit Aydan.

Und er nicht mit mir.

Wie konnte er so klug sein und gleichzeitig dermaßen verbohrt? Ich verbrachte ungesund viel Zeit damit, ihn mit Flüchen zu belegen, die er nicht hörte, weil er nicht ein Mal nach mir rufen ließ. Nicht dass es etwas an meinen Plänen geändert hätte …

Heute musste Aydan mit mir reden.

Es wurde Zeit.

Aus der Küche klirrte bereits Glas an Glas. Das geschäftige Treiben der Dienstboten. Eine Blutnacht nur wenige Tage nach der letzten war für alle hier eine Belastung, doch Norwyn gab die Befehle und wir anderen hatten ihnen zu folgen.

Maurice griff sein Tablett fester, als wir im Flur aufeinandertrafen. Wahrscheinlich befürchtete er, ich würde es ihm ebenfalls abnehmen, doch schon im nächsten Moment weiteten sich seine Augen ungläubig beim Anblick meiner Kleidung.

Nein, heute Nacht brauchte ich kein Tablett.

Ich hatte andere Pläne.

Die Panik in meiner Brust war wie ein hektischer Vogel, der immer wieder gegen Wände stieß, fiel und dennoch erneut nach einem Ausweg suchte.

Es gab keinen.

Die Blutnacht würde gleich beginnen.

Ich ging schneller, huschte über die Gänge und versuchte gleichzeitig, das Frösteln zu ignorieren, das mir die nackten Beine entlangkroch. Wie ich dieses Seidenkleid hasste, das sich mit jedem Schritt höher schob. Ich konnte nur hoffen, dass diese Robe das Rutschen verbarg. Sie war wie ein dünner Morgenmantel, der nur von einem schmalen Seidenband gehalten wurde. Warum besaßen Vampire diese sonderbare Neigung für unpraktische Kleidung? Wieso konnten sie mich nicht zwingen, etwas Vernünftiges wie Strickjacken und Socken zu tragen?

Er wartete auf mich. Mit einem gereizten Blick machte er mir klar, dass ich zu spät kam. *Keine fünf Minuten.* Ich verdrehte die Augen – Vampire vergaßen regelmäßig, dass wir Sterblichen nicht durch die Gänge fliegen konnten. Für den Augenblick ersparte ich uns beiden einen Kommentar.

Ich wollte nicht mit ihm reden.

Heute noch weniger als vorgestern.

Aber Aydan hatte mir keine Wahl gelassen.

»Bereit?« Er öffnete die Tür, ließ mich eintreten.

Nein.

»Ja.«

In den bernsteinfarbenen Augen vor mir funkelte es. »Aydan hat nicht den Hauch einer Ahnung, wozu du fähig bist, oder?«

Nein.

Hatte er nicht.

Norwyn griff nach meinem Handgelenk und zog mich mit sich, als befürchtete er, ich könnte es mir anders überlegen. Wahrscheinlich hörte er, wie mein Herz tobte. Aber die Entscheidung stand – ich wäre ihm auch ohne seinen Klammergriff hinein gefolgt.

Noch war der Raum normal beleuchtet, doch trotz des Lichtes, kam er mir düster vor. Obwohl ich mit jeder Faser meines Körpers dagegen ankämpfte, glitt mein Blick sofort zu Aydans Sessel.

Er hatte mich bemerkt.

Natürlich.

Die Robe entblößte ein Stück seiner makellosen Brust. Wieder saß Malina auf der ausladenden Armlehne des Sessels und in mir erwachte dieser Wunsch, sie dort hinunterzuschieben … *oder zu schubsen*. Doch Norwyn zog mich glücklicherweise weiter, bevor ich diesem kindischen Drang nachgeben konnte.

Ich riss den Blick von den beiden und ließ ihn durch den Raum gleiten. Es mussten zwei Dutzend Vampire versammelt sein und ähnlich viele Blutdiener. Ich bildete mir ein, dass die meisten mich bereits beobachteten. Ob die Vampire mein Blut schon witterten? Mir stellten sich die Haare im Nacken auf. Mein Körper spürte die Gefahr von allen Seiten gleichzeitig, aber niemand konnte vor ihnen flüchten. Das hatte ich begriffen.

Eine Bewegung flackerte vor mir auf und schon baute er sich vor Norwyn auf – Aydan.

»Geh, Liz!« Wut legte sich um die beiden Wörter wie Teer, drohte, sie unter sich zu begraben.

»Ich bin freiwillig hier.« Trotz der Panik in mir erwachte Triumph, weil er unser Schweigen zuerst gebrochen hatte. »Du hast gesagt, dass es allein darauf ankommt.«

»Ohne Einladung eines Unsterblichen darfst du nicht hier sein, so sind die Spielregeln.« Er deutete zur Tür, doch nun mischte sich Norwyn ein und hob seine Finger, die mein Handgelenk fesselten.

»Sie ist mit mir da. Erspar dir jeden Versuch, zu diskutieren. Du trinkst nicht von ihr, also gehört ihr Blut mir. So war unsere Abmachung.«

Der Blick den Aydan mir zuwarf, fühlte sich an wie Glas, das splitterte. Wie Vertrauen das brach. Obwohl ich wusste, dass das hier richtig war, schlang sich ein Seil aus Schuld um mein Herz und presste es ab. Er war mein einziger Vertrauter hier und ich hatte Norwyn unser Geheimnis verraten.

»Sie ist nicht mehr deine Blutmagd, Aydan. Der Unsinn endet jetzt. Nach der letzten Blutnacht gab es Nachfragen, weil der Geruch ihres Blutes im Raum hing, aber sie nicht hier war. Davon bekommst du nur nichts mit, da du dich lieber andauernd in deinen Gemächern einschließt.« Ein Stich mitten in meine Brust. Das klang, als wäre Aydan die letzten Nächte dort gewesen.

Hatte er auf mich gewartet?

Wie ich darauf, dass er mich zu sich bestellte?

»Nein«, protestierte Aydan. »Sie ist nicht freiwillig hier. Sie hasst das alles und will mir nur beweisen, dass es falsch ist.« Norwyn zuckte mit den Schultern, die einzige Reaktion, zu der er imstande war.

Sturmgraue Augen suchten meinen Blick. »Du hast mittlerweile einen Großteil der Aufmerksamkeit für dich allein, Liz. Die meisten hier werden von dir trinken wollen. Wie groß ist deine Lust, dein Blut heute an zwei Dutzend Vampire zu verteilen?«

Es gab nichts, das ich weniger gern tun würde.

Aber darum ging es nicht.

»Es wird bestimmt eine reizende Nacht.« Für den Moment flüchtete ich mich in finstersten Sarkasmus. »Und es hat sich ja offenbar nie ein Mensch beschwert. Ich vertraue deinen Worten, schließlich hast du mich ja noch nie belogen.« *Gottverdammt. Ausgerechnet jetzt brach meine Stimme?*

Es flackerte in seinem Blick – er hatte die Anspielung auf Malina verstanden.

Seinen Biss in ihren Hals.

Das gehörte nicht hierher.

Warum musste er sich immerzu in meine Gedanken – in meine Pläne – mischen?

»Geht es darum?« Plötzlich war seine Stimme so sanft wie damals in der Bibliothek, als er mir vorgelesen hatte, um meine Albträume zu vertreiben. »Ich wollte dich nur dazu bringen zu flüchten. Sie bedeutet mir nichts. Das weißt du.«

Ich versank in diesem Sturm seiner Augen. Wie dringend wollte ich ihm glauben, dass es zwischen uns anders war. Doch ihm zu vertrauen, machte mir mehr Angst als die Aussicht, mein Blut an die versammelten Vampire zu verteilen. Norwyn stieß ein Keuchen aus und erst das erinnerte mich daran, dass er jedes unserer Wörter hörte. Aydan schien das gleichgültig zu sein, er griff meine Hand und seine Berührung war das Gegenteil zu Norwyns Umklammerung. Nicht, als wäre ich sein Besitz, sondern wie eine behutsame Frage. »Du bist hier nicht sicher, deswegen möchte ich nicht, dass du bleibst.«

»Das ist nicht deine Wahl. Es ist mein Leben, es sind meine Entscheidungen, die überlasse ich nicht dir.«

Er schwieg einige Sekunden und ich ahnte an seinem Blick, dass er protestieren wollte und nicht konnte – weil er wusste, dass ich recht hatte. »Du wirst nicht gehen, gleichgültig, was ich sage?«

Bei meinem Kopfschütteln verfinsterte sich seine Miene.

»Darf ich dann bei dir bleiben?«

Verflucht.

Diese Frage war wie ein Pfeil, der sich an meiner Deckung vorbei, mitten in mein Herz bohrte. Er hatte verstanden, worum es mir ging. Dass es unmöglich war, mit ihm zusammen zu sein, solange er mich nicht als ebenbürtig ansah.

Bevor ich ihn daran hindern konnte, nickte mein Verräter-Kopf.

»Das kommt nicht infrage«, protestierte Norwyn kühl. »Ich habe sie für die Allgemeinheit mitgebracht.« *Mein Blut war das Büffet, an dem sich die Vampire nach Belieben bedienen durften.* Ein verstörendes Bild. Die Panik erwachte erneut in mir, ich spürte ihre Flügelschläge und den Fall ins Bodenlose.

Weißes Haar auf dem Boden.

Blut überall.

Scherben, die wie Diamanten glänzten.

Aydan wandte sich Norwyn zu und sein Gesicht war eine wunderschöne regungslose Maske. »Ich muss kurz ein Gespräch mit meinem Freund führen. Geh zum Sessel. Bitte, Liz.« Norwyn stieß ein höhnisches Lachen aus, wahrscheinlich, weil Aydan mich erneut bat, statt es mir zu befehlen. Doch genau das war der Grund, weshalb ich mich umdrehte und die beiden allein ließ.

Hätte er es mir befohlen, wäre ich geblieben.

»Was willst du hier?«, stieß Malina aus, kaum, dass ich den Sessel erreichte.

»Das geht dich nichts an.« Mein Blick fuhr über die versammelten Vampire, von denen beunruhigend viele zu mir sahen. Aydan schien recht zu behalten. Sollte sich Norwyn durchsetzen, würde heute jeder von ihnen einen Teil meines Blutes einfordern. Ich drehte mich um, wollte ihren Blicken entgehen und fand einen, der mich regelrecht aufspießte – Malinas.

»Hast du dich wieder eingeschlichen?« Die Worte wurden begleitet von einem höhnischen Lächeln. »Leb damit, du bist hier nicht willkommen.« Sie hatte Aydans Wut also mitbekommen und sie bildete sich ein zu wissen, was sich dahinter verbarg. *Wie falsch konnte man liegen?*

»Er wird dich heute noch rauswerfen. Nicht, dass es mich kümmert.« Ihr Lächeln wurde breiter. Ob sie sich vorstellte, wie ich im Dunkel der Nacht von ein paar dahergelaufenen Vampiren geleert wurde? Es war ihr egal, wie ich verschwand, solange ich ihr Aydan überließ.

Das konnte sie vergessen.

»Für ihn bist du nur ein Gefäß, an dem er seinen Durst stillt.«

Ihre Lippen pressten sich kurz zusammen, während sie elegant die Beine übereinanderlegte. »Nach allem, was ich über dich gehört habe, bist du eine katastrophale Blutmagd. Er hat dir zu viele Chancen gegeben.«

Sie war nicht bereit, sich der Realität zu stellen. Von mir aus. Ich konnte nicht alle retten. Doch da gab es diese eine Sache, die an mir nagte und ihre spitzen Klauen in mich schlug. Es wurde Zeit, endlich die Grenzen abzustecken.

»Vielleicht kann ich dich nicht zur Vernunft bringen und vielleicht gelingt es mir nicht einmal, dich loszuwerden, aber es gibt etwas, das du wissen musst.«

Sie neigte ihren Kopf und das helle Haar fiel anmutig über ihre Schulter. Ein zartrosafarbener Hauch auf den Wangen verlieh ihrem Gesicht das perfekte Maß an Lebendigkeit. *Sie war auf so viele Arten vollkommener als ich und gleichzeitig nicht das, was er wollte.* »Aydan gehört mir!«

Malinas Lippen formten ein fassungsloses Oval. Bisher hatte ich nie eingestanden, dass ich mich für ihn interessierte. Das tat ich nun und das entgeisterte Lachen, das aus ihr herausbrach, zeigte, für wie realistisch sie meine Forderung hielt.

Sie kam nicht mehr dazu, ihre Erheiterung in Worte zu kleiden, denn eine andere, dunklere Stimme wehte über uns hinweg. »Das klingt interessant.«

Aydan.

Verfluchte Vampirsinne.

Ich schloss die Augen und wünschte mich weit, weit weg. Aber als ich sie wieder öffnete, saß er bereits lässig auf dem Sessel. Zwar bemühte er sich, das Gesicht regungslos zu halten, doch ich fand die Begeisterung in seinem Blick.

Es abzustreiten, war sinnlos.

»Also, Liz?«, provozierte er mich und ein Lächeln brach sich den Weg aus ihm heraus. »Ich gehöre dir?«

»Tust du das nicht?« Unter Malinas fassungslosem Keuchen machte ich einen Schritt auf Aydan zu. Sturmgraue Augen feuerten mich geradezu an. Noch ein Schritt. Ein letzter und dann stand ich vor ihm. Kein Stück demutsvoll, sondern mit einem Lächeln auf den Lippen – weil ich seine Antwort kannte.

»Natürlich tu ich das«, raunte er mir wie zum Beweis zu und zog mich zu sich. Mein Herz galoppierte, als ich mich in seinem Arm wiederfand – trotz allem, was geschehen war. Aydan schien genau das zu sein, was ich brauchte, wenn er gleichzeitig auch das Gegenteil davon war. Ich presste mich eng an ihn, sodass ich die Kälte seiner Haut spüren konnte. Meine Lippen fanden seine, strichen für einen Augenblick darüber. Vielleicht wären sie dort liegen geblieben, wenn nicht ein entrüstetes Schnauben meine Aufmerksamkeit auf sich gezogen hätte.

Malina hatte ich vergessen. Sie mich nicht, denn sie stand neben dem Sessel und versuchte, mich mit ihren Blicken zu erdolchen. Aydans Finger strichen mir spielerisch über den Nacken. »Liz hat recht«, sagte er so sanft, dass überall Wärme in mir aufleuchtete. »Ich gehöre tatsächlich ihr.« Malina reagierte wie die perfekte Blutmagd, indem sie nicht reagierte. Auch wenn ich ahnte, dass es in ihr anders aussah. »Meine Pläne haben sich geändert«, fuhr Aydan fort, während er mich weiter so durchdringend betrachtete, dass es mir schwerfiel zu atmen. »Liz ist heute Nacht meine Begleitung. Es steht dir frei zu gehen oder zu bleiben, je nachdem, was dir lieber ist.« Damit rang er Malina eine Reaktion ab. Ihre Lippen pressten sich aufeinander, während sie sich ein widerwilliges Nicken abzwang. *Sie hatte wirklich geglaubt, dass Aydan ihr Schlüssel zur Unsterblichkeit sei.*

Seine Finger strichen weiter über diese Stelle an meinem Hals, die für immer ihm gehören würde, und lösten jeden Gedanken an Malina auf. Einmal mehr versank ich in dem Sturm seiner Augen. »Ich nehme an, du hast eure Diskussion gewonnen?«, raunte ich ihm zu. Aydan war hier und Norwyn, der ihm so dringend einen Denkzettel hatte verpassen wollen, nicht. Wieder hatte Aydan meine Pläne durcheinandergewirbelt, aber jetzt, mit seinen Fingern, die kleine brennende Pfade über meinen Nacken zogen, war es verdammt schwer, mich darüber zu ärgern.

»Natürlich«, raunte er zurück. »Es war kein fairer Kampf, Norwyn wusste nicht, auf was er sich einlässt.« Es fühlte sich an, als galt das auch für Aydan und mich. »Du hast ebenfalls gewonnen«, fuhr er fort. »Das hier ist die letzte Blutnacht, dafür hältst du dich heute bedeckt.«

»Ich nehme keine Befehle von dir an.« Eigentlich wollte ich seine Finger von mir abstreifen, doch Aydans Blick hielt mich fester als seine Arme.

»Das ist kein Befehl, sondern eine Bitte. Sie werden alle von dir trinken wollen, Liz.« Seine Berührung stoppte. »Sie könnten dir zu viel Blut abnötigen …« Aydans Stimme löste sich auf, wurde fortgetragen von seinen ganz eigenen düsteren Schatten. *Anne.* »Du willst das doch überhaupt nicht.«

Natürlich nicht.

Das Licht wurde gedimmt und zeitgleich setzte leise Musik ein – die Blutnacht begann.

Das hier war ein Fehler gewesen.

Ein gigantischer Fehler.

Aydans Lippen fuhren meine Schultern entlang. Ich spürte seinen Blutdurst, wollte flüchten, wollte bleiben …

Er küsste meinen Hals und trug jeden Gedanken davon. Ein winziges Brennen und seine Zähne erreichten ihr Ziel. Ich löste mich unter seinen Berührungen auf, setzte mich neu zusammen und diesmal war Aydan Teil des Bauplans.

Wir bildeten eine perfekte Einheit.

Einen Rausch, der alles und jeden fortriss.

Die Gegenwart, die Vergangenheit – uns.

»Hör auf!« Niemals war etwas schwerer gewesen, als diese beiden Worte aus mir herauszupressen. Aydans Züge stockten, ich spürte seine Verwirrung beinahe körperlich. Wir bildeten die vollkommene Verbindung – *wie konnte ich sie nur zerreißen wollen?*

»Aydan!« Ich presste seinen Namen hinterher und brachte ihn so dazu, mich freizugeben.

»Was ist los?« Sorge schwang in jedem seiner Worte mit.

»Ich weiß es nicht.« Die ehrlichste Antwort von allen.

Keine Ahnung, wie es hierzu kommen konnte.

Ich hatte mich offenbar entschieden.

Für die sonderbarste aller Optionen.

Für Aydan.

Seine Sinne waren so viel schneller als meine und doch spürte ich seine Überraschung, als ich mich vorbeugte und die Lippen auf seine legte. Diesmal war nichts daran zögerlich. Ich drückte mich an ihn und schon waren seine Arme da, umschlangen mich, als wollten sie mich niemals wieder freigeben. Kaum dachte ich das, löste er sich abrupt aus unserem Kuss. Ich kam nicht zum Protestieren.

»Nein!« Er starrte an meiner Schulter vorbei und nun ahnte ich, was sich dort abspielte.

Sie forderten mein Blut.

Ich hätte flüchten sollen.

»Das ist eine Blutnacht, Aydan.« Ich kannte diese Stimme, die klang wie eine Gabel, die man über Porzellan zog, schrill und hoch. Er war bei der Jagd dabei gewesen. »Blutnächte sind zum Teilen gedacht.«

»Es ist mein Haus, meine Blutmagd, meine Regeln, Lerow. Du kannst gehen, wenn es dir nicht gefällt.« Der Vampir in meinem Rücken lachte auf. »Norwyn kennt meine Einstellung und teilt sie. Spar dir die Beschwerde bei ihm. Sie ist tabu, sucht euch jemand anderes, sonst vergeuden wir die Nacht mit unnötigen Diskussionen.«

»Dein Verhalten wird allmählich besorgniserregend. Komm zur Besinnung, damit es nicht noch ein übles Ende mit dir nimmt.« Die Stimme hinter mir wurde eisiger. »Oder mit ihr … Es wäre schade, wenn du sie irgendwann geleert auf einem dieser Flure hier findest. Ich denke, dass dieser Sitz zu groß für dich ist, aber immerhin gibt es hier viele abgelegene Stellen.«

Jetzt sah ich mich um, wollte wissen, wer mir da so unverhohlen mit dem Tod drohte. In smaragdgrünen Augen blitzte es bösartig, aber sein Blick lag allein auf Aydan. Mich beachtete er nicht. Für ihn war ich genau das, was ich Malina zu erklären versucht hatte. *Ein Gefäß, aus dem er trinken wollte.* Aydan schob mich behutsam von seinem Schoß, um sich vor mir aufzubauen. Er schien der Ansicht zu sein, dass die Drohungen des Vampirs andere Schutzmaßnahmen erforderten.

Vorhin noch hatte ich vorgehabt, sie von mir trinken zu lassen.

Doch das war gewesen, bevor ich einen von ihnen geküsst hatte.

Jetzt war der Gedanke, sie an mich heranzulassen, unerträglich.

»Dein Sitz ist ebenfalls ziemlich groß, Lerow«, sagte Aydan mit rauer Stimme und stellte sich einmal mehr gegen seine Artgenossen. »Wäre schade, wenn dort irgendwann dein Kopf einige Flure entfernt von deinem Körper aufgefunden wird.«

Es fühlte sich an, als hätte Aydan erneut eine unsichtbare Linie überschritten und die Wut in den Mienen der umstehenden Vampire verstärkte dieses Gefühl. Anspannung schien alles an Aydan auszufüllen.

Es waren zu viele.

»Was ist hier los?« Norwyn tauchte bei der Gruppe auf und trotz der warmen braunen Farbe seiner Augen war der Blick, der mich traf, kalt.

»Dein Schützling schlägt über die Stränge«, erwiderte der Vampir mit der schrillen Stimme. »Wieder. Ich sehe da gewisse besorgniserregende Regelmäßigkeiten.«

»Aydan hat darum gebeten, dass seine Blutmagd nicht angerührt wird, und ich habe zugestimmt, weil sie schnell in Ohnmacht fällt. Damit bin ich wohl der Verursacher für die allgemeine Empörung.«

»Eine unerfreuliche Entscheidung. Wo wir bei unerfreulich sind – du hast mitbekommen, dass er erneut gedroht hat, mich umzubringen?«

»Hat er? Dann entschuldige ich mich in aller Form für sein Verhalten. Wir werden es später noch einmal besprechen, das versichere ich dir. Was hältst du für den Moment davon, wenn wir jemand anderen suchen, der dir zusagt? Mein Blutknecht steht dir zur Verfügung. Sein Blut ist durchaus interessant.«

Lorin. Meine Zähne pressten sich grimmig aufeinander und fast gleichzeitig schoss Aydans Hand nach hinten, legte sich fest um meine. Er schien zu befürchten, dass ich protestierte. *Zu Recht.* Allein seine Sorge brachte mich dazu zu verharren, während die anderen abzogen.

Nur Norwyn blieb und kam näher. »Ausgerechnet Lerow? Schon wieder? Verschwindet! Ich will keinen von euch heute Nacht mehr zu Gesicht bekommen!«

Aydan nickte knapp, versuchte nicht einmal, sich zu verteidigen. *Ich war nur ein Mensch, Drohungen gegen mich zählten nicht in der Welt der Unsterblichen.* Bei keinem von ihnen würde es für Empörung sorgen, wenn mir jemand mit dem Tod drohte. Abgesehen von dem einen, dessen kalte Hand sich fester um meine schlang.

KAPITEL 30

In den letzten Wochen war ich so oft in Aydans Gemächern gewesen, dass von dem Ort eine beunruhigende Vertrautheit ausging. Kaum waren wir drinnen, ließ er die Tür hinter uns zufallen und das Dröhnen, mit dem sie sich schloss, sperrte den Rest der Welt aus.

»Das war eine überraschende Nacht.« Behutsam legte Aydan die Arme um mich. Es fühlte sich an, als wäre er nicht sicher, ob ich nicht doch wieder davonrennen würde.

Nicht heute.

Ich blieb, wo ich war, und bettete den Kopf an seine Brust. Es war sonderbar, dort keinen Herzschlag zu spüren – wahrscheinlich, weil ich zu oft vergaß, dass wir nicht der gleichen Art angehörten.

»Bekommst du Probleme mit Norwyn?«

»Der wird sich wieder beruhigen.« Das kleine Lächeln auf seinen Lippen verlor sich. »Aber er könnte versuchen, dich einzuschüchtern.«

»Ich lasse mich nicht einschüchtern.«

»Das weiß ich.« Er strich mit der Nasenspitze über meine. »Du hättest es in Kauf genommen, dich dutzende Male beißen zu lassen, nur damit ich zugebe, dass die Blutnächte falsch sind.«

»Aber es hat funktioniert?«

»Ja.« Er zwängte sich etwas ab, was ein erneutes Lächeln hätte werden sollen, doch es verrutschte wie flüssige Farbe, wenn man das Bild zu früh anhob. »Immerhin hatte ich bereits durchgesetzt, dass die beruhigenden Mittel nicht eingesetzt werden.«

Das war mir nicht aufgefallen. Jetzt begriff ich nicht, wie ich das nicht hatte bemerken können.

Es hätte meine Gefühle betäubt.

Ob es etwas daran geändert hätte, dass wir hier standen?

»Malina hat darauf gehofft, dass du sie zu einer Unsterblichen machst, Aydan. Die Menschen opfern ihr Leben für euren Dienst, weil sie auf ein besseres, unendliches hoffen.«

Es stürmte in seinen Augen. »Was ist mit dir? Norwyn ist sich sicher, dass du es von mir fordern wirst. Hat er recht?« Da schwang eine unleugbare Anspannung in seinen Worten mit.

»Nein. Es ist die Natur der Dinge, dass sie enden müssen.«

Er nickte.

Ich hatte die richtige Antwort gegeben.

Sein Mund strich lockend über meinen. »Dann lass uns die Zeit nutzen.« Meine Lippen öffneten sich für ihn, während seine Hände über den seidigen Stoff des Morgenmantels fuhren. Es war wie vor ein paar Wochen, als er mich an seinen Biss gewöhnt hatte, ein behutsames Vorantasten, um herauszufinden, wo meine Grenzen lagen. Langsam wurden seine Berührungen drängender und die gefielen mir ähnlich gut wie die sanften, zarten. Ich erkundete ebenfalls seinen Körper, streifte die Robe von ihm und stellte fest, dass alles, was sich darunter befand, genauso vollkommen war wie der Rest. Ich fuhr über seine kühle Haut, zeichnete unsichtbare Muster hinauf. Unterdessen küsste Aydan meine Schulter und schob den seidigen Stoff dort hinunter, doch erst, als der meine Füße streifte, registrierte ich, was das bedeutete.

Was er damit freilegte.

Wir hatten sie gefunden.

Meine Grenze.

Ich musste flüchten.

Sofort.

»Ist das zu schnell?« Seine Frage war so sanft, dass ich nicht anders konnte, als den Kopf zu schütteln.

Ich wollte nicht lügen. Nicht hierbei.

Verspätet wich ich zurück, doch um an die Tür zu gelangen, musste ich an Aydan vorbei.

Er würde *es* sehen.

Warum hatte Norwyn auf diese alberne Kleidung bestanden?

Kälte kroch mir die Beine hinauf, legte sich um mich wie die Nebelwolken frühmorgens über der Wiese hinter Grandpas Haus.

»Liz.« Drei Buchstaben reichten aus, meinen Blick zurückfahren zu lassen, in dieses Gesicht, das mir schon viel zu vertraut geworden war. »Vor was willst du diesmal davonrennen?«

Flüchten?

Oder bleiben?

Warum konnten Entscheidungen nicht klar sein?

Schwarz oder weiß?

Gut oder böse?

Wie sollte man wissen, was richtig war, bevor man wusste, was geschehen würde?

»Bitte sprich mit mir.«

Dass Aydan es mir nicht befahl, sondern beinahe sanft darum bat, gab den Ausschlag.

Langsam drehte ich mich um.

Meine Haarsträhnen kitzelten an Nacken und Schultern, dort, wo der tief ausgeschnittene Stoff des Nachthemdes die Haut nicht bedeckte.

Die Vergangenheit hinterließ in uns allen Spuren, manche davon so tief in uns, dass nicht einmal wir sie wiederfanden.

Und einige davon ließen sich nicht verstecken.

Immerhin musste ich Aydans Blick nicht ertragen, als ich mit zitternden Fingern die dünnen Träger des Kleides über die Schultern schob.

Der Stoff fiel und die Stille hinter mir presste jedes Stück Atem aus meiner Lunge.

Er sollte etwas sagen.

Und sollte gleichzeitig nichts sagen.

Manchmal waren Worte schärfer als Klingen und je länger Aydan schwieg, desto mehr fürchtete ich mich vor denen, die sich gleich in mich versenken würden.

Ich wusste, was er vor sich fand. Mein Rücken sah aus wie eine zersprungene Platte, nur dass statt Rissen Narben gezogen waren – unzählige davon. Manche wulstig, andere feiner. Im Laufe der Zeit war ihr tiefes Rot zu einem hellen Rosa geworden, doch verschwinden würden sie nie. Der Perfektion, die Vampire brauchten wie wir die Luft zum Atmen, würde ich niemals entsprechen.

»Was ist das?« Seine Schritte hallten auf dem Boden, obwohl er sich lautlos fortbewegen konnte. Er zeigte mir so an, dass er näher kam – damit ich ihm ausweichen konnte.

Nur Aydan verstand meine Dunkelheit – weil in ihm eine ganz ähnliche tobte.

»Teil dessen, weshalb ich viel Zeit im Bett verbracht habe.« Ein Versuch zu scherzen, aber nicht einmal auf meine Stimme war noch Verlass. Sie zitterte wie eine Kerze im Wind. Aydan legte den Arm über meine Hüfte, meinen Bauch und hielt mich fest. Gerade entspannte ich mich unter seiner Berührung, da spürte ich seinen kühlen Finger am Rücken. Es war ein Wunder, dass ich nicht vor lauter Anspannung zersprang, als er das Muster darauf nachzeichnete. Narben fand, von denen selbst ich nicht wusste, dass sie dort verliefen. Doch mit jeder nachgezogenen Spur ließ ein winziger Teil der Anspannung nach, bis es mir wieder gelang, gleichmäßig zu atmen.

»Weshalb hast du gezögert, es mir zu zeigen?«

Dafür gab es ein Bündel von Antworten.

Seine eigene Makellosigkeit.

Meine Vergangenheit, über die ich nicht reden wollte.

Und Worte, die zwar längst verklungen waren und dennoch in mir nachhallten.

Zu lügen wäre so einfach und doch entschied ich mich für die Wahrheit. Das tat ich beängstigend oft in Aydans Nähe.

»Der Letzte, der meinen Rücken gesehen hat, war nicht begeistert davon.« Seine Berührungen hatten auch die Kälte in mir vertrieben, das wurde mir erst bewusst, als sie aufs Neue angekrochen kam. Zusammen mit den Erinnerungen an *ihn*.

»Lorin?« Die grimmige Erwiderung ließ mich widerwillig schmunzeln.

»Mit der Frage habe ich längst gerechnet.« Ich lächelte und Aydan stieß ein winziges Knurren aus, lehnte sich an mich. Mein Rücken lag wie selbstverständlich an seiner Brust, während er erneut dazu überging, meinen Hals zu küssen. »Nein, nicht Lorin.«

»Das ist auch gesünder für ihn.« Nur bei Aydan klangen Drohungen wie charmante Einladungen. »Was den anderen angeht, denk nicht mehr daran. Er scheint ein Mistkerl gewesen zu sein.«

»Er könnte dich auch nicht ausstehen.«

Die Untertreibung dieses Jahrhunderts.

»Das hoffe ich. Wenn du mir sagst, wo ich ihn finde, erschrecke ich ihn nachts, als kleine Rache.«

Eine Neckerei, um die Reste meiner Schatten zu vertreiben, und sie tat ihre Wirkung. Ich löste mich gerade genug von ihm, um mich zu ihm umzudrehen. Er ahnte, was ich vorhatte, denn als ich mich auf die Zehenspitzen stellte, um ihn zu küssen, nahmen mich seine Lippen sofort in Empfang.

Aydans Finger fuhren wie selbstverständlich meinen Rücken entlang und gaben mir dieses warme Gefühl von Geborgenheit, die ich seit Ewigkeiten nicht mehr gespürt hatte. Die unnatürliche Kälte in seinen Fingerspitzen sollte mich abstoßen, aber das tat sie nicht. Sie zog mich an wie das Licht die Motte. Aydans Finger strichen über meine Brüste und ließen mich seufzen. Meine Zunge forderte mehr von ihm ein und augenblicklich wurde sein Griff fester, als wollte er verhindern, dass ich ihm ein weiteres Mal entwischte.

Konnte ich nicht.

Weil sich jeder Zentimeter an mir danach sehnte, von ihm erkundet zu werden.

Weil ich jeden Zentimeter an Aydan erkunden musste.

Seinen perfekten Körper, der sich anfühlte wie lebendig gewordener Marmor.

Die Kühle seiner Haut.

Die Härte seiner definierten Muskeln …

Die letzten Wochen hatte sich zwischen uns eine Spannung aufgebaut, nun fühlte es sich an, als fehlte nur ein Funken und wir würden explodieren.

Meine Hand fuhr über seinen Bauch … tiefer. Die Intensität seines Blicks raubte mir den Atem. Darin tobte die Lust ähnlich wie in mir. Ich fand, was ich suchte. Aydan gab ein raues Knurren von sich, das glühende Hitze zwischen meinen Beinen entfachte.

Ich brauchte mehr davon.

Von diesem Geräusch.

Der Hitze.

Meine Finger setzten sich in Bewegung.

Fuhren nun auf und ab.

Sein Blick hielt mich dabei gefangen. Heute wirkten seine Augen nicht sturmgrau, sondern wie Sternenlicht, das die Nacht aufbrach. Es fühlte sich an, als könnte ich mich darin so sehr verlieren, dass ich niemals mehr zurückfand. Der Gedanke sollte mir Angst machen, aber das tat er nicht.

Weil ich genau das so dringend wollte.

Mich in Aydan verlieren.

Immer und immer wieder.

Er gab ein weiteres dieser Knurren von sich und ich wand mich unter der Hitze, die in meinem Schoß tobte. Endlich fanden seine

Finger dorthin, wo ich sie dringend brauchte. Es dauerte keinen Herzschlag und mein Slip war fort. Das Sternenlicht in seinen Augen funkelte auf und im nächsten Moment schob er einen Finger in mich.

In seinen Armen wurde ich zur Fackel.

Ich löste mich auf.

Wurde zu Flammen, die nach Aydans Takt tanzten.

Zu Hitze, die sich danach sehnte, zu explodieren.

Zu einem Meer aus Funken, die überall dort einschlugen, wo wir uns berührten.

Ich drängte mich seinen Fingern entgegen, während meine ihre Geschwindigkeit erhöhten. Darum flehten, dass Aydans es ihnen gleichtaten, doch seine Bewegungen blieben grausam langsam.

»Warte, Liz«, raunte er mit dieser rauchigen Stimme, die mein Feuer weiter anschürte, und löste sanft meine Hand. »Ich habe das hier lange nicht gemacht und ich muss mich etwas *zurückhalten,* um nicht die Kontrolle zu verlieren.« Er grinste auf diese verführerische Art, die in mir den Wunsch weckte, ihn zu küssen und nie mehr damit aufzuhören. »Lass es uns langsamer angehen«, raunte er mir zu. »Ich will dich nicht erschrecken oder …«

Oder mich verletzen.

Auch ungesagt drängten sich die Worte zwischen uns.

»Außerdem habe ich ohnehin vor, jede Minute dieser Nacht auszukosten. *Dich* zu kosten.« Sein Finger setzte sich erneut grausam langsam in Bewegung.

In mich hinein.

Er musste hören, wie mein Herzschlag allein bei der Vorstellung galoppierte.

Wie mein Atem stockte.

Mein Blut rauschte.

Aus mir heraus.

Ich stieß ein Stöhnen aus, halb Protest und halb Erregung. Ein zweites schloss sich an, doch dieses bestand aus purer Entgeisterung, weil Aydans Finger nicht zurückkehrte. Bevor ich ihn einfordern konnte, tauchte er in seinem Mund ab. Die Lust in seinen Augen war plötzlich so dunkel, dass sie das Sternenlicht auslöschte. Im nächsten Augenblick fand ich mich mit dem Rücken an einem der Bettpfosten wieder, während Aydan vor mir kniete.

Gerade noch war er so schnell gewesen, dass mir der Kopf schwirrte, jetzt war seine Berührung so sanft wie ein Lufthauch. Seine Zunge fand zielgenau dieses Pochen zwischen meinen Beinen.

Er spielte mit mir.

Begann langsam, beschleunigte sich, um sich dann wieder grausam zu verlangsamen. Offenbar war es ihm ernst damit. Er würde mich die ganze Nacht quälen. Ich versuchte, das Stöhnen in mir einzusperren, mich seiner Bewegung minimal entgegenzupressen, um mehr davon abzubekommen.

Vergebens.

Aydan nahm alles an mir wahr, als lese er in mir wie in einem aufgeschlagenen Buch.

Jedes Zucken, jeden Atemzug, jedes zurückgesperrte Seufzen.

Unzählige Male trieb er mich an diesen Klippenrand. Doch jedes Mal, wenn ich kurz davorstand abzuspringen, hielt er mich fest. Bei sich.

Ich liebte es.

Ich verfluchte es.

Genau wie Aydan.

Nachdem er mich einmal mehr davon abhielt, meiner Erlösung entgegenzuspringen, hielt ich es nicht länger aus. »Beim nächsten Mal springe ich ohne dich!«

Keine Sekunde später stand er vor mir. Dem Blitzen in seinen Augen nach brauchte es keine weiteren Erklärungen, damit er wusste, was ich meinte.

»Eine verführerische Idee.« Er fing meine Hand ab und küsste sie. »Aber heute gehörst du mir.« Seine Stimme klang wie Samt, sanft und weich, doch die Bedeutung seiner Worte ließ meinen ganzen Körper erwartungsvoll kribbeln.

Er hatte recht.

Heute Nacht gehörte ich ihm.

Und er gehörte mir.

Meine Lippen pressten sich an seine. Es fühlte sich an, als würde ich in Aydan ertrinken, und bekam doch nicht genug von ihm. Er küsste mich voller Leidenschaft, gleichzeitig kehrte sein Finger zurück in meinen Schoß und tauchte darin ein.

Diesmal nahm er einen zweiten hinzu.

Füllte mich aus.

Ich stöhnte seinen Namen. Er packte mich fester, während seine Finger im perfekten Tempo in mich eintauchten.

Wieder.

Und wieder.

Die Klippe näherte sich schnell.

Ich spürte die Erschütterung, als ich absprang. Aydans Lippen nahmen mein sekundenlanges Stöhnen zwischen sich auf, während er mich festhielt. Ich blinzelte und registrierte erst da, dass ich kurzzeitig die Augen geschlossen hatte. Aydans Blick lag fest auf mir, als versuchte er, sich jede winzige Regung in meinem Gesicht einzuprägen.

»Du bist so schön.« Seine Stimme war ähnlich dunkel wie die Erregung in seinen Augen. Während ich um Atem rang, setzte sich sein Mund in Bewegung. Seine Lippen strichen über meine Schultern, fuhren meinen Hals entlang und stoppten an dieser Stelle, an der ich vorhin seine Zähne gespürt hatte. Augenblicklich fuhr neue Hitze in meinen Schoß, obwohl die Nachbeben noch über mich hinwegzogen.

Aydan presste sich an mich, ließ mich seine Härte spüren, doch ehe ich danach fassen konnte, lag ich im Bett. Mein Kopf sank ins Kissen, während die Welt schwankte. Aus dunklen Augen starrte Aydan auf mich herab.

Bei jedem anderen hätte ich es gehasst.

Nie zu wissen, was im nächsten Moment geschah.

Wo ich mich befinden würde.

Die Kontrolle abzugeben.

Bei Aydan nicht.

Weil Grund dafür seine eigenen winzigen Kontrollverluste waren.

Momente, in denen er aus zu unbändiger Lust bestand, um daran zu denken, dass sein Tempo ein anderes war als meines.

Nein.

Bei Aydan berauschte es mich.

Weil ich der Grund war, weshalb er die Kontrolle verlor.

So wie er mein Grund für jeden einzelnen Kontrollverlust war.

Aydan wich zurück statt zu mir.

Wohl sein Versuch, sich zu mäßigen.

Ich ließ ihn nicht.

Meine Hand fand zu seiner Mitte und begann erneut, die Härte dort zu umschließen.

»Liz«, stieß er rau aus.

Ein Befehl aufzuhören.

Ein Flehen weiterzumachen.

Ich hatte nicht vor zu stoppen.

Stattdessen rutschte ich tiefer, mein Mund löste meine Hand ab. Aydans Knurren schien den ganzen Raum zum Vibrieren zu bringen. Und wieder stand ich lichterloh in Flammen. Ich spielte mit ihm, bewegte mich auf und ab, verstärkte den Druck, während er meinen Mund ausfüllte. Seine Hände lagen an meinen Schultern, schienen sich bereit zu machen, mich von sich zu schieben, bevor er die Kontrolle verlor, obwohl ich genau das herbeisehnte.

Weil Aydan normalerweise nichts aus der Fassung brachte.

Und es mich berauschte zu wissen, dass es mir gelang.

»Liz!« Mein Name war ein Befehl zu stoppen.

Doch ich wurde schneller, mein Druck fester und Aydans Stöhnen noch köstlicher.

Im nächsten Moment lag ich auf dem Rücken, sank wieder im Kissen ein. Aydan stützte sich an meinen Seiten ab und starrte zu mir herunter. Faszination und Begierde kämpften in seinen Augen miteinander.

»Warum hast du niemals Angst?«, flüsterte er und sein Blick war so intensiv, als versuchte er, in mich hineinzusehen. All die Dinge zu verstehen, die nicht dafür gemacht waren, verstanden zu werden.

»Hast *du* Angst?«

»Manchmal.« Das Funkeln kehrte in seine Augen zurück.

»Jetzt?« So leicht ließ ich nicht von ihm ab.

»Ja.« Seine Stimme klang gepresst, aber er zögerte nicht, es zuzugeben. »Es macht mir Angst, wie sehr ich dich will.«

Weil ich ein Mensch war.

Weil er sich zusammenreißen musste.

Um mich nicht zu verletzen.

»Nichts an dir macht mir Angst, Aydan. Hör damit auf, mich beschützen zu wollen.« Ich stützte mich ab und hob den Oberkörper an. Er ließ zu, dass ich ein weiteres Mal zwischen seinen Lippen abtauchte. Sein Arm schlang sich um mich, hielt mich mit Leichtigkeit oben, während wir beide nicht in der Lage waren, uns voneinander zu trennen.

Behutsam drängte Aydan meine Beine auseinander.

Mein Herz überschlug sich.

Niemals hatte ich etwas mehr entgegengesehnt.

All die Hitze wanderte in meinen Schoß und wartete nur darauf, dass er sie explodieren ließ.

Und dann … endlich … schob er sich in mich.

Sein Stöhnen verband sich mit meinem.

Es war unmöglich zu sagen, wo Aydan begann und ich aufhörte.

Wir wurden zu einem überwältigenden Ganzen.

Es war so viel mehr, als ich gehofft hatte.

So erschreckend viel mehr.

»Liz?« Aydan schien zu spüren, dass sich etwas veränderte.

»Es macht mir Angst, wie sehr ich dich will.«

Aydans Worte dröhnten durch meinen Kopf, aber die Stimme dazu gehörte mir.

»Es macht mir auch Angst«, flüsterte ich und sein Blick hielt mich gefangen. »Wie sehr ich dich will.«

Ich tat mich schwer mit Ehrlichkeit. Noch schwerer damit, Schwächen offenzulegen. Doch bei Aydan konnte ich beides.

Weil es sich anfühlte, als sähe er meine Abgründe und würde mich trotzdem wollen.

Weil ich für ihn niemand anderes sein musste.

Nur ich.

Niemals war ich genug gewesen. Aber Aydans Arme, die mich umfassten, als wäre ich das Kostbarste überhaupt, fühlten sich an, als wäre ich das für ihn. *Genug.*

Er küsste meine Stirn und hauchte mir Küsse auf die Wange. »Weiter?«, flüsterte er und lächelte, weil ich augenblicklich nickte.

Ich wollte mehr von Aydan.

Tiefer.

Schneller.

Ich drängte mich gegen ihn, bewegte mein Becken und rang ihm damit ein weiteres Knurren ab. Dann presste ich die Lippen auf seine und inhalierte den Ton. Seine Hand in meinem Nacken drückte mich enger an sich, während seine Zunge meine zu einem Tanz aufforderte.

Seine Stöße waren fest und gefühlvoll, aber ein Blick in den Sturm seiner Augen ließ mich ahnen, wie sehr er sich zurücknehmen musste.

»Lass mich übernehmen«, raunte ich ihm zwischen zwei Küssen zu.

»Ich weiß nicht, ob das eine gute Idee ist«, kam es nach einer Sekunde gepresst zurück.

»Ist es.« Ich drückte die Hand auf seine Brust und er gab nach, legte sich aufs Bett. Nun erinnerten seine Augen wieder an Sternenlicht, so tief funkelte es darin, als ich mich aufrichtete. Sein Blick strich über mich und dort fand sich nichts als Faszination und Begehren.

Ich beugte mich vor und küsste seine perfekten Lippen, bevor ich auf ihn sank. Er umklammerte das Bettgestell, als suchte er nach einem Halt, etwas, das ihn zurückriss, falls seine Instinkte übernahmen.

»Du wirst mir nichts tun, Aydan«, flüsterte ich ihm zu und begann, mich auf ihm zu bewegen.

Er stöhnte und schien sich tatsächlich zu entspannen, während er zuließ, dass ich das Tempo vorgab, und dabei jede meiner Regungen in sich aufsaugte.

Ich bewegte mich immer schneller – weil die Flammen in mir sich danach sehnten, erneut zu explodieren. Aydans linke Hand kehrte zurück, legte sich mir in den Schoß und strich über die perfekte Stelle.

Ich ergab mich seiner Hand und presste mich ihr entgegen.

Ergab mich den Flammen.

Mein Körper zuckte und Aydan schien nur darauf gewartet zu haben, schloss sich an.

Der Raum um uns herum schwankte.

Vielleicht aber auch wir.

Wärme und Licht fluteten mich, als ich in Aydans Arme sank. Er legte die Hand auf mein trommelndes Herz, als müsste er sich davon überzeugen, dass es mir gutging. Dabei lauschte er sicher längst meinem Herzschlag. Mit der anderen Hand strich er mir durchs Haar und drehte Strähnen um seinen Zeigefinger, während ich nach Luft rang.

»Du machst meine Nächte heller«, raunte er mir zu. Seine Worte fühlten sich an wie das Beste, das ich jemals gehört hatte.

KAPITEL 31

AYDAN

Glück. Noch bevor ich die Augen öffnete, war es da und breitete sich in mir aus. Es war Ewigkeiten her, dass ich mich beim Aufwachen so gefühlt hatte. Kurz irritierte es mich, doch dann fand ich Liz' Geruch und all die Erinnerungen an die letzte Nacht stürmten auf mich ein. Dieses warme Leuchten in mir nahm unaufhörlich weiter zu. Ich hob den Arm, wollte Liz an mich ziehen, aber noch in der Bewegung registrierte ich, dass etwas anders war, als es sein sollte. Ich zwang die Augen auf und fand, was ich befürchtet hatte.

Ich hätte ihren Herzschlag spüren müssen.

Die Wärme ihres Körpers.

Den Geruch nach Tausendschön.

Liz war fort.

Wie damals in der Bibliothek.

Das Leuchten fiel in sich zusammen.

Eigentlich hatte ich gedacht, damit wären wir durch. Doch wie es aussah, gelang es mir sogar schlafend, Liz in die Flucht zu schlagen.

Wahrscheinlich hätte ich sie letzte Nacht fortschicken müssen, als sie mir dabei zugesehen hatte, wie ich die dicken Vorhänge zuzog, weil das erste Tageslicht bereits ins Zimmer fiel.

»Soll ich bleiben?«, hatte sie mir zugeraunt, kaum, dass ich wieder neben ihr im Bett ankam. Als sie da in meinem Arm gelegen hatte, ihre warme Haut an meiner, hatte ich mich nicht dazu überwinden können, sie ziehen zu lassen.

»Ja«, hatte ich schläfrig zurückgeraunt.

Offenbar ein Fehler.

Jetzt fühlte es sich an wie ein Test, den ich nicht bestanden hatte.

Ich stieß ein Stöhnen aus. Früher hatte ich gedacht, Menschen seien eindimensional und leicht zu durchschauen. Was hatte ich mich getäuscht. Liz war das komplizierteste Wesen, das mir je untergekommen war. Immer wenn es sich anfühlte, als verstünde ich sie, verstand ich im nächsten Moment nichts mehr.

Leider war ich verrückt nach ihr.

Ich zwang mich aus dem Bett. Gestern hatte ich zu wenig getrunken. Die paar Schlucke hatten nicht ansatzweise ausgereicht, um mich zu sättigen. Dass ich es geschafft hatte, die Nacht trotzdem neben ihr zu verbringen, lag nur daran, dass meine anderen Sinne dermaßen ausgelastet gewesen waren. Ein winziges Lächeln schlich sich bei den Erinnerungen auf meine Lippen. Heute würde ich mehr als sonst trinken müssen, um den Durst unter Kontrolle zu halten.

Ich zog mir eine steingraue Hose und ein weißes Hemd über – gewagt hell, aber mir war heute nach Helligkeit.

Schritte im Flur kündigten Besuch an und das Lächeln kehrte zurück und setzte sich in meinem Gesicht fest, noch bevor die Tür aufging. Es gab nur eine Person, die so ungerührt in meine Privaträume eindrang.

Liz hatte das schwarze Seidenkleid von gestern gegen ihre normale Kleidung eingetauscht. Das helle Haar halbherzig gekämmt, stand sie vor mir.

Es war ein sonderbarer Moment.

Ich war mir nicht sicher, was ich zu tun oder zu sagen hatte. Auch das kam frustrierend oft vor, wenn ich in ihrer Nähe war. Zumindest mein Körper hatte genaue Vorstellungen davon, was er wollte. Nachdem ich gestern erst von ihr getrunken hatte, bildete ich mir ein, ihr Blut auf der Zunge zu schmecken. Es war anders als letzte Nacht. Ich wollte Liz küssen, aber heute behielt der Durst die Oberhand – das Verlangen, von ihr zu trinken, war stärker.

Dass ich sie weder küsste noch von ihr trank, lag allein an dem gefüllten Kelch, den sie mir entgegenhielt. Blut, das regelmäßig zu kalt war, das kaum Geschmack besaß und dessen Abgang so fade war, dass er sich schwer finden ließ.

Den Kelch nahm ich ihr nicht ab.

Ich wollte ihn nicht.

Ich wollte ihr Blut.

Eine Falte bildete sich auf ihrer Stirn und ihre Augen nahmen diesen durchdringenden Ausdruck an. Sie wusste genau, was ich dachte. Ich hingegen hatte nicht den Hauch einer Ahnung, was sie sich hierbei dachte.

»Bitte trink, Aydan.« Skurrile Begrüßungsworte nach dem, was in der letzten Nacht zwischen uns geschehen war, und es wurde nicht besser. »Es gibt etwas, worüber ich mit dir reden muss. Das will ich erst, wenn du satt bist. Du hast gestern nicht viel getrunken.«

Weil sie mich gestoppt hatte. Es war, als würde meine Wut den Durst in mir zusätzlich verstärken. Immerhin damit lag Liz richtig, ich sollte dringend etwas zu mir nehmen. Mein Blick verlagerte sich auf Liz' Hals, der so verführerisch perfekt war. Liz bemerkte es ebenfalls und hielt mir den Kelch drängender entgegen. »Trink – *hieraus.*«

Grimmig nahm ich ihn Liz ab. Vorher würde ich keine Antwort bekommen. Also trank ich. Heute, mit Liz und ihrem Geruch überall um mich herum, war es eine Zumutung, dieses fade, kalte Zeug herunterzuwürgen. Dass ich sie auf verschiedenen Ebenen wollte, und das dermaßen stark, machte es permanent anstrengend. Wieder strich mein Blick über ihren Hals. Ich spürte den vollmundigen Geschmack von Tausendschön beinahe auf der Zunge, während ich gleichzeitig diesen faden Abklatsch in mich zwängte. Zumindest hatte ich mich ausreichend unter Kontrolle, um die Zähne nicht einfach in ihr zu versenken. Dennoch war es beängstigend, wie sehr ich auf Liz' Blut reagierte. Ob meine Faszination für sie daran schuld war?

Selbst als ich den leeren Kelch absetzte, blieb der Durst. Mein Körper benahm sich wie damals, kurz nach meiner Verwandlung, als ich erst noch hatte lernen müssen, die Triebe zu kontrollieren. Für den Moment würde es dennoch reichen.

»Besser?«, fragte Liz sanft. Es war erstaunlich, wie gut sie meine Stimmungen einordnen konnte.

Ich riss sie an mich. Liz lachte überrascht auf, als sie sich dicht an mich gedrängt im Bett wiederfand. »Was willst du mit mir bereden?«, fragte ich, während meine Hände sich einen Weg unter ihre Kleidung suchten. Doch Liz hatte andere Pläne und fing sie spielerisch ab.

»Aus irgendeinem unerklärlichen Grund bin ich bereit, das mit uns zu versuchen, aber dazu brauche ich ein Versprechen von dir.«

Unsterblichkeit.

Wenn Liz sie forderte, würde das zwischen uns hier und jetzt enden. Ich zog mich zurück. »Welches?«

»Verzichte auf mein Blut.«

Ich blinzelte.

Hoffte, sie scherzte.

Ahnte, dass sie es nicht tat.

»Weshalb?«, entfuhr es mir lauter als gewollt.

Alles war perfekt!

Liz hatte keine Angst mehr davor und zum ersten Mal seit einem halben Jahrhundert fand sich in mir der Drang zu trinken. Außerdem gab es diesen unglaublichen Rausch, wenn ich von ihr trank. Warum sollten wir darauf verzichten?

»Reicht es nicht aus, dass ich es nicht möchte?« Ihre Finger fuhren die Bettdecke entlang und erinnerte mich daran, wie sie auf ihrem

Bett vor mir gesessen hatte, nach unserem Kuss. Keine gute Erinnerung.

»Nein, das reicht nicht. Es ist, als wenn ich dich auffordern würde, nur noch altes Brot zu essen …«

»Ich fordere nicht, dass du auf frisches Blut verzichtest«, sagte sie und steigerte meine Verwirrung um ein Vielfaches. »Trink von Malina, wenn du das willst, oder jemand anderem. Nur nicht von mir.«

»Warum?«, brach es aus mir heraus. »Wenn du verlangen würdest, dass ich von niemand anderem mehr trinke, könnte ich zumindest einen Grund erahnen, aber jetzt gerade verstehe ich nichts.« Ihr Geruch hing überall in meinem Schlafzimmer und fühlte sich an wie blanker Hohn. »Rede mit mir!«, forderte ich sie auf, während ich aufstand. »Ich weiß, das fällt dir schwer, aber so wie es aussieht, müssen wir daran arbeiten, denn es treibt mich in den Wahnsinn, dass du mich anschaust, als sollte ich wissen, was dahintersteckt. Dabei habe ich nicht die geringste Ahnung!«

Liz biss sich auf die Lippe, eines dieser winzigen Zeichen, das sie mit sich rang. Sie beobachtete mich, schien jedes meiner Worte, jede Regung abzuwägen. Alles, was ich tat, hatte Auswirkungen darauf, wie viel sie preisgab. Das kannte ich schon zu gut. Die meiste Zeit konnte ich damit umgehen. Nach der letzten Nacht nicht. »Ist es wegen Anne?« Ich starrte in Richtung Fenster, weil ich es nicht über mich brachte, Liz weiter anzuschauen.

Stoff strich über die Matratze und machte mir bewusst, dass sie ebenfalls aufstand. Sie stoppte unmittelbar vor mir und zwang mich so, sie wieder anzusehen. »Nein. Denk das nicht, Aydan.«

»Was dann?« Ich fiel in einen Strudel aus Meeresblau, der mich tief nach unten riss.

»Das zwischen uns habe ich nicht erwartet«, fuhr sie zögerlicher fort. »Und es ist nicht das, was ich mir für mein Leben erhofft habe.« Worte so schmerzhaft, dass sie mir die Kehle abschnürten. Liz mühte sich ein Lächeln ab, doch es wirkte traurig. Sanft legte sie ihre Hand an meine Wange. »Offenbar ist es aber das, was ich möchte.« Das war schon eher, was ich hören wollte. »Ich brauche keinen Status, keine hochtrabenden Titel. Wenn du mit mir zusammen sein willst, nur auf die menschliche Art. Dann bin ich nicht länger deine Blutmagd, sondern dir gleichrangig.«

Gleichrangig.

Wir bewegten uns auf so dünnem Eis, dass ich mir einbildete, es unter uns knacken zu hören. Ich stand kurz davor zu protestieren, aber Liz schien es zu ahnen und legte ihren warmen Finger auf meine Lippen. »Du möchtest dich nicht fragen, ob ich wegen der Möglichkeit auf Unsterblichkeit bei dir bin.« Obwohl ihre Stimme sanft war, fühlte es sich an, als erwachte hinter meiner Brust ein Sturm. Aber Liz war noch nicht fertig. »Und ich möchte mich nicht fragen, ob du wegen meines Bluts bei mir bist.« Ein winziges Zittern hatte sich in ihre Stimme geschlichen. »Wie wäre es damit, ich schwöre dir, dass ich dich niemals um Unendlichkeit bitte, und du schwörst mir, dass du nie wieder von mir trinkst.«

Das hier war Himmel und Hölle zugleich.

Sie bot mir das, was ich so dringend brauchte, eine Garantie, dass es ihr um mich ging. Gleichzeitig forderte sie von mir das Gleiche. Der Finger an meiner Lippe zitterte und sie nahm ihn fort, wohl weil sie hoffte, dass ich es noch nicht wahrgenommen hatte. Nein, mein Körper gierte nach ihrem Blut, aber das war nicht der Grund, weshalb wir hier standen. Wir waren beide zerbrochen, genau wie unser Vertrauen in andere, und wir bemühten uns, dass es niemand sonst wahrnahm. Vielleicht würde mir Liz irgendwann erzählen, was ihr widerfahren war, aber bis dahin tobte in mir nur dieser brennende Wunsch, ihr zu beweisen, dass es mir ernst mit ihr war. *Nur warum hatte sie dafür nichts Einfacheres fordern können?*

Ihre Wimpern flatterten, weil ich mir mit der Antwort zu viel Zeit ließ.

Verdammt!

»Aydan?«, flüsterte sie und klang, als würde sie im nächsten Augenblick zerspringen. Sie hatte Angst vor meiner Entscheidung. Davor, dass ich nicht auf diesen Teil von ihr verzichten würde und ihr damit recht gab – dass es mir in Wahrheit um ihr Blut ging.

Ein Stöhnen entwich mir, keines von der guten Sorte.

Die Unsicherheit, die mir aus ihrem Blick entgegensprang, löschte weitere Teile meiner Wut.

Ärgerlich.

Ich wäre gern noch ein wenig länger wütend auf sie gewesen.

Stattdessen beugte ich mich zu ihr hinunter und legte die Stirn an ihre. »Du bist ohnehin eine jämmerliche Blutmagd«, raunte ich ihr zu und bekam dafür ein winziges, erleichtertes Lächeln. Eines, das wieder dieses Glücksgefühl in mir auslöste.

»Die schlimmste von allen«, pflichtete sie mir leise bei. »Sei froh, dass du mich los bist.«

»Also bringst du mir weiterhin jede Nacht einen Kelch?«

»Das war mein Plan.«

Meine Hand fuhr in ihren Nacken, versank in ihrem seidigen Haar. »Ich bin dabei. Du bekommst meinen Schwur.«

»Und du meinen.« Sie stellte sich auf die Zehenspitzen und küsste mich.

KAPITEL 32

»Du machst uns zum Gespött.« Kaum betrat ich den Salon, setzte Norwyn zu seiner Strafpredigt an. »Alles, was du tust, fällt auf mich zurück. Ist dir das überhaupt noch bewusst? Hast du daran gedacht, bevor du damit begonnen hast, Morddrohungen gegen meine Freunde auszustoßen?«

Ich sank in den nächstbesten Sessel, obwohl mit jedem seiner Worte der Drang in mir wuchs, wieder zu gehen. Liz saß bestimmt am Flügel. Ich liebte es, sie zu beobachten, wenn sie spielte. Der konzentrierte Ausdruck in ihren Augen. Ihre Lippen, die leicht geöffnet waren …

»Aydan! Du hörst mir nicht zu.« Das war das Problem, wenn man Jahrhunderte gemeinsam durchlebt hatte – man kannte sich zu gut. Es abzustreiten, hätte unser beider Intellekt beleidigt, also schwieg ich. »Du hast nicht das Geringste dazugelernt«, fuhr er mich an. »Diese ganze Geschichte wiederholt sich!«

»Vergleich Liz nicht mit Anne. Das zwischen uns ist anders.«

»Ach, ist es das?« Norwyns Augenbrauen hoben sich. »Stimmt. Aus der letzten hast du ja schon nach wenigen Wochen eine Blutbraut gemacht. Jetzt drohst du lediglich damit.«

Er presste die Lippen so fest zusammen, dass er dazwischen wohl Steine zu Staub hätte mahlen können.

Meine Drohung gestern hatte uns beide erschüttert.

»Du hast mir keine Wahl gelassen. Die anderen hätten sich auf sie gestürzt.« Trotz der Wochen hier schien Liz nicht annähernd zu begreifen, welche Wirkung ihr Blut auf die meisten von uns hatte. Erinnerungen flammten in mir auf.

Vampire um Liz geschart.

Lerow, der sich in ihr festgebissen hatte.

Diese verfluchte Panik, dass sich die geschlossenen Augen in dem hellen Gesicht vielleicht niemals mehr öffnen würden.

Das durfte nie wieder passieren. Nichts davon.

»Hättest du es getan?« Norwyns Blick spießte mich förmlich auf. Ein Tropfen meines Blutes hätte ausgereicht und aus Liz wäre noch gestern Nacht eine Blutbraut geworden.

Der erste Schritt Richtung Unendlichkeit.

»Wir wissen beide, wie das endet. Sie wird dir genauso in den Ohren liegen wie die Letzte. Du denkst, dass sie an dir interessiert ist? Nein. Sie will nicht dich, sie will Unendlichkeit. Das wollen sie alle.«

Gestern hätten mich seine Worte noch getroffen, heute, nach ihrem Schwur, nicht mehr. Sie war bei mir, weil sie mich wollte, nur mich. »Liz ist nicht so.«

»Stimmt, sie spielt anders als der Rest von ihnen. Wach endlich aus diesem Dämmerzustand auf und sieh, was sie mit dir macht!«

»Du wolltest, dass ich wieder anfange zu leben. Seit sie hier ist, fühle ich mich lebendiger als die letzten Jahrzehnte zusammen. Ich werde das nicht aufgeben, weil du sie nicht leiden kannst.«

Norwyn stieß ein verächtliches Schnauben aus, sollte er doch. Ich war nicht hier, um ihn zu besänftigen, sondern um die neuen Regeln festzulegen. »Ab sofort ist sie tabu.« Ein höhnisches Lachen drang aus ihm heraus – Einverständnis klang anders. Ich musste deutlicher werden. »Wenn du darauf pochst, dass Liz dir gehört, einem deiner Freunde noch einmal Kostproben von ihr anbietest, wenn du sie für irgendwelche Veranstaltungen einplanst oder etwas vorhast, das ihr schaden könnte …«, ich beugte mich vor, um meine Worte zu unterstreichen, »dann mache ich sie zur Blutbraut.« Nach gestern wusste ich, dass ich mir mit dieser Drohung alles bei Norwyn erkaufen konnte. Er verachtete Liz aus den Tiefen seiner Seele und die Vorstellung, dass sie eine von uns wurde, war für ihn ein einziger Albtraum.

»Lass sie in Ruhe und sorg dafür, dass die anderen das ebenfalls tun, dann gibt es keine bleibenden Veränderungen.«

Norwyn schwieg auf diese Weise, von der ich wusste, dass er mit sich rang, Gründe gegeneinander abwog und mit dem Ergebnis doch nicht zufrieden war. Wahrscheinlich überlegte er gerade, wie viele Jahre Liz blieben oder ob ich früher das Interesse an ihr verlor. Er seufzte tief auf und machte deutlich, dass ich gewonnen hatte. Wenig überraschend, mit meiner Lösung konnte er besser leben als mit der Alternative. Wir wussten beide, wie schnell Jahre, sogar Jahrzehnte verflogen.

»Im Gegenzug hörst du damit auf, meine Freunde zu bedrohen. Ganz besonders diejenigen, die gute Kontakte zum Schattenrat haben.« *Lerow.*

»Wenn du ihn dazu bringst, sich von Liz fernzuhalten.«

»Was das angeht … Da solltest du dich kompromissbereit zeigen. Lerow ist es nämlich nicht. Ich mache dir Zugeständnisse, und das, obwohl ich weiß, wie diese Sache endet – dafür verlange ich dieses eine von dir. Lass ihn von ihr trinken, vorher wird er nicht aufhören, es einzufordern. Er hat bei der Jagd Gefallen an ihr gefunden.« *Eine fürstliche Untertreibung.* »Gib ihm, was er verlangt, denn ich bin nicht bereit, für deine Vernarrtheit weiter den Kopf hinzuhalten.«

»Er kommt nicht in ihre Nähe. Gestern Nacht hat er noch damit gedroht, Liz umzubringen.« Die Wut in mir fühlte sich an wie ein Kessel, der überkochte. Heiße Spritzer versengten mich von innen heraus und dennoch zwang ich mich, äußerlich ruhig zu bleiben.

»Ein Grund mehr, ihm zu geben, was er verlangt. Das hier stammt vom Schattenrat, Lerow hat es mir unter dem Siegel der

Verschwiegenheit überlassen.« Norwyn schob mir ein Papier entgegen. »Es wird Zeit, dass du die Tragweite dessen begreifst, was geschieht, Aydan.« Es waren nicht seine Worte, die den Kessel in mir abrupt stoppten, es war das Blatt, das sich in meinen Händen wiederfand. Eine Karte unseres Reiches, doch auf dieser hier fanden sich unzählige schwarze Kreuze.

Konnte das sein, wonach es sich anfühlte?

Ich hob den Kopf und sah Norwyn knapp nicken.

Kreuze.

Eines für jeden Vampir, der sein Leben verloren hatte.

Ich mochte gestern damit gedroht haben, aber Vampire umzubringen, war so gut wie unmöglich. Wir gingen nicht aufeinander los – eine der Regeln der Vampirriege. Kein Mensch war in der Lage, unsere Köpfe von den Körpern zu trennen. Es blieb eine einzige Möglichkeit …

»Sigans Seuche?« Mein Blick strich über die Kreuze, die wie kleine Nester verschiedene Teile des Reichs bedeckten.

»Sie ist wie ein Funke, der überspringt, und plötzlich brennt alles drum herum. Es beginnt mit einem Toten, dann, Tage später, infiziert sich der nächste und schließlich ein halbes Dutzend.« Norwyn deutete auf Stellen, an denen sich die Kreuze sammelten. Ich fand den Vorwurf in seiner Miene und es gab nichts, das ich ihm entgegensetzen konnte. Die letzten Wochen hatte ich mich in meinen Räumen eingeschlossen, um wahlweise mit Liz am Klavier zu spielen oder sie zu verfluchen – alles andere war mir erschreckend gleichgültig gewesen. Doch diese Kreuze machten mir schlagartig klar, dass es nicht so weitergehen konnte.

Sigans Seuche stellte eine Gefahr dar.

»Wir müssen Vorkehrungen treffen. Ich kontaktiere die Sucherin und beginne mit der Auswahl der neuen Dienerschaft.«

»Lerow sagt, der Schattenrat beginne, das Gebiet um die Burg abzuriegeln. Er könnte ein gutes Wort für uns einlegen und uns dort hineinschaffen, falls die Seuche hier ausbricht. Ich habe nicht vor, ihn zu verärgern, nur weil du eine dahergelaufene Sterbliche anziehend findest.«

»Nein. Lerow ist ein Aufschneider und ich traue ihm nicht. Es bleibt dabei, Norwyn. Ein Verstoß gegen meine Regeln und sie steigt auf. Wir müssen nicht darüber reden, wie der nächste Schritt aussehen würde, oder?«

Bis gestern eine unaussprechliche Drohung.

Doch das war vor ihrem Schwur gewesen.

Unter Norwyns entgeistertem Blick wandte ich mich ab und verließ den Raum.

KAPITEL 33

LIZ

Ich hasste die Blutkonserven.

Mittlerweile hatte ich den Kelch oft genug gefüllt, um nicht mit Bildern geflutet zu werden. Dennoch blieb das Blut – dickflüssig und dunkelrot – eine beständige Erinnerung daran, wie weit ich von meinem Weg abgekommen war.

Wie uns die Vampirherrschaft wortwörtlich ausblutete.

Irgendwo war jemand gezwungen gewesen, sein Blut gegen Geld einzutauschen, damit er überlebte. Wie so viele andere auch. Genau das führte dazu, dass der Gegenwert immer geringer wurde. Je tiefer der Blutpreis sank, den die Vampire uns zahlten, desto größer wurde die Verzweiflung der Menschen. All das wusste ich und dennoch nahm ich dieses Blut und goss es Nacht für Nacht in einen Kristallkelch. In manchen davon sogar mehr als einmal.

Bevor ich andauernd um ihn herum gewesen war, hatte Aydan ein Kelch pro Nacht gereicht. Jetzt nicht immer. Ich war gut darin geworden, in seinen Augen abzulesen, wann der Blutdurst zu stark wurde. Dieser hier war der erste Kelch heute, wenn ich Glück hatte, blieb er der einzige.

»Du und Aydan also?«

Ich fuhr herum und spürte etwas über meinen Handrücken fließen.

Blut!

Der Inhalt meines Magens kroch mir die Speiseröhre hoch, während ich Lorin anstarrte. Seit der Blutnacht letzte Woche verschwanden die Dienstboten, sobald ich im Trakt auftauchte. Das fühlte sich nicht besonders gut an. Aber jetzt, mit Lorins eisiger Miene vor mir, hätte ich wenig dagegen gehabt, wenn auch er wieder in sein Zimmer gehuscht wäre.

»Ja.« Natürlich redeten sie über mich – ich sah ihre Abscheu und die Wut in ihren Blicken, wenn sie mir auf den Fluren draußen begegneten.

Ich war die neue Anne.

Die Ausgestoßene.

»Wann stuft er dich auf?« Bitterkeit lag in Lorins Stimme. Er war seit Jahren hier, ich kaum zwei Monate und verbrachte meine Nächte nun offiziell an der Seite eines Vampirs.

»Das ist nicht der Grund, weshalb Aydan und ich …«, ich suchte nach Worten und fand keine passenden, » … sind, was wir sind«, beendete ich den Satz stockend. »Ich mag ihn.«

»Wir mögen sie nicht, Liz«, raunte er mir zu. »Wir zollen ihnen Respekt. Wir befolgen ihre Befehle. Vielleicht finden wir sie manchmal sogar anziehend.« Er setzte eine demonstrative Pause. »Aber wir *mögen* sie nicht.«

Als wenn ich das nicht wüsste.

»Ich fände es auch besser, wenn Aydan keiner von *ihnen* wäre.«

»Tu nicht so, als hätte es keine Alternativen zu ihm gegeben.« Er sprach es nicht aus, aber wir dachten sicher beide an seinen aufgezwungenen Kuss. An die Male, in denen er mir unangenehm nah gekommen war.

Nein.

Nie hätte ich in Lorin eine Alternative zu Aydan gesehen. Das schien auch er zu ahnen, denn seine Lippen verschmälerten sich zu schmalen Strichen, während die Wut in seinen Augen tobte.

»Die ganze Zeit hast du dich aufgespielt und getan, als wärst du anders als der Rest!«, fuhr er fort. »Doch entweder du wolltest genau das Gleiche wie wir alle – oder du bist eine Verräterin deiner Klasse.«

»Ist nicht jeder von uns, der für sie arbeitet, ein Verräter? Wir unterstützen sie dabei, ihre Macht auszubauen. Die einen, weil sie für die Vampire Blut abfüllen …«, ich wies auf den Kelch hinter mir, »… oder weil wir ihnen unser eigenes anbieten.« Ich nickte in Richtung seines Arms. »Dennoch gut, dass du endlich zugibst, dass deine Begeisterung nichts als Fassade ist. Vielleicht bin ich eine Verräterin, aber zumindest kann mir niemand vorwerfen, dass ich meine Abneigung für sie hinter falscher Höflichkeit versteckt habe.«

Lorin kam näher und ich wich instinktiv zurück. Glas klirrte. *Der Kelch.* Ich wollte ausweichen, aber Lorin war schneller, seine Arme legte er wie zufällig neben meine Hüfte, sperrte mich dazwischen ein. *Noch ein Schritt weiter und er würde zu spüren bekommen, was ich davon hielt.* Alles in mir spannte sich an, wartete nur darauf zuzuschlagen.

»Nein«, erwiderte er beinahe sanft und sein Atem strich über meine Haut. »Wir anderen fordern zumindest eine Gegenleistung. Aber du teilst freiwillig mit einem von ihnen das Bett. Du bist so viel schlimmer als wir alle zusammen, Liz.«

Seine Worte waren wie Eisklingen, die sich in meiner Brust versenkten. Eine nach der anderen bohrten sie Löcher in mich und ihre Kälte breitete sich in mir aus.

Endlich gab Lorin mich frei, wandte sich ab und verließ die Küche.

Ich fuhr herum, wollte mir den Kelch nehmen und mit ihm flüchten.

Unmöglich.

Scherben und Blut.

Überall.

Tiefrotes, dickflüssiges Blut nahm die Arbeitsfläche in Beschlag, floss über die Kanten, tropfte auf den Boden.

Blut.

Weißes Haar.

Scherben.

Ein Schrei formte sich in mir und es brauchte jedes Stück Selbstbeherrschung, um ihn dort zu halten.

Mein Herz fühlte sich an, als stünde es kurz davor, ebenfalls zu zersplittern.

Ich rannte los.

Vampiren konnte ich nicht davonrennen.

Aber vielleicht den Bildern in meinem Kopf.

Klavierspiel begrüßte mich, noch bevor ich in Aydans Schlafzimmer trat. Erst als ich in den Nebenraum kam, stoppte er und sah sich zu mir um. Lächelnd öffnete er die Arme. Eine Einladung, die ich nicht ablehnen konnte, heute noch weniger als sonst. *Ich brauchte ihn.* In seinem Arm fühlte es sich nicht an, als wäre das hier falsch. Einer der Gründe, weshalb ich oft in Aydans Nähe war. Er ließ meine Zweifel schweigen.

»Kein Kelch?«

»Ich war mich nur waschen und umziehen.« Immerhin keine Lüge, ich hatte die blutigen Hände gewaschen und meine Kleidung gewechselt, damit seine Vampirsinne nichts an mir wahrnahmen.

Ich erreichte ihn und er zog mich zu sich auf den Hocker. Keinen Herzschlag später lag mein Rücken an Aydans Brust und sein Kopf auf meiner Schulter. Wärme durchzog mich und verscheuchte die Kälte, die sich dort eingenistet hatte.

»Was ist los, Liz? Warum hast du nicht mein Bad genommen?«

»Ich hab den Kelch umgeworfen.« Mit der Wahrheit war es so eine Sache, manchmal reichten Bruchstücke aus.

»Wer war es?«

Heute reichten sie offenbar nicht.

»Wer war was?« Ich stand auf und tat, als würde ich mir die Noten genauer anschauen.

»Wer hat dir so zugesetzt, dass du wirkst wie ein Kaninchen, das ein Loch sucht, in dem es verschwinden kann?«

Ob er bemerkte, dass ich zusammenzuckte?

Wahrscheinlich.

Das war das Problem an Aydan, er registrierte alles.

»Das ist mein Geheimnis.«

»Gut«, erwiderte er und legte die Arme von hinten um mich. »Aber dann fühle ich mich hilflos und ich bin schlecht darin, mich hilflos zu fühlen.«

Damit rang er mir ein Schmunzeln ab. Ich drehte mich zu ihm und fand ein liebevolles Funkeln in seinen Augen. »Du wirst es aushalten.«

»Werde ich nicht …« Weiter kam er nicht, schon stoppten ihn meine Lippen auf seinen. Er stieg in den Kuss ein und innerhalb von Augenblicken brach er die Finsternis in mir auf. Er hielt mich fester, so als wollte er mich vor allem und jedem dort draußen beschützen. Dabei wussten wir beide, dass es unmöglich war.

»Du könntest bei mir bleiben«, flüsterte er mir zu, kaum dass der Kuss endete. Sturmgraue Augen sahen mich erwartungsvoll an, aber diesmal fühlte es sich an, als tobte der Sturm in mir.

Bei mir bleiben.

Konnte er meinen, wonach sich das hier anfühlte?

Unendlichkeit.

»Liz?« Die hellen Augenbrauen schoben sich zusammen, weil von mir keine Antwort kam. Meine Stimme war mir abhandengekommen, da fanden sich keine Töne mehr in mir, nur noch dieser Sturm an Gedanken, Gefühlen …

Aydans Blick veränderte sich, wurde wachsamer. Seine Arme, die mich gerade gehalten hatten, verschwanden so schnell von mir, dass mein Verstand nicht imstande war, diese Bewegung wahrzunehmen. Die Kühle seines Körpers war fort und die Überreste davon waren, wie ein verklingendes Echo.

»Hier«, flüsterte er und zum ersten Mal wirkte Aydan, als wollte er vor mir davonlaufen. Das würde ihm nicht gelingen, es fühlte sich an, als befänden wir uns auf einer Eisdecke, die jeden Moment einbrach. »Hier, in meinen Gemächern.« Seine Stimme war rau und stockend. »Nicht das … Ich meinte, dass du hier einziehst. Du gehörst nicht zu den Dienstboten. So wie ich das sehe, gibt es zwei Räume, die du erträgst, und die Bücherei ist weniger bequem als mein Schlafzimmer.«

Er versuchte, meinen Fehler zu übertünchen.

Es gelang ihm nicht.

Ich hatte gedacht, er hatte die Welt gemeint.

Seine Welt.

Aydans Worte waren wie Raureif, der sich um mein Herz legte. Eigentlich sollte ich auf seine Neckerei eingehen, etwas erwidern, aber in mir herrschte nur Stille.

Weite, endlose Stille.

Für diesen winzigen Moment hatte ich gedacht, dass er mich darum bat, an seiner Seite zu bleiben – als eine der ihren.

Doch diese Bitte würde niemals kommen.

Gleich, was zwischen uns war.

Wie es weitergehen würde.

Aydan mochte vorhaben, für den Augenblick bei mir zu bleiben. Danach würde er zurückgehen in sein Leben, sein unsterbliches Leben, und er wollte nicht, dass ich ihn dabei begleitete. *Weil ich für ihn ein Wimpernschlag war.*

»Ich muss mir noch in der Bibliothek ein paar Bücher besorgen«, rang ich mir ab und klang gleichzeitig, als läge ein Gebirge auf meiner Brust. Diesmal ließ er mir die Lüge durchgehen.

»Soll ich später dazukommen?«

Ich nickte knapp. Die Nacht hatte erst begonnen und ich wollte sie nicht ohne ihn verbringen.

Offenbar selbst dann nicht, wenn er mir gerade das Herz gebrochen hatte.

KAPITEL 34

Es dauerte, bis sich die Tür der Bibliothek öffnete. Aydan ging geradewegs zur Treppe – wusste, wo er mich finden würde. Zumindest er schien die Zeit genutzt zu haben, so gelassen, wie er aussah, als er neben mich sank. Nur kurz zuckte Anspannung über sein Gesicht, bevor er den Arm hob. Eine stumme Frage, ob zwischen uns alles in Ordnung war. Statt zu antworten, rutschte ich zu ihm und legte den Kopf an seine Schulter.

»Was liest du?« Kurz zögerte ich, es ihm zu verraten, dann drehte ich es um, sodass er den Buchtitel erkennen konnte. Seine Reaktion erfolgte prompt. Er fuhr zurück, so schnell, als hätte er sich an den Wörtern verbrannt. *Romeo und Julia.* Zu jedem anderen Zeitpunkt wäre ich amüsiert gewesen, dass Aydan vor einem gewöhnlichen Buch mehr Angst hatte als vor dem berüchtigten Weihwasser.

»Ein sonderbarer Titel für dich.« Da schwang einiges in dieser Feststellung mit und nichts davon klang gut.

»Das habe ich schon vor Jahren gelesen …«

»Und dann greifst du ausgerechnet heute danach?«

Liebe.

Für gewöhnlich mied ich sie.

Oder vielleicht war sie es, die mich mied.

Heute nicht. Das hier war mein Versuch herauszufinden, was wir waren.

»Es ist eine unsinnige Geschichte.«

Dieses Buch lieferte keine Antworten.

Damals nicht.

Heute nicht.

Es gab nur einen, der sie mir geben konnte.

»Hast du Anne geliebt?« An der Art, wie sich Aydan anspannte, ahnte ich, dass er gehofft hatte, dass ich ihn nicht danach fragen würde.

»Anne hat Dinge in mir ausgelöst, die mich überrascht haben.« Eine ausweichende Antwort. »Es gab nie viele Personen, deren Anwesenheit ich länger ertragen habe. Früher, als ich noch am gesellschaftlichen Leben teilnahm, hat es mir gefallen, Teil davon zu sein. Aber besser gefiel es mir, anschließend die Tür zu schließen und meine Ruhe zu genießen. Anne habe ich nicht nur ertragen, die meiste Zeit hat es sich gut angefühlt, wenn sie bei mir war. Da gab es keine Tür, die ich schließen musste.«

Und dennoch klang ein unsichtbares *Aber* in seinen Worten mit. Ich hatte gedacht, das Schlimmste sei, wenn er sie geliebt hätte. Nun nicht mehr, weil es sich anfühlte, als würde dieser bohrende Schmerz hinter der Brust nur den Auftakt bilden. »Du hast sie nicht geliebt?«

Er starrte auf das Buch.

Ein weiteres Bohren hinter meiner Brust.

Tiefer.

Schlimmer.

Aydan wich mir aus.

Mir und dieser Frage, die ich nicht über die Lippen bekam und die trotzdem den Raum um uns ausfüllte.

Liebst du mich?

Aydan konnte so viel sagen, indem er nichts sagte.

»Das ist keine Antwort.« Ich hoffte, dass er das leichte Zittern in meiner Stimme nicht wahrnahm. Doch er sah auf und sein schuldbewusster Blick machte deutlich, dass diese Hoffnung vergebens war.

»Vampire lieben nicht.« Seine Worte waren sanft, aber gleichzeitig fühlten sie sich an wie ein Holzpflock, der mitten in mein Herz getrieben wurde.

Er war nicht fähig zu lieben.

Aydan hatte meinen Körper schon so oft zum Brennen gebracht, nur niemals auf diese schmerzhafte Weise. Für den Augenblick konnte ich mir nicht einmal eine Reaktion abringen, stattdessen starrte ich auf das Buch vor mir – diesen höhnischen Scherz auf meine Kosten.

Damals wie heute.

Aydans Fingerspitzen fanden meine – er ahnte, dass er mich verletzt hatte. Nur wusste er wohl kaum, wie sehr. »Das hier …«, er hob meine Hand und hauchte einen Kuss darauf, »ist viel mehr, als ich mir je erhofft habe. Können wir es dabei belassen, ohne es zu benennen?«

Wahrscheinlich.

Dann war in meinem Leben keine Liebe vorgesehen.

Doch Aydan hatte die Unendlichkeit auf seiner Seite. Vielleicht irrte er sich und er fand jemanden, den er lieben konnte. Das sollte ich ihm gönnen und dennoch musste ich bei dem Gedanken blinzeln, um dieses gottverdammte Brennen hinter meinen Augen zu vertreiben.

Das würde nicht ich sein.

»Wirst du mir irgendwann von ihm erzählen?«, fragte Aydan in die Stille, die sich über uns gespannt hatte wie ein Kokon. Gerade war ich dabei gewesen, eine Seite umzublättern, nun war ich zu grob und die Seite riss.

»Bücher sind kostbar, Liz.«

Ich hörte *seine* Stimme in mir, diese sanfte Ermahnung. Nahm das Lächeln wahr, das in seinen Worten mitschwang.

Eine Erinnerung wie ein warmer Mantel, der sich um mich legte, nur um im nächsten Augenblick von meiner Schuld davongeschwemmt zu werden.

Eine kalte Hand legte sich beruhigend auf meine und erst durch sie nahm ich das Zittern in mir wahr.

»Wie lange war er Teil deines Lebens?«

»Einige Jahre.« Obwohl ich versuchte, mich abzuschirmen und Mauern um mich zu erbauen, hörte ich Aydan dahinter knurren. Für ihn mochten sich Jahre wie Wimpernschläge anfühlen – für mich nicht. Dennoch hatte ich nur einmal flüchtig über diesen einen Mann in meinem Leben gesprochen und schon dieses eine Mal bereute ich. »Es war kompliziert.«

»Es wird nicht komplizierter gewesen sein als zwischen Anne und mir.« Seine Stimme war ein Gemisch aus Ungläubigkeit, Wut und Eifersucht. »Trotzdem habe ich dir von ihr erzählt.«

»Du hast mir von ihr erzählt, weil Gertrud dir keine Wahl gelassen hat«, gab ich harsch zurück. »Sonst hättest du Anne nie erwähnt. Ich weiß sonst nichts über dich.«

»Weil es nichts gibt? Wovon soll ich dir erzählen? Von dekadenten Maskenbällen? Oder von nächtelangen Gesprächen über Dinge, die längst vergangen sind? Du kennst die Monotonie hier, darin findet sich wenig Fesselndes.«

»Dann erzähl mir von deinem menschlichen Leben.«

»Das würde dir nicht gefallen.«

»Versuch es.«

Es war, als hätte er sich eine Maske übergezogen, so starr wirkten seine Gesichtszüge plötzlich. »Das ist so lange her, dass ich mich kaum daran erinnere. Ich bin schon ewig, was ich bin. Mein Leben als Mensch dauerte damals nur wenige Jahre.«

»Dann erzähl mir von dem, was du noch weißt.« So leicht würde ich es ihm nicht machen. Aydan schwieg, schien hinter seiner Maske mit sich zu ringen. Er wollte nichts von sich preisgeben. Wer hätte das besser verstehen können als ich? Doch die Gegenwart reichte mir nicht aus und von seiner Zukunft gehörte mir nur ein winziger Teil.

»Ich war das jüngste von drei Kindern«, begann er leise und ich inhalierte jedes seiner Worte. »Wir besaßen eine Farm. Wir arbeiteten immerzu und doch reichte es nie aus und es wurde jedes Jahr weniger. Es war nur eine Frage der Zeit, bis die Felder nicht mehr genug abwarfen. Mein Vater beschloss schließlich, dass zwei Söhne ausreichend waren, um die anfallende Arbeit zu übernehmen, und ich studieren sollte, um Geld nach Hause zu bringen. Von da an sparten wir uns das Geld für mein Studium vom Munde ab. Ich hielt mich für etwas Besonderes …« Aydans Mundwinkel hoben sich zwar, doch das Lächeln, zu dem sie sich verzogen, war bitter. »Als ich in der Stadt ankam, besaß ich nicht viel mehr als die Kleidung, die ich trug, und die Dose voller Geld. Ich mietete mir ein Zimmer bei einer grimmigen, uralten Dame und ihrer noch grimmigeren Katze. Jedes Mal, wenn ich an ihrer Tür vorbeiging, fauchte es dahinter höllisch – ich hoffe bis heute, dass es die Katze war.« Aydan mühte sich ein Schmunzeln ab, versuchte, mit dem Scherz das Gesagte zu übermalen. Es gelang ihm nicht. »Mein Zimmer war winzig«, fuhr er fort. »Es besaß ein Fenster, das man nicht öffnen konnte, sodass die Luft immerzu abgestanden war. Die Tapete an den Wänden war vergilbt, zumindest dort, wo sie noch nicht abgefallen war. Ständig hörte ich, wie die Vermieterin an meiner Tür lauschte, um zu kontrollieren, dass ich keinen Besuch hatte. Doch von dem Fenster aus sah ich bis zum Hafen, der Anblick rechtfertigte wohl den abnormen Preis, den sie mir abnahm. Es war Himmel und Hölle zugleich. Eine Woche später begann das Studium – der Beginn meiner strahlenden Zukunft.« Er spie die Worte auf diese Weise aus, die deutlich machten, dass die Geschichte kein gutes Ende nehmen würde. »Direkt am ersten Tag verlief ich mich in den unzähligen Gängen und war der Letzte, der im Hörsaal ankam. Der

Unterricht hatte bereits begonnen und der Professor nahm das zum Anlass, jedem klarzumachen, dass besser niemand in seinen Stunden zu spät kam. Er ließ mich erst Platz nehmen, nachdem er sich genug über meine Kleidung lustig gemacht hatte. Die Studierenden behielten es dann bei, mich zu verspotten – schließlich kam ich als einziger vom Land. Bis dahin hatte ich gedacht, ich wäre zu etwas Höherem bestimmt, doch sie zeigten mir die Grenzen auf. Mit jedem ihrer höhnischen Kommentare zu meiner Kleidung und meinem Wissen. Dazu kam, dass ich nicht ansatzweise auf das vorbereitet war, was mich erwartete. Ich lernte wie ein Besessener und blieb dennoch einer der Schlechtesten. Gleichzeitig arbeitete ich am Hafen, um das überteuerte Zimmer zu bezahlen. Frühmorgens, wenn die ersten Schiffe kamen, half ich dabei, den Fang in die Kühlschuppen zu schleppen. Von dort aus ging es direkt weiter zur Universität. Der dezente Fischgeruch, der mich umwehte, lieferte zumindest Abwechslung bei der Wahl ihrer Beleidigungen.« Wieder ein Scherz, der sich nicht wie einer anfühlte. »Nach dem ersten Jahr erhielten wir die Bewertungen unserer Professoren. Ich war in den meisten Kursen durchgefallen – ein Schock. Die Gelddose war beinahe geleert und jetzt zu hören, dass dieses Jahr umsonst gewesen war, riss mir den Boden unter den Füßen fort. Nach Hause schrieb ich nur noch selten. Tat ich das dann, log ich. Ich erzählte, wie gut alles lief, und behauptete sogar, dass mir eine Finanzierung angeboten worden war, nachdem mein Bruder in seinen Briefen von der Missernte schrieb. Einige Wochen lernte ich die Nächte durch, was dazu führte, dass ich mehr als einmal morgens nicht aus dem Bett kam. Die Arbeit am Hafen verlor ich und ich fand auch keine neue, die ich mit den Stunden an der Universität hätte vereinbaren können. Nachdem ich meine Miete nicht zahlen konnte, lag eines Nachts, als ich von der Bibliothek nach Hause kam, die Kündigung unter der Tür. Daraufhin nahm ich mir das wenige, was vom Geld übrig war, und ging damit in die nächstbeste

Spelunke. Läden, von denen ich mich bisher immer ferngehalten hatte. Der Lärm darin war abschreckend und die Luft so abgestanden, dass ich auf der Schwelle stoppte, nicht sicher, ob ich hineingehen sollte. Vor solchen Orten hatten mich meine Eltern gewarnt, doch dann stieß jemand von hinten gegen mich.«

Aydan machte eine Pause, brauchte einige Sekunden, bis er fortfuhr. »Ein Mann, ungefähr in meinem Alter, selbst für mich war ersichtlich, dass sein Anzug teuer sein musste. Sein gesamtes Auftreten war elegant und weltmännisch – nicht einmal die anderen Studenten hätten mit ihm mithalten können.« Aydan nickte auf die stumme Frage, die er in meinem Gesicht vorfand. »Ja, es war Norwyn, und nein, ich hatte keine Ahnung, was er war. Es gab Gerüchte über Ewiglebende, die sich von Blut ernährten, aber ich dachte, sie seien aus dem gleichen Stoff gemacht wie Waldnymphen und Kobolde. Nichts als Geschichten, die man sich zuraunte.«

Das bedeutete, Aydan war erschaffen worden, bevor die Vampire die Herrschaft über unsere Welt übernommen hatten. Bis heute hatte ich nicht geahnt, wie lange er schon auf dieser Welt lebte. Das war so lang, dass es unmöglich war, diesen Zeitraum zu greifen. Aydan bedachte mich mit einem Blick, als wollte er herausfinden, was dieses Wissen mit mir machte. Manchmal war es verstörend, wie viel uns voneinander trennte. Jetzt war einer dieser Momente. Ich drückte seine Hand und bat ihn lautlos, dennoch weiterzusprechen, und er gab nach.

»Norwyn hat mich als Entschuldigung eingeladen.« Aydan zuckte mit der Schulter. »Auf den einen Drink folgte ein zweiter, schließlich ein dritter und auf einen Abend der nächste. Er war der Erste, der sich wirklich für das interessierte, was ich zu sagen hatte. Gleichzeitig war er, anders als die Studenten, nicht überheblich, nicht abwertend und er war schillernd und zog die Menschen förmlich an. Kaum saßen wir, waren wir innerhalb weniger Minuten umringt von Männern, die mich nur Stunden zuvor wegen meiner

Kleidung ausgelacht hatten, und Frauen, die mir tagsüber nicht einmal einen Blick geschenkt hätten. Norwyn war der Mittelpunkt jeder einzelnen Nacht und er hatte mich ausgewählt, um Zeit mit ihm zu verbringen. Das hat mir geschmeichelt. Ich hatte immer besonders sein wollen. An seiner Seite war ich das und nicht mehr der Junge aus dem Dorf in seiner geflickten Kleidung, der seine Familie enttäuschte. Etwas von seinem Glanz färbte auf mich ab. Die Welt sah mich mit anderen Augen und ich mochte, was sie sah. Nachdem Norwyn verkündete, dass er zurückreisen würde, schlug er vor, dass ich ihn begleitete. Ich musste nicht einmal darüber nachdenken. Als er mir sagte, dass ich meine menschlichen Bindungen lösen müsse, hielt ich das für eine seiner theatralischen Übertreibungen. Dann sagte er mir, was er war und was er mir anbot: ein unendliches Leben.«

Die Stille, die seinen Worten folgte, war so dröhnend, dass sie die Bibliothek ausfüllte. Aydan sprach nicht weiter, wozu auch? Er hatte seine Familie verlassen, sein Leben, und war ihm gefolgt. »Warum hat Norwyn das getan?«

»Er hatte sich mit seinem letzten Gefährten überworfen. Mit Keron.«

Keron.

Ausgerechnet.

»Ich schätze, Norwyn war einsam. Am Anfang hat er es sicher darauf angelegt, von mir zu trinken, bis er erkannte, wie ähnlich wir uns in der Sicht auf die Welt waren.«

»Ich entdecke nicht viele Gemeinsamkeiten an euch.« Eine Untertreibung. Die beiden waren verschieden wie Tag und Nacht.

»Nicht mehr. Heutzutage würde er mich nicht auswählen. Annes Tod hat mich verändert. In den letzten Jahrzehnten ist er nicht gut auf mich zu sprechen.«

Immer wieder Anne … Wohin ich auch blickte, sie hatte Spuren in Aydan hinterlassen, und dennoch hatte er sie nicht geliebt.

»Hast du ihr von deinem menschlichen Leben erzählt?«

»Nein.« Er hauchte mir einen Kuss auf die Schulter. »Nicht einmal Norwyn weiß davon.« Seine Antwort entzündete ein Licht in der Finsternis dieser Nacht. »Ich habe meine Familie damals im Stich gelassen – die Menschen, die an mich geglaubt und mir vertraut haben, und ich bin bereitwillig einem Fremden in ein unsterbliches Leben gefolgt. Es war mir ernst, als ich dir gesagt habe, dass ich ein Grauton bin, wohl eher ein dunkler.« In seinen Augen stürmte es, während sich auf dem Rest seines schönen Gesichts nicht die kleinste Regung fand.

»Ich mag dich kein Stück weniger«, raunte ich ihm zu, »und ich hätte dich auch als Mensch gemocht.« Sternenlicht blitzte im Sturmgrau. »Wahrscheinlich habe ich eine Schwäche für Grautöne.« Ich beugte mich vor, küsste kurz das Lächeln, das sich auf seine Lippen geschlichen hatte und rutschte dann ein Stück zurück.

»Erik«, sagte ich und registrierte, dass ich das Buch noch immer festhielt. Das hier war wie ein Schnitt, den ich mir selbst zufügte. Ich besaß genug Erfahrung darin, um zu wissen, dass man die nicht langsam ausführte. So zog sich der Schmerz nur in die Länge. »Jeder liebt ihn. Er ist charismatisch, ehrgeizig und kann Menschen unglaublich gut für sich einnehmen.«

»Je mehr ich von ihm höre, desto weniger kann ich ihn leiden.«

»Erwähnte ich, wie gut er aussieht?«

»Natürlich tut er das«, grollte Aydan hinter mir. »Wie könnte es anders sein? Alles an ihm klingt lächerlich perfekt.«

»Das ist er.« Da war sie, die Klinge, die sich in mich schob. *Erik war perfekt und ich war es nicht.* »Wenn jemand vollkommen ist, kannst du nicht mithalten. Ich war nie genug für ihn. In seiner Nähe fühlte ich mich immer unzureichend – als könnte ich nie werden, was er eigentlich wollte.«

So oft hatte ich das gedacht und doch hatte es dieser Gedanken nie über meine Lippen geschafft. Ich hatte ihn immerzu in die dunkle Kammer in mir gesperrt. Zusammen mit all den … schlimmeren Dingen.

Bis jetzt.

Die Klinge schnitt tiefer.

Weidete sich an meiner Schuld.

Meine Finger rutschten in die Ärmel des übergroßen Pullovers. Eriks Pullover.

Wie konnte es erst Wochen her sein, dass ich ihn verlassen hatte?

»Ich bleibe dabei, er klingt wie ein Mistkerl.« Mit den wenigen Worten versperrte Aydan die Kammer und schloss all die finsteren Erinnerungen wieder dahinter ein.

Dankbar legte ich den Kopf auf seine Schulter und er seinen Arm um mich. »Erik meinte immer, ich sei eine ruhelose Seele.« Meine Worte verloren sich in dem kühlen Stoff seines Hemdes. Sie waren Überbleibsel der Schuld in meiner Brust, die sich nur langsam auflöste.

»Du bist nicht ruhelos, Liz«, protestierte Aydan sanft und riss mich aus den Gedanken. Er hob unsere ineinanderliegenden Hände – bis dahin hatte ich nicht einmal mitbekommen, dass sie das taten, so selbstverständlich war es. Ich hörte in mich und fand wirklich nicht den kleinsten Wunsch, weiterzuziehen. Es fühlte sich an, als wäre ich dort, wohin ich gehörte. Irgendwo zwischen Bücherstapeln, Neckereien und kühlen Armen, die mich hielten, war meine ruhelose Seite verklungen.

»Wahrscheinlich.«

Bei Aydan wusste ich, wer ich war.

Wenn er mich ansah, sah er nur mich.

»Ist er derjenige, vor dem du flüchtest?« Aydan schien sich Mühe zu geben, die Frage sanft zu stellen, doch das minderte die Wucht nicht, mit der sie in mir einschlug.

Bilder tauchten vor mir auf.

Ein Messer, das brutal mein Haar kürzte.

Die Spuren von Kreide auf Fingerspitzen.

Schwarze Kreise, die mich zu verschlingen drohten.

Ein Schlag, der mich traf.

Blut, das aus meiner Nase lief.

Und eine Gestalt, die … *Nein!*

Ich scheuchte die Bilder davon.

Sie gehörten nicht hierher.

Aydans Blick lag auf mir, als versuchte er zu erahnen, was in mir vor sich ging. Er wusste, dass ich flüchtete, und doch hatte er mich nie nach dem Grund dafür gefragt. Wohl weil er ahnte, dass er ihn nicht bekommen würde.

Einen Moment lang stellte ich mir vor, wie es wäre, ihn einzuweihen. Von diesen Bildern, die sich anfühlten wie Felsbrocken, die mich unter sich begruben. Von den Gründen, die mich von innen heraus frieren ließen. Ich sah Aydan vor mir, wie er mich in die Arme zog und mir schwor, dass ich bei ihm sicher sei. Dabei hätten wir beide gewusst, dass es nur eine wunderschöne Lüge war.

Ja.

Aydan könnte mein Geheimnis verstehen.

Er könnte mich verstehen.

Doch es würde nichts ändern.

Stattdessen würde in ihm fortan die gleiche Angst leben wie in mir. Er würde sich immerzu fragen, ob uns dieser Grund einholen würde. Und wenn ja, wann.

Manche Geheimnisse waren zu schrecklich, um sie zu teilen.

Meines war eines davon.

»Vielleicht«, sagte ich daher, weil das alles und nichts bedeuten konnte. Aydan nickte so langsam, als bemühte er sich um Gelassenheit, damit ich seine Enttäuschung nicht sah. Aber ich sah sie.

Er wusste nicht, dass die so viel leichter zu ertragen war als die Wahrheit.

»Du hast mir keine Antwort gegeben«, stellte er fest, offenbar fand er, dass wir beide einen Themenwechsel brauchten. Wie recht er hatte. »Ziehst du zu mir?«

Noch bevor er die Frage beendete, nickte ich. Weil ich wusste, was ich wollte.

In seinen Armen einschlafen.

Darin erwachen.

Kurz streifte mich der Gedanke, dass vorher andere dort gelegen hatten, dass nach mir andere kommen würden.

Das brachte die Unendlichkeit mit sich.

Mein Blick blieb auf ihm liegen.

Ich ahnte, dass es bei mir anders war.

Aydan würde *der Eine* bleiben.

»Du hast recht. Wir müssen das zwischen uns nicht benennen, es ändert nichts.« Meine Hände fuhren unter sein Hemd. Ich brauchte Aydan, weil er dieses Chaos in meinem Kopf zum Schweigen brachte. Er verstand. Spielerisch zog er den Pullover von meiner Schulter, um auf der Haut darunter Dutzende Küsse zu verteilen – hauchzart wie Schmetterlingsflügel. Seine Berührungen waren heute sanfter. Es fühlte sich an, als schwänge in jeder davon eine stumme Entschuldigung mit. *Weil er mich nicht lieben konnte.*

Das ertrug ich nicht.

Nicht jetzt.

Ich presste mich enger an ihn. Zur Abwechslung waren es meine Zähne, die seinen Hals entlangglitten. Er lachte leise auf und bekam einen weiteren winzigen Biss, während ich dazu überging, sein Hemd zu öffnen. Der wenige Platz, den ich dafür lassen musste, war schon zu viel.

Ich brauchte Aydan so dringend, dass es schmerzte.

Seine Arme, die mich festhielten.

Seine Haut an meiner … Ihn.

Nur Aydan konnte die Finsternis in mir vertreiben und diese Nacht war finster gewesen.

KAPITEL 35

Ich liebte das Gemälde, diese Nuancen, die so fließend ineinander übergingen, dass ich nicht sagen konnte, wo diese Schwärze begann.

Finsternis erkannte Finsternis.

Das war einer der Gründe, weshalb ich die halbe Nacht vor diesem Bild im Flur stand. Der andere war, dass mir Aydan fehlte. Ohne ihn war ich wie dieses Gemälde, ausgefüllt mit Dunkelheit. Selbst in seinen Gemächern und der Bibliothek fühlten sich die Schatten heute so tief an, als könnte ich darin versinken.

Ausgerechnet ein Vampir brachte Licht in mich.

Was für unsinnige Pfade unsere Leben nahmen.

Wieso fühlten sich Nächte ohne ihn endlos an?

Und weshalb dauerte es so lange, mit der Sucherin zu verhandeln?

Ich sollte weitergehen und mir in der Küche Essen holen.

In den letzten Tagen hatte Aydan veranlasst, dass nicht nur sein Kelch, sondern gleichzeitig eine Auswahl an Nahrung für mich in seine Gemächer geschickt wurde. Es hatte sich mies angefühlt, dabeizustehen und zuzusehen, wie die alten Dienstboten mit einem Tablett eintraten und es auf dem Tisch abstellten. Jeder von ihnen war darauf bedacht gewesen, mich nicht anzuschauen. Um uns nicht sehen zu lassen, wie sehr sie mich verachteten – dafür, dass ich mich mit einem von *ihnen* eingelassen hatte. Mittlerweile saß ich deshalb am Flügel, wenn sie hereinkamen, aber dieser Stein, in den sich mein Magen verwandelte, sobald sie anklopften, blieb.

Weil sie recht hatten.

Das hier war falsch.

Alles, was ich tat, war falsch.

Ich gehörte nicht mehr zu ihnen.

Doch noch weniger gehörte ich zu den Vampiren.

Was bist du, Mensch?

Ohne Aydan, der mich erdete, bildeten die Stimmen in meinem Kopf ein undurchdringbares Gewirr, das stetig zunahm. Nicht mehr lange und etwas davon würde aus mir herausbrechen.

Mich Dinge tun lassen, die ich bereuen würde.

Dann …

»Das Ende der Nacht«, raunte mir eine eisige Stimme zu und ließ alles in mir zusammenzucken. Ich fuhr herum, starrte in Augen, die mich hasserfüllt anfunkelten. »Passt zu dir.« Norwyns Blick glitt an mir vorbei und musterte das Gemälde. »Wusstest du, dass die Stunde vor dem Sonnenaufgang für Sterbliche die dunkelste von allen ist? Weil sie euch daran erinnert, was euch irgendwann erwartet. Nichts als triefende Schwärze. Den einen holt sie später, den anderen *früher …* « Sein Blick kehrte zurück, machte wortlos klar, dass er hoffte, dass ich zu den Früheren zählte. Er legte seinen Mund an mein Ohr. Von außen mussten wir aussehen wie ein Paar, doch die Gefühle, die wir ineinander auslösten, konnten davon nicht entfernter sein.

Das hier war keine Wertschätzung.

Keine Nähe – es war ein Machtkampf.

Ich würde weder vor ihm noch vor seinen Zähnen flüchten.

»Dein Herzschlag geht zu schnell.« Sein kalter Zeigefinger fand meinen Handrücken und trommelte im Rhythmus meines Herzens. »Bumm, bumm, bumm«, fuhr Norwyn leise fort. »Wie melodisch doch eure Angst klingt.«

»Wie still es doch in dir ist«, gab ich zurück und fror sein selbstgefälliges Lächeln ein. »Vermisst du es manchmal? Dein sterbliches Leben? Die Sonnenaufgänge? Sonnenstrahlen, die dich wärmen? Ich fürchte mich nicht vor der Finsternis, ich fürchte mich vor ewiger Kälte.«

»Ich begreife nicht, was er an dir findet.« Norwyn spie die Worte aus. Selbst wenn ich gewillt gewesen wäre, ihm darauf eine Antwort zu geben – es war unmöglich. Weil ich nicht wusste, was Aydan an mir fand. Seit unserem Gespräch in der Bibliothek gestern noch weniger als zuvor.

»Entschuldige mich, ich muss mir etwas zu essen holen.« Ich wandte mich ab. Das Bild hatte seinen Reiz verloren. Norwyn machte hieraus nur einen weiteren Platz, der tiefe Schatten warf.

Keinen Herzschlag später packte er meinen Arm und hielt mich hier. »Nein«, sagte er und klang dabei so sanft, dass sich mir die Nackenhaare aufstellten. »Du kannst gehen, wenn ich dich entlasse. Vorher wird es Zeit, dass wir uns unterhalten.« Er lächelte, entblößte seine Zähne. »Meinst du nicht auch?«

KAPITEL 36

AYDAN

Sigans Seuche musste uns nicht einmal erreichen, um mein Leben unbequem zu machen. Mir blieb nichts übrig, als umgehend das Personal auszutauschen. Keron hatte man zuletzt vor der Jagd gesehen und das Getuschel wurde mit jeder Nacht, die ohne ihn verging, größer. Sollte der Schattenrat seinen Tod verkünden, würde kein Sucher mehr mit uns zusammenarbeiten – mochten wir noch so gut zahlen. Die Panik würde sie alle fernhalten und wir saßen dann mit Personal fest, das zu alt war, um das Anwesen zu versorgen.

Leider hatte ich nicht damit gerechnet, dass andere Haushalte ähnliche Pläne hatten. Laut der Sucherin gab es einen überwältigenden Andrang auf erfahrene Dienstboten und wir suchten nicht nur erfahrene, wir wollten die besten. Ich musste die Ablösesummen deutlich erhöhen und hörte Norwyn im Geiste schimpfen, aber anderes blieb uns nicht übrig, um zu verhindern, dass uns das Personal wegstarb.

Außerdem hatten sie ihre Ruhe verdient.

Ein Gedanke, der mich in den letzten Wochen immer häufiger streifte. Es fühlte sich an, als hätte Liz ihn in meinem Kopf eingepflanzt, zusammen mit einigen anderen. Bei ihr zu sein, erinnerte mich manchmal daran, wie ich mich gefühlt hatte, als ich noch ihrer Art angehört hatte. Die Erinnerungen waren durch die Jahrhunderte verschüttet worden. Nun kam Liz und schob ungerührt die Bruchstücke beiseite und legte frei, was sich darunter befand. Und ich hielt sie nicht auf. Weil ich wusste, dass Liz nicht verurteilen würde, was sie dort fand. Wir kämpften beide mit unserer Vergangenheit. Ich wünschte nur, ich könnte Liz mit ihrer helfen, aber die sperrte sie vor mir weg.

Weil sie mir nicht vertraute?

Der Gedanke nagte an mir.

Jede Nacht ein wenig mehr.

Besonders tagsüber, wenn sie weinte.

Weil sie glaubte, ich würde schlafen.

Geräusche wie Seile, die mir das Herz abschnürten und dort – wo ich nichts fühlen dürfte – bissen.

Gestern in der Bibliothek hatte sie wieder geweint und ich hatte neben ihr gelegen und so getan, als würde ich es nicht mitbekommen – weil Liz nicht wollte, dass ich es wahrnahm.

»Sonst noch was?«, fragte die Sucherin und nahm die Liste. Die nächsten Tage würde sie mir Vorschläge zukommen lassen und die akzeptablen mit mir zusammen begutachten. Sie bemerkte mein Zögern, hielt die Liste in ihrer Hand, während sie den Stift näher zog, bereit, sich Notizen zu machen.

Liz' Tränen.

Meine verdammte Hilflosigkeit.

Beides zusammen ließ mich eine Entscheidung treffen, von der ich wusste, dass sie falsch war.

»Liz Harper.«

Sie hob den Stift an. »Wo soll ich sie abwerben?«

»Nein. Sie … steht bereits in unserem Dienst. Ihre Papiere sind unvollständig, bring mir alles an Hintergrundinformationen.« Ich griff in die Innentasche meines Jacketts und zerrte den Vertrag über den Blutpakt heraus. Liz' Unterschrift sprang mir darauf entgegen, als wollte sie mich daran erinnern, warum das hier falsch war.

Ich drehte ihn rasch um, schob ihn der Sucherin hinüber. Sie gefiel mir, weil sie niemand war, der viele Worte brauchte. Ihr professioneller Blick fuhr die wenigen Daten entlang. »Kannst du damit etwas anfangen?«

Sie nickte. »Falls sie gelogen hat, dauert es länger.«

»Tun sie das manchmal?«

Ihre Mundwinkel hoben sich ein winziges Stück. Wir saßen die ganze Nacht hier und das war ihre erste nicht geschäftliche Regung. »Die meisten wollen in die hoch angesehenen Häuser, da wird schon hin und wieder getäuscht. Aber ich finde sie alle.«

»Such nach einem Erik.« Ich hatte mit mir gerungen und verloren. »Er stammt aus ihrem Umfeld und ich will wissen, wer er ist und wie die beiden miteinander verbunden waren.«

Ich war ein verdammter Grauton.

Ein dunkler.

Liz verdiente etwas Besseres.

»Noch mehr, was bei der Suche helfen würde?«

Ja.

Die Narben auf ihrem Rücken.

Liz' Liebe zu Büchern und dass sie Unmengen davon gelesen hatte.

Ihre Tränen …

»Nein«, sagte ich stattdessen.

Auch ein Grauton besaß Grenzen.

Früher, wenn sich die Wolken über den Feldern grau färbten, hatte ich den Wind gespürt, den sie vorschickten. Er war mir über die unbedeckten Unterarme gefahren und hatte an meiner Kleidung gezupft. Damals hatten wir den Regen begrüßt wie einen alten Freund, der sich zu selten blicken ließ. Doch manchmal war aus dem Grau innerhalb von Augenblicken ein so tiefes Schwarz geworden, dass es sich anfühlte, als würde der Himmel im nächsten Moment unsere Hütte mit sich reißen. Dann hatten meine Eltern nach uns gerufen, um das wenige Hab und Gut vor dem nahenden Sturm in Sicherheit zu bringen. Wir waren über den Hof gehastet, hatten gepackt, was wir zu packen bekamen. Meist setzten unterdessen schon die Blitze ein und Donnergrollen hatte wie ein hämischer Bote die sich nähernde Finsternis angekündigt.

Das war ein sterbliches Leben und Ewigkeiten her.

Ich hatte nicht mehr daran gedacht, bis jetzt.

Weil es sich heute Nacht so anfühlte wie damals.

Als stünde ein Sturm kurz davor, mir das Wenige zu entreißen, das mir etwas bedeutete.

Ich konnte ihn nicht sehen, nicht riechen, nicht spüren und dennoch wusste ich, dass er da war. Lauerte. Sich in der Dunkelheit versteckte.

Liz.

Es hatte angefangen, als ich durch die Tür der Sucherin hinaustrat. Erst war es nur ein winziges Zupfen an meinem Magen gewesen, dem ich kaum Beachtung schenkte. Doch das Zupfen war in ein Zerren übergegangen und später in ein Reißen. Eine neue Art von Kälte legte sich seitdem um das, was einst mein Herz gewesen war, und fraß sich tief hinein.

Angst.

Ich hastete weiter durch die Nacht, versuchte, die Panik abzuschütteln, doch sie blieb. Und mit ihr die Gewissheit, dass etwas Schreckliches geschehen würde.

Vielleicht bereits geschehen war.

Endlich zeichneten sich die Umrisse unseres Anwesens ab. Normalerweise war das der Punkt, an dem ich die Schritte verlangsamte, besonders, wenn sich wie jetzt der Morgen näherte. Ich mochte die Aufbruchstimmung, die in der Morgendämmerung lag. Früher war dies meine liebste Zeit gewesen. Heute stoppte ich erst knapp vor der Tür, und das auch nur, weil ich gezwungen war, sie aufzureißen. Kaum passierte ich sie, rannte ich weiter, nun durch die makellosen Flure.

Liz würde im Bett liegen.

Das helle Haar wie ein Schleier auf den cremefarbenen Laken.

Die Hände unter ihren Kopf gezogen und die Knie angewinkelt, wie sie es immer tat, wenn sie schlief. Damals in der Bibliothek war mir der Gedanke gekommen, dass ich niemals etwas Friedvolleres gesehen hatte als Liz, nachdem sie in meinem Arm eingeschlafen war.

Ja, Liz würde dort sein.

Unverletzt.

Norwyn hatte geschworen, ihr kein Haar zu krümmen.

Das alles wusste ich und dennoch ließ sich dieses Gefühl in mir nicht beruhigen.

Ich riss die Tür meines Schlafzimmers auf, das nun unseres geworden war. Das Eis fraß sich noch tiefer in die Überreste meines Herzens, weil das Bett grausam leer war.

»Liz«, rief ich und wusste doch, dass sie nicht hier war.

Ich spürte sie nicht.

Keinen Herzschlag, keine Wärme.

Nichts.

Wo konnte sie sein?

In ihrem alten Zimmer?

Ich hastete zum Dienstbotentrakt.

Die Tür dort wurde Opfer der Panik, die in mir tobte. Ich stieß sie zu fest auf und sie knallte gegen die dahinterliegende Wand. Mit jedem Schritt, den ich tat, schien die Finsternis näher zu kommen. Ich riss ihre Zimmertür auf und fand das Gleiche wie zuvor – ein leeres Bett.

Was zur Hölle?

Der Blutknecht. Er war der Einzige hier, mit dem Liz gesprochen hatte. Kaum war der Gedanke da, stand ich auch schon in seinem Raum.

»Wo ist sie?« Norwyns Blutknecht fuhr hoch und entblößte den nackten Oberkörper, während er gegen das Licht anblinzelte, das vom Flur aus hereinfiel. *Er war so frustrierend langsam – selbst für einen Menschen.* »Wo ist sie?«, stieß ich erneut aus. Ich konnte Lorin nicht ausstehen und der Drang, ihn zu schütteln, wuchs mit jeder Sekunde, die er schwieg.

Eine Bewegung zog meine Aufmerksamkeit auf sich. Und da fand ich es – weißes Haar, dem das Mondlicht einen silbrigen Hauch verlieh. Meine Gedanken stoppten und ich mit ihnen, weil ich nicht in der Lage war zu begreifen, was ich dort sah. Eine helle Hand schob die Strähnen aus dem Gesicht und blaue Augen starrten mir entgegen.

Nicht die Augen, die ich suchte.

Nicht die Lippen, die ich küsste.

Ich stieß ein verspätetes Stöhnen aus.

Malina – sie hatte ich vergessen.

»Nicht bei mir«, brachte der Blutknecht endlich heraus. Eine Antwort so hilfreich wie der Rest von ihm.

Keine Ahnung, warum Norwyn ihn behielt.

Wenn Liz nicht hier war und nicht in meinem Bett, wo konnte sie so kurz vor der Morgendämmerung sein?

Die Bibliothek.

Ein zweites Stöhnen drängte sich aus mir heraus.

Natürlich.

Sie musste dort sein.

Ein paar Wimpernschläge später erreichte ich die Bibliothek. Eines der Fenster war geöffnet und der Wind spielte mit den Vorhängen, erinnert mich daran, wie Liz und ich hier umeinander herumgekreist waren. Wie wir es nicht geschafft hatten, Abstand voneinander zu halten.

Manche Menschen glaubten, dass wir flogen, so schnell bewegten wir uns fort. Heute fühlte es sich tatsächlich an, als würde ich die

Treppe hinauffliegen, auf die Stelle zu, an der weißes Haar wie Schnee den dunklen Holzboden bedeckte.

Ich hatte sie gespürt, in dem Augenblick, als ich die Tür geöffnet hatte. Ob sie mich ebenfalls spürte? Ihre Augen öffneten sich, noch bevor ich neben sie sank. Ich zog sie in den Arm, eng an meine Brust, damit ihr Herzschlag überall in mir widerhallte.

Es ging ihr gut.

Langsam kam die Erleichterung. Mit jedem Schlag ihres Herzens nahm sie ein Stück meiner Panik mit sich. »Warum schläfst du hier?«

»Weil ich es drüben nicht konnte.« Sie stockte, als überlegte sie weiterzureden. Still drängte ich sie dazu, doch ihre Lippen schlossen sich unverrichteter Dinge.

»Gibt es dafür einen besonderen Grund?« Ich bildete mir ein, dass sich ihr Körper für einen Moment versteifte. Bevor ich nachfragen konnte, legte sie ihre Hand an meine Wange und lächelte mich an. Ihre Lächeln blieben selten, aber sie wurden mehr, mit jeder gemeinsamen Nacht.

»Ich habe dich vermisst und hier fühlt es sich nach dir an.«

Worte, die auch die letzten Reste des miesen Gefühls auflösten.

Ich hatte mich geirrt.

Dieses Mal war der Sturm wohl ausgeblieben.

KAPITEL 37

Zeit war erschreckend. Die letzten Jahrzehnte hatten sich angefühlt wie ein zäher, harter Kampf. An so vielen Nächten hätte ich alles dafür gegeben, wenn sie schneller vergangen wäre, aber sie hatte sich nicht antreiben lassen, gleichgültig, wie sehr ich es versuchte.

Jetzt wollte ich sie anhalten. Andauernd.

Wenn Liz den Kopf auf meiner Brust ablegte und meine Finger durch ihr Haar strichen.

Wenn ich ihr zusah, wie sie am Klavier übte und die Nase kräuselte, weil sie einen Ton nicht traf.

Wenn sie mir zuhörte, wie ich für sie Stücke aus längst vergangenen Epochen spielte.

In jedem dieser Augenblicke wollte ich die Zeit anhalten, weil sie zu kostbar war, um weiterzulaufen. Warum konnten wir nicht in den Moment einziehen? Uns darin breitmachen und dort bleiben?

Manchmal, wenn ein neuer Morgen anbrach, weckte er die Erkenntnis, dass das hier nicht für die Ewigkeit gemacht war. Und mit ihr kam der Gedanke an Anne. Zum ersten Mal glaubte ich zu verstehen, wie sie sich gefühlt hatte, wenn wieder eine Nacht vergangen war, ohne dass ich sie an meine Seite gebeten hatte. Und dann strich mein Blick über Liz und ich fragte mich, ob sie bereute, welchen Weg ihr Leben eingeschlagen hatte. Ob sie sich wünschte, niemals auf mich getroffen zu sein?

Meist konnte ich in ihr lesen wie in einem offenen Buch und dann plötzlich schlug sie ihren Buchdeckel in Sekundenbruchteilen zu und ich stand hilflos davor und hatte keine Ahnung, was sie dachte oder fühlte.

Manchmal war ich versucht, der Sucherin zu sagen, sie solle ihre Suche einstellen. Aber dazu konnte ich mich bisher nicht überwinden. Zwei Wochen waren nun vorüber, ohne dass sie Neuigkeiten für mich hatte.

»Du hörst mir wieder nicht zu.« Norwyn klang selbst für seine Verhältnisse gereizt. »Wo steckst du nur immer mit den Gedanken?«

»Du hast mir verboten, ihren Namen hier auszusprechen.«

Er verdrehte die Augen. »Unsere Nächte sind begrenzt und wenn sie nur halb so oft in deinen Worten auftaucht wie in deinem Kopf, ist die Nacht schon vorüber, bevor wir zum wichtigen Teil kommen.« Darin lag zumindest genug Wahrheit, um nicht zu protestieren.

»Ist Keron wieder aufgetaucht?«

Norwyn spitzte die Lippen und schüttelte knapp den Kopf. »Er beantwortet keine Nachrichten und erscheint nicht zu den Abendveranstaltungen. Es heißt weiterhin, er sei kurzfristig verreist.«

»Und wenn er tatsächlich verreist ist?«

»Dann würde uns jemand aus seinem Haushalt sagen können, wohin, oder?« In den bernsteinfarbenen Augen vor mir blitzte es verärgert.

»Wir könnten nachschauen.«

Norwyns Augenbrauen hoben sich. »Die meisten von uns haben wenig Lust, sich die Seuche einzufangen.«

»Und wenn wir einen Dienstboten schicken?«

»Wir könnten *sie* schicken.«

»Du darfst *sie* ebenfalls nicht erwähnen.«

»Seit wann?« Das Blitzen in seinen Augen nahm zu.

»Seit jetzt, ich habe es gerade beschlossen. Also halt dich zurück.« Auch wenn ich nicht ernsthaft glaubte, dass er Liz zu einem Vampir schickte, der infiziert sein könnte. Nicht, weil er Angst um sie hatte, aber er würde befürchten, dass sie die Seuche bei uns einschleppte. »Also warten wir weiter ab?«

Sein Blick veränderte sich auf diese unheilvolle Art, die schlechte Nachrichten ankündigte. Ich hasste es, wenn Norwyn seine dramatischen Pausen einlegte. Auf morbide Weise liebte er Drama. »Lerow ist letzte Nacht nicht zu einer unserer Abendveranstaltungen aufgetaucht.«

»Verständlich«, gab ich trocken zurück und erntete einen bissigen Blick dafür, dass ich mich nicht angemessen entsetzt zeigte.

»Er wurde schon seit drei Tagen nicht mehr gesehen.«

»Vielleicht ist er auf die Suche nach Keron gegangen und die beiden sitzen jetzt irgendwo und lachen darüber, dass sie alle in Angst und Schrecken versetzen.«

»Aydan …«

»Nein … Ernsthaft, seit über einem Jahr spekulierst du jede Nacht über Sigans Seuche. Wen sie erwischt. Und wann. Können wir uns die Panik aufheben, bis wir sicher sind, dass wirklich einer von beiden daran erkrankt ist?«

»Du hast nur keine Lust, dich damit zu beschäftigen, weil du zurück zu *ihr* willst.«

»Erwähne sie nicht.« Natürlich wollte ich lieber zu Liz, statt hier mit Norwyn zu diskutieren. Aber das war Teil der Verabredung. Er ließ uns in Ruhe, wenn ich jede Nacht ein wenig Zeit mit ihm verbrachte.

»Du bist viel zu sorglos.«

»Ich besorge neues Personal. Allein diese Woche war ich zwei Nächte unterwegs, um mir Dienstboten anzuschauen.« *Zwei Nächte ohne Liz* – der Gedanke zog an mir. »Aber ja, ich weigere mich, vor Schatten Angst zu haben. Ich verschiebe das Treffen mit der Sucherin morgen, nächste Woche reicht.«

»Tut es nicht. Bald fängt hier niemand mehr freiwillig an. Wischst du dann unsere Böden?«

»Die meisten habe ich bereits ersetzt. Für den Notfall reichen die.«

»Ich will keine Notfallversorgung, ich will das gleiche Programm wie immer und mich nicht die nächsten fünfzig Jahre mit zu wenig Personal herumärgern. Lass mich raten, dahinter steckt *sie*? Fürchtet sie Konkurrenz? Die Angst ist berechtigt, so wie du dich in den letzten Jahrzehnten zu Menschen hingezogen fühlst.« Diesen Scherz auf meine Kosten fand ich nicht amüsant.

»Dafür sieht sie keinen Anlass. Ja, sie ist beunruhigt wegen Sigans Seuche und das solltest du doch am besten nachvollziehen können.«

Norwyn stieß ein raues Lachen aus. »Sie vernebelt dir den Verstand. Da war mir sogar die andere lieber, die hat dich nicht so eingesponnen.«

»Erstens – Liz spinnt mich nicht ein. Und zweitens: Das Gleiche hast du damals über Anne gesagt.«

»Und ich habe recht behalten!« Er legte die Arme ineinander. »Du hast nie sehen wollen, dass es ihr nicht um dich, sondern um Unendlichkeit ging. Bis sie dafür buchstäblich in den Tod gegangen ist. Alle Sterblichen wollen nur das eine von uns. Aber ja, dieser hier werde ich noch weniger hinterhertrauern als der Letzten. Sie ist ein Miststück. Du bist nur zu vernarrt in sie, um der Wahrheit ins Auge zu schauen. Schon wieder.«

Das war zu viel. Ich stand, bevor ich realisierte, dass ich meinen Körper zum Stehen aufgefordert hatte. »Nimm das zurück.«

Norwyn lachte auf. »Der Verbrauch unseres abgepackten Blutes hat sich nicht verringert. Obwohl du sogar eine ungesunde Beziehung zu deiner Blutmagd hast, trinkst du nicht von ihr.« Sein Blick spießte mich regelrecht auf. »Ich habe gesehen, wie du nach ihrem Blut gierst, Aydan. Und da du offenbar keine Probleme mehr mit dem Trinken hast, liegt das Problem auf ihrer Seite.« Dem konnte ich leider nichts entgegensetzen, das wusste Norwyn ebenfalls und setzte nach. »Verwehrt sie dir ihr Blut? Und was ist mit der anderen Blutmagd, die hier seit Wochen überflüssig ist? Verbietet die Kleine dir, auch von der zu trinken?« Hohn und Verachtung kämpften in seiner Miene miteinander um die Vorherrschaft. »Sie hat dich abgerichtet wie einen Hund. Du bist der erste gezähmte Vampir. Ich hätte nicht gedacht, dass ich das mal sage, aber du hast mir besser gefallen, als du noch teilnahmslos herumgesessen hast. Das war wenigstens dein eigener Wille. Jetzt stehst du unter der Knechtschaft einer Sterblichen.«

»Es war wieder reizend mit dir.« Grimmig wandte ich mich ab.

»Geh zu dem Termin morgen!«, rief er mir hinterher.

»Werde ich«, gab ich mühsam beherrscht zurück. »Und wenn es auch nur ist, damit ich dich eine Nacht nicht ertragen muss.«

Liz registrierte wie immer an meiner Miene, dass etwas vorgefallen war. »Schlechte Neuigkeiten?« Sofort wurde ihr Blick vorsichtiger und ihr Atem stockender.

»Nur eine Meinungsverschiedenheit mit Norwyn. Er denkt, du seist die Reinkarnation des Bösen, er hat vergessen, dass wir das sind.«

»Was noch?«

»Er besteht darauf, dass ich morgen die letzten Dienstboten auswähle. Ich denke, darum werde ich mich nicht drücken können.«

Ich sank aufs Bett, war jetzt schon erschöpft, dabei hatte der Abend erst begonnen. Ich hob die Hände in Richtung Liz, die an einem der geschnitzten Bettpfosten gelehnt stand. Sie lächelte, gab ihren Platz auf, um zu mir zu kommen.

»Du weißt, dass du mich allein lassen kannst, oder?«, fragte sie sanft. »Ich habe nicht vor wegzurennen. Ohne einen Haufen

Vampire, die mir auf meinen Fersen sind, ist das zu langweilig.« Ihr Plan ging auf, damit brachte sie mich zum Schmunzeln.

»Und du weißt, dass du dir keine Sorgen machen musst?«, fragte ich zurück. »Ich habe nicht vor, mich von Sigans Seuche erwischen zu lassen.«

Das Bett zu verlassen, war hart und es wurde noch härter, als ich zur schlafenden Liz sah. *Keine Tränen heute.* Sie hatte seit zwei Wochen nicht mehr geweint. Vielleicht machte sie langsam ihren Frieden mit ihrem Leben hier. Ich hauchte ihr einen Kuss auf die Schulter, bevor ich mich aus dem Bett zwang.

Um Liz nicht zu wecken, bestellte ich mir den nächtlichen Kelch ins Kaminzimmer. Gerade begann ich damit, das Blut zu trinken, als ein Klopfen an der Tür mich innehalten ließ. Ich gab genervt die Erlaubnis, die Tür zu öffnen. Doch noch bevor ich dazu kam, einen weiteren Schluck zu mir zu nehmen, verharrte ich beim Anblick des Eintretenden.

Was zu Hölle wollte Norwyns Blutknecht hier?

Er verneigte sich vor mir, räusperte sich – und wieder hasste ich, wie langsam er war. In meinem Kopf ging ich Dutzende von Erklärungen für seine Anwesenheit durch, fand aber keine, die plausibel war.

»Ich muss mit Euch reden, Herr.«

Großartig.

Das hier würde dauern.

Ich hob den Kelch an die Lippen, machte eine fordernde Handbewegung, um ihn fortfahren zu lassen, und würgte einen Schluck Blut herunter. Heute schmeckte es noch fader als sonst. Ich fand keinerlei Aromen. Nichts, was meine Sinne auch nur ansatzweise anregte. Norwyn hatte recht, das hier war kein Ersatz für Liz' Blut.

Er zögerte und meine Gereiztheit nahm weiter zu, Zeit war zu kostbar, um sie mit Warten zu verbringen. Gerade wollte ich ihn unsanft herausgebieten, als er endlich begann. »Es geht um Liz, Herr. Es gibt da etwas, dass Ihr wissen solltet.«

Kapitel 38

Seine Worte waren lächerlich.

Allein die Vorstellung war lächerlich.

Und ich war das Lächerlichste von allem.

Weil ich stundenlang die Uhr angestarrt hatte, statt zum Treffen mit der Sucherin zu gehen.

Ich sollte Liz fragen, doch gleichgültig, wie oft mich der Gedanke streifte, ich würde es nicht.

Weil es sich nicht anfühlte, als könnte ich ihrer Antwort trauen.

Ich verließ das Jagdzimmer, in dem ich mich verkrochen hatte. Norwyn war es zu wenig elegant und Liz hasste es – das machte es zum perfekten Versteck.

Mit mir rechnete niemand.

Gut so.

Ich wollte nicht gesehen werden.

Das hier könnte eine Falle sein – auch der Gedanke streifte mich immer wieder. Die Falle eines eifersüchtigen und abgewiesenen Sterblichen oder die eines herrischen Vampirs, der sich zu gern in meine Angelegenheiten mischte. Die letzten Stunden hatte ich einige Theorien aufgestellt, was den Blutknecht dazu bewogen haben könnte, zu mir zu kommen. Aber ich wusste es nicht.

Jetzt, wo ich an Norwyns Tür stoppte, sogar weniger als zuvor. Ich hörte Schritte dahinter – das war alles.

Noch konnte ich umkehren.

Liz würde niemals erfahren, dass ich hier gewesen war, und ich nie, ob sie hier gewesen war.

Wenn ich diese Tür öffnete, würde eines von beiden eintreten. Norwyn würde es sich nicht nehmen lassen, ihr zu erzählen, dass ich ihr nicht vertraute.

Ein Ringen.

Hineingehen oder Flüchten?

Erbärmlichkeit oder Arroganz?

Kontrolle oder Vertrauen?

Meine Hand entschied vor mir, drückte die Klinke hinunter und der Rest von mir gab nach.

So leise wie möglich öffnete ich die Tür. Wenn Norwyns Sinne abgelenkt genug waren, konnte ich Glück haben, dass er mich nicht bemerkte. Dann würde ein Blick reichen, um mich davon zu überzeugen, dass der Blutknecht gelogen hatte. Und ich konnte den Rest der Nacht eine würdige Bestrafung für ihn suchen.

Nur ein winziges Stück.

Neue Geräusche drangen an mein Ohr.

Das Rascheln von Kleidung.

Ich fand Farbe und öffnete die Tür weiter.

Weil ich nicht glauben konnte, was ich dort sah.

Norwyn und Liz hassten sich abgrundtief. Ich war das einzige Bindeglied zwischen ihnen.

Zumindest hatte ich das gedacht.

Bis jetzt.

Offenbar verband sie doch mehr, denn Liz saß auf seinem geschwungenen dunkelgrünen Samtsofa. Ihre Haare hatte sie zu einem hastigen Knoten im Nacken zusammengebunden. Die Augen hielt sie geschlossen und ihre Miene war so starr wie die einer Puppe. Wie immer steckte sie in einem dieser übergroßen Pullover, die ein Stück ihrer Schulter freigaben. Diesen hier kannte ich gut, wusste, dass die Ärmel für gewöhnlich weit über die Handgelenke reichten und sie gern ihre Hände darin versinken ließ. Heute hatte sie die Ärmel hochgezogen, die Arme freigelegt und von sich gestreckt. Ganz als wollte sie jeden Zentimeter nutzen, um die zwei Vampire, die dort tranken, auf Abstand zu halten. Ich kannte beide. Höherrangige Vampire aus Norwyns Freundeskreis. Norwyn tauchte gemächlich hinter Liz auf, legte seine Finger an ihren Hals und kontrollierte ihren Puls. Seine Berührung war routiniert und Liz zuckte trotz geschlossener Augen nicht zusammen.

Die beiden waren aufeinander eingespielt.

Sie hatten sich erneut gegen mich verbündet.

Nur diesmal hatte ich nicht den Hauch einer Ahnung weshalb.

Schmerz flackerte in meiner Brust auf, aber die Wut in mir ließ dafür kaum Raum. Ihre Flammen fraßen sich durch mich hindurch.

»Was ist hier los?« Ein dunkles Knurren, das den Tiefen meiner Seele entsprang, schloss sich an. Mein Körper war so angespannt wie die Sehne eines Bogens. Ich wusste nur nicht, auf wen ich mich zuerst stürzen sollte.

Obwohl Liz über menschliche Sinne verfügte, reagierte sie als Erstes. Sie riss die Arme zurück und gleichzeitig die Augen auf.

Fand mich.

Und ich fand Schuld in ihrem Blick.

So viel, dass ich darin unterzugehen drohte.

Liz' Lippen formten lautlos meinen Namen.

»Aydan.« Im Gegensatz zu Liz war Norwyn seine Stimme nicht abhandengekommen. »War ich nicht deutlich? Du solltest auf deinem Termin sein.«

Es gab einen Gewinner meiner Wut.

Im nächsten Moment umklammerte ich den überdimensionalen Kragen seines lilafarbenen Jacketts. »Wie deutlich war ich, als ich gefordert habe, dass du sie in Ruhe lässt? Dennoch hältst du klammheimlich hinter meinem Rücken deine eigenen Blutnächte ab?«

Jemand entfernte sich, aber ich war zu ausgelastet mit Norwyn, um mich damit zu beschäftigen.

Er hingegen blieb erstaunlich gelassen und sah über mich hinweg. »Geht ruhig«, rief er den anderen zu. »Das hier ist eine Familienangelegenheit.«

»Warum?«, stieß ich aus und verlagerte seine Aufmerksamkeit wieder auf mich. »Hast du es nicht ertragen können, dass es jemanden gibt, der mir etwas bedeutet? Oder wolltest du mit ihrem Blut angeben?«

Vermutlich war es eine Mischung aus beidem.

Ich konnte es förmlich vor mir sehen – exklusive Abende mit Proben für auserwählte Vampiren. Einer höher in der Hierarchie als der andere.

»Womit hast du ihr gedroht?«

Seine gelassene Miene bekam einen amüsierten Anstrich. »Du bist verblendet, wenn es um sie geht. Sie spielt mit dir und du begreifst es nicht. Warum lässt sie dich nicht von sich trinken? Am Anfang dachte ich, dass sie in Ohnmacht fällt oder wieder vor Panik erstarrt. Nichts davon ist eingetroffen. Ich habe bekommen, wofür ich damals bezahlte – eine perfekte Blutmagd. Sie musste zu nichts gezwungen werden.«

Ich ließ ihn los.

Weil ich diesen überlegenen Ausdruck in seinem Gesicht nicht ertrug.

»Wie hast du sie dazu gebracht?«

»Du bist ein Narr, der nicht erkennt, was direkt vor seiner Nase vor sich geht. Genau das ist ihr Plan, sie weiß, dass du sie nicht zu einer von uns machen wirst. Es sei denn, sie gibt vor, in Gefahr zu sein.« Er lachte erneut auf, nur höhnischer. »Geh und mach sie unsterblich, aber komm hinterher nicht zu mir, wenn du erkennst, dass sie dich die ganze Zeit belogen hat.«

»Du bist der Einzige, der lügt«, fuhr ich ihn an, so heftig, dass er zusammenfuhr.

Zumindest verschwand so der Hohn aus seinem Gesicht. »Ich gebe zu, dass ich sie hinter deinem Rücken genutzt habe, um einige meiner Verbindungen zu vertiefen. In der momentanen Situation kann ich nicht abwarten, bis du aufwachst. Aber ich habe sie zu nichts davon gezwungen. Sie hat nicht einmal protestiert, Aydan. Das ist die Wahrheit. Mich kennst du eine Ewigkeit, sie einen flüchtigen Augenblick lang – falls du das überhaupt tust. Ich glaube, ich kenne dieses kleine Biest besser, als du es je wirst.«

Meine Faust traf sein Gesicht. In seinen Augen spiegelte sich meine eigene Entgeisterung. Wir hatten zwei Jahrhunderte miteinander geteilt und alle Höhen und Tiefen durchgestanden. Die letzten Jahrzehnte hatten uns zugesetzt, aber jetzt fühlte es sich an, als könnte ich das Band zerrissen haben, das uns zusammenhielt.

Ich wusste nicht einmal, ob ich das wollte.

Weil ich nicht in der Lage war zu denken.

Oder zu reden.

Alles woraus ich noch zu bestehen schien, war dieser Sturm an Gefühlen, die in mir tobten.

»Sie war die Erste, die das Weite gesucht hat«, sagte Norwyn beängstigend ruhig. »Ich verwette das Anwesen darauf, dass du sie am Boden zerstört vorfinden wirst und sie dir schluchzend erzählt, dass ich sie dazu gezwungen habe.«

Ich ging Richtung Tür, wollte nach Liz suchen und gleichzeitig fühlte sich jeder meiner Schritte wie eine Flucht vor Norwyns Worten an.

KAPITEL 39

Ich folgte Liz' Spur. Nach Lorins Besuch hatte ich den Kelch nicht mehr anrühren können. Jetzt schärfte der Durst meine Sinne und es reichte der Hauch von Tausendschön, um mir den Weg zu ihr zu weisen. Sie musste sich Verletzungen zugezogen haben. Ein weiterer mieser Gedanke in einer richtig miesen Nacht.

Dieser Sturm in mir wollte etwas zerstören und fand nichts, was diesen Zorn in mir gedämpft hätte.

Sie war in den Dienstbotentrakt geflüchtet, dabei wohnte sie seit Wochen bei mir. Dass sie sich hier verkroch, machte es noch schlimmer. Auf den letzten Metern vor ihrem Zimmer stoppte ich, weil ich zu wütend war, um kopflos in ihr Zimmer zu stürzen. Wir mussten reden – aber keiner der Gesprächseinstiege, die ich fand, fühlte sich an, als könnte ich ihn herauslassen, ohne zu brüllen.

Ich sollte mich erst beruhigen.

Liz durchkreuzte einmal mehr meine Pläne, indem sie aus ihrem Zimmer stürzte, noch bevor ich ansatzweise zur Ruhe kam. Als sie mich sah, weiteten sich ihre Augen erschrocken. Im grellen Licht der Lampen wirkte das Blau beinahe schwarz. Ich war schon so oft darin eingetaucht, aber den Grund hatte ich nie erreicht. Heute fühlte es sich an, als könnte ich darauf stoßen, und obwohl ich das seit ihrem ersten Tag hier wollte, war der Gedanke beängstigend. Ich hatte gedacht, dort würde es friedlich sein. Jetzt fragte ich mich, ob Liz nicht selbst der Sturm war.

Ob sie mir nicht die ganze Zeit etwas vorgemacht hatte.

Ob sie auf Unendlichkeit aus war wie der Rest von ihnen.

Sie presste sich an die gegenüberliegende Wand, so weit fort von mir wie möglich. Sie wirkte wie ein verschrecktes Tier. Eine falsche Regung von mir und sie würde flüchten. Obwohl sie wusste, dass sie mir nicht entkommen konnte.

»Erkläre es mir!« Ich kratzte alles an Selbstbeherrschung zusammen, was ich finden konnte, um ihr die Worte nicht um die Ohren zu schlagen.

Sie blinzelte.

Schluckte.

Schwieg.

Der Drang in mir, etwas zu zerstören, wuchs mit jeder Sekunde, die verstrich, ohne dass sie mir eine Erklärung lieferte.

Weil es keine gab, die mir gefallen würde.

Tausendschön zupfte an meinen Sinnen, nebelte sie ein und mein Durst erwachte, stieß grob den Zorn beiseite. Seine Krallen bohrten sich schmerzhaft in mich.

Gottverdammt.

»Zeig mir deine Arme.«

Ein weiteres Blinzeln war die einzige Regung, die ich von ihr bekam.

»Liz!« Der Geruch war zu stark. Das hier stammte nicht nur von vereinzelten Tropfen. Ich wusste nicht, wie viel ihr die beiden Vampire abgenötigt hatten. Doch so, wie Liz mich ansah, überlegte sie, lieber in Ohnmacht zu fallen, als der Forderung nachzukommen. Mein Knurren ließ sie zusammenfahren. »Bitte«, presste ich mir ab und deutete auf den rechten Arm, der die Quelle des Geruchs zu sein schien. Unter dem schwarzen Pullover ließ sich wenig erkennen und selbst ihre Hände waren in die Ärmel abgetaucht. Mein Blick fuhr tiefer, fand Blut auf dem Steinboden.

Tiefrot.

Ein Anblick, den ich liebte.

Normalerweise.

Als ich aufsah, registrierte ich, dass auch Liz die Blutspuren gefunden hatte. Ihr Gesicht verlor augenblicklich den letzten Rest Farbe, wurde weiß wie die Wand, an die sie sich so fest presste, als hoffte sie, mit ihr zu verschmelzen.

Meine Geduld war aufgebraucht. Ich machte einen Satz auf sie zu und riss ihren Ärmel hoch.

Darauf fand sich ein bizarres Muster aus hinunterschlängelnden Pfaden aus Blut.

Tausendschön überall.

Die Krallen in mir kratzten begierig.

Mein Durst frohlockte.

Die tiefe Wunde über ihrer Armbeuge war kaum zu sehen inmitten des ganzen Blutes, das daraus hinauslief.

Wie lange blutete sie schon? Drei Minuten? Fünf?

»Hör auf, Liz«, fuhr ich sie an, weil sie versuchte, mir ihren Arm zu entziehen und die Wunde zusätzlich aufriss. Mittlerweile floss es über meine Finger, nebelte mir den Verstand ein und es wurde noch schlimmer, als ich mich der Wunde näherte.

Durst.

Ich hatte so verdammt viel Durst.

Ob Liz das spürte?

Sie schien mir mit aller Kraft ihren Arm entreißen zu wollen.

»Ich lass nicht zu, dass du in Ohnmacht fällst. Oder Schlimmeres.« Das hätte mir als Abschluss für diese grauenhafte Nacht noch gefehlt. »Gerade hat es nicht den Eindruck gemacht, als fändest du es unerträglich, wenn sich jemand deinem Blut nähert.« Ich sah zu ihr hoch und ihr Gesicht fror zu einer wunderschönen, regungslosen Maske ein. »Lass mich die Blutung stillen«, brachte ich hervor, nur für den Fall, dass sie wirklich dachte, ich wolle trinken. Ich bekam ein knappes widerwilliges Nicken, und das wohl nur, weil sie wusste, dass ich nicht von ihrer Seite weichen würde, bevor die Blutung nicht gestoppt war.

Wieder drehte ich das Gesicht in Richtung des verheißungsvollen Rots, das ihre helle Haut einfärbte.

Rot war es auch in mir, nur tobte dort ein helleres, tosendes Rot – so viel Zorn, dass ich darin zu ertrinken drohte. Die Wut stoppte augenblicklich, als ich den Mund auf ihre Wunde presste.

Kopfüber schien ich in Tausendschön einzutauchen.

Sie fühlten sich an wie eine seidige Decke, die sich um mich schlang und mich wegtrug, von diesem Flur, den Bildern, die sich in meine Netzhaut eingebrannt hatten.

Ich ließ mehr davon in mich herein.

Jetzt, mit dem Geschmack ihres Blutes auf der Zunge, begriff ich nicht, wie ich es ohne ausgehalten hatte. Es gab nichts, was köstlicher war, und es war genau das, was ich brauchte, um nicht vor Wut in Flammen aufzugehen. Ihr Blut drängte den Zorn beiseite und ließ nichts als Verlangen übrig. Liz registrierte mit menschlicher Verspätung, was ich tat. Wieder zerrte sie an ihrem Arm, um ihn aus meinem Griff zu befreien.

Die anderen hatte sie von sich trinken lassen und mir wollte sie es vorenthalten.

Die Wut war zurück und ich schluckte erneut. Das war die schlimmste Nacht seit einer Ewigkeit gewesen und dieses Blut war das erste Gute bisher. Ich hatte nicht vor, mich widerstandslos davon zu trennen.

»Aydan!« Liz entzog mir mit einer solchen Kraft ihren Arm, dass sie mich damit abrupt aus meinen Rausch riss. Bevor ich protestieren konnte, zerrte sie den Pullover hinunter. Sie schirmte ihr Blut von mir ab, als fürchtete sie, ich könnte sie anfallen.

»Du hast es mir geschworen!« Sie klang anders als sonst – so als würde der nächste Windhauch sie davontragen.

»Da wusste ich nicht, dass du Norwyns Freunde von dir trinken lässt!« Meine Stimme hallte über den erbärmlichen Flur. Noch lag der Geschmack ihres Blutes auf meiner Zunge und der köstliche Geruch erfüllte die Luft. Nur ein Meter lag zwischen mir und der Verheißung – dem Mittel, das diese Wut anhielt und mich Frieden finden ließ.

Ich sollte gehen.

Und blieb, weil ich Antworten brauchte.

Liz wich vor mir zurück. »Du hast dich gegen mein Blut entschieden und für den Rest von mir!« Sie erreichte ihre Tür und drückte die Klinke hinunter, ohne mich aus den Augen zu lassen. »Wenn ich dir etwas bedeute, drehst du dich jetzt um und verschwindest. Geh trinken, Aydan. Ich sehe, wie hungrig du bist.«

»Das ist alles, was du zu sagen hast?« Das konnte nicht ihr Ernst sein. »Du tust dich hinter meinem Rücken mit Norwyn zusammen – schon wieder! Und ich bekomme von dir statt einer Erklärung nur die Aufforderung, mich mit abgepacktem Blut zu versorgen?«

Was war los mit ihr?

Wo war die Liz hin, die mir so nah war, dass keine Buchseite Platz zwischen uns fand?

»Für dich ist all das bestimmt, was wirklich wichtig ist«, flüsterte sie und es flackerte in ihrem Blick. »Mach das nicht kaputt.« Sie huschte in ihr Zimmer und die zufallende Tür machte deutlich, dass unser Gespräch beendet war.

Sie ließ mich ohne Erklärung stehen.

Ich stand kurz davor, ihr zu folgen.

Um sie dazu zu zwingen, mit mir zu reden.

Und konnte nicht.

Mach das nicht kaputt.

Vier Worte waren alles, was mich davon abhielt.

KAPITEL 40

LIZ

Wenn die Welt kippte und man nicht mehr wusste, wo oben und unten war, suchte man sich einen Halt, an dem man sich festklammerte. Ich fand ihn in einem alten Metallbett, an dem sich längst die Farbe löste. Dieses Zimmer war mir ähnlich fremd wie bei meiner Ankunft.

Vielleicht war das gut so.

Ich brauchte Abstand.

Nur mit Abstand konnte man nachdenken.

Irgendwann musste ich dieses Bett verlassen.

Mir die Blutspuren vom Körper waschen.

Ihm in die Augen sehen.

Meine Finger tauchten tiefer in die Ärmel ab. Mich beruhigte das Gefühl. Es erinnerte mich an die Zeit, bevor ich hierhergekommen war – an das wenige Gute in meinem Leben. Früher war ich in dem Pullover versunken, doch mit jedem Jahr, das verging, waren meine Arme länger geworden und der Rest von mir größer.

Ich war in diesen Pullover gewachsen.

Ich würde in diese … *Situation* wachsen.

An diesem Tag schlief ich nicht.

Stattdessen suchte ich nach Ausreden für Aydan.

Verwarf alle wieder, weil er mir keine davon glauben würde.

Noch bevor die Sonne unterging, stand ich auf, um das Blut von mir zu wischen. Aydan würde reden wollen und so konnte ich ihm nicht gegenübertreten. Kaum verließ ich mein Zimmer, öffnete sich Lorins Tür. *Wie lange er dort ausgeharrt und darauf gewartet hatte, dass ich herauskam?*

»Er ist nicht da.«

Worte wie Schläge.

»Wo ist er?«

»Fort.« In Lorins Augen blitzte es triumphierend. Großartig. Es gab wohl nur zwei Personen, die wussten, wo Aydan war, und Norwyn würde es mir sicher nicht verraten.

»Sag es mir. Bitte.« Ich zwang mir das letzte Wort ab. Augenblicklich klang Aydans Bitte von gestern in mir nach. Diese Verständnislosigkeit in seinem Blick, dieses Flehen nach Antworten … Sie hatte mir das Herz zerrissen.

Ich musste mit ihm reden. Dringend.

»Er sucht die letzten Dienstboten aus.« Lorin lehnte sich gegen den Türrahmen. »Norwyn rechnet die nächsten Nächte nicht mit seiner Rückkehr.«

Die nächsten Nächte?

»Vielleicht bringt er eine weitere Doppelgängerin von dir mit. Nach allem, was ich gestern mitbekommen habe, ist er nicht gut auf dich zu sprechen.«

»Du kannst mich mal.« Dann würde ich mich jetzt mit Essen versorgen und darauf warten, dass Aydans Wut verraucht war und er zurückkam. Weitere Tage und Nächte in diesem Bett. *Großartige Aussichten.*

Nicht.

Lorin tauchte neben mir auf. »Ich hab's nicht so gemeint.« Er kam mir in die Küche hinterher. »Du bist mein Vorbild. Ich liebe, was du tust.«

Was?

Mein verständnisloser Blick glitt von dem Brotmesser, nach dem ich griff, hinüber zu dem grinsenden Mann neben mir. Bis gerade hatte ich seine gute Laune auf den Streit mit Aydan letzte Nacht geschoben, aber jetzt ahnte ich, dass darunter noch etwas anderes lag.

Wie zum Beweis vergrößerte sich sein Lächeln. »Ja, ich habe dich durchschaut«, raunte er mir zu, schien verhindern zu wollen, dass uns jemand hörte. Dabei schliefen die anderen Dienstboten sicher noch und Aydan war ... *irgendwo.*

»Du wusstest, dass er dich nie verwandelt, weil ihm dein Blut zu gut gefällt.« Mein Herz stockte entsetzt. Lorins Augen blitzten unterdessen vergnügt und erinnerten an Sonnenstrahlen, die sich im Wasser brachen. »Erst überzeugst du ihn davon, dass du anders bist, dass es dir nicht um die Unendlichkeit geht, und anschließend nimmst du ihm dein Blut. Wie eine Spinne hast du dein Netz gewoben und er ist mitten hineingestürzt.«

Meine Finger zitterten so heftig, dass ich gezwungen war, das Messer loszulassen. Das würde eh zu lange dauern. Hastig griff ich mir einige der hellgrünen Äpfel aus der bereitstehenden Schale. Ich musste weg von Lorin, seinen Worten, die die Bilder von letzter Nacht wieder in mir aufleben ließen.

Aydans Blick, als er mich gefunden hatte ...

»Du hattest es fast geschafft. Wir alle haben dich unterschätzt, am meisten er. Ich habe schon einige Blutdiener gesehen, aber keine stand so kurz vor der Unendlichkeit wie du.« Mit Daumen und Zeigefinger deutete er einen minimalen Spalt an.

Einer der Äpfel rutschte mir aus den Fingern, rollte aus meinen Händen und schlug auf dem Boden auf. Lorin bückte sich, hob ihn auf und reichte ihn mir, aber ich nahm ihn nicht.

»Es ist nicht vorbei!« Wie ich es hasste, dass meine Stimme zitterte wie ein Blatt im Sturm. Rasch wandte ich mich ab und peilte den Flur an.

Wieder tauchte Lorin neben mir auf. »Denkst du wirklich, Aydan wird dir verzeihen? Oder hast du schon neue Pläne?«

Ich ging schneller, doch er drängte sich neben mich und unsere Arme berührten einander. Ein Gefühl, das mich so reizte, als würden Milliarden Ameisen über meinen Körper krabbeln. »Gut, behalte deine Pläne für dich, aber kannst du mir ein paar Tipps geben?«, fuhr er ungerührt fort. »Ich komme bei Norwyn nicht weiter. Es wird immer schlimmer …«

Das reichte! Von mir bekam er sicher keine Vampir-Beziehungstipps.

Ich versenkte die Zähne in einen der Äpfel und er knackte unter dem Biss. Süßer Fruchtsaft flutete mir den Mund und lief mir über das Kinn. »Liz?«

Ich zuckte mit den Schultern, lächelte entschuldigend und kaute demonstrativ, dann sprang ich in mein Zimmer, sperrte Lorin und den Rest der Welt aus.

Ich fiel zusammen mit der kargen Ausbeute ins Bett. Draußen ging die Sonne bereits unter und der Himmel verfärbte sich Pastellrosa. Alles, was die Farbe in mir weckte, war der Wunsch, die Vorhänge zuzuziehen. Sie passte nicht zu mir.

Sie war zu ruhig, zu lieb, zu gefällig.

Ich würde nie zartrosa sein.

Ich drehte mich um, starrte stattdessen die karge Wand an und fragte mich, welcher Vampir wohl als Erstes nach mir rufen würde.

KAPITEL 41

AYDAN

Vier Nächte hatten gereicht, um meinem Zorn die Spitze zu nehmen. Zumindest hatte ich das gedacht, bis ich durch die vertrauten Flure ging. Entferntes Stimmengemurmel drang mir entgegen – *Norwyn hatte also wieder Besuch.* Ich konnte nur für ihn hoffen, dass er Liz nicht erneut zu sich rief. Dann würde ein Schlag nicht ausreichen, um ihm zu zeigen, was ich davon hielt.

Ich stoppte den nächstbesten Dienstboten und forderte sowohl Liz als auch einen Kelch Blut ein. Heute Nacht hatte ich nichts zu mir genommen, um die Gastfreundschaft meiner kurzzeitigen Gastgeber nicht auszureizen. Vor einem Jahrhundert waren sie noch Freunde gewesen. Jetzt waren sie nur ein Mittel zum Zweck, um Abstand zu gewinnen und meine Gedanken zu ordnen. Ich war mir nicht sicher, wer von uns am Ende erleichterter darüber gewesen war, dass die Geschäfte in der Region abgeschlossen waren.

Meine Zimmer sahen genauso aus, wie ich sie zurückgelassen hatte, selbst die Noten am Klavier waren nicht ausgetauscht worden. *Liz war nicht hier gewesen.* Keine Ahnung, wie ich mich damit fühlen sollte. Dieser Schwebezustand zerrte an meinen Nerven.

Ich wusste nicht, wo wir standen.

Ein Klopfen an der Tür ließ mich zusammenfahren. Ihre Schritte hatte ich schon lange zuvor wahrgenommen, aber mit dieser winzigen Geste zeigte sie, dass sich etwas zwischen uns verändert hatte.

Liz hatte noch nie bei mir angeklopft.

Da ich wusste, dass ich zu wütend geklungen hätte, rief ich sie nicht herein, sondern öffnete selbst.

Das Erste, was ich wahrnahm, war der gefüllte Kelch in ihren Händen, der sich anfühlte wie ein Scherz auf meine Kosten. Für einen kurzen Augenblick erstarrten wir beide, als wir uns so nah voreinander wiederfanden.

Dunkle Schatten unter ihren Augen verrieten mir, dass die letzten Nächte auch an ihr nicht spurlos vorübergegangen waren. Ein winziger Trost.

»Du wolltest mich sehen?« Die Worte klangen bei ihr wie eine Frage, dabei wussten wir beide, dass es keine war. Ich nickte und sie trat ein, darauf bedacht, mich nicht zu berühren.

»Warst du heute Nacht bei Norwyns Gästen?« Vielleicht nicht der beste Einstieg, aber die Frage platzte aus mir heraus und ließ sie in ihren Schritten innehalten. Langsam drehte sie sich zu mir um.

»Und wenn es so wäre?« Nur ein Flüstern und doch traf es mich ins Mark.

»Zeig mir deine Arme.«

»Das geht dich nichts an, Aydan.«

Ein heiseres Lachen brach aus mir heraus. Das hier lief ähnlich schlecht wie erwartet. »Ich habe mich von dir zum Gespött machen lassen und gleichzeitig hintergehst du mich?«

Sie ging weiter, setzte den Kelch auf dem Schreibtisch ab, bevor sie sich wieder mir zuwandte. »Ich hintergehe dich nicht.« Jetzt, mit dem Abstand zwischen uns, fand sie zurück zu der Entschlossenheit, die mich an ihr von Anfang an gefesselt hatte.

Heute nicht.

»Nein? Wieso wusste dann offenbar jeder um mich herum Bescheid? Hattest du vor, mir irgendwann die Wahrheit zu sagen?«

Ihr Blick fuhr an mir vorbei und ließ ahnen, wie ihre Antwort dazu ausgefallen wäre.

»Zeig sie mir!« Liz versteckte ihre Arme die meiste Zeit in diesen überdimensionalen Strickärmeln. Zu sehen bekam ich sie nur, wenn wir miteinander schliefen, da wäre mir im Traum nicht eingefallen, sie abzusuchen. Und selbst wenn, hätte ich sie für Bisse von der Jagd gehalten. Jetzt war es schmerzhaft zu wissen, wie sehr ich ihr vertraut hatte und wie wenig sie es verdiente.

Sie nestelte an den Ärmeln ihres Pullovers herum. »Weshalb?«

»Findest du nicht, dass ich Antworten verdiene, bevor ich mich entscheide, wie es weitergeht?«

Ich hatte mit Protest gerechnet, aber dieses Mal bekam ich nur einen dieser alles durchdringenden Blicke, dem sich ein winziges Nicken anschloss. Langsam ging ich näher. Da sie keine Anstalten dazu machte, nahm ich ihren linken Arm und zog den Ärmel hoch. Mein Blick fand ihren und für einen Augenblick stoppten meine Finger und fuhren über die weiche Haut unter dem rauen Strickwerk. Das war das Problem an Gefühlen, sie ließen einen hin und her schwanken.

Ich fand die stumme Bitte in ihrem Blick.

Wir konnten weitermachen wie bisher.

Keine Fragen.

Dann brauchte es keine Lügen.

Ich schüttelte den Kopf, zog den Ärmel langsam hoch und entblößte ihren Arm. Sie konnte nicht alle Antworten vor mir verdecken. Jeder Biss hinterließ zwei winzige, kaum wahrnehmbare silberfarbene Spuren auf der menschlichen Haut, die erst langsam abheilten. Das silberne Mosaik darauf war noch schlimmer als gedacht. Und ich zweifelte keinen Augenblick daran, dass der andere Arm genauso aussah. Es waren keine zwei Vampire gewesen. Nicht einmal zwanzig.

Konnten tote Herze brechen?

Jetzt gerade fühlte es sich verdammt danach an.

»Es hat nichts mit uns zu tun.« Sie griff nach meiner Hand und wollte mich zu sich ziehen, aber ich löste mich von ihr. »Aydan, es ist nur Blut.«

»Beweis es mir.« Wir wussten beide, was folgen würde, ihre Augen wurden größer und der Ausdruck darin dunkler. »Lass mich trinken.«

»Nein. Du hast geschworen, dass du mich nicht darum bittest.« Sie dachte nicht einmal darüber nach. Ich stieß die Luft aus, ich brauchte etwas zum Zerschmettern. Doch Liz überraschte mich, wie nur sie mich überraschen konnte. Ihre Arme schlangen sich um mich und während ich noch entgeistert verharrte, lagen ihre Lippen schon auf meinen.

Norwyns Worte schossen mir durch den Kopf. Er hatte recht. Niemand konnte mich so gut einspinnen wie sie. In einem Moment explodierte ich vor Wut auf sie und im nächsten ließ ich zu, dass sie mich küsste. Immerhin fand ich mich selbst erbärmlich, weil ich darauf einstieg und sie enger an mich zog.

Es machte ohnehin keinen Unterschied.

Gleichgültig, wie wütend ich auf Liz war, es reichte nicht aus, um sie aus meinem Leben zu verbannen.

Sie war das Wichtigste darin.

Wir würden später weiterstreiten.

Liz' Atem strich über meine Haut und löste augenblicklich den Wunsch in mir aus, den Rest von ihr zu spüren. So hungrig, wie sie sich an mich schmiegte, schien es ihr ähnlich zu gehen. Wir hatten zu lange Abstand zueinander gehalten. Unwirsch zerrte Liz den Pullover von sich, während ich mein Hemd abstreifte. Die letzten Tage waren anstrengend gewesen, jetzt brauchten wir eine Pause davon.

Wir brauchten uns.

Es beruhigte mich, ihre Wärme zu spüren, ihren Herzschlag, der durch mich dröhnte. In ihren Augen blitzte es erwartungsvoll. Ich hob Liz und setzte sie auf den Schreibtisch ab. Ihre Beine schlossen sich wie Fesseln um mich und zogen mich zu sich. Ein sanftes Locken. Ich küsste ihre Schulter, fuhr höher über ihren Hals – fand diese perfekte Stelle, wo ich sie einst gebissen hatte.

Ihr Blut rief nach mir.

Einen Moment lang erstarrte ich unter der Übermacht des Blutdurstes. Heute waren es nicht die üblichen Krallen, die sich in mich bohrten – heute riss mich der Durst regelrecht auseinander.

Liz bemerkte es nicht, strich ungerührt weiter über meine Haut, aber ihre Berührung kam sonderbar gedämpft bei mir an. Für mich gab es nur noch diese eine Stelle an ihrem Körper, die zählte. Dieser perfekte Platz, der wie gemacht dafür war, die Zähne dort zu versenken. Meine Gier verwandelte sich in meterhohe Wellen, die mich mit sich rissen. Da gab es nichts mehr außer wildem Verlangen.

Ich versank im Tausendschön.

Kurz spürte ich Liz' Entgeisterung, nachdem meine Zähne in sie drangen. Sanft strich ich über ihren Rücken und sie gab augenblicklich nach. Ich fuhr ihren Körper entlang, während sie sich an mich presste.

Ob es jemals zuvor eine solche Verbindung zwischen einem Menschen und einem Vampir gegeben hatte?

Es war schwer vorstellbar.

Wir waren eine Einheit, wenn ich von ihr trank.

Diesmal war ich zu gierig, um mir Zeit zu nehmen. Meine Züge waren schnell, während mir ihr Blut den Verstand vernebelte. Mit jedem Schluck mehr.

Das hier war Vollendung.

Der Himmel auf Erden versteckte sich im Blut einer Sterblichen.

Jeder Schluck war besser als der vorherige, köstlicher … Meine Hände hielten ihre, ohne dass ich mitbekommen hatte, nach ihnen gegriffen zu haben. Es war ein einziger Rausch, bis irgendwann ein Tropfen auf meiner Wange landete. Das irritierte mich genug, um langsamer zu trinken, doch erst als ein zweiter auf mich fiel, löste mich das behutsam aus meinem Rausch.

Wie konnte es hier regnen?

Ich drehte den Kopf gerade so weit, um Liz' Gesicht sehen zu können, und erstarrte.

Nichts, was ich dort fand, passte zu dem, was ich empfand – *empfunden hatte.*

Liz weinte.

Weshalb?

Mein Name drang als ersticktes Schluchzen aus ihr heraus, bat, dass ich stoppte, und erst da registrierte ich, dass ich weitertrank.

Was zur Hölle war mit mir los?

Augenblicklich ließ ich von ihr ab.

Ich hatte den miesen Verdacht, dass Liz mich nicht zum ersten Mal aufforderte aufzuhören.

Nichts davon war zu mir durchgedrungen.

Ich hatte ihren Protest im Rausch nicht wahrgenommen. Liz zerrte ihre Hände aus meinen, mit so einer Heftigkeit, als versuchte sie schon die ganze Zeit, von mir loszukommen.

Hatte ich sie festgehalten, damit sie sich nicht befreien konnte?

Allein der Gedanke sorgte dafür, dass ich vor Schock erstarrte.

Das hier hatte ich nicht gewollt.

Nichts davon.

Entgeistert starrte ich Liz an. Ihre Augen waren gerötet. Selbst wenn da nicht die verräterischen Tränenspuren in ihrem Gesicht gewesen wären, hätte der Ausdruck in ihrem Blick überhaupt keinen Spielraum gelassen. Sie sah so entsetzt aus, wie ich mich fühlte.

Liz wischte ihre Tränen mit dem Handrücken fort und augenblicklich erschienen neue dort.

Wie hatte ich gegen ihren Willen von ihr trinken können?

Ich war zu dem Ungeheuer aus dem Buch geworden.

»Liz …«, brach es aus mir heraus. »Es tut mir leid. Ich weiß nicht, was …« Ich machte Anstalten, sie in den Arm zu nehmen, aber sie sprang zur Seite.

Zum ersten Mal starrte sie mich voller Panik an.

Panik vor mir.

Die Erkenntnis schnürte mir den Hals ab und sperrte all die unnützen Worte in mir ein, die doch nicht genug ausdrückten, wie sehr ich es bereute. Liz suchte hastig den Boden ab, sah immer wieder kurz zu mir, als fürchtete sie, ich könnte mich erneut auf sie stürzen. Ein Gedanke, der mich gerade noch wütend gemacht hätte. Doch die letzten Minuten hatten uns beiden gezeigt, dass ihre Befürchtung berechtigt war.

Ich hatte selbst Angst vor dem, was in mir tobte.

Liz hob ihren Pullover auf und brachte gleichzeitig mehr Raum zwischen uns, bevor sie ihn hastig überzog. Erst dann wandte sie sich mir zu. Sie schüttelte den Kopf.

Ich war mir nicht sicher, was sie damit sagen wollte. Im Zweifel nichts Gutes, deshalb fragte ich lieber nicht danach. Es stellte sich heraus, dass ich nicht nur ein Ungeheuer war, sondern auch ein erbärmlicher Feigling.

Sie drehte sich ab, flüchtete in Richtung Tür, so angespannt, als erwartete sie, dass ich sie aufhielt.

»Liz?« Ihr Name war ein Flehen, das aus mir herausbrach, und sie drehte sich tatsächlich um. Für den Bruchteil eines Augenblicks streiften sich unsere Blicke und sie erkannte wohl die stumme Frage in meinem, denn sie suchte Halt an der Türklinke.

»Das hier ist vorbei«, stieß sie aus und rannte vor mir davon.

Nie hatte ich sie besser verstehen können.

KAPITEL 42

Ich war mir nicht sicher, wie ich die Tage überstand. Manchmal tigerte ich voller Unruhe durch meine Räume, suchte etwas, auf das ich mich stürzen konnte, und fand nichts, was diesen Drang in mir gelöscht hätte.

Wie stürzte man sich auf sich selbst?

Ich war nicht mehr in der Lage zu ruhen, konnte kaum stillsitzen. Das tat ich nur, wenn ich Liz Briefe schrieb, um dann doch alle zu zerfetzen. Sobald ich genug Pergament zerrissen hatte, ging ich in die Bibliothek, um dort nach Büchern zu suchen, deren Inhalt schaffte, was mir nicht gelang: Liz zu sagen, wie leid es mir tat. Erfolglos. Es machte ohnehin keinen Unterschied, denn sie betrat die Bibliothek nicht mehr.

Immerhin war sie hier.

Sie war nicht geflohen.

Der Blutpakt, den sie mit Norwyn abgeschlossen hatte, band sie noch bis zum nächsten Jahr. Nicht, dass ich annahm, dass sich Liz davon aufhalten lassen würde, ihn zu brechen. Oder Norwyn. Mit ihm hatte ich eine Art Vereinbarung getroffen. Er würde Liz nicht an einen anderen Haushalt vermitteln, dafür würde ich ihn nicht regelmäßig schlagen, sobald wir uns sahen. Das fiel mir schwerer als gedacht, schon weil er blendender Laune war.

Momentan hoffte ich darauf, dass ich etwas fand, das sie überzeugen würde, mir eine weitere Chance zu geben. Ich nahm sogar an Norwyns Abendveranstaltungen teil, um Liz zu zeigen, dass ich sie von nun an mit ihrem Blut machen lassen würde, was sie wollte. Am ersten Abend hatte sie mich entgeistert angestarrt, als sie mich in einem der Sessel fand. Doch seitdem beachtete sie mich nicht mehr.

Wenn sie eintrat, war ihre Miene regungslos – abgesehen von ihren Augen, die waren das genaue Gegenteil davon. Da lag so viel in ihnen, aber niemand außer mir machte sich die Mühe hinzuschauen.

Zwar war es mies zu sehen, wie jemand von ihr trank. Noch mieser wäre es, es nicht zu tun. So konnte ich zumindest überprüfen, dass es ihr gut ging. Wir kämpften uns durch drei Nächte. Ich war mir nicht sicher, wie viele von ihnen ich noch überstehen würde. Ständig stand ich kurz davor, die Fassung zu verlieren. Entweder ich wollte aus dem Raum rennen oder mich nie mehr rühren. Das Licht war zu hell oder zu dunkel. Ich fühlte abwechselnd zu viel oder nichts. In mir schienen alle Zwischentöne entfernt worden zu sein. Es gab nur Licht und Schatten.

Diese kleinen privaten Blutnächte wurden immer beliebter, Norwyn konnte sich vor Anfragen nicht mehr retten.

In der vierten dieser Nächte verdüsterte sich Liz' Miene, als sie eintrat, was wahrscheinlich dem Umstand geschuldet war, dass Malina neben mir stand. Norwyn hatte sie hierherbestellt, nachdem er mich die letzten Stunden argwöhnisch gemustert hatte. Vielleicht befürchtete er, meine miese Laune würde diese Nacht sprengen. Nicht seine schlechteste Idee, denn Liz' Geruch löste bereits jetzt dieses gierige Ziehen in mir aus. Ich brauchte Blut, sofort. Meine Zähne versenkten in Malinas Arm, noch bevor Liz auf ihren Platz sank, zwischen die wartenden Vampire, die heute das Rennen gemacht hatten.

Wer von uns beiden dieses Sofa wohl mehr hasste?

Ich zwang den Blick fort, weil sonst die berechtigte Gefahr bestand, dass ich jetzt und hier zersprang.

Malinas Blut war besser als das abgepackte, aber Liz' Geruch machte mir deutlich, dass es nicht war, was ich brauchte. Ich zwang mich dennoch weiterzutrinken – ruhig und langsam. Vielleicht würde dann die Unruhe in mir endlich vergehen.

»Das ist zu schnell. Aufhören!« *Norwyn.*

Ich hatte Liz zu lange aus den Augen gelassen.

Augenblicklich sah ich zu ihr und registrierte, dass ihre Blässe noch tiefer war als sonst, sah ihre flatternden Lider. Die beiden hatten zu schnell zu viel von ihr getrunken. Tosend roter Zorn färbte jeden Fleck in mir ein. *Selbst jetzt stoppten sie nicht.* Das gab mir zumindest eine Möglichkeit, etwas von dem, das in mir tobte, hinauszulassen. Norwyn riss den ersten von ihnen fort und ich warf mich auf den anderen und versuchte, ihm den Kopf eigenhändig von den Schultern zu zerren. Sein Knurren erfüllte den Raum. Er wollte mich abschütteln und war chancenlos. Jemand rief nach mir, aber das war mir gleichgültig. Norwyns Freund stieß ein gurgelndes Geräusch aus, als ich an seinem Hals zerrte … und ihn abrupt losließ.

Etwas anderes als Zorn erwachte in mir.

Größer.

Düsterer.

Durst.

Ich roch Blut. Nicht irgendeines. Sondern das einzige, das zählte. *Ich musste es erreichen, bevor die anderen es taten.* Der Raum um mich herum schien ineinanderzufallen. Farben trafen auf Farben und die Gegenstände verloren an Konturen, bis sie nichts als Schlieren waren.

Mir war das gleichgültig.

Solange das Blut blieb.

Ein Sprung und ich war da und versenkte die Zähne in die weiche Haut.

Erlösung füllte meinen Mund.

Dickflüssig und köstlich löschte sie die nagende Unruhe in mir. Ein Name wurde hinter mir gerufen – entfernt erinnerte ich mich daran, dass es meiner war. Was sie auch wollten, ich hatte nicht vor zu stoppen. Nicht, solange noch ein Tropfen übrig war.

»Du bringst sie um!« Ein fassungsloser Aufschrei. Ob er mir galt? Die Stimme kam mir vage bekannt vor. »Helft mir, ihn zu stoppen!« Beinahe sofort rissen mich Hände grob zurück und trennten mich von dem Blut. Ich explodierte vor Wut, versuchte, in die Arme zu beißen, damit sie mich losließen. Ein ohrenbetäubendes Knurren tönte durch den Raum und ich ahnte, dass es von mir stammte.

»Aydan!« Wieder diese Stimme. Ein Gesicht schälte sich aus der schemenhaften Umgebung, wurde schärfer, je näher es kam. *Norwyn.* »Hast du den Verstand verloren?« Ich hatte keine Ahnung, wovon er sprach, fletschte die Zähne, doch er beachtete mich nicht, sondern drehte sich um. »Lebt sie?«

»Ja, Herr.« Norwyns Blutdiener.

Was tat er hier?

Was tat ich hier?

Ein Blitz aus Licht schien in meinen Kopf einzuschlagen. Er flutete alles mit Helligkeit, nur um es dann wieder in Dunkelheit fallen zu lassen. Der Donner folgte ihm auf dem Fuße, ein so ausfüllendes Grollen, dass ich die Hände an meine Stirn presste, betete, es würde aufhören. Wann hatte ich zuletzt einen solchen Schmerz gespürt?

»Schau hin!«, schrie Norwyn mich an und zerrte mich mit sich. »Sieh sie dir an.« Die Dunkelheit in meinem Kopf löste sich auf, aber das Grollen blieb und schien mich zu zerschmettern.

»Aydan!« Was auch immer das hier war, ich brauchte Ruhe. Doch Norwyn ließ mich nicht gehen, also hob ich den Kopf, versuchte, die wogenden Bilder vor mir anzuhalten.

Langsam begann ich wieder, Umrisse zu erkennen – fand den Salon vor mir.

Warum wurde ich festgehalten?

War ich zusammengebrochen?

Es fühlte sich an, als stünde ich an einer Klippe und dort, wo meine Erinnerungen sitzen sollten, erhob sich bodenloses Nichts.

»Sieh hin«, forderte Norwyn und als ich seiner Forderung nachkam, sah ich Lorin vor dem Sofa kniend.

Was tat er hier? Die Frage in meinem Kopf fand keinen Weg hinaus, verhallte ungehört. Der Blutknecht wurde von Norwyn grob angewiesen, zur Seite zu treten. Er stand auf und gab den Blick frei auf das, was dahinter lag. Weiße Strähnen hingen am Sofa herunter wie ein Wasserfall, der in seiner Bewegung erstarrt war. Darüber fand sich ein Gesicht so hell wie Schnee, der jeden noch so kleinen Hauch von Farbe verdeckte. Nur an ihrem Hals war welche. Dunkelrot bahnte sich das Blut ihren Weg, versickerte in den Polstern und in ihrem übergroßen Pullover.

Kälte schoss mir durch den Körper, breitete sich in meinem Magen aus und vereiste mein Herz.

Vergessen waren die dröhnenden Kopfschmerzen.

Vergessen die Hände, die mich festhielten.

All meine Welt liegt hier.

Nein.

Nein, nein, nein!

»Liz!«

Mein Schrei erfüllte den Raum und wer auch immer mich festhielt, war nicht länger dazu in der Lage. Ich erreichte sie, presste die Hände auf ihre Wangen und wartete darauf, dass sie mich ansah.

Nichts.

Warum sah sie mich nicht an?

»Liz.« Ihr Name war ein Stöhnen, ein Winseln, ein Flehen. Meine Finger suchten nach ihrem Puls. Ich war nie gläubig gewesen wie meine Eltern, aber als ich ihn fand, schickte ich ein Dankgebet gen Himmel.

Liz lebte.

Hände krallten sich erneut um meine Arme und zerrten mich zurück. Was zur Hölle …? Ich zerrte in die entgegengesetzte Richtung, wollte zu Liz.

Norwyn schob sich zwischen sie und mich. »Sie wäre beinahe gestorben, Aydan! Ich bin mir sicher, dass du das bereut hättest. Verschwinde jetzt. Ich veranlasse, dass sich jemand um sie kümmert.«

»Wer war das?« Erneut versuchte ich, mich unter Norwyns ungläubigem Blick zu befreien. Die Schmerzen in meinem Kopf waren mittlerweile so schlimm, dass ich kaum denken konnte. Schon die Worte musste ich mühsam aus mir herauspressen und jetzt schwieg sich Norwyn auch noch aus. »Wer …?«

Auf Norwyns Fingerzeig schob sein Blutdiener die Arme unter Liz, hob sie hoch wie eine Puppe. Ihr Arm hing so schrecklich leblos an ihr herab. Ich hörte mich selbst ihren Namen rufen, wieder und wieder.

»Du, Aydan!« Das war dermaßen lächerlich, dass ich nicht einmal wütend auf Norwyn sein konnte. *Als wenn ich in der Lage gewesen wäre, Liz auch nur ein Haar zu krümmen.*

Ich rief erneut nach ihr und diesmal schien sie mich zu hören. Ihre Lider flackerten und im nächsten Augenblick tauchte ich ein in dieses tiefe Meeresblau.

Dorthin, wo es kein Licht mehr gab, nur Finsternis und … Angst.

Vor mir.

Weshalb?

Ich wollte den Kopf schütteln, ihr sagen, dass ich sie niemals verletzen würde … und da bemerkte ich ihn.

Den Geschmack von Tausendschön auf meiner Zunge.

Alles an mir erstarrte.

Ich hatte von ihr getrunken.

Ihre Augen schlossen sich.

Ein Riss zog sich quer durch mein Herz.

Ein zweiter folgte.

Weitere …

Zu was war ich geworden?

»Bring sie weg!«, fuhr ich den Blutknecht an, der in seiner Bewegung verharrt war und mich anstarrte. »Bring sie endlich in Sicherheit!«

In Sicherheit vor mir.

»Herr …« Die Stimme des Blutdieners zitterte, als er auf mein Gesicht deutete, und ich spürte, wie etwas Feuchtes, meine Wangen hinunterlief.

Tränen?

Unmöglich.

Nur Sterbliche konnten weinen.

Norwyn hatte sich abgewandt, drehte sich aber im gleichen Moment zu mir, in dem ich über die Flüssigkeit strich.

Ich starrte auf das, was an meinen Fingern hing.

Wässrig wie Tränen, tiefschwarz wie Kohle.

Als ob die Finsternis mit aller Macht aus mir herausbrach.

Norwyns Schrei drang an mein Ohr, während meine Beine nachgaben. »Die Seuche!«

Ich fiel und es fühlte sich nicht an, als würde ich irgendwann aufschlagen.

KAPITEL 43

Ich mochte ein gutes Ende bei Büchern. Diese letzte Seite, die eine Geschichte abschloss, sie abrundete und Platz machte für Neues. Mit meinem eigenen Ende hatte ich mich nie beschäftigen müssen – denn wie endete etwas Unendliches? Doch jetzt war ich ein Buch, dessen letzte Seite bald erreicht war.

Meine Geschichte würde nicht gut enden.

Norwyn hatte mich in meine Gemächer gesperrt. Zu jedem anderen Zeitpunkt war allein die Vorstellung, dass mich ein Schlüssel davon abhalten würde, eine Tür zu öffnen, beleidigend. Jetzt nicht mehr. Die meiste Zeit verbrachte ich in einem Dämmerzustand, der es kaum zuließ, dass ich mich bewegte. Doch die Momente, die mir wirklich Angst machten, waren die, in denen es sich anfühlte, als wäre ich nicht länger ich. Dann fand ich zu mir, während ich Bilder von der Wand riss, Möbel umwarf und schrie. Gleichzeitig war ich außerstande, mich zu stoppen, bis ich zitternd zusammensackte, um erneut regungslos zu verharren.

Einmal öffnete sich die Tür und Norwyn stand darin, mit einem Vampir an seiner Seite, der mich musterte.

»Liz.« Das erste Wort, das es wieder über meine Lippen schaffte. »Fort.« Sprechen war so verdammt schwer und dennoch musste ich ihm klarmachen, dass er Liz fortschicken sollte.

Er schwieg.

Dann würde ich ihn so lange schütteln, bis er verstand, dass er sie in Sicherheit bringen musste.

Lange bevor ich stand, knickten meine Beine auch schon ein und ich fand mich auf dem Boden wieder.

»Diese Verwirrtheit«, sagte der andere mit stoischer Gelassenheit. »Der Kontrollverlust, die unkontrollierbare Blutgier … Das sind durchaus Anzeichen der Seuche.« Sie blieben auf der Schwelle stehen, schienen Angst zu haben, mir näher zu kommen.

Norwyns Miene verhärtete sich. »Was geschieht als Nächstes?«

»Er wird sterben.«

Ich schloss die Augen, war zu erschöpft, um zu versuchen, erneut aufzustehen.

Dann starb ich halt auf dem Boden.

Irgendwo in mir flackerte die Erkenntnis, dass mich seine Worte berühren sollten, aber sie lösten nichts in mir aus.

»Gibt es eine Chance auf Heilung?«, fragte Norwyn. »Der Schattenrat …«

»Der Schattenrat schätzt Euch«, erwiderte der andere mit kühler Stimme. »Deswegen hat er mich ausgesandt. Ich muss Euch sagen, dass es keine Hoffnung auf Hilfe gibt. Auch nicht für Euch. Dennoch sind wir alle guter Hoffnung, dass Ihr Euch nicht ansteckt. Haltet Abstand von ihm, lasst seinen Leichnam verbrennen und betretet dieses Zimmer nicht mehr … Das ist alles, was Euch helfen kann.«

»Es muss doch eine andere Lösung geben?« Ich war mir nicht sicher, ob der Schock in seiner Stimme mir galt oder der Möglichkeit, dass er sich bald ebenfalls in ein zitterndes Bündel verwandelte.

»Ihr könnt versuchen, ihm Blut einzuflößen, dann hält er vielleicht ein paar Nächte länger durch. Das ist alles.«

»Was ist mit Laurent? Kann ich mit ihm persönlich reden?«

Der Fremde schüttelte den Kopf. »Der Oberste des Schattenrats ist in Trauer. Er hat letzte Woche seinen Bruder an die Seuche verloren.«

Lerow.

Also hatte Norwyn bei ihm recht behalten.

Der Abgesandte drehte sich um und verließ den Raum, ohne ein Wort an mich zu richten. Für ihn war meine Geschichte bereits beendet.

Norwyn sah zu mir herunter, die Augen geweitet starrte er mich an. Ich öffnete den Mund, wollte etwas sagen, das wichtig gewesen war. Doch der Gedanke hatte sich längst mit allen anderen aufgelöst.

Er schloss die Tür hinter sich und ließ mich allein.

»Aydan.«

Eine Hand legte sich an mein Gesicht.

Zart.

Warm.

Nein!

Die Hand durfte nicht hier sein.

Liz durfte nicht hier sein.

Und doch spürte ich ihre Finger und ihre Stimme klang in mir nach. Ich riss die Augen auf und fand sie – Liz.

Ihr zusammengebundenes Haar fiel über den Verband, der ihren Hals bedeckte.

Meine Schuld.

Der Anblick war wie ein Messer, das in mir wütete.

Ihre Augen waren gerötet.

Meine Schuld.

Ihre Hand zitterte.

Meine Schuld.

Ich hätte sie damals wegschicken müssen. In dem Moment, in dem mir klar wurde, dass ich etwas für sie empfand.

»Geh!« Ich hatte nicht erwartet, dass noch einmal ein Wort über meine Lippen kommen würde.

»Niemals!« Entschlossenheit flackerte in ihren verweinten Augen auf. Wo war die Angst hin? Sie sollte Angst haben, panisch sein und nicht hier auf dem Fußboden neben mir kauern.

»Verschwinde!«

Eine grimmige Forderung, doch sie schüttelte den Kopf. »Kannst du aufstehen, wenn ich dich stütze?« Sie zerrte an mir. Der Verband wirkte grotesk überladen an ihrem schmalen Hals.

Wie viel Zeit war vergangen, seit ich sie angefallen hatte?

Wie viel würde vergehen, bis ich sie wieder anfiel?

»Bitte, Liz«, keuchte ich. »Geh.«

»Nein.« Nicht einmal mit Bitten konnte ich sie heute zur Vernunft bringen. »Leg dich ins Bett, vorher diskutiere ich nicht mit dir.«

Diskutieren?

Was zur …?

Würde sie gehen, wenn ich nicht mehr zusammengekrümmt auf dem Boden lag?

Es war einen Versuch wert und mit Liz zu streiten kam mir mühsamer vor, als aufzustehen. Ich versuchte, auf die Beine zu kommen, es war nur so viel schwerer als gedacht. Jeder Schritt war eine Qual. Mit einem Ächzen fiel ich ins Bett und musste zugeben, dass es sich hier oben besser anfühlte – weniger erbärmlich.

Hier konnte ich sterben.

Ich schloss die Augen, gab mich der Erschöpfung hin und hoffte, der Schmerz in meinem Kopf würde endlich nachlassen, da spürte ich, wie die Matratze einsank. Ich riss die Augen auf und fand Liz neben mir.

»Was soll das? Ich kann dich jederzeit wieder anfallen.« Mit jedem Wort, das es über meine Lippen schaffte, schien es einfacher zu werden, neue zu formen.

»Dann wäre das so«, erklärte dieses unsinnigste aller Geschöpfe und legte ihren Kopf auf meine Schulter, wie sie es schon so oft gemacht hatte. Doch seit dem letzten Mal hatte ich den Verstand eingebüßt und war ein blutgieriges Ungeheuer geworden.

Bildete ich mir das hier nur ein? Gab es irgendeine Art Erschöpfung, die mich Bilder sehen ließ, die nicht real waren? Früher, als Mensch, hatte ich geträumt. Vielleicht tat ich das wieder?

Es könnte ein Traum sein.

Oder ein Albtraum?

»Du wirst mich nicht los«, raunte sie mir zu und ihre zu kurze Haarsträhne kitzelten sanft mein Gesicht. »Du wirst keinen Maßliebchen beim Wachsen zuhören, das verspreche ich dir.«

KAPITEL 44

Liz war wahnsinnig geworden.

Als ich aufwachte, war das Erste, was ich sah, ihr Gesicht. Sie musste den ganzen Tag über bei mir gewesen sein, dabei hätte ich mich jederzeit auf sie stürzen können. Der Geruch ihres Blutes drängte sich in meinen Kopf und löste die Gedanken dort auf.

»Denk nicht einmal dran!« Mit diesen Worten sprang sie aus dem Bett. Gerade dachte ich, sie wäre verspätet zu Verstand gekommen, würde endlich vor mir flüchten, da griff sie sich ein Messer vom Nachttisch.

Wo kam das her?

Was hatte sie damit vor?

Noch ehe ich mich für eine der beiden Fragen entscheiden konnte, schnitt Liz über ihren Arm. Der Anblick ließ mich zittern. Wie konnte sie das tun? Der Geruch ihres Blutes lag nun überall im Raum und weckte das Monster in mir.

»Geh!« Irgendwie schaffte es das Wort aus mir heraus, während ich versuchte, die Bestie zurückzuhalten, die trinken wollte – *musste.*

Ich rief ihren Namen, aber sie sah nicht zu mir, war damit beschäftigt, den Fluss des Blutes in ein Gefäß umzuleiten, aus dem es verdächtig rot funkelte.

War das hier ein weiterer verwirrender Albtraum?

Wenn ja, wollte ich aufwachen – sofort!

Liz presste die Wunde an ihren Pullover, versuchte wohl, so die Blutung zu stoppen. »Was soll das, Liz?«

»Ich halte dich am Leben.«

Die Gier erhob sich wie eine Welle in mir. Der Raum verlor die Kontur, die Schmerzen drohten, meinen Kopf zu zerreißen. »Geh!« Sie schien zu spüren, was in mir vorging, jetzt fand sich Anspannung in ihrem Blick, doch die hielt sie nicht davon ab, mir den Kelch zu reichen. Gierig riss ich ihn ihr aus der Hand. *Darin war ihr Blut.* Endlich traf Liz die einzig richtige Entscheidung. Sie rannte hinaus, knallte die Tür hinter sich zu und drehte den Schlüssel um. Ich stürzte den Kelchinhalt herunter und doch fühlte ich mich im Anschluss kein Stück gesättigt. Immerhin löste es die Schlieren auf, brachte die Konturen zurück und hüllte die Kopfschmerzen ein wie eine Decke.

Der Abgesandte vom Schattenrat schien recht zu behalten, Blut half – vorausgesetzt, man bekam es noch herunter.

Ich kroch zum Nachttisch, in der erbärmlichen Hoffnung, Liz hätte dort weitere Kelche platziert. Aber alles, was ich da fand, war ein Brief. Ich starrte ihn an, brauchte einen langen Moment, um zu begreifen, woher ich den Namen darauf kannte. Er stammte von der Sucherin.

Welch Ironie. Die Dienstboten würden demnächst ausgetauscht sein, aber ich würde dann nicht mehr hier sein.

Der Gedanke ließ mich innehalten.

Wenn alle eingestellt waren, musste es in dem Brief um etwas anderes gehen.

Um Liz.

Nun griff ich danach. Ob Liz ihn mir selbst hierhergelegt hatte? Wahrscheinlich. Der Gedanke war wie ein Stein in meiner Brust. Ich sollte den Brief zurücklegen und darauf hoffen, dass sie irgendwann mit mir sprach. Kaum dachte ich das, fiel mir ein, dass es zu spät dafür war.

Ich würde ohnehin sterben.

Vielleicht wäre Liz hiernach zumindest wütend genug, um mich dabei allein zu lassen.

Ich riss den Brief auf und fand gleich mehrere Seiten darin. Die Sucherin war fleißig gewesen.

Es gab eine Abschrift aus dem Geburtenregister des Ortes, den Liz als ihren Geburtsort angegeben hatte. Der erste Eintrag war von einer Elizabeth Harper. Ihr Nachname stammte mit dem von Liz überein, doch sie war drei Jahrzehnte vor Liz geboren und vor über zehn Jahren gestorben.

Warum schrieb sie mir das, wenn es nicht Liz sein konnte? Der nächste Eintrag war ein Rupert mit dem gleichen Nachnamen – ich stolperte über seinen Geburtsnamen: *Strow*. Irgendwo in mir klingelte ein winziges Glöckchen bei dem Namen – nur zu tief versteckt, um es zu finden. Der Mann war am selben Tag verstorben wie Elizabeth.

Ungewöhnlich.

Es kribbelte in meinem Nacken, als ich die Namen ihrer gemeinsamen Töchter las.

Rosalind und Lysanne.

Lysanne …

Liz …

Das klang sonderbar stimmig und ihr Alter passte ebenfalls.

Sie hatte Liz tatsächlich gefunden.

Die Sucherin war ihr Geld mehr als wert.

Doch schon las ich den nächsten Satz und verwarf die Gedanken. Lysanne und ihre Schwester Rosalind waren am gleichen Tag gestorben wie ihre Eltern.

Sonderbar und es bedeutete, dass es nicht Liz sein konnte. Oder war ich zu verwirrt, um zu folgen?

Ich sank tiefer in das Kissen unter mir, die Erschöpfung meldete sich zurück. Schon den Brief zu halten, stellte eine Kraftanstrengung dar, die mich zu überfordern drohte. Offenbar war die belebende Wirkung des Blutes wieder vorbei. Wie lange es dauern würde, bis dieses Dröhnen in meinem Kopf erneut einsetzte? Ich blätterte um. Lieber beschäftigte ich mich mit ihm als mit meinem Ende.

Ich fand einen Zeitungsausschnitt. Das dünne Papier flatterte in meinen Händen und es fühlte sich an, als wären die Worte, die ich las, Eiswasser. Mit jedem davon wurde ich mehr hineingezogen und spürte die eisige Kälte, die an mir nagte. Tiefer und tiefer.

Brutaler Vampirangriff löscht Familie in ihrem eigenen Heim aus.

Ein kurzer Blick auf das Datum bestätigte die Vermutung, dieser Artikel war zwei Tage nach dem Tod von Elisabeths Familie erschienen.

Er musste gelogen sein.

Vampire durften die Schwellen der Sterblichen nicht ohne Erlaubnis überschreiten. Der Schattenrat würde ein solches Verhalten nicht dulden. Für hungrige Vampire gab es andere Möglichkeiten, sich zu versorgen. Nein, niemand würde freiwillig den Zorn des Rats auf sich ziehen. Mein Blick fuhr über die gedruckten Worte … *Grauenhaft … Brutal … Scherben und Blut …* Wieso fühlte es sich dennoch an, als würde mein Körper unaufhaltsam weiter in dieses eisige Wasser eintauchen?

Weil die Sucherin mir die Informationen nicht ohne Grund schickte.

Nur wie hing das alles mit Liz zusammen?

Ich zerrte die nächste Seite hervor und fand eine Todesanzeige, die einen Rahmen aus gemalten Ranken besaß. Kurz dachte ich, es sei die der Familie, aber es war der Name eines einzelnen Mannes abgedruckt – *Jonathan Strow.*

Strow. Wieder dieser Name. Doch der Mann war erst vor einem Jahr verstorben.

Strow.

Erneut ertönte in mir dieses Klingeln, lauter nun.

Wer war er?

Ich versuchte, an die Ecke in meinem Kopf zu gelangen, in der dieser Name steckte. Alles, was ich fand, war die Ahnung, dass einer von Norwyns Freunden über ihn gesprochen hatte.

Nur weshalb?

Jetzt rächte sich, dass ich auf diesen Zusammentreffen seit Jahrzehnten nicht mehr richtig zuhörte.

Der lobende Nachruf in meiner Hand weckte nicht die kleinste Erinnerung … *Nichts als Worte* … Ich wollte weiterblättern, da ließ mich ein Name entsetzt verharren und zerrte meinen Körper weiter in die eiskalte Tiefe.

Lysanne.

Unter dem Nachruf stand ihr Name.

Und wieder sank ich tiefer.

Sie hatte das Blutbad überlebt.

Was zur Hölle …?

Ich starrte darauf, registrierte, dass das Rankenmuster der Todesanzeige auf der linken Seite sonderbar uneben war. Hätte ich ein Herz besessen, hätte es sich jetzt aufgebäumt, um wie wild in meiner Brust zu trommeln. Manche Gefühle vergaß man nicht, ganz gleich wie alt man wurde.

Mit steifen Fingern drehte ich das Blatt, fand geschwungene Worte, wo es keine hätte geben dürfen.

Das Ende ist immer nur ein Anfang.

Und ich wusste, wer er war – *Jonathan Strow.*

Wusste, wer Liz war.

Mein Kopf tauchte ins eisige Wasser.

Ich sank wie ein Stein.

Es fühlte sich nicht an, als würde ich jemals wieder auftauchen.

In mir erklang Kerons Stimme und erzählte zum wohl tausendsten Mal von der Menschengruppe, die es sich zur Aufgabe gemacht hatte, sich gegen unsere Herrschaft aufzulehnen. Es musste an meinem Zustand liegen, dass ich so lange gebraucht hatte, um den

Namen einzuordnen, obwohl Keron uns so viele Nächte mit dieser Geschichte gelangweilt hatte. Damit, wie sein Bruder im Dienst des Obersten des Schattenrats eine Nachricht an Strow, den Kopf des Widerstands, schickte und mit einem Schlag die komplette Bewegung zerschlug. An dieser Stelle hatte Keron gelacht und wir waren eingestiegen, wie es die Höflichkeit erforderte. Die Geschichte war nichts anderes als ein Witz über die Menschen, die dachten, sie könnten es mit uns aufnehmen.

Jonathan Strow.

Keron war nie darauf eingegangen, wie diese Botschaft ausgesehen hatte. Wenig verwunderlich, der Schattenrat war geizig, was Informationen anbelangte. Die meiste Zeit schienen sie nur zuzugeben, was ohnehin alle wussten. Wahrscheinlich hatte Keron selbst nie erfahren, wie diese Botschaft ausgesehen hatte.

Ich ahnte es jetzt.

Der Schattenrat hatte keinen Brief geschickt.

Er hatte welche von uns ausgesandt.

Um die Familie des Anführers zu ermorden.

Jonathan Strow.

Lysanne.

Der Schattenrat hatte Liz auslöschen wollen, zusammen mit dem Rest ihrer Familie.

KAPITEL 45

Ob es dem Schock geschuldet war oder der Seuche, dass ich Liz erst wahrnahm, als sie die Tür öffnete?

»Du bist noch wach?« Anscheinend würde der Morgen bald anbrechen, gleichzeitig fühlte sich das Chaos in meinem Kopf nicht an, als würde ich ruhen können. Liz musterte mich prüfend, weil die Antwort ausblieb.

Wie oft hatte ich gedacht, dass ihre Augen zu tief für einen Menschen waren?

Wie oft hatte ich versucht, den Grund darin zu erreichen?

Ich hatte ihn gefunden.

Und er war erschreckend.

Dort gab es nichts.

Nur Trümmer und Scherben, Bruchteile von Träumen, die gestorben waren – damals, mit dem Rest ihrer Familie.

»Wer bist du, Mensch?« Die Worte, die ich ihr vor Wochen herausgelegt hatte. Ein Gedicht, das mir zufällig in die Hand gefallen war und mich an Liz erinnert hatte. Ich ahnte ihre Antwort und musste sie dennoch hören.

Augen in der Farbe des Meeres weiteten sich irritiert, doch schon pressten sich ihre Lippen zusammen.

Sie hasste dieses Gedicht.

»Was soll das, Aydan?« Ohne zu zögern, setzte sie sich zu mir aufs Bett, zog die Füße darauf und rieb die Socken aneinander – weil der Steinboden zu kalt war und sie dennoch keine Schuhe tragen wollte. Wie konnte ich sie so gut kennen und gleichzeitig so wenig? »Haben wir keine anderen Probleme?«

»Du hast mir nie eine Antwort auf die Frage gegeben.« Sie war mir zu nah. Das war gefährlich, aber der Gedanke versank in diesem Chaos in meinem Kopf. »Lysanne.«

Sie fuhr zusammen, als hätte ihr jemand einen Schlag versetzt, und stieß dabei einen Ton aus, der gleichermaßen entsetzt und verloren klang.

»Woher …?« Nun zitterte sie wie ein getrocknetes Blatt, an dem der Wind zupfte.

Liz, die sonst kaum etwas erschütterte, war zu Tode erschrocken.

Wegen eines Namens.

Ihres Namens.

»Ich habe eine Sucherin beauftragt, um dich zu finden … und Erik.« *Sollte sie mich doch hassen.* Sonderbar, genau dieser Gedanke hatte mich dazu gebracht, den Brief zu öffnen. Jetzt hatte der Inhalt alles andere zerstört – bis auf diesen Gedanken.

Liz sollte mich hassen.

Falls sie das nicht längst tat.

»Du darfst Erik nichts tun!«, stieß sie aus und das letzte Stück Farbe entwich ihren Wangen.

Das war das Erste, was sie besprechen wollte?

Keine Entschuldigung?

Kein Flehen?

Keine Drohungen?

Sie schützte Erik?

Irgendjemand schien eine Eisenstange in meine Brust gerammt zu haben, denn ich konnte spüren, wie sie in mir gedreht wurde und wie sich alles in mir schmerzhaft vermengte. »Ich habe mir Antworten verdient. Fang mit dem Gedicht an und sag mir endlich, wer du bist!«

Sie schob die Unterlippe vor, wie immer, wenn sie mit sich rang. Das hatte mir bisher gefallen, doch damit war es offenbar vorbei.

»Mach schon, Lysanne!«

Ihre Augen verkleinerten sich beim Klang ihres vollen Namens. »Liz«, korrigierte sie mich scharf. »Und wer ich bin, hängt davon ab, von welcher Seite du mich betrachtest«, erwiderte sie leiser und ich bildete mir ein, dass Schuld in ihren Worten lag. Nur nicht genug. »Für die Menschen bin ich ein Stück Hoffnung darauf, dass sich diese Welt zum Guten verändert.« Wieder wurde in meine Brust gestoßen, tiefer.

Ich hatte es gewusst.

Sie war nicht zufällig hier.

Die Enkelin des Mannes, der den Widerstand gegründet hatte. Der sie offenbar versteckt und großgezogen hatte.

Der Vampire hasste …

»Für uns bist du die Nacht voller Finsternis«, beendete ich ihren Satz.

Das Ende aller Dinge.

Das letzte Blatt der Geschichte.

Sie formte eine stumme Entschuldigung.

Die konnte sie sich sparen.

Was sie getan hatte, war unentschuldbar.

»Es ist dein Blut, oder?« Das Einzige, was Sinn ergab. »Etwas darin löst die Seuche in uns aus. Du hast uns vergiftet.«

Tränen sammelten sich in ihren Augen, wurden von Liz unsanft fortgestrichen, als wollte sie verhindern, dass eine davon es über ihre Wangen schaffte.

Zählten ungeweinte Tränen? Zumindest lösten sie etwas in mir aus, wenn auch nicht genug, um zu versuchen, sie zu erreichen, weder mit meinen Händen noch mit Worten.

»Bei dir wollte ich es nicht.« Liz klang wie Glas, das splitterte, und wieder fühlte es sich so sonderbar verbunden mit dem an, was sich in mir abspielte. Ich zersplitterte ebenfalls. Alles, was mich ausmachte, brach in winzige Teile und Schuld daran war Liz, die neue Tränen fortwischte.

»Dich sollte es nicht treffen.«

Ob es an meinen Gefühlen für sie lag, dass ich ihr tatsächlich glaubte, trotz all der Lügen, die sie zwischen uns aufgetürmt hatte? Immerhin hatte Liz sich geweigert, mich trinken zu lassen. Allen anderen hatte sie ihr Blut bereitwillig gegeben.

Weil sie gekommen war, um uns auszulöschen.

Sie schien zu ahnen, was in mir vorging. »Du wirst nicht sterben. Nur Erik kennt das Mittel besser als ich. Es bringt dich nicht um, es zu trinken, es bringt dich um, wenn du es nicht mehr zu dir nimmst. Sobald ihr genug von uns trinkt, werdet ihr abhängig, doch solange du Nachschub bekommst, stirbst du nicht. Ich entwöhne dich langsam von meinem Blut.«

Sie klang, als würde das etwas ändern.

Tat es nicht.

»Denkst du, dass mich das interessiert? Du hast mir gerade eröffnet, dass du alle, die ich kenne, ermorden möchtest. Dass du sogar schon dabei bist. Warum sollte es mich noch berühren, ob ich am Leben bin oder zusammen mit dem Rest meiner Art untergehe?« Offenbar hatte nicht nur ich den Verstand verloren. Das galt auch für Liz. »Jetzt gerade wäre es erleichternd, das alles hinter mir zu lassen. Hast du eine Ahnung, was du mir antust?«

Ihre Hände waren so tief in die Ärmel gerutscht, als hätte ihr Pullover sie verschlungen. Halt suchend legte sie die Arme um die aufgestellten Knie. »Du hast jedes Recht der Welt, mich zu hassen. Gleichzeitig habe ich auch jedes Recht der Welt, euch zu hassen. Ich nehme an, du hast dich gut informieren lassen?« Liz starrte auf die Hose und jetzt liefen ihre Tränen ungehindert hinab.

Wie konnte etwas, das so schön und zerbrechlich wirkte, dermaßen todbringend sein?

»Ich war damals da, als sie kamen – *deine Artgenossen.*« Ein weiterer Schlag in meinen Magen, weiteres Klirren in mir, noch mehr Bruchstücke.

Liz war dort gewesen.

Ihre Stimme war so tonlos, dass ich fröstelte. Nie hatte ich etwas weniger hören wollen als das hier – doch ich hatte sie zur Rede gestellt. Jetzt konnte ich nicht vor ihren Antworten fliehen.

»Meine Schwester steckte mich in den Schrank, als sie die Schreie unserer Eltern hörte. Rose haben sie unter dem Bett hervorgezogen und sich einen Spaß daraus gemacht, sie zu quälen. Sobald ich fremdes Blut sehe, höre ich Rose schreien.« Sie blickte auf, sah mich geradewegs an und hätte ich ein funktionstüchtiges Herz, wäre es unter ihrem Blick gebrochen. »Ihre Schreie waren das Schlimmste, das ich jemals gehört habe, und sie werden das Schlimmste bleiben, bis ich diese Welt verlasse. Das, was ich heute bin, bin ich durch euch geworden. Ihr habt mir keine Wahl gelassen.«

»Man hat immer eine Wahl! Was deiner Familie angetan wurde, war grausam und falsch. Aber das gibt dir nicht das Recht, meine Art auszulöschen.«

»Jeder von ihnen hätte mich, ohne auch nur zu überlegen, umgebracht. Wir besitzen für euch keinen Wert. Du wolltest selbst jemanden umbringen, weil er mich mit diesem Lockstoff übergossen hat. Wo liegt der Unterschied zwischen dem, was deine Art mit uns macht, und dem, was ich tue?« Es gab sicher jede Menge großartiger Antworten darauf, doch leider fanden sich in meinem schockgefrorenen Gehirn keine. Liz schien auch keine erwartet zu haben, sie nickte leicht. Der Schmerz in ihren Augen war von eisigen Blitzen abgelöst worden. »Außerdem sind nicht deine Freunde mein Ziel, sondern der Schattenrat«, fuhr sie fort. »Doch um zu ihm zu gelangen, muss ich Umwege nehmen.«

»Du kannst sie nicht umbringen! Der Schattenrat hat damals einen Vampirkrieg verhindert! Ohne ihn würde alles im Chaos versinken!« Nicht dass ich das Gefühl hatte, dass etwas von dem, was ich sagte, bei ihr ankam. Aber ich konnte auch kaum neben ihr sitzen, ihr die Hand tätscheln und ruhig dabei zuhören, wie sie plante, uns alle auszulöschen. So angegriffen war mein Verstand noch nicht. »Allein davon zu sprechen, eines der fünf Ratsmitglieder umzubringen, ist ein Verbrechen, auf das die Todesstrafe steht.«

»Ich werde unauffällig genug sein, um alle zu erwischen.« Diese Entschlossenheit an ihr hatte ich bisher geliebt. Jetzt gerade weckte sie in mir den Wunsch, Liz zu schütteln, bis sie wieder zu Verstand kam. Glück für sie, dass ich kaum in der Lage war, den Arm zu heben.

»Mit sieben wusste ich, dass ich sie umbringen werde. Seit ich gezwungen war, dabei zuzuhören, wie sie meine Familie ermordeten.«

Ob der Schattenrat gewusst hatte, dass Liz den Vampiren in ihrem Blutrausch entkommen war? Wahrscheinlich. Sie mussten alle gedacht haben, dass ein kleines Mädchen keinen Unterschied machen würde. Doch das Mädchen war erwachsen geworden und dürstete nach Rache.

»Es ist Zeit. Du musst trinken.« Sie nahm meinen leeren Kelch und ging mit einer Selbstverständlichkeit zum Schreibtisch, die mich schaudern ließ.

Wie konnte sie weitermachen wie bisher?

Das Messer blitzte auf und noch bevor ich protestieren konnte, zog sie die Klinge erneut über ihren Unterarm. Sie war nur ein Mensch und dennoch schien sie mir in allem uneinholbar voraus zu sein.

Mit regungslosem Gesicht hielt sie den bereits vorgefüllten Kelch an ihren Arm, um etwas von ihrem Blut hineinzuleiten. Und da nahm ich ihn wahr.

Durst.

Bis gerade schien der Schock ihn zurückgedrängt zu haben, nun krallte er sich in mir fest und nagte an den Bruchstücken hinter meiner Brust.

»Ich werde nicht zulassen, dass du meine Art umbringst, Liz«, zwängte ich heraus. Diese eine Sache sollte sie wissen, bevor mich der Durst wieder in ein willenloses Ungeheuer verwandelte.

Diesmal war sie vorbereitet, presste ein Tuch auf den Schnitt und kam mit dem Kelch auf mich zu. »Und ich habe nicht vor, dich um Erlaubnis zu bitten, Aydan.«

Ein Kräftemessen, das sich nicht anfühlte, als könnte es einen Gewinner geben. Sie hielt mir den Kelch hin, aber ich griff nicht danach, kämpfte stattdessen mit meinem Durst und mir. »Wenn du nicht trinkst, wirst du gleich einen neuen Anfall bekommen und dich auf mich stürzen. Die Schmerzen werden dich zerfressen. Du wirst Teile deines Verstandes einbüßen und dein Körper wird nur schwer steuerbar sein. Willst du das wirklich?«

Nein.

Ich brauchte meinen Verstand.

Ohne ihn würde dieses elfengleiche Wesen vor mir alle ausrotten, die ich kannte.

Widerwillig nahm ich den Kelch und wich dabei ihren Fingern aus. »Wie lange dauert es, bis ich entwöhnt bin?« Ich versuchte, mir nicht anmerken zu lassen, wie wichtig die Antwort war.

»Du musst zehn Becher trinken, in den Abständen, in denen ich sie dir reiche. Danach darfst du nicht mehr in meiner Nähe sein. Es würde nicht lange dauern und der Drang zu trinken würde alles andere auslöschen. Ich kann dich einmal heilen Aydan, kein zweites Mal.«

Es sollte nicht schmerzen, dass wir Geschichte waren. Nicht nach dem, was Liz mir in den letzten Minuten erzählt hatte – umso überraschender, dass es das dennoch tat.

Sie musste aus meinem Leben verschwinden.

Liz hätte niemals Teil davon werden dürfen.

»Ich werde dich dem Schattenrat melden.«

Für einen winzigen Moment war da eine Regung in ihrem Gesicht, die ihre Gelassenheit Lüge strafte. Wie Eis, in das man trat und dessen Makellosigkeit von Rissen aufgebrochen wurde.

»Du musst tun, was du tun musst«, sagte sie und ging zur Tür. Es fühlte sich an, als wollte sie mich nicht sehen lassen, was meine Worte in ihr auslösten.

Zu spät.

Sie hatte auf eine andere Reaktion gehofft.

Wie konnte sie nur?

»Und ich muss das tun, was ich für das Richtige halte«, beendete sie den Satz und huschte hinaus.

KAPITEL 46

Wie lang konnten sich Stunden anfühlen?

Wie endlos Nächte?

Liz war die Einzige, die zu mir kam.

Und die Letzte, die ich sehen wollte.

Noch immer verschwamm die Welt zwischendurch, dann war das Dröhnen in meinem Kopf so schmerzhaft, dass ich ernsthaft mit dem Gedanken spielte, ihn gegen einen der Bettpfeiler zu schlagen, bis diese Schmerzen aufhörten. Ich tat es nicht, weil es schwer war, mich überhaupt zu rühren. Nur, wenn Liz in meine Nähe kam, erinnerte sich mein Körper daran, dass er kein gefallener Baum war.

Vorhin hatte ich versucht, sie zu erwischen, als sie mir den angerührten Kelch reichte. Sie sprang dabei nach hinten und vergoss den Inhalt auf der Bettwäsche. Ich riss die Decke an mich, saugte das Blut heraus, weil mir dieser unfassbare Durst in mir keine andere Wahl ließ. Für einen winzigen Moment hatte mein Blick den von Liz gefunden und ich hatte das Entsetzen in ihrem gesehen.

Weil sie mich hierzu gemacht hatte?

Zu diesem triebgesteuerten Ungeheuer?

Sie war fortgehastet, bevor ich es schaffte, meinen Blick wieder von der Stelle zu nehmen, an der sie gestanden hatte. Und lange bevor ich diesen Drang, ihrem Blut zu folgen, niedergerungen bekam.

Ja, ich hasste Liz' Besuche – aus vielen Gründen.

Dennoch kam sie nur Minuten später zurück, stellte einen neuen Kelch auf den Nachttisch und war fort, bevor das Monster in mir nach ihr schnappen konnte. Es musste sich mit dem Blut im Kelch begnügen. Sobald ich ihn leerte, ließ der Durst langsam nach und mit ihm das Dröhnen in meinem Kopf. Ich schaffte es sogar, mich umzudrehen, und stockte irritiert, als ich Liz dort fand. Bis dahin hatte ich gedacht, sie sei gegangen. Strähnen hatten sich aus ihrem Zopf befreit, hingen zerzaust an ihr herab. Ein Hauch von Schweiß glänzte an ihrer Stirn. *Sie musste zum Dienstbotentrakt und wieder zurück gerannt sein, damit ich rechtzeitig das Blut bekam.* Der Gedanke löste nicht einmal Dankbarkeit in mir aus. Mit meinen Gefühlen für Liz war es so eine Sache. Da mischte sich so viel, dass es schwer war, sie alle zu benennen.

Unbändiger Zorn? *Absolut.*

Mitleid? *Vermutlich.*

Hass …?

»Wie fühlst du dich, Aydan?«, fragte sie und ihre Stimme war nur ein unsicherer Hauch ihrer sonstigen. Weil sie ahnte, dass sie von mir keine Antwort bekommen würde. Ich sprach nicht mehr mit ihr. Seit sie mir die Wahrheit über sich gesagt hatte, schwieg ich sie an.

Wozu noch reden?

Zwischen uns war alles geklärt.

Liz hatte eine Linie gezogen und wir fanden uns auf unterschiedlichen Seiten wieder.

»Aydan … bitte.« Ihre Stimme brach und mit ihr mein Schweigen.

»Gut«, stieß ich aus – wenn sie es so wollte, bitte. »Ich fühle mich, als wäre Gift in mir. Gift, das mir den Verstand auflöst und mich zu einem hemmungslosen Ungeheuer macht, das in einem Zimmer eingesperrt wird. Schuld daran ist ausgerechnet der Mensch, dem ich genug vertraut habe, um dieses Zimmer mit ihm zu teilen.«

Auch das war der Grund, weshalb ich diese Sache mit dem Reden aufgegeben hatte.

Liz atmete frustriert auf und die beinahe weißen Strähnen flatterten auf. Sie wollte Antworten, um den Anteil ihres Blutes richtig zu dosieren, keine Vorwürfe. Schlecht für sie, davon hatte ich noch einige auf Lager. Zumindest dann, wenn mein giftgetränktes Ich nicht damit beschäftigt war, zu versuchen, Liz einzufangen, um sie leerzutrinken. Keine Ahnung, wie sie sich das hier vorstellte. Sobald meine Instinkte mit voller Kraft wiederkehrten, würde der Durst in mir sie wahrscheinlich durch dieses Anwesen jagen.

»Ich habe dich nicht gebeten, von mir zu trinken, Aydan«, erwiderte sie und reckte das Kinn. Natürlich. Sie war nicht in der Lage, auch nur den Hauch eines Fehlers einzugestehen.

Wie mich ihre Unbeugsamkeit fasziniert hatte.

Wie sie mich gerade in den Wahnsinn trieb.

Wenn die Seuche etwas von meinem Verstand übrig ließ, würde Liz alles davon zerschmettern. Das stand fest.

»Du hast keine Ahnung, wie anstrengend es war, diesen Drang andauernd zu kontrollieren. Ich habe es dennoch jede verdammte Nacht gemacht – deinetwegen! In der Nacht im Flur war ich hungrig, unglaublich wütend und ich gestehe ein, dass es ein Fehler war, aber alles, was danach geschehen ist, kam bereits von deinem Gift, oder?«

Dass ich hier, in diesem Zimmer, gegen ihren Willen von ihr getrunken hatte und dass ich sie auf Norwyns Veranstaltung angefallen hatte. Ich hatte es nicht begreifen können – weil ich überzeugt gewesen war, dass ich Liz niemals etwas antun könnte.

Ihr Nicken war so winzig, dass es kaum zählte.

»Du hast mich in der Blutnacht von dir trinken lassen!« Jetzt, wo ich damit angefangen hatte, fühlte es sich befreiend an zu reden – zumindest für mich. Liz hingegen sah aus, als wünschte sie sich den schweigenden Aydan zurück. Pech gehabt. »Wann hast du beschlossen, dass du mich nicht umbringst? War das eine spontane Sache bei dir?«

Sie lächelte zwar, aber ihre Augen blieben kalt. »In dieser Blutnacht wollte ich alle in dem Raum vergiften – abgesehen von dir.«

»Liz!« Was zur Hölle stimmte nicht mit ihr? Wie konnte sie so etwas sagen? Denken? Planen?

»Dann frag mich nicht danach. Ich bin zu müde zum Lügen und du weißt mittlerweile, dass dir meine Antworten nicht gefallen.« Ihr Blick blieb auf mich gerichtet und mein grimmiges Schweigen schien für sie Zeichen, weiterzusprechen. »Nachdem du mir die Angst vor dem Trinken genommen hast, habe ich gewusst, dass ich dich nicht vergiften will. Danach habe ich darauf geachtet, dass du kaum Blut aufnimmst. Als mir das nicht länger ausgereicht hat, wollte ich dich dazu bringen, überhaupt nicht mehr von mir zu trinken, um kein Risiko einzugehen.«

Ich fühlte mich keinen Hauch besser.

Eher schlechter.

Faszinierend – ich hatte nicht gedacht, dass das möglich war.

»Raus aus dem Bett«, befahl sie so harsch, dass ich annahm, dass sich dieses Gespräch für sie ähnlich mies anfühlte wie für mich. Liz kam geradewegs auf mich zu und griff nach einem der Kissen. Ich war gerade noch schnell genug, um es festzuhalten, aber ein energisches Zerren von ihr und ich stand mit leeren Händen da. *Großartig*. Jetzt ließ ich mir schon von einer Sterblichen mein Kissen stehlen.

»Ich hasse dein elendiges Gift!«, stieß ich aus, während Liz nach dem nächsten griff. Diesmal war ich klug genug, um sie gewähren zu lassen. »Was soll das hier überhaupt?«

Sie keuchte, weil sie dazu überging, die Decke vom Bett zu ziehen, auf der ich lag und mich demonstrativ nicht bewegte. »Ich sorge dafür, dass der Geruch meines Blutes verschwindet, sonst greifst du mich morgen schon an, bevor ich die Tür richtig öffne.« Da lag nicht einmal ein Vorwurf in ihrer Stimme, nur Erschöpfung. »Bitte, Aydan, das hier ist schwierig genug.«

War es definitiv.

Dunkle Schatten lagen unter ihren Augen. Ich war nicht der Einzige von uns, der litt. Es war diese Erkenntnis, die mich nachgeben ließ. Mein Körper schien so schwer zu sein wie ein Felsen und ähnlich beweglich – jetzt, wo er gesättigt war. Es brauchte zwei Versuche, um die Beine über die Bettkante zu hieven und aufzustehen. In meinem Rücken hauchte Liz einen Dank und ich tat, als würde ich ihn nicht hören.

»Ich bring dir später neues Bettzeug.« Sie schien zu verharren, auf eine Antwort zu warten, aber ich schwieg lieber wieder. Mit ihr zu reden, war zu schmerzhaft. Ich wollte keine weiteren Erinnerungen mit Liz schaffen, die sich in mir festsetzten. Weder gute noch schlechte. Von beiden besaß ich schon jetzt zu viele.

Liz kam seltener. Erst nicht mehr jede Nacht. Dann nicht mehr jede zweite. Dafür kehrten langsam meine Kräfte zurück und mein Verstand fühlte sich nicht länger an wie ein zerlöcherter Schwamm, kurz bevor er in seine Einzelteile zerfiel.

Liz hatte mir Bücher gebracht. Ungefragt. Sie ahnte wohl, dass ich es nicht über mich bringen würde, sie darum zu bitten. Jetzt stapelten sie sich neben meinem Bett und das Beste daran war, dass es mir allmählich gelang, wieder den Sinn hinter den Worten darin zu erfassen. Es fühlte sich danach an, als wüsste Liz, was sie mit ihrer Entwöhnung tat. Selbst meine Instinkte kehrten zurück. Mittlerweile nahm ich Liz bereits wieder wahr, sobald sie sich der Tür näherte.

Jedes Mal, wenn sie das Messer hob, zählte ich die Schnitte an ihrem Arm. Auf die war mehr Verlass als auf meinen Verstand.

Kurz nach ihrem sechsten Schnitt besuchte mich Norwyn. Falls man von Besuch sprechen konnte, wenn jemand von der offenen Tür aus hereinstarrte, um zu überprüfen, ob es einen Leichnam zu verbrennen galt.

»Du siehst …« Er stockte irritiert, musterte erst mich, dann das Buch in meinen Händen und wieder mich.

»Nicht tot aus?« Ich zuckte mit den Schultern. »Bin ich aber – du hast mich vor über 200 Jahren umgebracht.«

Ich bekam nicht einmal den Ansatz eines Schmunzelns, dafür gleich zwei hochgezogene Augenbrauen. »Was wird das hier?«

»Frag deinen Abgesandten vom Schattenrat. Offenbar war seine Einschätzung falsch.«

Keine Ahnung, weshalb ich Norwyn die Wahrheit verschwieg. Vielleicht aus Wut darüber, dass er mich meinem Schicksal überlassen hatte. Oder weil ich fürchtete, er würde Liz umbringen, bevor sie mir die letzten Becher reichen konnte.

Norwyn begutachtete mich mit einem weiteren langen Blick, nickte mir zu und verschwand. Offenbar fürchtete er weiterhin, dass ihn die Seuche erwischte. Mit ein paar Worten hätte ich all seine Sorgen zerstreuen können.

Aber dann hätte er Liz umgebracht.

Oder die mich.

Wie auch immer – am Ende wäre ich tot.

Manchmal war es gesünder, zu schweigen und ein Buch zu lesen.

Mittlerweile fühlte es sich an, als entwöhnte Liz mich nicht nur von ihrem Blut, sondern auch von sich. Am Anfang war sie gefühlt andauernd um mich herumgeschlichen, nun bekam ich sie kaum noch zu Gesicht. Manchmal warf Norwyn einen flüchtigen Blick zu mir herein, aber das war alles, was meine Einsamkeit durchbrach.

Die meiste Zeit ging es mir besser, doch hin und wieder schlich sich ein kleiner Ausfall an. Dann driftete mein Verstand fort und ich bildete mir Dinge ein, die nicht da waren. Wie nach dem neunten Schnitt, als ich mir am Morgen einbildete, Liz zu spüren. Zu einer Zeit, in der die

Präsenz des Tageslichts draußen trotz der dicken Vorhänge wie eine bleierne Decke auf mir lag. Nur einen Moment lang war da diese winzige Berührung an meiner Stirn, die sich anfühlte wie ein hauchzarter Kuss. Ihre vorwitzige Strähne kitzelte meine Wange und dann verschwanden sowohl ihre Lippen als auch die Strähne.

Das war eine meiner besseren Wahnvorstellungen.

Es dauerte vier liz-lose Nächte, bis mir der Gedanke kam, dass diese flüchtige Kuss-Erinnerung vielleicht keine Wahnvorstellung gewesen war. So lange hatte sie mich noch nie allein gelassen. Ich stand auf und freute mich zumindest kurzzeitig darüber, dass mir das gelang, ohne dass die Welt mich zu verschlucken drohte. Dann fiel mir auch schon wieder ein, dass ich wohl größere Probleme hatte als Schwindel und ein paar Schlieren. Ich erreichte die Klingel auf meinem Schreibtisch, drückte sie und wartete.

Es dauerte lange Minuten, bis ich Schritte auf dem Flur hörte. Nicht die von Liz – ein mieses Zeichen. Ihre waren leichter, schneller und leiser, weil sie auf Socken lief. Als der Dienstbote erschien, befahl ich ihm, Liz zu mir zu bringen.

Er ließ mich warten und als ich nach Ewigkeiten endlich seine Schritte erneut auf dem Flur vernahm, ahnte ich, dass er keine guten Nachrichten mitbrachte.

»Hast du in der Bibliothek nachgeschaut, wie ich es dir aufgetragen habe?«, fragte ich, noch bevor er richtig eintrat.

Er nickte und atmete auf diese Art durch, die schlechte Neuigkeiten ankündigte. »Ich habe dort das hier gefunden.« Er hob die Hand und darin lag ein dünnes, altes Buch, das mir brutal vertraut war.

Bevor ich es realisierte, riss ich es schon an mich. Gestern hätte es mich gefreut, dass meine Vampirfähigkeiten zurückkehrten. Doch gestern war zu lange her und heute füllte Unheil jeden Winkel in mir aus. Ich dachte noch daran, den Dienstboten mit einer Handbewegung rauszuschicken, schon sank ich aufs Bett, mit dem Gedichtband in meinen starren Fingern.

Ich schlug ihn auf und wusste genau, wohin ich blättern musste. In die Mitte, dorthin, wo ich vor wenigen Wochen eine Rose für Liz hinterlassen hatte.

Dort fand ich ihren Abschied.

Wer bist du, Mensch?

Ihre Antwort hatte Liz eingekreist mit tiefblauer Tinte, die beinahe schwarz wirkte.

Ein Himmel voller Finsternis.

Auf der leeren Seite daneben standen drei Wörter: *Es ist vorbei.*

Nur drei Wörter.

Drei gottverdammte Wörter!

Mehr hatte sie nicht für mich zurückgelassen.

Sie war wieder geflüchtet, und diesmal für immer.

KAPITEL 47

LIZ

Zwei Tage zuvor

Bald würde Aydan wissen, dass ich gegangen war.

Sobald er meine letzte Lüge durchschaute. Es fühlte sich passend an, dass wir endeten, wie wir begonnen hatten – mit einer Lüge.

Dafür war der Part dazwischen echt gewesen.

Es hatte diesen Teil in mir gegeben, der gehofft hatte, dass es eine Möglichkeit für Aydan und mich gab. Trotz allem. Aber wir waren gescheitert. An mir. Jetzt hasste Aydan mich und ich verdiente nichts anderes. Er war ein Vampir und es war meine Bestimmung, seine Art zu jagen. Nein. Wir hatten niemals eine Chance gehabt. Dennoch war mein Herz in dem Augenblick, als ich das erkannte zu Eis gefroren. Und als Aydan sagte, dass er mich dem Schattenrat ausliefere, hatten seine Worte meinem Eisherz einen tiefen Riss verpasst.

Aydan würde mich jagen.

Das sagte ich mir immerzu und jedes Mal spürte ich, wie sich neue Risse in mein Eisherz brachen. Sie schmerzten mehr als die Schnitte an den Armen – neun am rechten, einer am linken.

Weil ich wusste, dass Aydan die Anzahl kontrollierte.

Ich hätte ihm nichts erzählen dürfen.

Nichts von den Schnitten.

Nichts von dem Gift.

Und besonders nichts über Erik.

Doch Hoffnung hatte mich kopflos werden lassen und ich war krachend gescheitert.

Aydan hasste mich.

Er wollte mich ausliefern.

Immer, wenn ich von da an das Blut für ihn anrührte, hörte ich Eriks Stimme in mir. *»Du weißt, was du zu tun hast.«*

Und wie ich das wusste.

Wie ich auch daran scheiterte – Nacht für Nacht.

Es wäre so einfach gewesen. Etwas mehr von meinem Blut und Aydan wäre vergangen wie eine Kerze, deren Licht man ausbläst, und mit ihm das verbotene Wissen.

Doch es war Aydan.

Gegen meine Gefühle kam auch jahrelange Ausbildung nicht an. Grandpa hatte Recht behalten, ich war für alle, in deren Leben ich trat, eine bodenlose Enttäuschung. Offenbar galt das auch für Ewiglebende.

Ich atmete durch und der Geruch nach nassen Gassen, gebratenem, rauchigem Fleisch und billigem Alkohol kroch mir in die Nase. Es mochte eine andere Stadt sein als die, aus der ich stammte, aber die Gerüche ähnelten sich überall.

Zeit, mich zu fokussieren, bevor mich Aydan fand.

Ich war eine Waffe und ich hatte eine Bestimmung.

Schnell schob ich die Tür auf und war froh um den Atemzug, den ich draußen geschnappt hatte. Hier drinnen war die alkoholgeschwängerte Luft so dick, dass ich sie mühelos in Scheiben hätte schneiden können.

Zwei Männer hatten Köpfe und Arme über die Tische vor sich gebettet und schliefen ihren Rausch aus, ohne dass jemand Anteil daran nahm.

Perfekt.

Mein Blick fuhr über die Versammelten. *Wer von ihnen war brauchbar?* Er blieb bei der Frau hinterm Tresen hängen, die einen Teller putzte. Vom Alter her hätte sie meine Mutter sein können. Die Flecken auf ihrer Schürze und dem Tuch sprachen dafür, dass beide schon mehr als eine Nachtschicht gesehen hatten. Gräben lagen unter hellblauen Augen und Falten um Nase und Mund zeugten davon, dass sie oft in ihrem Leben gelacht hatte. Das war gut, zum Lächeln gab es immer weniger Anlass.

Mit einem schmerzerfüllten Keuchen sank ich auf den Hocker vor ihr und sorgte dafür, dass sie mich bemerkte. Das Tuch in ihrer Hand stoppte und sie griff bereits routiniert nach einem Glas, um dann schockiert zu verweilen, als sie zu mir sah. Sie hatte mit jemandem gerechnet, der schon am frühen Morgen etwas benötigte, um dieser Welt zu entfliehen – nicht mit mir.

»Mädchen, was ist mit dir geschehen?« Ihr Blick streifte mein blutüberströmtes Gesicht und ich bemühte mich, so erbärmlich wie möglich auszusehen. Ich hatte einiges an mich genommen, bevor ich das Anwesen heimlich verlassen hatte, doch die Blutkonserven waren eine der besten Ideen gewesen – auch wenn ich sie anders nutzte, als Vampire es taten. Es hatte mich mehr als Überwindung gekostet, dieses fremde Blut auf mir zu verteilen. Aber Verzweiflung verschob unsere Grenzen und ließ uns Dinge tun, die gerade noch unmöglich gewesen wären. *Ich durfte nur nicht den Fehler machen, in einen Spiegel zu schauen.*

Rasch mühte ich mir ein paar Tränen ab – was mir nach den letzten beiden Wochen erschreckend leicht fiel.

Ich wich ihrem Blick aus und stieß ein kleines Schluchzen aus. »Diesmal wollte er mich umbringen.«

Die Frau hinter dem Tresen erbleichte und öffnete den Mund. Es dauerte, bis sie sich so weit unter Kontrolle hatte, um all die Schimpfwörter herunterzuschlucken, die ihr offenbar auf der Zunge lagen. Ihre raue, feuchte Hand drückte meine. »Du kommst nicht von hier?« *Ein Versuch herauszufinden, ob die Geschichte stimmte? Hatte sie registriert, dass das Blut zu frisch war?*

»Ich bin weggelaufen.« Sicherheitshalber ließ ich die Augen größer werden und hoffte, dass ich mitleiderregend genug aussah. »Er wird so schrecklich wütend werden, wenn er das herausfindet.«

Ihre Hand drückte meine fester. »Es muss doch jemanden geben, der dir helfen kann, Mädchen. Einen Bruder vielleicht …?«

Ich schüttelte den Kopf. »Nein, es gibt nur mich.« Zumindest das war nichts als die Wahrheit.

Ich war allein.

Der Gedanke schnitt wie die Klinge eines Messers in mich hinein und hinterließ einen weiteren hauchzarten Riss auf meinem Eisherz. *Wie viele Risse konnte ein Herz aushalten, bevor es zersprang?*

Sie presste die Lippen aufeinander und musterte mich, als suchte sie nach einer Lösung. Genau so hatte ich sie eingeschätzt. Sie war eine der Guten – anders als ich. Aydan bezeichnete sich als Grauton. Ich war mir nicht sicher, was er in mir gesehen hatte, bevor er die Wahrheit erkannt hatte. Nun wusste er, was ich für ihn war – die Finsternis.

Ein weiterer Riss.

Hastig drängte ich die Gedanken an Aydan zur Seite, für sie gab es hier keinen Platz.

Ich musste mich beeilen, bevor einer der beiden Schlafenden auf mich aufmerksam wurde. Also beugte ich mich vor. »Ich brauche neue Papiere, um unterzutauchen.«

»Das ist gefährlich«, protestierte sie langsam. »Du weißt nicht, auf was du dich einlässt.« Offenbar galt es, den Druck zu erhöhen.

»Es ist gefährlicher, wenn er uns findet«, flüsterte ich und ließ ihre Hand los, um sie stattdessen demonstrativ auf meinen Bauch zu legen. In anderen Menschen hätte sich längst das schlechte Gewissen geregt – bei mir nicht. Da gab es nur Schwärze und Kälte. »Kennst du jemanden, der mir helfen kann?«

Entgeistert folgte ihr Blick meiner Hand, während die Worte sich hoffentlich in ihr festsetzten. »Mädchen …« Sie seufzte auf und noch bevor der Laut verklungen war, wusste ich, dass sie mir helfen würde. »Ja, er ist verschwiegen, aber er wird nicht ohne Bezahlung arbeiten.« Der Ausdruck in ihren Augen wurde prüfender. So musterte sie wohl regelmäßig ihre Gäste, um herauszubekommen, ob die ihre Bestellungen auch bezahlen konnten. Verständlich. Es waren harte Zeiten. Ich zögerte kurz und tat, als wägte ich ab, bevor ich langsam nickte. Dabei besaß ich genug, um diesen Laden hier zu kaufen. Nein, an Geld würde es nicht scheitern.

KAPITEL 48

AYDAN

»Das kleine Biest ist verschwunden?« Norwyn sank tiefer in seinen Sessel und lächelte eines dieser Ich-habe-es-dir-doch-immer-gesagt-Lächeln.

Nein.

Davon, dass die Sterbliche an meiner Seite vorhatte, unsere Art auszurotten, hatte er sicher nichts gesagt. Daran würde ich mich erinnern.

Einen Moment lang stellte ich mir vor, ihm die Wahrheit über Liz zu sagen, nur um zuzusehen, wie sein Lächeln einbrach.

Es würde sich nur kurz gut anfühlen.

Ein billiger Triumph, den ich schnell bereuen würde.

»Sie hat also begriffen, dass sie bei dir nicht an Unendlichkeit kommt.«

Als ob Liz Interesse an Ewigkeit besaß.

Ich hatte sie gesehen, als sie einen Herzschlag lang geglaubt hatte, ich würde sie ihr anbieten.

Niemals hatte ich ein solches Entsetzen in dem Gesicht eines Menschen gefunden wie bei ihr in diesem Augenblick. Zumindest darin hatte ich mich nicht geirrt, Liz war nie auf ein unendliches Leben aus gewesen.

Die Wahrheit war so viel schlimmer.

Ich nickte dennoch und ließ Norwyn in dem Glauben. Mein Verstand fühlte sich schwerfällig und gedämpft an, dabei musste ich nachdenken. Wenn nur dieser Schmerz in meiner Brust verklingen würde, dieses schmerzhafte Brennen, das wohl nicht von der Seuche stammte.

»Du bist so still – alles in Ordnung?« Nachdem mich gestern ein weiterer Abgesandter des Schattenrats untersucht hatte, galt ich offiziell als nicht infiziert. Er hatte ein paar abschätzige Bemerkungen zur Arbeit seines Kollegen gemacht und klargestellt, dass mich sicher nicht die Seuche heimgesucht hatte. Norwyn hatte dabeigestanden und mich argwöhnisch gemustert – ähnlich wie jetzt. Er wusste, dass nichts an meinem Zustand normal gewesen war, gleichzeitig jedoch, dass niemand die Seuche überlebte. Seitdem ertrug er mich zwar in seiner Nähe, aber dennoch betrachtete er mich hin und wieder, als fürchtete er, dass die Krankheit noch in mir tobte.

Tat sie nicht.

Ich vertraute Liz' Urteil, wenn ich auch ansonsten jegliches Vertrauen in sie verloren hatte.

»Ich muss sie finden.«

»Vergiss es!« Er lachte auf, trocken und hart. »Du kannst dir nicht vorstellen, wie froh ich bin, dass sie endlich fort ist.«

Welch Überraschung.

Nicht.

»Ich will sie nicht zurück«, stieß ich grimmig heraus. »Aber ich muss sie finden.«

»Natürlich«, höhnte er. »Hörst du dir eigentlich selbst zu? Du bist besessen von einer Sterblichen. Vergiss sie so schnell, wie du kannst. Diese Kleine ist Gift für dich, Aydan.«

Das war sie sprichwörtlich.

Sie hatte einen Kokon aus Lügen um mich gebaut.

Ich war nie gut darin gewesen, Fehler einzugestehen, aber dieser hier war so tief, so schneidend – so erbärmlich.

Liz war dort draußen und setzte ihre Jagd fort, weil ich sie nicht gestoppt bekommen hatte. Ich musste sie aufhalten, und zwar ohne, dass Norwyn davon erfuhr.

»Es gibt da ein paar Dinge zwischen uns, die ich aufarbeiten möchte.« Dunkelheit begleitete meine Worte und Norwyn hob überrascht die Augenbrauen angesichts der Drohung, die darin lag.

»Hat sie dir etwa das Herz gebrochen?«

»Nur meinen Stolz«, gab ich grober zurück als beabsichtigt und Norwyns Augenbrauen hoben sich ein weiteres Stück.

»Hat sie dich bestohlen?«

Der Gedanke war mir nicht einmal gekommen.

Gottverdammt!

Hatte sie bestimmt.

Sie war nur ein Mensch – wie konnte sie mir dennoch immer einen Schritt voraus sein?

Es dauerte einige Sekunden, bis ich mir ein Nicken abzwang. »Ich muss trinken.« Für heute hatte ich zu viel über Liz gesprochen.

Bevor Norwyn protestieren konnte, steuerte ich den Flur an, wo ich beinahe mit einem der Dienstboten zusammenstieß.

»Bring die Blutmagd in meine Gemächer.« Für die Menschen um mich herum gab es keine weiteren Namen mehr – nur noch ihre Funktionen. Ich war durch mit Sterblichen. Der Mann hastete davon. Klug von ihm, die Wut, die in mir loderte, erschreckte selbst mich.

»Hat sie dir etwa das Herz gebrochen?« Norwyns Stimme klang in mir wider und wider. Ich stand kurz davor, dieses ganze verfluchte Anwesen auseinanderzureißen.

Seit Liz fort war, schienen meine Räume zu schrumpfen. Es fühlte sich an, als kämen die Wände unaufhaltsam näher. Mein Blick fiel auf das Bild, das ich in einem dieser unkontrollierten Anfälle zerstört hatte. Selbst vor dem Rahmen hatte mein Wahnsinn keinen Halt gemacht.

Bruchstücke überall.

Nur die Erinnerungen waren schlimmer.

Sie wälzten sich im Bett, lehnten am Schreibtisch und standen mitten im Schlafgemach – dort, wo Liz mir ihre Narben gezeigt hatte.

Vielleicht lag es daran, weil ich diesen Raum zum ersten Mal seit Wochen wieder aus einer anderen Perspektive betrachtete. Wenn ich mich erst daran gewöhnte, ihn nicht nur aus dem Bett liegend zu betrachten, würden die Erinnerungen vergehen.

Sie mussten es.

Ich ging weiter und schob die Tür zum angrenzenden Klavierzimmer auf. Hier hatte ich so viele Nächte neben Liz gesessen.

Ich sollte ihn verbrennen lassen.

Die Tür gab den Blick frei auf den Flügel, der nur darauf zu warten schien, dass ich mich an ihn setzte. Bilder fluteten augenblicklich mein Hirn, bis ich das Buch fand. Aufgeschlagen lag es dort, wo ich für Liz immer die neuen Noten bereitgelegt hatte.

Sie war hier gewesen?

Seit ich wusste, dass sie gegangen war, hatte ich geahnt, dass der Kuss keine Erinnerung gewesen war.

Jetzt lag er da, der Beweis – in Form eines Buches.

Sie hatte mir doch eine Nachricht zurückgelassen.

Ich trat heran, obwohl ich ahnte, dass es gesünder wäre, es zu ignorieren. Das ungute Gefühl in mir nahm zu, als ich einen moosgrünen Einband unter den Seiten erspähte. In diesem Buch hatte Liz gelesen, bevor ich ihr gesagt hatte, dass sie von mir keine Liebe erwarten könne.

Ich sollte gehen.

Und blieb.

Sank auf den Hocker.

Nahm das Buch.

Diesmal erwartete mich keine dunkelblaue Tinte, die sich, wie bei dem Gedichtband, wütend durch die Seiten presste. Hier schloss eine zarte Linie Wörter ein. Ihre letzte Nachricht an mich.

Liebst du mich nicht, so lass sie nur mich finden. Durch ihren Haß zu sterben, wär mir besser, als ohne deine Liebe Lebensfrist.

Ich schmetterte das Buch an die Wand und der Knall, mit dem es aufschlug, war nur ein entferntes Echo zu dem, was in mir tobte.

Liz forderte, dass ich nicht nach ihr suchte, wenn ich sie liebte?

Sie stellte Forderungen – selbst jetzt noch?

Nach allem, was sie mir angetan hatte?

Ich stand so kurz davor, den Flügel zu zerstören. Diesen Platz, an dem wir stundenlang gesessen hatten, wo ihr warmer Atem über meinem Hals gestrichen war, wenn ich für sie gespielt hatte. Nur ein zaghaftes Klopfen an der Tür stoppte mich.

Malina.

Ich hatte sie nicht einmal wahrgenommen.

Es dauerte einige Sekunden, bevor es sich anfühlte, als hätte ich meine Stimme ausreichend unter Kontrolle, um sie hereinzurufen. Malina erschien in der Türöffnung und senkte vorbildlich den Kopf. *So sollte es sein, distanziert und gefühllos.* Ich winkte sie heran und betete, dass ihr Blut die Erinnerungen an Liz fortspülte. Sie stoppte vor mir.

Liz hätte keine Einladung gebraucht, um zu mir zu kommen.

Ein weiterer Stich in das Geröll hinter meiner Brust. »Setz dich.«

Sie sank neben mich auf den Hocker. Ihr Bein berührte meines. Es weckte keinerlei Gefühle in mir und erinnerte mich nur daran, dass es bei Liz schon immer anders gewesen war.

Malinas Auftauchen hatte die Wut in mir kurz angehalten – jetzt kehrte sie zurück und setzte mich in Flammen.

Liz war nur ein flüchtiger Augenblick in meinem Leben, ein Wimpernschlag. Also würde ich andere Augenblicke schaffen, bis ich vergaß, was uns verbunden hatte. Bis das Geröll fort war und mit ihm diese nagenden Erinnerungen.

Malina reichte mir ihren Arm, strich mit der anderen Hand ihre Haare zur Seite und entblößte ihren Hals. *Zufall? Berechnung?* Es spielte keine Rolle. Jetzt gerade brauchte ich ohnehin ein Maximum an Ablenkung. Ich beugte mich vor und versenkte die Zähne in ihrem Hals. Ihr Blut spülte meinen Mund. Obwohl es ihm nicht gelang, die Flammen in mir zu löschen, fühlte ich mich zumindest besser.

Offenbar würde der Flügel diese Nacht überleben.

Malina drängte sich enger an mich, eine Reaktion der Betörung. In mir nahm ich kaum etwas davon wahr.

Ich saugte fester, versuchte, mehr Blut in mir aufzunehmen, und entlockte Malina ein winziges Keuchen. Das Geräusch lenkte mich ab und für den Moment mochte ich alles, was mich ablenkte. Also tat ich es erneut, saugte mit der gleichen Intensität, presste die Lippen gegen ihren Hals und nötigte ihr ein weiteres, lauteres Keuchen ab. Ich legte die Hand an ihre Hüfte, strich über ihren Bauch und beinahe sofort drückte sie sich dagegen. *Das könnte helfen.* Meine Hand glitt höher und ihre Atmung ging gepresster, während ich die Träger ihres Kleides von ihren Schultern schob. Sie kam mir bereitwillig entgegen, seufzte, als ich kurz vor ihrer Brust innehielt. Langsam löste ich den Mund von ihr und beendete die Betörung. »Mehr?«

Sie nickte so schnell, dass es mir gefiel. Ich ließ die Zunge über ihren Hals fahren und gleichzeitig fanden meine Hände ihr Ziel. Sie stöhnte, als ich über ihre Brüste fuhr, und für einen Augenblick war ich mir sicher, dass ich die beste Ablenkung gefunden hatte. Trotz der Ähnlichkeit war da nichts an ihr, das mich an Liz erinnerte. Gut. Meine Hände setzten ihre Wanderung ungerührt fort, während Malinas damit begannen, sich zögerlich unter mein Hemd zu schieben. Sie beobachtete mich genau, wartete auf meine Reaktion, um nichts falsch zu machen. Für gewöhnlich hätte mich die Tatsache, dass sie mir so dringend gefallen wollte, gereizt. Doch nichts war mehr normal und ihr Verhalten nur ein weiterer Beweis, wie sehr sie und Liz sich unterschieden.

Liz hatte niemals versucht, mir zu gefallen.

Wieder flammte Schmerz in mir auf und vermengte sich mit meiner Wut.

Beides sollte verschwinden.

Zusammen mit den Erinnerungen.

Ich riss das Hemd von mir, forderte mehr Ablenkung ein und Malina war willig, dem nachzukommen.

KAPITEL 49

LIZ

Zwei Tage zuvor

»Ich glaube dir kein Wort.« Der Blick des Mannes vor mir huschte über mein Gesicht und blieb an meinen Augen hängen. Er konnte nicht mehr als zwei Jahrzehnte älter sein und dennoch erkannte ich selbst in dem dämmrigen Licht hier die vielen Falten, die sich in seine Haut gegraben hatten. *Manchmal hinterließ das Leben seine ganz eigenen Spuren auf uns.* Ich drückte meinen vernarbten Rücken fester an die Rückwand der Holzbank. Die Wirtin hatte uns den abgeschiedensten Platz gegeben und dennoch fühlte er sich nicht abgeschieden genug an.

»Gut für dich. Was hat mich verraten?«

Seine Hand zitterte, als er sein Glas anhob und einen Schluck nahm. Dem Geruch nach war die durchsichtige Flüssigkeit darin kein Wasser, dabei war der Tag noch nicht lange angebrochen. Das gefiel mir und dass er mich durchschaute, sprach für eine gewisse Menschenkenntnis.

Ja, das würde funktionieren.

Die Tür fiel ins Schloss und ich rutschte tiefer auf meinen Platz. Draußen mochte Tag sein, aber Vampire bekamen immer, was sie begehrten. Informationen, Blut, Rache …

Wonach es Aydan gerade wohl am meisten dürstete?

Dafür, dass ich mit ihm abschließen wollte, spukte er ärgerlich oft in meinem Kopf herum.

»Du wirkst nicht ängstlich genug.«

Feigling.

Rose' Necken erklang in meinen Ohren.

Feigling. Wie oft hatte sie mich so genannt? Tausende von Malen? Ja – es hatte eine Zeit in meinem Leben gegeben, in der ich vor allem und jedem Angst gehabt hatte – bis zum Tag, an dem meine Familie ausgelöscht worden war.

Wenn das Schlimmste auf der Welt eintrat, gab es nicht mehr viel, vor dem man sich fürchten musste.

Das Zittern seiner Hände verstärkte sich zeitgleich mit dem Argwohn in seinen Augen. »Also, was willst du wirklich von mir?«

»Neue Papiere«, sagte ich langsam, ohne den Blick von ihm zu nehmen. »Und dazu passende Empfehlungsschreiben aus Vampirsitzen. Nimm welche außerhalb von hier, die groß sind, aber sich in der Öffentlichkeit bedeckt halten. Sie sollen über mäßigen Einfluss verfügen.«

Das Glas in seiner Hand zitterte so heftig, dass Spritzer auf seiner Handfläche landeten. Abrupt stellte er es ab und starrte mich verständnislos an. »Warum solltest du so etwas wollen?«

»Weil ich Blutmagd werden möchte, aber die Sucher lehnen es ab, mich an die großen Häuser zu vermitteln. Ich besitze zu wenig Erfahrung und mein Blut nur mittlere Qualität. Also brauche ich Empfehlungsschreiben.«

»Du bist tot, wenn sie davon erfahren. Kein Mensch betrügt einen Vampir ungestraft.«

»Wie du festgestellt hast, neige ich nicht zur Angst. Kannst du mir besorgen, was ich brauche?«

Er nickte langsam und widerwillig. Es gefiel ihm nicht, etwas zu tun, was die Vampire verärgern könnte, aber gleichzeitig war da dieses verräterische Zittern in seinen Fingern. Er zog die Hand unter den Tisch, versteckte sie vor mir und bestärkte so meine Ahnung. *Der Mann trank nicht aus Abhängigkeit, er trank, um den Schmerz auszublenden.* Ich hatte jahrelang Schmerzen ertragen. Wenn jemand wusste, wie man sie verdeckte, dann ich. Was immer ihn quälte, er benötigte sicher Medikamente und die waren allesamt teuer.

»Das wird dich einiges kosten, Kleine«, sagte er diese winzige Spur zu schnell, um mich mit seiner vorgeschobenen Gelassenheit zu täuschen. »Ich kenne den besten Fälscher der Stadt, aber keiner von uns arbeitet umsonst. Kannst du den Preis für deine hochtrabenden Pläne aufbringen?«

»Was fordert ihr?«

»50 BronzeSilberstücke«, stieß er aus und ein unleugbares Begehren legte sich in seine Stimme.

Die Summe war zu hoch. Zweifellos ein Versuch, mich auszunehmen. Das hätte ich an seiner Stelle genauso getan.

»Ich gebe dir zwanzig«, sagte ich ungerührt und sofort setzte sein Protest ein. Ich kümmerte mich nicht darum, griff in die Manteltasche und legte einen Teil meiner Beute zwischen uns. »Außerdem bekommst du die Hälfte von dem, was du mir heute noch hierfür eintauschen kannst.« Ungläubig keuchend betrachtete er die Taschenuhr, bevor er sie in die Hand nahm, um die Echtheit des Goldes zu überprüfen. »Ich habe einiges«, fuhr ich fort. »An sicheren Orten verteilt. Wenn du mit mir zusammenarbeitest, bekommst du deinen Anteil an jedem Verkauf. Allerdings sollte nichts davon wieder auftauchen. Ich nehme an, das hat Auswirkungen auf den Gegenwert?«

Seine Augen weiteten sich und Erkenntnis flackerte darin – *Diebesware.* Gut, dass er nicht wusste, wen genau ich bestohlen hatte … Wieder fuhr sein fassungsloser Blick über mich, so, als versuchte er das, was er sah, mit dem Rest von mir in Einklang zu bringen. Das würde ihm nicht gelingen.

»Ich brauche die Papiere bis zum nächsten Sonnenaufgang und sie müssen perfekt sein.« Er öffnete den Mund, aber diesmal stoppte ich seinen Protest noch im Ansatz. »Es ist mir gleichgültig, wie lange es sonst dauert. Stellt alles andere hinten an. Dafür zahle ich gut. Wenn ihr es schafft, rechtzeitig meine Papiere zu besorgen und du die Dinge verkaufst, die ich dir im Laufe des Tages gebe, bekommst du einen Bonus. Ich werde nicht geizig sein. Also, bist du dabei oder muss ich mir jemand anderen suchen?«

Er nickte langsam. »Wer bist du, Mädchen?«

»Jemand, den du vergessen solltest, sobald ich morgen durch diese Tür gehe.«

KAPITEL 50

AYDAN

Norwyn wollte mich umbringen.

Das war zumindest das, was mir seine Miene verriet, als er in die Bibliothek platzte. Ich schob den Stadtplan beiseite. Vorhin hatte es sich angefühlt, als könnte es helfen, mehr über Liz' Heimatstadt zu erfahren. Jetzt aber, mit Norwyn vor mir, der den vertrauten Brief in den Händen hielt, fühlte es sich eher so an, als hätte ich mein Schlafzimmer nicht verlassen sollen.

Oder zumindest diesen verdammten Brief verbrennen sollen.

Das mussten die Auswirkungen der Seuche sein.

Oder die von Liz' Flucht.

Schwer zu sagen, was mir mehr zusetzte.

»Hast du vergessen, mir etwas mitzuteilen, Aydan?« Seine Stimme vibrierte unter der Anstrengung, sie ruhig zu halten. Das tat sie nur, wenn er vor Wut tobte.

»Ja«, gab ich betont gelassen zurück. »Lass meine Sachen in Ruhe.«

»Dann wüsste ich aber nicht, dass das kleine Biest dabei ist, uns auszulöschen. Sie hat unsere Freunde umgebracht, versucht, dich umzubringen, und du schweigst dich aus?«

Ich nickte langsam und schwieg weiter – weil es so verdammt schwer war zuzugeben, dass er recht hatte.

»Wo ist sie?« In seinen Augen loderte reiner, unverstellter Hass.

»Das versuche ich gerade herauszubekommen«, erwiderte ich und deutete grimmig auf die ausgebreitete Karte vor mir. »Außerdem habe ich dich gestern gebeten, mich bei der Suche zu unterstützen. Du warst nur nicht besonders hilfreich.«

»Vielleicht, weil du vergessen hast, mir zu sagen, dass sie vorhat, uns alle umzubringen?« Er fuhr sich mit den Händen durchs Haar, eine winzige Geste, die zeigte, dass er kurz davorstand, die Nerven zu verlieren. Norwyn strich sich nie durchs Haar, weil er das primitiv fand. Heute Nacht hatte er offenbar andere Probleme. »Hast du eine Ahnung, was der Schattenrat mit uns macht? Sie werden dir die Schuld an jedem weiteren Mord geben, den sie verübt – und damit auch mir! Vielleicht geben sie uns sogar die Schuld an den bisherigen Morden!« Er stieß ein Knurren aus. »Laurent wird bestimmt nicht begeistert darauf reagieren, wenn er erfährt, dass deine Blutmagd seinen Bruder auf dem Gewissen hat.«

»Ich wusste nichts davon!«, warf ich unwirsch ein. »Meinst du, ich hätte dabei tatenlos zugesehen? Außerdem ist es deine Schuld. Du hast Liz hier angeschleppt und die anderen von ihr trinken lassen!« Er wollte mir Vorwürfe machen? Dann musste er sich im Gegenzug meine anhören.

»Ich wusste nicht, was sie da in sich trägt – du aber schon!« Er wedelte demonstrativ mit dem Brief. »Wie konntest du sie ziehen lassen?«

»Ich hatte vor, sie dem Rat zu überstellen, sobald sie mich geheilt hatte. Aber sie hat mich über die Anzahl der Behandlungen belogen.«

Ich wartete darauf, dass er mich weiter anschrie, selbst ich musste zugeben, dass ich noch ein paar Minuten Schreierei verdient hatte. Doch Norwyns Mund stand offen und kein Ton drang heraus. Er starrte mich aus großen Augen an, wie ein überdimensionaler Fisch. Bei Gelegenheit sollte ich ihm sagen, dass dieser silbern schimmernde Anzug nicht der vorteilhafteste war.

»Sie hat dich geheilt?«, stieß er aus und vorbei war es mit dem leicht dümmlich dreinschauenden Fisch. Jetzt blitzte es in seinen Augen und die Art, wie er auf mich zuschritt, langsam und bedächtig, wirkte, als würde er gleich zum vernichtenden Sprung ansetzen. Er hatte sich in eine Raubkatze verwandelt.

Verdammt.

Als Fisch war er mir lieber gewesen.

»Wie?«

»Sie hat mich langsam von ihrem Blut entwöhnt, indem sie mir in regelmäßigen Abständen immer kleinere Mengen gegeben hat.«

»Großartige Neuigkeiten!«

Großartige Neuigkeiten?

Offenbar schaute ich ähnlich verwirrt drein, wie ich mich fühlte, denn Norwyn schüttelte unwirsch den Kopf. »Sie ist das Gift, aber anscheinend ist sie auch das Gegenmittel! Wir haben das geschafft, woran der Rat die ganze Zeit scheitert. Wir haben ein Gegenmittel gefunden! Damit werden sie mir einen Platz im Schattenrat einräumen müssen! Wo ist sie?« Die gleiche Frage, nur lag jetzt dort, wo gerade noch Wut genagt hatte, begeisterte Erwartung.

»Wenn ich das wüsste, würde ich nicht hier sitzen.« Im Gegensatz zu Norwyn flammte in mir weiterhin eine Menge Wut.

»Du klingst, als würdest du ihr gerne persönlich den Hals umdrehen. Das hätte ich vor ein paar Minuten wunderbar gefunden, jetzt nicht mehr. Die Heilung von der Seuche hat Vorrang. Wir brauchen sie – in einem Stück.« Sein Blick wurde stechender, weil ich mich erneut ausschwieg. »Habe ich mich klar ausgedrückt?«

Es dauerte, bis ich mich ausreichend unter Kontrolle bekam, um widerwillig zu nicken. »Liz ahnt, dass ich versuche, sie zu finden, und sie ist klug. Sie wird alles daransetzen, damit ich sie nicht erwische.«

»Weißt du, wo wir nach ihr suchen können?«

Beinahe sofort waren da diese verdammten Abschiedszeilen in meinem Kopf.

Wenn ich sie liebte, sollte ich nicht nach ihr suchen.

Sie musste wissen, wie meine Antwort darauf lauten würde, und sie hatte dennoch versucht, mich ein letztes Mal zu manipulieren.

»Ich denke, sie ist zurück zum Widerstand. Sie war dort wohl mit jemandem von ihnen zusammen, bevor sie hierherkam. Er ist ihr … wichtig. Sollte sie nicht bei ihm sein, wird er wissen, wo wir sie finden.«

Norwyn hob den Brief. »Ich schätze, deine Sucherin hast du bereits beauftragt, um sie ausfindig zu machen?« Er wartete mein Nicken kaum ab. »Wir brauchen mehr von ihnen, in verschiedenen Regionen. Ich kümmere mich sofort um alles.« Ein kaltes Lächeln legte sich auf seine Lippen. »Sie ist nur ein Mensch – ein paar Tage und wir haben sie. Der Schattenrat wird uns ewig dankbar sein.«

Er wandte sich ab und verschwand, während ich verweilte. Mein Blick fuhr hoch zu unserem Platz auf der Galerie, wo wir gesessen oder stumme Botschaften für den anderen abgelegt hatten.

Ich hatte das Richtige getan.

Ich musste sie finden.

KAPITEL 51

LIZ

Vier Dokumente hatte ich im Morgengrauen bekommen.

Eines, das mich fortan zu Rose machte, und drei Empfehlungen von Vampirwohnsitzen. Mehr wäre in meinem Alter auffällig gewesen. Die Arbeit des Fälschers war makellos, sogar die passenden Siegel fanden sich auf den Papieren. Niemand würde darauf kommen, dass es sich um Fälschungen handelte.

Um meine Spuren zu verwischen, nahm ich die nächste Kutsche. Wohin sie fuhr, interessierte mich nicht. Wenn ich kein Ziel besaß, konnte Aydan keines erraten. Es kam auf diese Kleinigkeiten an, um unbemerkt zu bleiben. Dem Kutscher gab ich nur den eingeforderten Lohn – mehr hätte Aufmerksamkeit auf mich gezogen, aber ich steckte Geld zwischen die Sitze. Irgendwann würde er es dort finden und wenn nicht er, dann jemand anderes, der es brauchte.

An den Bettelnden, die die Wege säumten, konnte ich nicht vorbeigehen. Die Kapuze tief in die Stirn gezogen, hielt ich bei jedem und zwang mich, ihnen nicht zu viel zu geben.

Alles, was auffiel, hinterließ Spuren.

Regentropfen prasselten behäbig auf mich herab. Sie brachten Erinnerungen mit sich, an Aydan und Vorhänge, die der Sturm aufwehte. An Lippen, die mir zu nahe gekommen waren …

Zu der Schwere in meiner Brust mischte sich eine neue Art von Schuld, als ich ein Gebäude passierte, vor dem Menschen in einer langen Reihe darauf warteten einzutreten. Einige versteckten ihre Gesichter tief unter den Kapuzen und Grund dafür war wohl nicht der Regen. Zwei von ihnen musterten den Himmel, der Tag verlor sich langsam in den Abend. Sie rechneten sicher aus, wie lang sie noch hier ausharren konnten, bis die Nacht anbrach und das Tageslicht mit sich nahm.

Bis *sie* kamen.

Der Gedanke an Aydans Lippen fühlte sich hier, umgeben von diesen Menschen, die gezwungen waren, ihr Blut zu verkaufen, falsch an. Abgrundtief falsch.

Ein notdürftig bekritzeltes Schild vor dem Eingang zeigte den aktuellen Blutpreis. *Er war noch schlechter als gedacht.*

Ich hatte Aydan genötigt, gekauftes Blut zu trinken, obwohl ich wusste, dass ich damit dieses grauenhafte System unterstützte.

In Norwyns Anwesen schien die Welt auf der anderen Seite der barocken Mauer weit entfernt. Vor dem Elend, das sich jetzt vor mir aufbaute, konnte ich die Augen nicht verschließen, wie ich es die letzten Wochen zu oft getan hatte. Es trieb meine Schritte an und den Blick vorwärts.

Sucher fanden sich im Inneren der Städte, dort, wo es Möglichkeiten für Sterbliche gab, sich schnell in Sicherheit zu bringen. Es hätte ihr Geschäft erschwert, wenn ihre Artgenossen die neuen Dienstboten umbrachten, bevor die es über die Schwelle schafften.

Es gab eine Vereinbarung zwischen Menschen und dem Rat, die besagte, dass nicht ohne unser Einverständnis von uns getrunken werden durfte. *Eigentlich.* Die Realität sah anders aus und düsterer.

Die meisten Vampire besaßen genug Respekt vorm Schattenrat, um uns nicht dort zu jagen, wo sie von unsterblichen Augen dabei beobachtet wurden. Doch es gab ausreichend andere Gelegenheiten – eine dunkle Gasse, ein abseits gelegener Weg … Auch hier, in den großen Städten, die der verheißungsvolle Hauch von Sicherheit umgab, fanden sich regelmäßig Tote, denen die Vampire zu viel Blut abgenötigt hatten. Und das waren nur die, die auftauchten. Von den meisten, die verschwanden, gab es nie wieder eine Spur. *Wie von Grandma.*

Erst der Schmerz in meinem Kiefer machte mir bewusst, dass ich die Zähne aufeinanderpresste, so, wie er sich anfühlte, schon eine ganze Weile. Ich zwang sie auseinander, während ich den matschigen Gassen tiefer in den Stadtkern folgte.

Vor manchen Fenstern waren Holzbretter befestigt – um zu verhindern, dass die Aufmerksamkeit der Vampire in die Stuben fiel. Offiziell durften sie unsere Häuser nur mit Erlaubnis betreten, aber die Bretter zeigten anschaulich, wie sehr wir ihnen und den Vereinbarungen mit dem Schattenrat vertrauten. Überhaupt nicht.

Ein Bild von sturmgrauen Augen flackerte in mir auf und ich drängte es unsanft fort. Ich konnte nur hoffen, dass das nichts Dauerhaftes war – *mit Aydan und meinem Verstand.*

Das Ziel fand sich so problemlos wie erwartet. Ein unscheinbares Haus, das man schnell übersehen konnte. Abgesehen von der aufgemalten Kornblume darauf war dessen einzige Besonderheit, dass aus den umstehenden Gebäuden kein Licht drang, obwohl der Abend mittlerweile angebrochen war. Trotz der erstrebenswerten Lage schien keines von ihnen bewohnt zu sein. Weil sich *Menschen nicht freiwillig in die Nähe eines Vampirs wagten.*

Keine *normalen* Menschen.

Aber ich war nie normal gewesen.

Die helle Farbe, mit der die Wand einst gestrichen worden war, konnte man nur noch vereinzelt erkennen. Das Aschgrau dahinter hatte längst einen Großteil der Fassade an sich gerissen. Die Fenster waren verstaubt und mit Spinnweben überzogen, aber dennoch drang ausreichend Licht hervor. Eine stille Aufforderung einzutreten.

Ich zwang die Zähne erneut auseinander und atmete durch, um meine Muskeln zu lockern.

Ab jetzt konnte ich mir keine Fehler erlauben.

Ich peilte die Tür an, da ertönte hinter mir das Geräusch schneller Schritte im Matsch. Es war früh für Vampire, aber es war möglich, dass bereits der ein oder andere seine Jagd begann. *Doch kein Unsterblicher würde dabei einen Laut von sich geben.* Ich drehte mich um und sah in das Gesicht eines Mädchens. Wie betäubt hing ihr Blick an der aufgemalten Kornblume – Ewigkeit, das Zeichen der Vampire. Ich machte einen Schritt auf sie zu, doch im Gegensatz zu den Vampiren gelang es mir nicht, mich ansatzweise lautlos fortzubewegen. Ich trat in den Matsch und ihr Blick zuckte zu mir, so entsetzt, als fürchtete sie, dass ich mich im nächsten Moment auf sie stürzte.

Sie war so jung.

Niemals war sie volljährig.

Wieder pressten sich meine Zähne aufeinander. Es gab keinen Zweifel daran, weshalb sie hier war – aus dem gleichen Grund wie ich.

Ich musste mich bedeckt halten.

Schweigen.

Damit sie mich nicht fanden.

Keine Spuren hinterlassen …

»Geh nicht rein!« Mein Mund war schneller als mein Verstand. Das war er schon immer gewesen. Sie starrte mich an und im nächsten Augenblick hastete sie zur Tür, riss sie auf und wurde von dem Gebäude verschluckt.

Verflucht.

Hielt sie mich für eine Bekehrerin?

Ich konnte Bekehrende nicht leiden. Menschen, die andere dafür verachteten, dass ihnen das Leben keine Wahl ließ. Die beleidigenden Schilder, die sie großspurig tagsüber an den Häusern der Sucher hinterließen, waren ähnlich sinnlos wie ihre Bekehrungsversuche. Am schlimmsten war es, wenn sie dorthin kamen, wo die Menschen gezwungen waren, ihr Blut zu verkaufen. Lautstark forderten sie die Wartenden auf zu gehen, nannten sie Verräter und brüllten ihnen Schimpfwörter ins Gesicht, während die Menschen dort vor Scham im Boden versanken. Wenn einer aufgab und aus der Schlange trat, feierten die Bekehrer das mit einem ohrenbetäubenden Applaus, beglückwünschten ihn zu der Entscheidung und nannten ihn mutig und ehrenhaft. Dabei stand niemand aus reiner Freude in diesen Reihen an. Sie alle waren dort, weil sie es mussten. Weil es keine andere Möglichkeit gab, um Geld zu verdienen. Die Menschen, die aufgaben, würden am nächsten Tag wiederkommen. Ihnen blieb keine Wahl, doch dann würden sie sich noch mehr dafür schämen, dieses schädliche System zu unterstützen.

Nächtelang hatte ich mit Erik über die Motive von Bekehrern diskutiert, darüber, was sie antrieb. Sie schienen tatsächlich zu glauben, dass es für das Ende der Vampirherrschaft ausreichte, wenn Menschen ihnen kein Blut mehr überließen. Sie waren so unfassbar naiv, dass es schmerzte.

Wenn die Vampire von uns kein Blut bekamen, würden sie es sich mit Gewalt nehmen.

Es gab andere Wege, sie zu zerstören.

Effektivere.

Ich atmete tief durch.

Und ging hinein.

Der modrige Geruch im Inneren erinnerte mich an feuchte Wände und Schimmel. Eine unangenehme Kühle fuhr mir in die Kleidung, strich mir über Hals und Gesicht. Es war genau die Art von Räumen, die einem schon ein mieses Gefühl gaben, bevor man sie richtig betrat. *Passend.*

Ein Mann saß hinter dem ausladenden Schreibtisch, der über und über mit Papieren bedeckt war. *Erik hätte bei dem Chaos einen mittleren*

Zusammenbruch erlitten. Kurz zupfte ein Lächeln an den Mundwinkeln, schon stoppte meine Schuld es.

Nicht an Erik denken.

Hinter dem Gewühl aus Ordnern und Papieren saß ein Mann. Optisch war er älter als die meisten Unsterblichen, die ich kannte, dennoch war er zu gut aussehend für einen Menschen und die leichte Blässe in seinem Gesicht war verräterisch. Das Mädchen musste gerade vor ihm zum Stehen gekommen sein, denn er unterzog sie einer Musterung. Unterdessen zitterte sie vor Angst. Wahrscheinlich hatte sie noch nie einen Vampir zu Gesicht bekommen – die Glückliche.

Ich stellte mich neben sie, hoffte, dass ihr die Anwesenheit eines weiteren Menschen helfen würde. Der Blick des Vampirs zuckte nun zu mir und sein winziges Nicken machte deutlich, dass wir die erste Prüfung bestanden hatten.

Wir waren zufriedenstellende Ware.

Junge Frauen waren begehrt als Blutmägde und wenn ihr Blut den Ansprüchen der Vampire nicht reichte, gaben wir vielleicht passable Dienstbotinnen ab. Ich kannte die Regeln des Marktes. Es war sinnvoll, so viel wie möglich über seinen Feind zu wissen. *So konnte man ihn besser vernichten.*

»Ihr wollt als Blutmägde anfangen?« Sein Blick blieb erneut an dem Mädchen hängen und Gereiztheit überzog sein Gesicht. »Du wirkst nicht, als könnte ich dich dafür gebrauchen.« Für Blutdiener konnte er bessere Preise fordern als für gewöhnliche Dienstboten. Er stand auf, kam vor ihr zum Halten und forderte ihren Arm ein. »Lass mich sehen, ob dein Blut eine Ausbildung rechtfertigt.«

Eine Ausbildung, wie ich sie von Gertrud bekommen hatte. Mein Atem ging gepresster. Den Geruchstest hatte ich beim letzten Mal mit Bravour bestanden. Dem damaligen Sucher und Norwyn war gleichgültig gewesen, dass ich vor Panik beinahe zusammengebrochen war. Sie hatten sich nur für die Qualität meines Blutes interessiert.

Er umfasste ihren Arm, senkte seine Nase daran. Seine Miene war ausdruckslos, selbst als er knapp nickte. »Es wird nicht leicht, aber ich denke, ich bekomme dich unter.« Er ließ ihren Arm los. Das Mädchen sah weder glücklich noch erleichtert aus. Es war erstarrt in seiner Angst.

Als er sich mir zuwandte, blitzten seine Augen auf. »Nun kommen wir zu dem interessanten Part.« Offenbar hatte er den Lockstoff schon gewittert. Gut. Seine Hand fuhr aus und forderte meinen Arm ein. Ich reichte ihm den, ohne zu zögern. Ein Keuchen entwich ihm, als seine Nase sich an mein Handgelenk senkte. Entgeistert musterte er mich. »Interessant.« Seine Nase fuhr meinen Arm entlang und kurz presste sich sein Mund daran. *Er wollte trinken.* Sollte er sich doch an mir satt trinken und sich holen, was er verdiente. Gift. Kaum dachte ich das, ließ er von mir ab. *Wahrscheinlich hätte es meinen Wert gemindert, wenn sich ein einfacher Vampir an mir vergriff.* Wir wussten beide, dass er mit mir das Geschäft seines Lebens machen konnte.

»Du bist erfahren.«

»Ja, mein erstes Jahr des Blutpaktes ist vorüber und ich suche nach einer Verbesserung.«

»Was schwebt dir vor?« Zielgenau zog er aus dem Chaos zwei Papiere – wahrscheinlich die aktuellen Suchanfragen. Er überlegte sicher bereits, wem er mich vermitteln konnte.

»So weit nach oben wie möglich.«

Er sah auf und seine Begeisterung bekam einen Dämpfer. »Wie weit?«

»Ich möchte in das Haus eines der Ratsmitglieder vermittelt werden. Das wäre die erstrebte Steigerung zu meiner letzten Position. Am liebsten wäre mir eine Anstellung beim Obersten.«

Er sah mich lange an und musterte mich prüfend, während ich mich bemühte, keine Regung zu zeigen. Um im Haushalt des Obersten unterzukommen, musste ich die perfekte Blutmagd sein.

Beim letzten Mal war ich an dieser Stelle gescheitert, doch die Zeit mit Norwyn und seinen Freunden hatte mich abgehärtet.

»Zeig mir deine Papiere.« Ich griff in meine Manteltasche und zog die vier Fälschungen hervor. »Ich bin zweimal abgeworben worden.« Das winzige Lächeln, das ich hinterherschickte, fühlte sich so falsch an wie alles an mir. »Jetzt bin ich auf der Suche nach einem dauerhaften Blutpakt und dafür kommt nur einer der besten Haushalte in Betracht.«

Er runzelte die Stirn, während er die Schreiben begutachtete. Eines nach dem anderen landete auf dem Schreibtisch. *Der Fälscher hätte noch viel mehr für seine Arbeit verdient.*

»Ich habe einst einen Dienstboten an den Obersten vermittelt.« Langsam wandte er sich wieder mir zu. »Es wäre einen Versuch wert. Er hat zwar keinen Bedarf angemeldet, aber ich kenne seine Vorlieben und du könntest ihm zusagen, auch wenn du zu blass bist.« Die Augen des Vampirs verdunkelten sich. »Bleibt hier, ich schicke eine Nachricht aus, damit uns jemand in Empfang nimmt.«

Im nächsten Augenblick flog er geradezu an uns vorbei und das Mädchen stieß einen hohen Schrei aus.

Meine Chance.

»Geh«, raunte ich ihr zu. »Glaub mir, das Leben, das dir die Vampire geben, ist keines. Deines mag dir mies vorkommen, aber es ist besser als nichts und es gehört dir.« Ich kramte in meiner Manteltasche nach Geld, sammelte alle Münzen und Scheine zusammen. Die Augen des Mädchens vergrößerten sich, als ich die gefüllten Hände herauszog. Wahrscheinlich hatte sie nie zuvor so viel Geld auf einmal gesehen. »Eine Straße weiter ist ein Gasthaus, nimm dir ein Zimmer und bleib dort, bis die Nacht vorüber ist, und dann mach hiermit etwas Sinnvolles.«

Ich drückte ihr das Geld in die Hände und sie starrte darauf, als wäre das hier ein grausamer Scherz und ich würde ihr jeden Augenblick wieder alles entreißen.

»Geh schon«, flüsterte ich, »bevor er wiederkommt.«

Die Erinnerung an den Vampir sorgte dafür, dass sie sich tatsächlich in Bewegung setzte. »Danke«, stieß sie aus und tat das einzig Richtige. Sie rannte davon.

Ihre Schritte waren nicht mehr als zwei Minuten verklungen, schon tauchte der Sucher wieder auf und diesmal hatte er einen weiteren Vampir dabei.

»Wo ist das Mädchen?«

Wut flackerte in mir. *Er hatte ebenfalls gewusst, dass sie nicht volljährig war. Deswegen hatte er sich ihre Papiere nicht erst zeigen lassen.* Sie zu vermitteln, wäre ein klarer Verstoß gegen die Abmachung zwischen Menschen und Vampiren gewesen und dennoch kümmerte es ihn nicht. *Weil ihn niemand zur Rechenschaft ziehen würde.* All diese Regeln waren nur Schall und Rauch – keiner von uns war sicher, solange sie regierten.

Ich bemühte mich, regungslos zu schauen. Man konnte nicht behaupten, dass ich auf Norwyns Blutnächten nichts gelernt hatte. Mit jeder war es mir gelungen, meine Abscheu vor ihnen ein Stück besser zu verbergen.

»Sie ist vor Panik davongelaufen.«

Meine Antwort kommentierte er mit einem Schulterzucken und wandte sich dem anderen zu. »Bleib hier. Ich besuche den Obersten.«

»Er wird ungehalten sein, wenn du ihm unaufgefordert eine Blutmagd bringst.«

Der Sucher stoppte unmittelbar vor mir. Ich ahnte, was kommen würde, und presste die Zähne aufeinander, als er Anstalten machte, mich hochzuheben. Wahrscheinlich sollte ich mich darüber freuen. Auf diese Weise würden wir es noch heute Nacht zum Schattenrat schaffen und Aydan konnte mich schwerer verfolgen. Dennoch fand sich nur tiefer Widerwillen in mir, als ich mich wie eine lebensgroße Puppe in seinen Armen wiederfand.

»Ich war mir noch nie in meinem Leben so sicher«, erwiderte der Sucher kühl. »Wenn nicht mit ihr, schaffen wir es nie, Laurent eine Blutmagd zu vermitteln. Falls er sie nimmt, wird er sich bei seiner nächsten Suche direkt an uns wenden. Sie ist die Möglichkeit, auf die wir gewartet haben.«

KAPITEL 52

Der Sitz der Obersten ließ sogar Norwyns Anwesen winzig wirken. Eine gigantische Burg mit unzähligen Türmen, deren weiße Steine im Mondlicht so friedlich schimmerten, als wollten sie das Grauen darin verbergen.

Am Tor hatte man bereits die Anweisung erhalten, uns eintreten zu lassen. Erst im Burghof ließ mich der Sucher hinunter.

Endlich.

Suchend sah er sich um. Ich versuchte unterdessen, den Schwindel abzuschütteln und mir nebenbei einen Überblick zu verschaffen. Ihre bunte Kleidung wies beinahe alle hier als Vampire aus. Erst jetzt wurde mir bewusst, wie wenig Farbe ich in den letzten beiden Tagen in den Städten gesehen hatte. Menschen kleideten sich zurückhaltend, als versuchten sie, mit ihrer Umgebung zu verschmelzen, um nicht aufzufallen. Selbst bei Winzigkeiten wie der Kleidung wählten wir instinktiv das aus, was unser Überleben wahrscheinlicher machte.

»Darius.« Eine Vampirin in einem taubenblauen Anzug stoppte vor dem Sucher. Winzige Sterne funkelten auf ihrem Jackett und in dem zusammengebundenen schwarzen Haar fand sich eine silberne Haarnadel in der Form eines Mondes.

»Onare, es ist wie immer eine Freude, dich zu sehen.« Der Sucher verneigte sich vor ihr und folgte ihr, also tat ich es ihm gleich. Ich spürte musternde Blicke auf mir. Die Ersten nahmen etwas von dem Lockstoff in meinem Blut wahr. Ob einer von ihnen zu den Ratsmitgliedern gehörte? Sie alle lebten mit ihren Dienstboten hier. Es war ein erlesener Kreis. Heute musste ich es schaffen, Teil davon zu werden.

Im Inneren der Burg war es vorbei mit der vorgeschobenen Friedlichkeit. Rote Lichter hauchten den schmalen Gängen eine bedrohliche Stimmung ein – zumindest aus menschlicher Sicht. Darius schien es wenig beunruhigend zu finden, sich durch blutrote Gänge zu schlängeln, er plauderte munter mit der Vampirin an seiner Seite.

Schließlich stoppten sie vor einer Tür, an der ein Kranz getrockneter Kornblumen hing. Ihre einst intensive tiefblaue Farbe wurde unnatürlich überlagert von dem roten Licht.

Die Vampirin klopfte an und mein Herz machte einen Satz und direkt darauf einen zweiten, als uns jemand aus dem Inneren hineinrief.

Es war so weit.

»Geht«, raunte sie dem Sucher zu. »Ich hoffe, du weißt, was du tust. Seit Lerows Tod ist er noch reizbarer.«

Darius sah zu mir und Unsicherheit flackerte in seinem Blick. Schnell streckte ich den Rücken durch und nahm Haltung an. Ich würde nicht zulassen, dass er so kurz vorm Ziel einen Rückzieher machte. Notfalls würde ich allein hineinmarschieren und dem Obersten meinen Arm in die spitzen Zähne rammen. Glücklicherweise erwies sich das als unnötig. Darius nickte mir zu und trat ein. Ich zwang mich, zwei Schritte Abstand zu lassen, bevor ich ihm wie die perfekte Blutmagd folgte.

Da saß er.

Der Oberste des Schattenrats.

Der Vampir, unter dessen Führung der Schattenrat angeordnet hatte, meine Familie zu ermorden.

Laurent.

Er war nicht das, was ich erwartet hatte.

Blonde Locken schlängelten sich in ein noch jugendliches Gesicht, aus dem mich grüne Augen genervt musterten. Manchmal war es schwer zu begreifen, dass Vampire nicht alterten. Diesen Vampir hasste ich schon fast mein ganzes Leben lang und dennoch hätte er äußerlich mein kleiner Bruder sein können.

Darius deutete eine Verbeugung an, bevor er sich auf einen der beiden bereitstehenden Stühle setzte. Ich wartete, bis der Oberste mir gereizt zunickte, um mich ebenfalls zu setzen.

»Dein Verlust tut mir unendlich leid, Laurent.« Darius beugte sich ein Stück vor. »Lerow wird uns allen fehlen.«

Mir nicht.

Wie gut, dass Vampire keine Gedanken lesen konnten. Mir reichte schon dieser nervtötend grimmige Blick, mit dem Laurent mich bedachte. Sein Bruder hatte einen ähnlichen besessen, doch die Zeiten, in denen mir ein Unsterblicher Angst einjagen konnte, waren vorbei. Darius senkte den Kopf erneut kurz vor Laurent und ich tat es ihm sicherheitshalber nach, schon allein, damit er den Triumph in meinem Gesicht nicht fand.

»Was bringst du mir hier, Darius?« Die Stimme des Obersten war ähnlich unangenehm wie sein Blick, hoch und anklagend. »Ich kann mich nicht erinnern, dich um etwas gebeten zu haben?«

»Entschuldige mein Vorpreschen …« Darius nahm sicher ebenfalls die Drohung in seinen Worten wahr – er würde es bereuen, wenn er Laurents Zeit verschwendete. Erneut senkte der Sucher kurz den Kopf. *Vielleicht sollte er ihn einfach dauerhaft gesenkt halten, so oft, wie er seine Ehrfurcht unter Beweis stellte.* »Ich habe heute Nacht diese Blutmagd gefunden. Sie ist etwas Besonderes und ich dachte, dass du der Erste sein solltest, der Ansprüche an ihr anmelden darf.«

Darius war gut. Er ließ unseren Besuch hier wie eine tiefe Ehrerbietung wirken. Seine Schmeichelei glättete Laurents harte Züge einen Hauch, aber der Argwohn in seinen Augen blieb. Wieder musterte er mich mit diesem stechenden Blick. »Sie ist bleich und zu klein.«

Dieses Gespräch war anstrengend.

Konnte er nicht einfach von mir trinken und sterben?

Gerne möglichst rasch, damit mir genug Zeit blieb, um seine Freunde zu vergiften?

»Es ist ihr Blut, Laurent. *Das* ist außergewöhnlich.«

Damit weckte der Sucher sein Interesse. Er winkte mich heran wie einen Hund. Wie ich diese Geste hasste – all die Geringschätzung, die darin lag. Ich kam ihr dennoch nach, umrundete den Tisch und registrierte, dass dieser hier penibel ordentlich war.

»Schneller.« Laurent griff nach meinem Handgelenk, zerrte es zu sich und roch daran. Es kostete mich meine ganze Selbstbeherrschung, um nicht zu lächeln, als er hochsah und ich die Verblüffung in seinen Augen fand, diesen Nebel, der seinen Blick hauchzart verschleierte. So sahen sie mich alle an, seit das Gift Teil von mir war.

Es machte mich zur Jägerin.

Laurents Gesicht sank wieder tiefer, seine Nase strich meinen Arm entlang, während er mich zu sich zog. Erinnerungen zogen wie ein Unwetter in mir auf.

An einen anderen Vampir.

An sturmgraue Augen.

Nein!

Nicht jetzt – nicht hier.

Laurent stoppte an meinem Hals und plötzlich erwachte Panik in mir.

Nicht vor seinem Biss.

Sondern davor, *wohin* er mich biss.

Vor den Bildern, die er wecken würde.

Und den Gefühlen.

Dass er damit Erinnerungen besudelte, die ich behalten wollte. Trotz allem. Die meiste Zeit versuchte ich, jeden Gedanken an Aydan zu packen und in meine Kammer zu sperren. Hierbei war das unmöglich. Diese Erinnerung würde die Kammertür aufreißen und all die anderen befreien.

Nein.

Mein Hals war tabu.

Ich brachte Abstand zwischen mich und Laurent und tatsächlich verlagerte sich seine Aufmerksamkeit augenblicklich wieder auf Darius, der uns beobachtete.

»Sie ist erfahren?«

»Selbstverständlich. Sie war in einigen der besten Häuser und es gab einen Abwerbeversuch nach dem anderen.«

»Ich nehme an, dein Preis ist wahnwitzig?«

Darius lächelte, wusste, dass er dieses Geschäft so gut wie abgeschlossen hatte. »Ich würde sagen, mein Preis ist ihrer angemessen.«

Laurent warf mir einen kurzen Blick zu, dann nickte er. »Lass dich von Onare auszahlen.«

Darius erhob sich. »Soll ich das Mädchen direkt im Dienstbotentrakt abliefern?«

»Nein. Sie bleibt hier. Ich kann eine weitere Stärkung vor dem Tagesanbruch gebrauchen. Gib Onare ihre Unterlagen.« Er winkte Darius hinaus und dieser verschwand selbst für einen Vampir beeindruckend schnell.

Laurents Lippen kamen meinem Hals erneut gefährlich nah. Er spielte mit mir wie eine Katze mit einer Maus, bevor sie sich auf sie stürzte. In seinem Hochmut wäre er nie darauf gekommen, dass er die Maus in unserem Spiel war.

Ich vergrub die Fingernägel in meinem Arm. Es brannte dort, als ich den letzten Schnitt aufriss, den ich für Aydan getan hatte.

Neun tiefe Schnitte, die mich daran erinnerten, wie gefährlich es war zu lieben.

Und einer als Warnung daran, wie schnell Hoffnung erlosch.

»Ihr müsst durstig sein, Herr.« Das war zwar nicht so still, wie sich die Vampire ihre Blutdiener wünschten, aber ich würde nicht ruhig dastehen, während er seine Zähne in meinem Hals versenkte.

Ich machte die Regeln.

Er öffnete den Mund, seinem grimmigen Blick nach zweifellos, um mich zu maßregeln, stoppte aber, bevor er Worte formen konnte. Er nahm wahr, dass mein Blut nun in dicken Tropfen aus der aufgekratzten Wunde drang.

Mit Blut lockte man Vampire.

Der Anblick ließ ihn meinen Hals vergessen. Er beschwerte sich nicht einmal über die Narben am Arm. Sein Mund presste sich bereits auf die Stelle und er versenkte die Zähne in meinen Unterarm.

Mittlerweile hatten so viele Vampire von mir getrunken, dass es längst nicht mehr schmerzte. Aber außer Aydan war es nicht einem gelungen, mich zu betören. Wahrscheinlich war die Abscheu daran schuld, die in mir hochkroch, wann immer einer von ihnen seine Zähne in mich stieß, als wäre ich ein Stück Fleisch, das er für sich beanspruchte.

Es schien nur einen Vampir zu geben, der mich betören konnte.

Weil Aydan mich hatte vergessen lassen, was er war.

Und was *ich* war.

KAPITEL 53

AYDAN

Entweder Norwyns Kontakte waren allesamt Stümper oder Liz hatte sich in Rauch aufgelöst.

Es gab nicht die kleinste Spur von ihr.

Zu viele Tage waren seit dem Kuss auf meiner Stirn vergangen. Ein Wimpernschlag in meinem Leben, der sich zeitgleich anfühlte wie ein Gang durch ein Moor. Mit jedem Schritt sackte ich tiefer ein, jede Bewegung fraß meine Kraft und gleichzeitig schien die Zeit stillzustehen.

Die Nächte waren eine Aneinanderreihung von Enttäuschungen, weil Norwyn niemals Neuigkeiten hatte, die uns weiterbrachten. Vielleicht einer der Gründe, weshalb ich die umliegenden Städte und Dörfer absuchte und mit den dortigen Suchern sprach, von denen sie keiner gesehen hatte. Zumindest versprachen sie mir, sich umzuhören. Die Belohnung, die ich für Hinweise aussetzte, war so abstrus, dass sowohl Menschen als auch Vampire sich bei mir melden würden. *Wenn es endlich eine Spur von ihr gäbe.*

Norwyn schickte mich in die Region, in deren Zeitung die Traueranzeige von Liz' Großvater erschienen war. Unsinnig. Liz würde mir kaum zufällig in die Arme laufen. Von Erik wusste ich nicht viel mehr, als dass er ein gut aussehendes Genie war, das mir gehörig auf die Nerven ging. Auch was den Widerstand anbelangte schien jeder zu denken, er sei damals vernichtet worden. Er war genauso ein Phantom wie Liz selbst.

Ich verbrachte dennoch zwei Nächte vor Ort und redete mit den ansässigen Suchern. Während ich durch die Stadt gegangen war, hatte ich mir vorgestellt, wie Liz hier vielleicht einst herumgestreift war. Ich fand Häuser, die wirkten, als würde sie der nächste Sturm mit sich reißen, und Unrat in den Gassen. Niemand schien ihn mehr fortzuräumen und nicht einmal die Ratten stritten sich um ihn, weil es genug für alle gab. Irgendwo da kamen mir ihre Worte ins Gedächtnis. Liz hatte mir vorgeworfen, ich habe keine Ahnung, was abseits des Anwesens vor sich ging. Nun fühlte es sich so an, als hätte sie damit richtiggelegen.

Am Ende der zweiten Woche kam endlich die ersehnte Nachricht von einer Sterblichen. Die Besitzerin einer Pension gab an, dass ein verwirrtes junges Mädchen mit den Händen voller Geld vor ihr gestanden hatte. Sie hatte der Frau erzählt, dass sie beim Sucher gewesen war, dort hatte ihr eine Frau mit weißem Haar das Geld zugesteckt und sie fortgeschickt.

Das klang so sehr nach Liz, dass ich die Nachricht nicht einmal hinterfragte. Kaum hatte ich den Brief beendet, befand ich mich auch schon auf dem Weg.

Der Sucher war allein, als ich die schäbige Tür unwirsch aufriss. Seine Augen verengten sich kurz. Wahrscheinlich dachte er darüber nach, mich für meinen dramatischen Auftritt zur Rechenschaft zu ziehen, doch dann blieb sein Blick an meiner Kleidung hängen. Eine winzige Musterung, aber sie brachte ihn wohl zu der Erkenntnis, dass er sich mit mir besser nicht anlegen sollte. Ein schmeichelndes Lächeln legte sich auf seinen Mund. »Kann ich helfen?«

»Bestimmt.« Ich kam vor diesem beeindruckenden Chaos zum Stehen, unter dem sein Schreibtisch versank. »Ich bin auf der Suche nach einer Blutmagd, beinahe weißes Haar, so groß …« Ich stoppte mit der Hand auf Höhe meiner Schultern. »Dunkelblaue Augen, ungewöhnlich hübsch …« Rauheit ließ meine Stimme tiefer klingen. »Ungewöhnliches Blut.«

Sein Mund öffnete sich ein verräterisches Stück weit und sein Blick huschte an mir vorbei. »Ich fürchte, sie hat sich unerlaubterweise entfernt. Ihr Blutpakt ist noch nicht beendet und ich möchte sie zurück.« Obwohl ich mich bemühte, ruhig zu bleiben, war es schwer, weil gleichzeitig dieser verdammte Sturm in mir wütete, jetzt, wo ich wusste, dass sie hier gewesen war.

»So jemanden habe ich gerade nicht parat«, erwiderte er nun merklich vorsichtiger. »Aber ich habe einige andere sehr interessante Blutmägde …« Er griff nach einem Papier, doch ich war schneller und knallte meine Faust darauf.

»Ich komme in Norwyns Auftrag.« Zwar gab ich es nicht gern zu, aber manchmal war ich auf seinen Namen angewiesen. In unseren Kreisen öffnete er Türen, die mir verschlossen blieben. Weil ich mich nie genug bemüht hatte, sie zu öffnen. Das rächte sich nun. An Einfluss würde ich es nie mit Norwyn aufnehmen können. »Er wird ungehalten sein, wenn ich mit leeren Händen zurückkomme.«

»Das tut mir leid …«

»Sie ist schon vermittelt?« Der erschrockene Gesichtsausdruck des Suchers ließ wenig Spielraum zu.

»Ich fürchte ja. Alles, was ich Euch anbieten kann, ist ein Ersatz.«

Ich war lange genug höflich geblieben. Papiere flatterten vom Tisch, als ich darübersprang und den Kragen seines Hemds packte. »Wo steckt sie?«

Er schwieg.

Obwohl ich Norwyn erwähnt hatte.

Das war mies, denn es bedeutete, dass er seinen Kunden nicht verärgern wollte, weil der mächtiger war als Norwyn. Davon gab es nicht viele.

»Sag mir, dass du sie nicht zu einem Mitglied des Schattenrates gebracht hast.«

Das war unmöglich.

Keine so unerfahrene Blutmagd würde zu einem von ihnen durchgelassen werden. Liz besaß nicht einmal ein Empfehlungsschreiben von uns. Nur jetzt, wo er mich anstarrte, als suchte er verzweifelt nach einem Ausweg, begann ich zu ahnen, dass mir Liz wieder voraus gewesen war.

Er hatte nicht geredet. Nicht. Ein. Verdammtes. Wort.

Keine Ahnung, was ich tun sollte. Niemals würde mich jemand vom Schattenrat empfangen, damit ich mich dort unauffällig erkundigen konnte, ob zufällig meine entlaufene, Rache nehmende Blutmagd dabei war, ihre Ratsmitglieder umzubringen.

Ich stockte an der Tür unseres Anwesens, weil mich die Erinnerung traf, wie ich hier nach der Jagd mit Liz gestanden hatte.

Wie sehr ich mir wünschte, ich wäre einfach an ihr vorbeigegangen.

Der Gedanke füllte mich geradezu aus, als ich eintrat und mich Norwyns eisige Worte empfingen.

»Man munkelt, Laurent sei an der Seuche erkrankt.«

Laurent?

Wie zur Hölle hatte es Liz zum Obersten des Schattenrats geschafft?

Und wieso unterschätzte ich sie immer noch?

»Das war dieses kleine Biest, oder?« Er tauchte vor mir auf und ich bemerkte am Rande, dass er den gleichen pflaumenblauen Blazer wie gestern trug. Ich hatte nie zuvor gesehen, dass er ein Kleidungsstück zweimal hintereinander trug. Es waren diese Kleinigkeiten, an denen wir erkannten, dass die Nerven des anderen zum Bersten gespannt waren.

»Das war von Anfang an dein Plan!« Wut loderte in seinem Blick. »Du hast diesen Unsinn mit dem Widerstand nur in den Raum geworfen, um eine falsche Fährte zu legen. Du wusstest von ihren Plänen!«

Er hatte lang gebraucht, aber nun hatte er mich durchschaut. »Warum sollte ich das tun?«

»Weil du derjenige sein möchtest, der sie umbringt! Du willst dich für ihren Verrat rächen.«

Einen Moment lang schienen sich unsere Blicke ineinander verbissen zu haben. Keiner von uns konnte vor oder zurück.

»Und wenn?«, stieß ich aus. »Sie hat mich belogen, betrogen, mich beinahe ermordet und mich zum Narren gehalten. Wenn der Rat rausbekommt, in wessen Haushalt sie zuvor war, wird er uns beide zur Rechenschaft ziehen. Wir müssen sie umbringen, bevor der Schattenrat uns umbringt. Liz ist viel gefährlicher, als du glaubst!« Ich verkleinerte den Abstand zwischen uns. »Du willst die Wahrheit? Dein Plan ist mies. Deine Kontakte helfen nicht und uns läuft die Zeit davon. Wir müssen Liz unauffällig aus der Schattenburg herausbekommen. Wenn wir das schaffen, wird niemals jemand erfahren, wo sich Laurent infiziert hat.«

»Ich will das Heilmittel!«

Mit Norwyn zu diskutieren, fühlte sich momentan an, als drehte ich mich permanent auf der Stelle. »Wofür brauchst du das Heilmittel, wenn wir sie umbringen?«

»Für die anderen, die unterwegs sind?«

»Die betreffen uns nicht.«

»Noch nicht«, gab er zurück. »Aber irgendwann werden sie das. Ich habe nicht vor, an irgendeiner Seuche zu verrecken!«

»Bleib bei deinem Blutdiener, dann hat sich das Problem für die nächsten Jahrzehnte erledigt.« Ich erntete gleich zwei hochgezogene Augenbrauen. »Willst du mit dem Mord am Obersten in Verbindung gebracht werden?«

Er schwieg – natürlich. Selbst er musste erkennen, dass es Wahnsinn wäre, unsere Beteiligung einzugestehen.

»Könntest du sie dazu bekommen, dir die richtige Dosierung zu verraten?«

Wahrscheinlich.

»Nein.«

»Du lügst«, stellte Norwyn unwirsch fest. »Ich verstehe besser als jeder andere, dass du sie loswerden willst. Aber du tust ihr nichts, bevor ich nicht die korrekte Dosierung für eine Heilung kenne und ihr ausreichend Blut abgezapft habe – ist das klar?« Wohl das beste Angebot, das ich von ihm bekommen würde. Widerwillig nickte ich.

»Also, würdest du es schaffen?«

Das zweite Nicken war sogar noch schwieriger als das erste. »Liz liebt mich. Sie würde alles tun, worum ich sie bitte.«

Ich konnte förmlich sehen, wie Norwyns Gedanken rasten. Wie er versuchte, diese Information maximal gewinnbringend einzusetzen. Er schwieg, überlegte und wog ab. »Ich schicke sofort einen Sucher zum Schattenrat, um das Miststück abzuwerben. Sobald er sie findet, soll er sie schnappen und zu uns bringen und dann wirst du aus ihr alles herausbekommen, was wir wissen müssen. Danach bringen wir sie um. Niemals wird jemand die Verbindung zwischen Laurents Tod, ihr und uns ziehen.«

Das klang nach einem Plan.

Fürs Erste.

KAPITEL 54

Norwyn schickte seinen vertrauenswürdigsten Sucher zur Schattenburg. Vertrauenswürdig bedeutete in diesem Fall, dass wir seine Dienste mit Gold aufwogen. Gleichzeitig blieben wir mit den Gründen für den Auftrag im Trüben. Eine Blutmagd aus dem Haus des Obersten zu entführen, war riskant. Andererseits besaß Laurent Dutzende davon und im Moment hatte er ohnehin andere Probleme.

Die nächsten beiden Nächte verbrachte ich auf dem Anwesen und wartete auf eine Nachricht des Suchers. Es war ein Wunder, dass der Flur keine Kuhlen aufwies, so oft, wie ich dort hin und her wanderte, um eine Beschäftigung zu haben.

Um die Erinnerungen zurückzuhalten.

Um nachzudenken.

Jedes Pochen an der Tür ließ mich stoppen, aber obwohl Norwyn außerordentlich viele Nachrichten bekam, rief er nicht einmal nach mir. Das bedeutete, es gab keine Neuigkeiten von ihr.

Erst in der dritten Nacht kam das erwartete Schreiben vom Sucher. Die wenigen Worte darin fühlten sich an wie unsichtbare Gewichte, die mich hinunter zerrten.

Liz war nicht mehr dort.

Sie war wieder geflüchtet.

Und damit war meine Spur erloschen.

Nach dem Brief peilte ich das Kaminzimmer an. Ein Versuch, diesen Erinnerungen zu entkommen, die wie Staubkörner in meinen Räumen vor sich hin tanzten.

Wie konnten sich winzige Augenblicke so in einem festkrallen?

Noch während ich den Flur durchquerte, nahm ich einen Herzschlag wahr. So weit, so gewöhnlich, aber als ich um die nächste Ecke trat, fand ich ausgerechnet Norwyns Blutdiener. Es war weniger die Tatsache, dass er hier herumschlich, sondern vielmehr das Entsetzen in seinem Gesicht, das mein Misstrauen weckte. So sah jemand aus, der sich bei etwas Verbotenem erwischen ließ. Pech für ihn, das mir der Sinn nach Ablenkung stand.

Ich kam näher und gleichzeitig drängte er, die Arme hinter seinem Rücken verborgen, zurück in den Raum, aus dem er offenbar gerade erst gekommen war. Es lagen knapp fünfzehn Meter zwischen uns – keine Strecke für mich. Er schrak zusammen, als ich plötzlich vor ihm auftauchte und stieß einen so hohen Schreckenslaut aus, dass ich bereute, ihn nicht längst einmal erschreckt zu haben. Mit jedem Schritt, den er mit menschlicher Verspätung von mir zurückwich, klirrte Glas hinter seinem Rücken aneinander.

»Zeig mir deine Hände.«

Sein Blick glitt links an mir vorbei, änderte die Richtung, huschte nach rechts, suchte einen Ausweg, aber den einzigen blockierte ich und schloss die Tür demonstrativ. Widerwillig zeigte er mir seine Beute. Zwei verstaubte Weinflaschen.

»Armselig«, kommentierte ich knapp und wusste selbst nicht, was ich meinte – seine Beute oder ihn. »Was wird Norwyn dazu sagen?« Ich setzte ein Lächeln auf, das sich amüsiert und finster zugleich anfühlte. Augenblicklich vergrößerten sich seine Augen und Angst flackerte darin auf. Ich hatte mich gefragt, warum er Liz an mich verraten hatte, nur bisher war ich zu beschäftigt gewesen, um den Grund herauszufinden. Jetzt schien der perfekte Moment zu sein, um das nachzuholen. Vielleicht wusste er sogar etwas, das mir half, Liz zu finden. »Der Markt ist wenig rentabel für Blutdiener, die ein gewisses Alter erreichen. Wie alt bist du? Ende zwanzig?« Er erbleichte angesichts der übertrieben hohen Zahl. Ich konnte seine Gedanken förmlich vor mir sehen. Wie er sich fragte, wie lange ihm noch blieb, bis er Norwyn zu alt wurde.

»Dir bleibt nicht mehr viel Zeit, um dich für die Ewigkeit zu empfehlen. Deine Chancen bei Norwyn stehen nicht einmal schlecht. Nachdem ich ihn zunehmend reize, könnte das dein Sprungbrett als neuer Gefährte werden. Zu schade, dass er dich wegen dieser Regelüberschreitung rauswerfen wird.«

Bestürzung löste die Angst in seinem Blick ab. Zumindest darin hatte ich mich nicht geirrt. Dieser Mensch hier wollte die Seiten wechseln – unbedingt. »Ich schlage dir einen Tausch vor. Du erzählst mir alles, was mir helfen kann, Liz zu finden, und je nachdem, was diese Informationen wert sind, verschweige ich Norwyn diese Begebenheit hier.« Lorins Lippen pressten sich zu einem dünnen Strich zusammen. Er suchte nach einer Lösung, aber die gab es nicht. »Erzähl mir alles.« Ich machte einen Schritt auf ihn zu. »Sonst bist du in einer Stunde draußen.«

Er schwieg. Schlecht. Ich hatte Schweigen dermaßen satt. »Wenn ich hinunter in den Weinkeller gehe und die Listen vergleiche, stelle ich vermutlich fest, dass einiges an Wein fehlt, oder?« Ich griff mir eine der Flaschen und musterte sie. »Allein diese hier ist ein Vermögen wert.« Ich sah auf. »Bist du so naiv anzunehmen, dass wir keine Listen führen? Jeder Wein ist darin aufgeführt.«

»Liz hat auch davon getrunken.« Die ersten Worte, die er herausbrachte, und nicht die, die ich hören wollte.

»Daran zweifele ich keinen Augenblick«, erwiderte ich eisig. »Doch Liz hat uns bereits verlassen, also kann ich sie nicht zur Rechenschaft ziehen. Du hingegen bist hier. Die spannende Frage lautet: Wie lang noch?«

»Der Schattenrat«, flüsterte Lorin und gab mir damit die denkbar sonderbarste Erwiderung, die ich mir hätte vorstellen können.

»Was ist mit ihm?« Dass dieser Sterbliche überhaupt von ihm sprach, fühlte sich an wie ein Eissplitter, der in meinen Nacken drang.

»Er hat etwas damit zu tun.« Lorin starrte zur Tür und ich begriff. Was immer er mir zu sagen hatte, durfte offenbar nicht an andere unsterbliche Ohren gelangen. Die Erkenntnis ließ die Kälte in mir noch schneidender werden.

»Womit?«

Er starrte mich aus aufgerissenen Augen an, zitterte, während er versuchte, Worte zu formen. »Er hat Liz.«

»Nein!«

Das konnte nicht sein.

Liz hat Laurent infiziert.

Dann war sie geflohen.

Das hatte der Sucher geschrieben.

Den Norwyn angeheuert hatte …

Norwyn.

Verflucht!

Er hatte mich nur abgelenkt.

So wie ich ihn zuvor.

»Der Schattenrat hält sie gefangen?« Ich bekam ein Nicken, zu sprechen schien er sich nicht zu trauen.

»Woher weißt du davon?«

»Es gibt seit Tagen regelmäßig Nachrichten vom Rat«, flüsterte Lorin. »Ein paarmal habe ich einen kurzen Blick darauf werfen können.«

Offenbar war ich von Lug und Trug umgeben.

Wie ich das satthatte.

Ich peilte die Tür an und registrierte, dass ich die Flasche noch in den Händen hielt. »Hier«, sagte ich und warf sie Lorin zu. Er bekam sie gerade so zu fassen. »Keine Ahnung, was sie wert ist – ich interessiere mich nicht für Wein.« Fassungslos starrte er mich an. »Leere von mir aus jede der verdammten Flaschen unten. Du kannst Norwyn sagen, dass ich dir die Erlaubnis dazu gegeben habe.«

KAPITEL 55

LIZ

Nachdem ich sicher war, dass Laurent genug von mir getrunken hatte, hatte ich seinen Burgteil verlassen. Es würde nicht lange dauern, bis bekannt wurde, dass ausgerechnet der Oberste an der Seuche erkrankt war.

Heißer Triumph stieg in mir auf, jedes Mal, wenn ich daran dachte. Noch während ich bei Laurent gewesen war, hatte ich dessen Vertreter kennengelernt, dem er eine Kostprobe meines Blutes anbot. Das spielte mir in die Karten. Er hatte rasch auf den Lockstoff reagiert. Ich sorgte dafür, dass ich zufällig auf ihn traf, der Rest war ein Kinderspiel. Mir blieb nichts anderes übrig, als instinktiv zu entscheiden, wie viel Blut sie brauchten, um zu erkranken. In der Regel reichten zwei Tagesportionen an zwei aufeinanderfolgenden Tagen. Doch von jeder Regel gab es Ausnahmen. Wenn ein Vampir zu viel trank oder zu wenig, wenn Tage ohne vergiftetes Blut dazwischenlagen – das alles waren Faktoren, die selbst Erik nicht hatte einkalkulieren können. Letztlich war es ein Wechselspiel mit Wahrscheinlichkeiten und meinen Instinkten.

Das dritte Mitglied des Schattenrats erwischte ich auf einem der Gänge, als sie das Dienstzimmer verließ. Die Vampirin würde hoffentlich zu denjenigen gehören, die es übertrieben hatten, denn für eine zweite Dosis fehlte mir die Möglichkeit.

Sie fanden mich vorher.

Ich hatte gewusst, dass Aydan nach mir suchen würde.

Und dennoch hatte ich gehofft, dass es da einen Teil in ihm gab, der verstand, dass ich Rache nehmen musste.

Für meine Familie.

Für mein Leben, das damals in einem Schrank endete.

Für all die Bilder aus Scherben und Blut in meinem Kopf.

Aydan hatte es nicht verstanden.

Ja, ich hatte es erwartet. Doch auch wenn wir wussten, dass die Klinge eines Messers schnitt, änderte es nichts daran, dass ihr Schnitt schmerzte.

Die Zelle, in die sie mich sperrten, war betörend schön. Die weißen Felswände glitzerten im Licht der Glühbirne wie Edelsteine. Manchmal strich ich mit den Fingern über die unebenen Steine. Keiner von ihnen war wie der andere, beruhigend.

Es gab schlechtere Orte als diesen, um zu sterben.

In den Augenblicken, in denen die Erschöpfung an mir nagte und ich mich in meiner Müdigkeit verlor, bildete ich mir ein, sie zu hören, die Maßliebchen, die hinter Grandpas Haus wuchsen. So oft hatte ich dort gelegen und versucht, sie zu verstehen. Vielleicht hatte ich gehofft, sie hätten die Antwort, die niemand zu haben schien.

Warum ich lebte, während alle, die ich liebte, tot waren.

Die Blumen hatten mich angeschwiegen. Immerzu.

Bis jetzt.

Ich hatte nie Angst davor gehabt zu sterben.

Weil ich wusste, dass ein Anfang nicht ohne ein Ende existieren konnte. Dass es Licht nicht ohne Dunkelheit gab. Alles Lebende musste vergehen, um Platz zu machen für das, was kommen würde.

Nein, ich hatte keine Angst zu sterben. Aber während das leise Murmeln der Maßliebchen lauter wurde, fragte ich mich immerzu, ob Aydan genauso oft an mich dachte wie ich an ihn.

Sie suchten das Heilmittel für ihre Ratsmitglieder und offenbar war ihnen verraten worden, wo genau es sich befand. Jedes Mal, wenn sie wieder Blut von mir nahmen, brach Aydans Verrat einen neuen Riss in mein Eisherz.

Für den Moment waren sie damit beschäftigt, die Leben der Mitglieder ihres Schattenrates zu retten. Sollte ich Pech haben, würde es ihnen gelingen. Doch gleichgültig, wie es ausging, danach würden sie sich mir nicht nur zuwenden, um sich an meinem Blut zu bedienen. Dann würden sie die Namen fordern, die ich ihnen bisher schuldig blieb. Sie würden alles über den Widerstand einfordern und über Erik.

Nichts davon würden sie von mir bekommen.

Aber selbst ich wusste, dass es mir nicht gelingen würde, für immer zu schweigen.

Sie kamen in Gruppen – heute waren es sechs von ihnen. Nicht, dass es mehrere von ihnen gebraucht hätte, um mich in Schach zu halten. Bisher hatte ich mich nicht einmal gewehrt, wenn sie mir Blut abnahmen. Nein, sie fürchteten sich nicht davor, mich nicht unter Kontrolle zu bringen. Sie hatten Angst, dass einer allein dem Lockstoff verfallen könnte.

Zu Recht.

KAPITEL 56

Ich war 21 Jahre und drei Monate, als ich beschloss zu sterben.

Mein Tod roch scharf nach dem Alkohol, mit dem sie Nadeln abwischten, damit ich ihnen nicht dahinsiechte. Er roch verheißungsvoll nach Kälte und Neubeginn.

Ich blieb regungslos wie immer, als sie von mir abließen, den Beutel von mir lösen wollten, um mit dem Inhalt neue Experimente durchzuführen. Sie waren abgelenkt und scherzten miteinander, mich beachteten sie kaum. Verständlich – bisher hatte ich ihnen nie Anlass zur Klage gegeben … *oder zur Vorsicht.* Nur eine kleine Handbewegung von mir war notwendig, ein Griff in den Beutel, und Blut spritzte an die weiße Decke, an die Steinmauern, die selbst jetzt so betörend glitzerten.

Es war allein dem Lockstoff geschuldet, dass sie verharrten. Vampire waren so steuerbar, wenn es um Blut ging. Ich drückte erneut zu und weitere Spritzer fanden sich an den Wänden, auf dem Boden, den Vampiren und mir. Hungrige Blicke zogen über mich hinweg. Der Erste riss mir den Beutel aus der Hand – nicht um ihn zu retten. Er saugte den Inhalt heraus, als wäre er am Verdursten. Der Nächste kam geradewegs auf mich zu und Hunger verdunkelte seinen Blick.

Schade, dass ich nicht mehr dazu kommen würde, Erik zu sagen, wie gut sein Lockmittel funktionierte.

Zähne bohrten sich in meinen Arm …

Zähne in mein Bein …

Zähne …

Epilog

Aydan

Ich hatte dem Wohnsitz des Schattenrates nie viel abgewinnen können. Seit über fünf Jahrzehnten war ich nicht mehr hier gewesen, aber vermisst hatte ich nichts davon.

Mit Norwyns Nachricht und seinem Siegel war ich erschreckend leicht hinter die Mauern gekommen. Nur ein weiterer Beweis, dass es ihm gelungen war, in den letzten Tagen deutlich in der Achtung des Schattenrats zu steigen. Vor zwei Wochen hätte selbst Norwyns Name nicht dazu geführt, dass sich mir diese Tore öffneten.

Einen Vorteil besaßen die Feiern, die ich hier besucht hatte – ich kannte durch sie das Gebäude. So wusste ich, dass ich den Teil abseits anvisieren musste, um zu den Zellen zu gelangen. Sie hatten uns damals bei ihren Führungen die Räume für Sterbliche gezeigt. Wunderwerke aus weißem Edelstein, die ohnehin nur zur Zier dienten. Was sollten wir hier mit Menschen? Diejenigen, die der Schattenrat abstrafte, bekamen andere Konsequenzen auferlegt. Die Zellen für unsereins schien niemand, den ich kannte, je gesehen zu haben. Keron hatte geschworen, dass deren Wände aus dem Silber seien, das der Schattenrat damals bei den Sterblichen eingesammelt hatte. Doch Keron hatte immer schon viel erzählt, wenn die Nächte lang waren, und wenig davon hielt der Realität stand.

Heute aber würde eine der Zellen für Sterbliche belegt sein. Wie zum Beweis stand ein Wächter vor dem Gang, der zu ihnen führte.

Jetzt nur keinen Fehler machen.

Von denen hatte ich in den letzten Wochen zu viele gemacht.

Er sah bereits zu mir, ganz, als erhoffte er sich ein wenig Ablenkung. Kein Wunder. Seine Aufgabe musste nervtötend langweilig sein. »Ich erhielt vom Schattenrat eine Mitteilung«, sagte ich und schenkte mir die Begrüßung. »Es geht um meine ehemalige Blutmagd. Der Rat hofft darauf, dass sie mir gegenüber gewillter ist zu reden.« *Liz hatte sicher kein einziges brauchbares Wort von sich gegeben.*

»Kann ich das Schreiben sehen?« Sein Blick fuhr zu meinen leeren Händen und ich schüttelte den Kopf, fluchte innerlich, weil ich nicht noch mehr Zeit verlieren wollte.

»Es klang wichtig, deshalb bin ich direkt gekommen.« Ich versuchte, die richtige Mischung aus Verärgerung und Langeweile zu erwischen, doch nun war er derjenige, der den Kopf schüttelte.

»Ohne Brief und Siegel darf hier niemand hinein. Am besten gehst du hoch in eines der Vorzimmer, da kann man dir weiterhelfen.«

Das könnte man, wäre ich tatsächlich gerufen worden. Doch das war ich nicht und damit blieb mir nur ein Ausweg.

Angriff.

Ein Geräusch stoppte mich, noch bevor ich dazu ansetzen konnte, mich auf ihn zu werfen.

Ein Scheppern wie Metall, das auf Steinboden fiel.

Es kam aus Richtung der Zellen.

Ein zweites Scheppern ertönte, durchzogen von einem Fauchen.

Was zur Hölle?

Ich rannte los, vorbei an dem irritierten Wächter und dem Lärm entgegen. Plötzlich nahm ich etwas wahr. So heftig, als würde ich ungebremst in eine Steinmauer rennen – den Geruch von Blut.

Unheilschwer füllte er den Gang aus.

Tausendschön.

Ihr Blut.

Der Wächter rannte an mir vorbei, riss eine Tür auf und ich folgte ihm hinein.

Seit ich ihr Blut gewittert hatte, wusste ich, dass es mies werden würde. Doch das, was sich vor mir ausbreitete, war so viel schlimmer, als mein Verstand es sich hätte ausmalen können.

Das helle Haar ergoss sich in schmerzhafter Harmonie über den weißen Steinboden, während um uns herum Kristallwände glitzerten. Nur die Blutspuren darauf brachen das harmonische Bild brutal auf.

Lilienweiß, lilienzart.

Liz' Gesicht war hell wie Porzellan – abgesehen von den dunkelroten Blutspritzern auf ihrer Wange. Noch erschreckender war das Gewühl aus Armen, Beinen und Köpfen, das ihren Körper beinahe vollständig unter sich begrub.

Das Schlimmste aber war der Anblick ihrer Augen, die ausdruckslos zur Decke sahen.

Darin lag kein Leben mehr.

Nein!

Ich riss mich aus meiner Starre, zerrte die nächstbeste Gestalt von ihr und fand den Wachmann, der gerade vor mir in den Raum gehastet war.

Er trank von ihr.

Sie alle tranken von ihr.

Die Erkenntnis zerfetzte mich. Der Vampir gab ein Fauchen von sich, suchte sich wahrscheinlich eine andere Stelle, um weiterzumachen, und ich wusste, dass es keine Möglichkeit gab, sie aufzuhalten.

Liz.

Alles ihr golden Haar
Rost nun zum Raub.

Ich legte die Hand auf ihren Hals, suchte nach dem Puls, wusste, dass ich keinen finden würde – weil ich ihn nicht mehr wahrnahm.

Sie sah aus wie Anne damals.

Doch das hier war Liz.

Kein Herzschlag.

Ich stieß einen Schrei aus, der von den Wänden der Zelle hallte, sie ausfüllte und gleichzeitig nicht ausreichte.

Ihr Herz hatte aufgehört zu schlagen.

Liz war tot!

Mich quält mein Herz allein.

Ihr wurde Ruh.

Ich rammte die Zähne tief in den hellen Arm und schlug eine Wunde hinein. Nur eine Sekunde später spürte ich, wie das Blut herausquoll, aber das reichte nicht und ich riss sie größer, um an so viel davon zu kommen, wie ich konnte. Träge floss es mir über die Zunge, füllte mir den Mund und ich bat Liz stumm um Verzeihung.

Sie würde hassen, was ich hier tat.

Ich gab meinen Arm frei, presste ihn stattdessen Liz an die Lippen und zwang ihren Mund auf. *Sie musste trinken.* Vampirblut war totes Blut, das keinerlei Reiz auf uns ausübte. Es ernährte uns nicht, stärkte nicht. Es gab nur eine Sache, die es konnte: aus einem gerade Verstorbenen meinesgleichen machen. Dafür musste dieser Mensch nahezu geleert worden sein und sich sein Körper in diesem winzigen Fenster zwischen Leben und Tod befinden.

Wie ein Sonnenuntergang, der nur wenige Herzschläge dauerte.

Ich presste schnell mein Blut in ihren Mund und stöhnte auf, als ein hauchzartes Zittern über ihre Lippen strich. Das hier war das Gegenstück zur Anziehung.

Ihr Herz mochte seinen Dienst aufgegeben haben, aber ihr Körper hatte seinen Stoffwechsel noch nicht eingestellt und nun reagierte er instinktiv auf das Einzige, was ihm half. Mein Blut.

Wir alle gierten nach dem Leben.

Gleich, welche Art von Leben es war.

Liz' Bewegungen wurden kräftiger. Sie trank von mir. Aus den Tiefen meiner Seele quälte sich ein Schluchzen hervor.

Sie würde bei mir bleiben.

Die Erleichterung stand kurz davor, mich mit sich zu reißen, doch gleichzeitig waren da die anderen Vampire und machten mir bewusst, dass Liz noch nicht in Sicherheit war. Mit jedem Schluck, den sie nahm, veränderte sich ihr Geruch. Sie war wie eine Blume, die innerhalb von Augenblicken unter ihnen verblühte. Ich legte die Hand an ihren Hinterkopf, drückte sie an meinen Arm.

Liz musste schneller trinken.

Gegen sieben Vampire im Blutrausch besaß ich nicht den Hauch einer Chance.

Es war der Wächter, der sich zuerst aus dem Rausch befreite und entsetzt hochfuhr. »Was tust du da?«, rief er so entgeistert, dass uns beiden klar war, dass er die Antwort längst kannte. Ich brach die Regeln des Schattenrats, und das vor Zeugen.

Gottverdammt.

»Ihr habt sie umgebracht!«

Nun schienen auch die anderen zu begreifen und lösten sich.

Ich brauchte eine Lösung.

Jetzt!

»Wenn ihr mich daran hindert, aus ihr eine von uns zu machen, stirbt das Wissen mit ihr. Sie ist die Einzige, die weiß, ob es da draußen noch andere mit vergiftetem Blut gibt, und die Einzige, die es so dosieren kann, dass wir es als Heilmittel einsetzen können. Stoppt mich und der Rat bringt uns alle um.«

Keine leere Drohung.

Das ahnten wohl auch sie, denn niemand machte Anstalten, mich aufzuhalten, während Liz' Mund sich an meinen Arm presste und weitertrank.

Jemand entfernte sich.

Vielleicht, um zu flüchten.

Oder um Hilfe zu holen.

Ich nahm es nur am Rande wahr.

Alles, was zählte, lag hier vor mir.

Ich war nicht imstande, sie gehen zu lassen. Norwyn hatte sich in mehr als einer Hinsicht getäuscht.

Ich hatte Liz nie gesucht, um sie umzubringen.

Ich hatte sie gesucht, weil ich ohne sie nicht weitermachen konnte – gleichgültig, was sie war.

Wärme breitete sich hinter meiner Brust aus, als ein Ruck durch Liz' Körper ging.

Es war vollbracht.

Ihre Lippen lösten sich benommen von mir. Die hellen Wimpern flatterten, als hauchte der Wind einmal darüber. Leben brach die Starrheit darin auf. *Sie lebte.* Einen wundervollen Augenblick fand sich nichts als Erleichterung und Glück in mir.

Doch dann zuckte ihr Blick an mir vorbei zu den blutbefleckten Wänden und sie begriff, wo sie war.

Noch immer war.

»Was hast du getan?« Das Entsetzen in ihren Augen mischte sich mit dem in ihrer Stimme. Hierfür gab es keine Worte. Sie fuhr sich an die Brust, dorthin, wo bis gerade ein Herz geschlagen hatte und wo sich nun nichts mehr regte.

Jemand kam den Gang entlang.

»Liz.« Ich griff nach ihren Fingern, aber sie stieß mich weg.

»Nein!« Ihre Hände ballten sich unter einem herzzerreißenden Schrei zu Fäusten. »Es war mein Leben! Du hattest kein Recht dazu, mich hier zu halten, Aydan!« Ihre Verzweiflung schnürte mir die Kehle ab. Ich hatte gewusst, dass sie mich dafür hassen würde, und doch hatte es mich nicht davon abgehalten.

Ich konnte mich nicht einmal entschuldigen, weil es nicht ernst gemeint wäre.

Nichts davon tat mir leid.

Liz krümmte sich zusammen.

Die Krämpfe kamen.

Ihr Körper begann damit, sich den neuen Gegebenheiten anzupassen. Ich wollte erneut nach ihrer Hand greifen, aber ich erreichte sie nicht mehr, weil ich zurückgerissen wurde.

Offenbar war Verstärkung da.

Nicht jetzt!

»Lasst mich los!« Erfolglos versuchte ich, mich zu befreien. »Ich muss zu ihr.«

Liz begann, unnatürlich zu zucken, als würden unsichtbare Hände an ihr reißen. Ihr Blick fand meinen. Niemals hatte ich so viel Entsetzen und Angst zu sehen bekommen.

Ich gab alles, was ich hatte, um mich zu befreien und zu ihr zu gelangen. Vergeblich. Ungerührt zerrten sie mich in Richtung Tür. Ich schrie nach ihr, als sich jemand über sie beugte und mir den Blick auf sie versperrte. Im nächsten Augenblick fand ich mich auf dem Flur wieder. Ihr Name hallte wie ein Donnergrollen durch den Gang, den sie mich entlangzerrten.

»Liz!«

FORTSETZUNG FOLGT

FRÜHJAHR 2024.

Requiescat

Leise sprich, leise geh,
Störe sie nie,
Wachsen hört unterm Schnee
Maßliebchen sie.

Alles ihr golden Haar
Rost nun zum Raub,
Sie, die so lieblich war,
Moder und Staub!

Lilienweiß, lilienzart,
Lebte sie Traum,
Daß sie zum Weibe ward,
Wusste sie kaum.

Sargholz und schwerer Stein
Deckt sie nun zu,
Mich quält mein Herz allein.
Ihr wurde Ruh.

Still, still! Was sollen ihr
Leider und Lieder;
All meine Welt liegt hier –
Wirf Erde nieder!

Oscar Wilde (Übersetzung unbekannt)

Wer bist du, Mensch?
Ein Garten voller Disteln.
Is nit gnug das.
Eine Rose voller Dornen.
Is noch nit gnug.
Ein Himmel voller Finsternis.

Abraham a Sancta Clara (Johann Ulrich Megerle)

Mehr von Jella Benks:

Ewig & Wir

Ein arroganter Yuppie.
Eine ehrgeizige Weltverbesserin.
Und eine unmögliche Liebe.

Drei Dinge hasst Maya abgrundtief: Umzüge, Reichtum und Richard Ferres – den Mann, der ihr Leben zerstörte. Der neueste Umzug ihres Vaters zwingt sie an einen Ort, der all das kombiniert, die Verona Hall, eine exklusive Privatschule. Maya hadert mit ihrem Schicksal, bis sie auf Fynn trifft – den anderen neuen Schüler. Zwischen ihnen herrscht augenblicklich eine Anziehung, die Funken schlägt.
Keiner von ihnen ahnt, dass es ihre Bestimmung ist, einander zu hassen.

Ein berührender New Adult Roman mit einer Enemies to Lovers Geschichte und Romeo und Julia - Vibes

Die Goldene

Dystopische Liebesgeschichte

Das System kennt deinen Platz. Doch was, wenn du dich an der Seite des falschen Mannes wiederfindest?

Anziehung ist gefährlich, Liebe nur Illusion und einzig das System weiß, wer zusammengehört. Darauf vertraut auch Liah, bis sie ausgerechnet Arjan – dem zukünftigen Präsidenten – als Partnerin zugeteilt wird, einem Mann, den sie verachtet.

Während sie sich in ihre vorbestimmte Rolle zwingt, zieht sie der geheimnisvolle Zayne in seinen Bann und bringt ihre Loyalität ins Schwanken. Gefangen in einem Strudel aus Rache, Verrat und düsteren Geheimnissen, muss Liah herausfinden, wer sich irrt.

Das unfehlbare System oder ihr Herz?

Danke

Ihr Lieben, die Geschichte von Liz und Aydan hat mich so ziemlich all meine Nerven, unzählige durchgeschriebene Nächte und ganze fünf Jahre gekostet.

Aus Autorinnensicht war ihre Geschichte Gehirnjogging Deluxe. Zumindest hat sich mein Hirn immer wieder verknotet, wenn ich den beiden (insbesondere Liz) auf ihre verstrickten Pfade gefolgt bin. Für mich ist Liz eine meiner spannendsten Protagonistinnen, sie hat so viele Wesenszüge, die ich an ihr bewundere, ihre Furchtlosigkeit, ihre Entschlossenheit und ihre Fähigkeit zu lügen (darin bin ich unglaublich schlecht :D). Ich weiß, ich habe euch erst wenige Einblicke zu ihr gewährt, aber das hole ich im nächsten Band nach, da bringen wir gemeinsam Licht in ihre Dunkelheit. Ich hoffe, ihr seid wieder dabei.

Jetzt gilt es aber er erst einmal, den Menschen zu danken, die Liz, Aydan und mich auf unserer anstrengenden Reise begleitet haben.

Danke an meinen Lektor **Christian** für das Aufpolieren meiner Geschichte.

Danke an meine Korrektorin **Caro**, die nun schon meine dritte Reihe begleitet, weshalb mir allmählich die kreativen Worte ausgehen. Also mache ich es dieses Mal einfach ganz knapp: Danke für deine fantastische Arbeit und dafür, dass du wieder kurzfristig für diesen Korrekturnotfall namens Danksagung eingesprungen bist.

Danke an meine Coverdesignerin **Katharina**. Ich kann nicht einmal ansatzweise überblicken, wie oft ich deine Cover einfach nur verliebt angestarrt habe. Sie sind so unglaublich schön geworden und ich bin nach wie vor absolut begeistert.

Danke an meine Testleserinnen **Anika**, **Verena**, **Maja**, **Danny**, **Maya** und **Michelle** und ich schiebe direkt eine Entschuldigung hinterher, weil ihr so lange auf die Fortsetzung warten musstet (und das nach diesem wirklich fiesen Cliffhanger). Danke für eure Geduld und für eure wundervollen Kommentare.

Danke an meine zahlreichen Fehlerfüchsinnen **Chiara**, **Carolin**, **Patrizia**, **Stefanie**, **Sandra** und **Maria**. Danke für eure Adleraugen und eure geballten Flüche. Ich hoffe, ich kann auf beides auch im nächsten Band wieder zählen.

Danke an meine **Heartbreaker**, die mit mir zusammen jedem neuen Buch entgegenfiebern. Danke für die Begeisterung, die ihr meinen Geschichten entgegenbringt, und euren großartigen Support.

Danke an meine **Eltern**, dafür, dass ihr niemals fragen werdet, weshalb ausgerechnet bei eurem Exemplar Kapitel 30 fehlt.

Danke an meine Freundin, Motivatorin, Lieblingskollegin und den Fix zu meinem Break: **Francis**. Du weißt, ich hasse Danksagungen, vor allem wenn es sich anfühlt, als hätte ich alle Worte in den vorherigen verbraucht. Also schreibe ich hier einfach: Lest die Bücher von Francis Eden, die sind so fantastisch wie sie selbst. <3

Danke an meinen **Mann**. Als ich vor zwei Jahren begonnen habe, Bücher zu veröffentlichen, dachten wir, wir wüssten, was auf uns zukommt. Rückblickend waren wir niedlich naiv, aber gib es zu, es macht trotzdem Spaß, oder? Und ich verzeih dir, dass du gerade wahrscheinlich nicht einmal weißt, für welches Buch diese

Danksagung jetzt schon wieder ist, wenn du mir dafür morgen einen Kaffee ans Bett bringst, Deal?

Danke an meine **Kinder**. Ich verspreche dir, **Jannis**, irgendwann werde ich für dich einen Amboss in eine meiner Geschichten einbauen, aber dieses Mal gab es hierfür leider wenig Möglichkeiten.

Ihr wisst es nicht, aber meine Tochter ist die einzige, die die Handlungen meiner Geschichten alle kennt. Sie hütet sie wie einen Schatz und wird nichts davon verraten. Dafür verrate ich euch jetzt, welche ihre Lieblingsgeschichte von mir ist: die Geschichte von Liz und Aydan. Deshalb, **Lerke**, schenke ich sie dir und wenn du irgendwann alt genug bist, um sie zu lesen, wirst du sie hoffentlich genauso lieben wie jetzt.

Danke an **dich**, dafür, dass du dich mit mir auf die Reise durch die Dunkelheit begeben hast. Ich hoffe, wir treffen uns schon bald in Band 2 an genau dieser Stelle wieder, denn da gibt es noch so viel, was ich dir über Liz und Aydan erzählen möchte.

Instagram: @jella_benks
Homepage: www.jellabenks.de

Tausend Dank

NOCH MEHR

Auf meiner Homepage findest du meinen Shop, in dem es neben limitierten Boxen und Illustrationen auch signierte Bücher zu kaufen gibt.
Außerdem hast du die Möglichkeit meinen Newsletter zu abonieren, um über alle Neuigkeiten zu Maya und Fynn und meinen weiteren Projekten informiert zu werden.

Jella